Mangold

Band 1: Hannah

Binjamin Zwi

Roman

AF282517

Binjamin Zwi

Mangold

Band 1: Hannah

Roman

Bibliografische Information der Deutschen Nationalbibliothek:
Die Deutsche Nationalbibliothek verzeichnet diese Publikation in der Deutschen Nationalbibliografie; detaillierte bibliografische Daten sind im Internet über http://dnb.dnb.de abrufbar.

Umschlag: Andreas Weissenberger

Verlag: BoD · Books on Demand GmbH, In de Tarpen 42, 22848 Norderstedt

Druck: Libri Plureos GmbH, Friedensallee 273, 22763 Hamburg

ISBN: 978-3-7693-1740-4

Inhalt

Dieses Buch widme ich Hannah

(* 1934, † 2017)

VORWORT

Mein Name ist Hannah. Ich bin Jüdin. Ich erwähne es hier gleich am Anfang, denn es hat mein Leben geprägt. Und in diesem Buch geht es um mich und um mein Leben – alles in allem ein glückliches Leben, auch wenn es erst nicht so aussah. Doch dann hat sich der Erfolg eingestellt, und wir gehören heute zur Oberschicht.

Für alle sichtbar wurde unser Glück, als mein Mann Hans und ich in Freiburg eine der schönsten Villen dort kauften. Damals trug sie den schönen Namen Villa Else, benannt nach Else Weil, die dort einst mit ihrem Mann lebte. Nun sitze ich hier in der Villa Mangold – die heute unseren Familiennamen trägt – an meinem Schreibtisch und schreibe in meinem eleganten Arbeitszimmer an diesem Buch und lasse mein Leben Revue passieren.

Heute ist es ein ganz normales Gefühl, sich als Jüdin frei draußen auf der Straße zu bewegen. Es sieht einem ja niemand an, und Juden werden längst nicht mehr in der Öffentlichkeit gedemütigt. Nur ich selbst weiß eben, wer ich bin und dass meine heutige Freiheit alles andere als selbstverständlich ist.

Natürlich gibt es den Antisemitismus schon lange. Er hat sich tief und fest in weite Teile der Gesellschaft hineingefressen und sich dort wie ein Bazillus eingenistet. Niemand sollte also denken, dass wir diese Form des Barbarismus endgültig überwunden haben. Manche Leute brauchen eben ihre Vorurteile, und einige wenige setzen sie sogar in die Tat um. Aber das ist heute selten geworden; gleich erhebt sich in solchen Fällen ein gesellschaftlicher Aufschrei.

Aber als ich ein Kind war, wurde man für seine Herkunft nicht nur belästigt, sondern ermordet. Es ist nicht einmal lange her. Ich kann mich noch gut daran erinnern. Ich war um die 12. Es wird mir für immer in den Knochen stecken, so friedlich die Verhältnisse inzwischen auch sind.

Ich war ein hübsches Mädel, bereit für die erste große Liebe. Aber daraus wurde nichts. Mein Traum zerplatzte, als der Krieg begann. Meine Leute wurden gejagt, verschleppt und zum großen Teil ermordet, obwohl wir gar keine Kriegspartei waren. So viele Menschen, Buben und Mädel, aber auch Mütter und Väter wurden bestialisch ermordet - bis in die letzten Kriegstage hinein, als der Krieg längst verloren war.

Meine Familie und ich hatten Glück. Wir konnten mit wenigen anderen einem Todeszug entkommen, uns verstecken und diese schreckliche Zeit überleben.

Wir waren aus unserer Heimat verschleppt und von den Nazis wie Dreck behandelt worden. Manche wurden ermordet, weil sie sich weigerten, ihre Heimat zu verlassen. Wir wurden in so genannte Umsiedlungslager gebracht und dann wie schmutziges, stinkendes Vieh in Eisenbahnwaggons getrieben. Es waren so viele Menschen in einem Waggon, dass man sich nicht hinsetzen, geschweige denn seine Notdurft verrichten konnte. Man ließ es einfach laufen und versuchte zu überleben. Wer überlebte, kam in ein Internierungslager und überlebte auch das, wenn er Glück hatte.

Wir hatten Glück. Unser Zug wurde von Kampffliegern angegriffen und entgleiste. Wir fanden Unterschlupf in einem verlassenen Bauernhof, und eine kleine Gruppe von uns wagte den Rückweg nach Berlin. Dort gab es einen Unterschlupf. Viele von uns überlebten dort dank unseres Helden Eliam Katzenstein. Er war der Anführer im Versteck und nahm uns auf.

Karl, ein junger Wehrmachtssoldat, tötete sogar einen Kameraden, um Eliam Katzenstein und Adam, meinen Bruder, zu retten. Karl und Eliam waren vor dem Krieg die besten Freunde gewesen und hatten sich mit ihrem Blut ewige Freundschaft geschworen. Nun bewies Karl seine Treue, indem er unseren Feind tötete, auch wenn es nur ein einzelner Soldat war.

Als Eliam damals den Schuss aus Karls Pistole hörte, dachte er zuerst, Karl habe sich erschossen, so blieben er und Adam eine lange Zeit in diesem Glauben, denn sie flohen, so schnell ihre Beine sie trugen. Erst in den letzten Kriegstagen erfuhr Eliam, dass Karl noch lebte und rettete ihm das Leben.

Karl war desertiert, weil er keinen Sinn in einem sinnlosen Krieg sah und ihn auch nie gewollt hatte. Er wurde aufgegriffen und sollte an einem Laternenpfahl in der Wilhelmstraße nahe der Reichskanzlei aufgehängt werden. Doch er stolperte benommen und fast verhungert vor Eliams Geländewagen und konnte im Bombenhagel entkommen, weil die Soldaten, die ihn hängen sollten, fast noch Jugendliche waren und davonliefen. Sie ließen Karl unverrichteter Dinge zurück.

Ja, Eliam war unser Held. Aber das wollte er nicht hören. Nach dem Krieg ging er nach Holland, um seine Freundin Rachel zu suchen.

Auch in einer Zeit des Schreckens bleibt die Zeit nicht stehen. Trotz aller Bedrohungen muss das Leben weitergehen. Wer überleben und am Ende zu den Überlebenden gehören wollte, darf niemals aufgeben. Es gibt immer Verbündete und Gerechte. Man wird nicht allein gelassen, man findet Verbündete, Gerechte. Ich habe im Überlebenskampf meinen geliebten Mann Hans Mangold gefunden. Ihn habe ich später geheiratet.

Es gab auch gute Menschen, wie das Bauernpaar Adaja und Gustav, die uns sehr geholfen haben. Wir mussten ja etwas zu essen haben. Gustav und zwei andere Bauern aus der Nähe von Berlin gaben uns, was sie hatten. Sie sind uns sehr ans Herz gewachsen. Erst später erfuhr ich, dass Gustav auch Adaja vor den Nazis gerettet hatte. Sie war Jüdin, er evangelischer Christ. Ein befreundeter Pfarrer hat sie verheiratet und falsche Papiere besorgt. Seitdem hieß sie Marta, aber in ihrem Herzen blieb sie Adaja.

Ohne Adaja und Gustav hätten wir oft gehungert und ich hätte Hans nie getroffen. Die beiden haben ihn fast tot im Wald gefunden und gesund gepflegt. Wir haben ihn in unserer Zuflucht aufgenommen. - Es war Liebe auf den ersten Blick.

Die beiden haben auch unseren Eli aufgenommen. Seine Familie war von den Nazis ermordet worden. Eliam hatte ihn gerettet und ihm in der Zuflucht ein Zuhause gegeben. Eli war ganz vernarrt in Adaja, und als wir dort einmal etwas zu essen holten, beschloss er, bei ihnen zu bleiben. Eli wurde ihr Sohn. Das war das Beste für ihn, und sie halfen ihm auch, angesichts seines schweren Schicksals nicht zu verbittern. Eli wurde ein wunderbarer Mensch. Er lebt noch heute mit seiner Familie auf dem elterlichen Hof und ist Rinderzüchter. Die ländliche Gegend rund um Berlin bot sich damals und bietet sich auch heute noch sehr gut dafür an.

Nachdem wir den Krieg überlebt hatten und Eliam Katzenstein (G-tt hab ihn selig) sich mit dem russischen Befehlshaber Marschall Konstantinowitsch geeinigt hatte, waren wir endlich wieder frei! Eliams Verhandlungsgeschick war es zu verdanken, dass Marschall Konstantinowitsch uns ein altes Lager überließ, das vor dem Krieg als Jugendlager gedient hatte. Dort richteten wir uns ein und bauten unsere Gemeinschaft auf. Heute stehen dort nur noch Mauerreste. Die DDR wollte nicht an unsere Geschichte erinnern. Die jüdische Fahne mit unserem Davidstern weht dort schon lange nicht mehr.

Was war das für ein Gefühl, nach so langer Zeit unter der Erde plötzlich durch die zerbombten Straßen Berlins zu laufen? Nun, es war nur eine prekäre Freiheit, und wir verdankten sie nur den russischen Besatzern. Wenn es nach den Deutschen gegangen wäre ... Wir Juden wurden jetzt zwar nicht mehr ermordet, aber sie hassten uns trotzdem, vielleicht noch mehr als vorher, denn wir wussten jetzt, was sie mit uns gemacht hätten, wenn sie nicht im letzten Augenblick gestoppt worden wären.

Wir sahen es an ihren Blicken, als sie uns zerlumpte Gestalten erblickten, und sie ließen sich auch nicht zu einschlägigen Kommentaren hinreißen, wie: *»Na, hat man euch vergessen? In Auschwitz brennen bestimmt noch die Öfen!«* Später wollten sie alle nichts gewusst haben, aber damals waren sie gut informiert, und man konnte auch nicht sagen, sie hätten die Faust in der Tasche gemacht, weil sie keinen

Widerstand hätten leisten können. Nein, das stimmt alles nicht, und sie denken auch heute nicht anders, sie trauen sich nur nicht mehr.

Oder die verbitterte alte Naziwitwe aus unserer Nachbarschaft, die auf uns einen Eimer eiskaltes Wasser aus dem Fenster schüttete. Das werde ich nie vergessen, ich spüre heute noch den Kälteschock, als ich das Wasser abbekam. Sie war es, die mich immer als Judengöre beschimpfte. Nur weil ich ein schwarzes Kleid trug, das nicht mehr so schön aussah.

Juden trugen und tragen immer noch schwarz. Schwarzer Anzug, weißes Hemd, Weste. Je nach Glaubensrichtung kommt noch die Kopfbedeckung dazu, entweder Kippa oder Schtreimel. Frauen trugen oder tragen heute noch schwarze Kleider mit langen Ärmeln und darüber eine schwarze Strickjacke. Die Kopfbedeckung ist je nach Glaubensrichtung eine Perücke (Scheitl) oder ein Kopftuch. (Umgangssprachlich wird bei uns Juden ein älterer Mantel oder ein älteres Kleid, das nicht mehr so ordentlich aussieht, auch manchmal als Judenrock bezeichnet).

Wir wollten wieder in die Levetzowstraße ziehen, wo wir vor dem Krieg gewohnt hatten, aber dort war nichts mehr wie vorher. Die Synagoge war fast zerstört. Sie wurde auch nicht mehr restauriert und in den 50er Jahren von den DDR-Behörden abgerissen. Und doch stand sie so lange da, für uns unzugänglich und entweiht - eine ständige stumme Mahnung an unser Schicksal!

Als Kind war ich mit meiner Familie immer dorthin gegangen. Wir hatten gebetet, unsere Freunde getroffen und mit Rabbi Lewkowitz über unsere Religion gesprochen. Es tat mir richtig weh, wie ‹meine› Synagoge so zerstört vor uns stand.

(1960 wurde eine Mauer mit einer Gedenktafel errichtet. Nach der Wende ging ich dorthin und war schockiert. Aus einem religiösen Ort war ein Spielplatz und Bolzplatz geworden. Lediglich auf dem halben Grundstück wurde 1988 eine Flammenwand aus Stahl aufgestellt, eine

Rampe und ein Waggon mit Figurationen, die in Eisen geschnürte ‹Menschenpakete› abstrakt darstellen. Danke!)

Ansonsten waren der Osten und die DDR nie ein Thema in meinem Leben. Ich wollte nie dort leben, ich hasste dieses Regime und die Auffassungen von Ulbricht. Nur meine liebe Mutter Sarah war immer noch gerne in der Levetzowstraße, aber das Haus war bautechnisch nicht mehr zu retten – dachten wir damals.

Mein Vater suchte uns eine Wohnung im Bezirk Mitte, und so gingen wir schon bald alle in den Westen von Berlin. Er holte nur noch die letzten Habseligkeiten aus unserer alten Wohnung und auch das, was noch im Laden übriggeblieben war. Wie ich erst kurz vor seinem Tod erfuhr, holte er damals anscheinend weit mehr aus dem Keller, als wir wissen durften. Die Dokumente und Fotos, die er damals rettete, sind für einen Bestseller gut, doch bei mir wusste mein Vater das Geheimnis in guten Händen, als es mit ihm zu Ende ging.

Wer weiß, vielleicht kommt in unserer Familie noch ein Schriftsteller zur Welt, der dieses Thema aufgreift? Ich versprach meinem Vater, dass ich es nicht machen würde. Natürlich hielt ich mich bis heute daran! Nicht nur weil ich es ihm versprochen habe – ich würde es mir auch nicht zutrauen, oder möchte es mir nicht zumuten. Nur meine eigene Geschichte, die kann ich erzählen.

Junges Glück

1945 - 1951

HANNAH EPSTEIN (MITTE) MIT MUTTER SARAH (LINKS) UND BRU-DER ARI VOR DER VERFOLGUNG, BERLIN CA. 1940

NEUES LEBEN UND DER UMZUG

Da von Hans' Familie niemand mehr lebte, wollte mein lieber Vater Yaron, dass Hans auch nach der Befreiung bei uns blieb. Nicht nur, dass wir im Untergrund so etwas wie eine Familie geworden waren: Mein Vater wusste schon, dass wir uns liebten, und ich hatte bald meine Bat-Mizwa, wurde religionsmündig und durfte einen Freund haben.

Als wir dann 1946 in unsere neue Wohnung in Mitte zogen, kam Hans mit mir und meinen Eltern, auch meine älteren Brüder Ari und Adam, Adam mit seiner Verlobten Rosa und ihrem Sohn Leon. Alle zusammen bekamen wir eine 4-Zimmer-Wohnung ohne Toilette, ohne Strom und fließend Wasser, aber wir lebten und hatten uns.

Mein Vater begann in diesem Wohnblock als Hausmeister, denn er hatte während des Krieges oft genug seine vielseitigen Talente unter Beweis gestellt. Damals hatten die Russen den Wohnblock eingenommen. Aber als die Sektoren unter den vier Besatzungsmächten aufgeteilt wurden, kamen wir in den britischen Sektor - zum Glück! Dieser Wohnblock war einer der wenigen in der Straße, die noch fast intakt waren. Vater genoss wegen seiner handwerklichen Fähigkeiten einen guten Ruf bei den Besatzern. Vor dem Krieg hatte er in der Levetzowstraße eine Tischlerei mit Laden betrieben. Eliam hatte den neuen Herren oft genug von der täuschend echt aussehenden Drehtür im alten Eisenbahntunnel erzählt, ohne die wir nicht so lange hätten überleben können.

Zuerst wollte Vater nicht, dass Hans bei mir im Zimmer wohnte, aber ich wusste ihn um den Finger zu wickeln. (Meine Enkelin Leah ist heute genauso wie ich damals, denke ich schmunzelnd, während ich diesen Satz schreibe).

Jedenfalls wohnte Hans dann bei mir und auch Adam und Rosa teilten sich ein Zimmer. Ari wollte mit Zuria, der wunderbaren Schäferhündin, zusammen wohnen. Mama und Papa hatten natürlich auch ein Zimmer. Dann gab es noch die Küche und ein Wohnzimmer, aber da war nichts drin. Was sind schon Sessel oder ein Sofa, wenn man auch auf Kisten sitzen kann. (Ja, heute kann man darüber lachen!)

Mein Vater nahm unser Schicksal gelassen und ermahnte uns zur Bescheidenheit. Er sagte immer: »Was sind schon materielle Werte, wenn man nur sich selbst hat und lebt!« Recht hatte er! Ja, er hatte oft Recht, auch wenn ich ihn damals nicht immer verstand.

Wir meldeten uns freiwillig zum Wiederaufbau. Wir Kinder durften leichtere Arbeiten verrichten, denn es gab noch keine Schule. Es sollte keiner sagen, wir Juden seien faul! Oft genug wurde uns noch vorgeworfen, wir seien an allem schuld. Das hatte schon Hitler so gesehen oder zumindest behauptet. Und sie glaubten es weiter.

Meine Mutter hat viel geweint, aber sie war eine starke Frau. Sie hätte gerne wieder als Lehrerin gearbeitet, aber das Land lag am Boden, und an Bildung dachte in den ersten Monaten niemand. Aber ich war froh, dass wir Juden ab September 1946 wieder zur Schule gehen durften. Die Besatzer hatten dafür gesorgt, dass unsere imperialistischen und militaristischen Ansichten in der Schule in demokratische Einstellungen umgewandelt wurden. Das war im Westen Berlins nicht anders als im Osten.

Für uns Juden war das gut so. Wir konnten nur gewinnen. Die Besatzer sahen uns nicht anders als die anderen Deutschen. Aber die arischen Kinder weigerten sich, neben einem Juden zu sitzen. Das sprach sich in der Klasse schnell herum, zumal wir aus Berlin kamen. Wenigstens hatte ich mehr Glück als Ari. Er musste ganz allein hinten sitzen. Ich durfte neben Hans sitzen.

Nach der Schule mussten wir jeden Tag zum Wiederaufbau, den Mörtel von den Ziegeln klopfen. Die Besatzer wollten die Ziegel wiederverwenden, und so entstanden viele neue Wohnhäuser für die Bevölkerung - hieß es. Oft mussten aber zuerst die beschädigten Gebäude renoviert werden. Dort zogen die Besatzer ein. Wir waren am Ende an der Reihe; und unter diesem Gesichtspunkt waren wir plötzlich doch ein deutsches Volk!

Wir trafen uns mit unseren Leidensgenossen aus dem Untergrund in provisorisch eingerichteten Synagogen. Viele Freundschaften waren in der langen gemeinsamen Zeit unter der Erde entstanden. Manche halten bis heute. Ich bin damals oft zu solchen Treffen gegangen. Das waren die einzigen Freunde, die ich hatte.

Es gab immer viel zu erzählen. Uns allen ging es von Tag zu Tag besser, so schlecht es uns auch ging. Auch Hans kam ab und zu mit, aber er war dort unten nie glücklich gewesen und wollte nicht an diese Zeit erinnert werden. Er sagte: »Das einzig Gute an meiner Rettung war, dass ich dich getroffen habe.« Das hat mich damals sehr berührt.

Meine Mutter und mein Vater haben mich immer gerne zu den Treffen begleitet, weil sie dort viele Freunde hatten. Vor allem zur Familie Bundschuh hatten sie ein sehr gutes Verhältnis. Jakob Bundschuh gelang es nach dem Krieg, sein Bankhaus im amerikanischen Sektor zurückzubekommen. Adam durfte als Dank dafür, dass er zusammen mit Eliam die Familie Bundschuh gerettet hatte, in seiner Bank arbeiten.

(In der amerikanischen Besatzungszone wurde das Rückerstattungsverfahren durch das Militärgesetz Nr. 59 vom 10. Oktober 1947 geregelt, das zwei Jahre später auch für die britische Besatzungszone und Berlin, nicht aber für die französische Besatzungszone in Kraft trat. Das Gesetz sah die Rückerstattung aller nachweisbar enteigneten Vermögenswerte, in erster Linie gewerblicher und unbeweglicher Art, vor und wies die einzelnen Fälle den örtlichen Wiedergutmachungsbehörden zu, vor denen sich die beiden Zonen zu verantworten hatten.

Bundschuh war einer der ersten, der seine Bank in Berlin wieder eröffnete, aber nur die jüdische Bevölkerung als Kunden zuließ. So kam meine Familie zu einem Bankkonto. Das war aufregend damals! (Heute hat das schon ein Kind. - Eingerichtet von Oma und Opa).

Wegen des Krieges und des Mangels an Rabbinern und Synagogen konnte ich erst mit 15 Jahren meine Bat-Mizwa feiern. Auf dieses Ereignis hatte ich aber schon seit meinem 13. Geburtstag gewartet. Meine Mutter erzählte mir genau, was ich zu tun hatte und was die anderen tun würden, aber die Realität sah später ganz anders aus. Rabbi Chaim, der selbst in der Zuflucht gewesen war, vollzog meine Bat-Mitzwa in der Synagoge in der Joachimsthaler Straße, und ich war überglücklich, dass gerade er es war.

Es war eines der schönsten Feste meines Lebens. Ich sehe heute noch meine Mutter vor mir, wie sie weinte, als ich auf dem Stuhl saß und hochgehoben wurde. Neben den vielen Geschenken bekam ich Dinge, die ich bis heute in meinem Schmuckkästchen habe. Herr Bundschuh schenkte mir eine Goldmünze, die im alten Jerusalem gegossen worden war. Wie er sie durch den Krieg gerettet hatte, war mir immer ein Rätsel, aber er hat es mir nie verraten.

Mutter und Vater schmolzen ihre Eheringe ein und ließen sich von einem Goldschmied einen Ring daraus machen. Darin stand »קשור איתך תמיד, אמא ואבא«: »Für immer mit dir verbunden, Mama und Papa«. Bis dahin hatte ich immer geglaubt, Vater hätte seinen goldenen Ring diesem braunen Wehrmachtsbastard gegeben, der ihn nicht zu uns lassen wollte, als wir aus unserer Wohnung in der Levetzowstraße vertrieben wurden. Er hatte mir aber gesagt, der Ring, den dieser Soldat bekommen hatte, sei nichts wert gewesen. Heute würde man sagen, es war Modeschmuck oder Tinnef.

Das größte Geschenk war, dass alle unsere Freunde da waren. Sogar Eliam kam aus Holland. Er hat uns einen Laib Gouda mitgebracht. Heute ist das nichts, aber damals war das wie Gold. Die Freunde, die nicht viel hatten, schenkten mir Selbstgemachtes. Ich wollte nichts, ich wollte nur, dass alle da waren und dass alle glücklich waren. Ich war nie materiell, im Gegenteil: Ich habe lieber gegeben als genommen!

Adam brachte sogar Wein mit. Angeblich hatte er ein paar Flaschen aus dem Keller des alten Güterbahnhofs in Moabit retten können. Ich durfte noch keinen Alkohol trinken, nahm aber eine Flasche als Geschenk an. Sie steht noch heute in der Vitrine hier neben meinem Schreibtisch.

(Wie übrigens auch eine Zeichnung mit allen, die mit uns im Luftschutzkeller waren. Ein befreundeter Maler, der auch dabei war, hatte einmal die Idee, dieses Bild zu malen. All diese Dinge, an die ich jetzt denke, werde ich meinem Sohn Samuel nicht vererben. Er kann so etwas nicht schätzen. Aaron ist der Mangold, der das gleiche Blut hat wie ich. Er ist gutmütig, sensibel und pfeift auf religiöse Bräuche. Ich habe so viele Dinge, die er bekommen wird, wenn ich meinen letzten Weg gehe. Aber im Moment fühle ich mich gut und denke nicht an meine letzte Reise).

Nach meiner Bat-Mitzwa musste ich noch ein Jahr zur Schule gehen. Ich habe sie mit einem guten Zeugnis abgeschlossen, aber was hat mir das damals gebracht? Ich wollte eine Friseurlehre machen, aber kein Friseursalon nahm mich auf, weil ich Jüdin war, und es gab damals keine jüdischen Friseure in Berlin.

Ich war traurig, aber ich gab nicht auf und ging in die Hauswirtschaftsschule - ein neues Modell, um Mädchen an die Hauswirtschaft heranzuführen. Die Nazis hatten die erste Schule dieser Art am Wannsee gegründet. Die Besatzer fanden das gut und ließen diese Schulausbildung zu. Ich habe dort viel gelernt, aber es hat mich nicht glücklich gemacht. Hans hat immer gesagt, es ist gut, wenn eine Frau kochen und putzen kann. Die Männer waren damals richtige Witzfiguren!

Hans hatte damals gerade erfahren, dass es Anzeigetafeln gab. Dort konnte man seine Daten anbringen. Wenn jemand aus der Familie vorbeikam und den Aushang las, konnte man sich so wiederfinden. Hans machte das also auch in seiner alten Straße und wartete jeden Tag auf ein Zeichen von jemandem aus seiner Familie.

Soweit wir wussten, war seine ganze Familie tot. Doch eines Tages meldete sich ein junger Mann mit Schweizer Akzent. Er hieß Martin Hornmann und war Rechtsanwalt in Zürich.

Es klopfte an unserer Haustür, und ich bekomme heute noch eine Gänsehaut, wenn ich an diesen Moment denke.

Ich ging zur Tür und öffnete.

»Guten Tag, die Dame«, sagte er.

»Guten Tag. Was kann ich für Sie tun?«

»Mein Name ist Martin Hornmann, ich bin Rechtsanwalt und komme aus der Schweiz. Ich habe gehört, dass hier ein Hans Mangold wohnen soll.«

»Ja, das stimmt. Aber was wollen Sie von ihm? Er hat Angst vor Fremden.«

»Ach, das braucht er nicht. Ich bin hier, um ihm etwas Erfreuliches zu sagen.«

»Kommen Sie herein, ich hole ihn.«

»Danke, liebes Fräulein«, sagte er höflich, kam herein und ich bot ihm einen Stuhl in der Küche an.

Dann ging ich zu Hans und sagte: »Du, Hans, da ist ein Mann, er sagt, er heißt Hornmann und kommt aus der Schweiz!«

»Was will er?«

»Er sagt, er hat gehört, dass du hier wohnst, und er hat dir etwas Gutes zu sagen.«

»Gut, ich komme.«

Hans ging mit mir zu Herrn Hornmann, der noch geduldig in unserer Küche saß.

»Herr Mangold, ich habe Sie schon lange gesucht!«

»Guten Tag, was kann ich für Sie tun?«

»Kennen Sie einen Samuel Mangold?«

»Ja! Das war mein Vater, er wurde 1944 ermordet. Aber warum fragen Sie?«

»Ihr Vater hatte dieses Massaker damals überlebt! Er konnte in die Schweiz fliehen.«

»Das kann ich nicht glauben, er lag tot neben mir!«

»Er war angeschossen, aber er hat überlebt. Mein Onkel hat ihn damals gerettet und nach Zürich geschmuggelt. Das soll ich Ihnen geben!«

Hornmann gab Hans einen Ausweis, es war sein eigener. Sein Vater hatte damals sicherheitshalber alle Papiere an sich genommen.

Plötzlich fing Hans an zu weinen, er konnte sich kaum beruhigen.

»Lebt mein Vater noch?«, fragte er mit tränenerstickter Stimme.

»Ja, aber er will keinen Fuß auf deutschen Boden setzen! Deshalb schickt er mich. Ich habe in Ihrer alten Straße gelesen, dass Sie hier leben.«

»Hannah, mein Vater lebt!«

»Ja, unglaublich, fast 7 Jahre sind vergangen!«

»Lebt sonst noch jemand aus meiner Familie?«

»Leider nein!«, sagt Herr Hornmann traurig.

»Meine Mutter, meine Brüder - alle tot?«

»Ja, aber ihr Tod bleibt nicht ungesühnt! Ich werde in Nürnberg gegen das Nazi-Regime klagen. Hunderte von uns Juden haben das schon getan!«

Plötzlich blitzte Zorn in Hornmann auf. Man spürte den kämpferischen Anwalt in ihm. Nun, in der Schweiz mochte ein Jude als Anwalt auftrumpfen können, aber ausgerechnet in Nürnberg? Waren die Juden eine siegreiche Macht? – Nein!

Auf dieses Glatteis wollte sich Hans nicht begeben. Er blieb lieber bei naheliegenden Familienangelegenheiten: »Wann kann ich meinen Vater sehen?«

»Wann Sie wollen! Ich kann Sie sofort mitnehmen!«

Das war zu viel! Hans hatte noch nicht einmal verkraftet, dass sein Vater noch lebte. Jetzt sollte er ihn sogar besuchen! Dabei hatte er hier längst ein neues Leben an meiner Seite gefunden. Er sank auf den Küchenstuhl und saß noch eine Weile in sich zusammengesunken da.

Er dachte nach, war hin und her gerissen. Aber er konnte es kaum erwarten, seinen Vater wiederzusehen. Also raffte er sich auf und sagte mit dumpfer Stimme: »Hannah, ich gehe zu meinem Vater, aber ich hole dich nach!«

Ich wollte kein Aufsehen erregen. Ich verstand Hans. In unserer Zeit war eben nichts von Dauer. Also bestärkte ich ihn in seinem Entschluss: »Geh erst mal zu ihm, und irgendwann sehen wir uns wieder.«

Damals glaubte ich nicht daran, dass wir uns je wiedersehen würden. Er gehörte zu den Seinen, und dorthin ging er. Es war ein schwerer Abschied, aber er musste sein. Hans musste seine Geister begraben und sein Leben ordnen.

Der Tag, an dem er und Herr Hornmann gingen, war für mich der schwerste Tag seit Kriegsende. Ich weinte nur und meine Familie versuchte mich zu trösten. Adam wollte mich in einen Liebesfilm mitnehmen, aber ich konnte nicht.

Fast drei lange Jahre musste ich ohne Hans auskommen. Er vergaß mich nicht, ich bekam Briefe von ihm - ein großer Trost - und am Ende hielt er sein Wort.

Die Briefe habe ich noch. Sie sind zu einem Bündel gebunden und liegen in meiner Vitrine neben dem Schreibtisch. Ich habe gerade einen herausgenommen und zitiere ihn hier:

„Liebste Hannah,

jeden Tag hier in Basel fühle ich die Leere ohne dich an meiner Seite. Mein Herz schmerzt vor Sehnsucht nach dir, und die Zeit scheint stillzustehen, seit wir uns das letzte Mal gesehen haben. Es ist kaum zu fassen, wie lange es schon her ist!

Mein Vater ist wohlauf, doch in den stillen Nächten höre ich ihn oft nach meiner Mutter und meinen Brüdern rufen. Dann wird es plötzlich still, und ich spüre die Traurigkeit, die uns alle verbindet. Morgen steht ein wichtiger Termin bei Martin Hornmann an – es geht um Vaters Firma und mein Erbe. Doch während ich mich mit diesen Angelegenheiten beschäftige, bleibt mein Herz bei dir.

Ich kann es kaum erwarten, wieder bei dir zu sein! Wenn der Moment kommt, werde ich den Mut aufbringen, dich zu fragen: Willst du meine Frau werden? Die Vorstellung erfüllt mich mit Freude und Aufregung. Du bist mein Licht und mein Halt in dieser Welt; für dich und meinen Vater würde ich alles tun.

Hannah, du bist so wunderschön und strahlend – es ist unmöglich, nicht ständig an dich zu denken. Ich hoffe von ganzem Herzen, dass auch du meine Liebe erwiderst.

Jetzt muss ich zu meinem Termin, aber wisse: In meinen Gedanken bist du immer bei mir. Ich liebe dich mehr als Worte es je ausdrücken könnten.

In inniger Liebe, dein Hans"

Noch heute schmelze ich dahin, wenn ich lese, was er mir damals geschrieben hat.

An meinem 17. Geburtstag im September 1949 klingelte es an unserer Haustür. (Wir hatten seit fast einem Jahr Strom.) Ich rannte zur Tür und erschrak, als ich öffnete. Ein gut gekleideter junger Mann in schwarzem Anzug, weißem Hemd und gestreifter Weste stand vor mir und sagte: »Shalom, meine Liebe, ich bin wieder da!«

Ich sprang ihm in die Arme und gab ihm ein Küsschen, ja, ein Küsschen wie schon lange nicht mehr. »Hans, da bist du ja! Wie siehst du denn aus!«

»Ich habe dir in jedem Brief versprochen, dass ich wiederkomme. Mein Vater möchte dich gerne kennenlernen. Kannst du mit mir nach Basel kommen?«

»Mit dir würde ich überall hingehen, aber wir müssen erst mit Vater und Mutter sprechen.«

Hans runzelte die Stirn. Ich wusste, dass er Vater respektierte. Aber dann fragte er mich: »Sind deine Eltern denn auch da?«

»Ja, ich habe Geburtstag und es gibt Kuchen!«

»Das wusste ich. Herzlichen Glückwunsch zum Geburtstag, mein Schatz. Das ist für dich!«

Er gab mir eine elegante Schachtel und eine kleine Schatulle. Natürlich öffnete ich sofort die kleine Schatulle und schrie auf, als ich sah, was sich in dieser kleinen, feinen Schatulle befand. Es war ein goldener Ring mit einem Brillanten. Aber ich dachte mir nicht viel dabei. Es war ein Ring für meinen Geburtstag - dachte ich.

Ich zog Hans an der Hand in die Küche: »Komm, Hans, meine Eltern werden sich freuen!« Und so war es dann auch.

Hans wirkte nervös. Dann begann er mit leicht stockender Stimme zu sprechen: »Bevor ich nicht mehr zu Wort komme, mache ich es kurz.« Hans kniete vor mir nieder und sagte: »Hannah Epstein, willst du meine Frau werden?«

Ich schrie, ohne zu zögern: »Ja, ja, ich will!«

Alle wünschten uns Glück. Erst dann ging Hans zu meinem Vater, um seinen Segen für die Hochzeit zu bekommen. Vater gab ihn uns gerne.

»Ich muss euch noch etwas sagen«, sagte ich zu meiner Familie. »Ich werde mit Hans für eine Weile in die Schweiz gehen. Hans' Vater möchte mich kennen lernen, ich hoffe, ihr habt nichts dagegen!«

Zuerst hatten meine Eltern Bedenken. Ich war noch nicht volljährig und wollte ins Ausland. Aber ich konnte sie umstimmen und dann gab es Kuchen und ‹Kaffee Kotz›. Das war Kaffee, der mit Chicorée gestreckt wurde und nach eingeschlafenen Füßen schmeckte.

»Wann fahrt ihr denn und warum müsst ihr unbedingt in die Schweiz?«

Hans antwortete. »Schon morgen, Yaron. Wir müssen in die Schweiz, weil mein Vater dort lebt und ich in seiner Firma arbeite. Versteh doch, Hannah wird es dort viel besser haben. Vor allem kann ich meinen Vater nicht allein lassen, er hat niemanden. Ihr aber habt euch und eure Familie.«

Vater runzelte die Stirn. Man sah ihm an, dass es ihm wehtat, aber er ließ mich gehen. Bei Hans war ich in guten Händen, schließlich liebten wir uns und waren verlobt. So war es für lange Zeit der letzte Nachmittag mit meiner geliebten Familie. (Ich würde länger in der Schweiz bleiben, als ich dachte).

In meiner letzten Nacht in Berlin schlief ich sehr unruhig, ich war sehr aufgeregt und hatte Magenschmerzen. Am Morgen haben Hans und ich ausgeschlafen. Wir hatten eine sehr lange Zugfahrt vor uns, über 14 Stunden von Berlin nach München, wo wir den Zug nach Basel nehmen würden.

Wir mussten um zehn vor sechs am frühen Abend am Bahnhof sein. Hans hatte noch einen Termin bei Herrn Bundschuh. Sein Vater wollte mit seiner Bank eine Kooperation eingehen. Ich wäre gerne mitgegangen, aber er sagte mit fester Stimme: »Liebling, bleib bei deiner Familie und genieße den Tag. Ich führe nur langweilige Gespräche in einem staubigen alten Büro.«

Ich sagte damals nicht viel, ich war ja noch ein junges Mädchen. Ich genoss den letzten Tag mit meinem Vater und meiner Mutter. Später kamen Ari, Adam und Rosa mit meinem Neffen Leon. - Ein hübscher Junge.

Um vier Uhr kam Hans von seiner Verabredung zurück und musste erst noch etwas trinken. Ich habe ihm noch etwas Kuchen gegeben und Kaffee angeboten. Am Nachmittag hatte ich auch die Schachtel geöffnet, die ich von Hans zu meinem Geburtstag bekommen hatte. Es war ein wunderschönes Kleid: schwarz, langärmelig und sehr edel (eben kein Judenrock). Dieses Kleid würde ich auf unserer Reise tragen und neben Hans glänzen.

Vater und Mutter brachten uns später dann zum Bahnhof Friedrichstraße. Wir konnten laufen, es war nicht weit. Von dort fuhr der Fernzug FD 150. Auf dem Bahnsteig hieß es Abschied nehmen. Ob es für immer war, fragte ich mich insgeheim.

Vater sah mich an und schüttelte den Kopf. Wollte er mich immer noch zurückhalten? Nein, er fragte Hans: »Wie lange braucht der Zug nach München?«

Hans holte einen Fahrplan hervor und schaute nach. »Von Berlin nach München brauchen wir fast fünfzehn Stunden. In Probstzella werden wir sicher wieder einen längeren Grenzaufenthalt haben.«

Vater schaute uns besorgt an und fuhr fort: »Kommen Juden ohne Probleme über diese Grenze?« Ich sah die Angst in den Augen meines Vaters.

»Mach dir keine Sorgen, Yaron. Ich habe einen Passierschein und ein Visum für Hannah. Die Schweizer Regierung hat sie für sie ausgestellt. Mein Vater hat sehr gute Kontakte dorthin.«

Mutter sah mich an und weinte. Dann sagte sie leise: »Mein Kind, pass auf dich auf. Und du, Hans, pass auf meine Tochter auf. Möge Adonai euch auf eurem Weg begleiten.«

»Mutter, mach dir keine Sorgen, Hans passt auf mich auf.«

»Ich passe auf eure Tochter auf und wir melden uns per Telegramm.«

Meine Mutter war da schon realistischer. Sie wusste, dass das kein lustiger Ausflug war, sondern eine Entscheidung fürs Leben.

Vater umarmte mich nur, ich sah die Tränen in seinen Augen. Wir stiegen ein und suchten unsere Plätze. Hans packte die Koffer ins Gepäcknetz und ich öffnete das Fenster, um Vater und Mutter noch einmal zuzuwinken.

»Macht's gut, ich hab euch lieb!«, rief ich ihnen noch zu, und schon setzte sich der Zug in Bewegung. Mama und Papa winkten mir nach, und ich schaute ihnen nach, bis ich sie nicht mehr sah.

»Ach Hans, bin ich aufgeregt, wie ist es in Basel? Sind die Leute da wirklich anders als wir Juden?«

Er hatte es in seinen Briefen oft genug angedeutet, aber ich konnte es nicht glauben. Vielleicht wollte er mich nur beruhigen oder die Zensur täuschen.

»Basel ist eine wunderbare Stadt, und ja, man hat dort nichts gegen uns Juden. Lass dich überraschen, meine Liebe!«

»Das werde ich, mein Lieber!«

Die erste Fahrt ging von Berlin nach München. Eigentlich war es eine angenehme Fahrt. Die Abendsonne schien und ich hielt mein Gesicht in die Sonne. Ich fühlte die Wärme, hauchte die Scheibe an und malte Figuren in den Atem. So entstanden vor meinen Augen die schönsten Geschichten. (Ich war schon immer sehr phantasievoll).

Unsere erste Station war Leipzig. Die Uhr zeigte Viertel nach neun.

»Schau, Hans, wie schön der Bahnhof ist. Und die riesige Halle, so viel Stahl.«

Hans war nachdenklich. Machte er sich Sorgen wegen der Zonengrenze? Trotzdem antwortete er. »Ja, mein Schatz, das sieht riesig aus.«

Zwanzig Minuten später setzte sich unser Zug wieder in Bewegung. Der nächste Halt war Saalfeld. Der Bahnhof war immer noch schwer beschädigt. Aber die Züge konnten fahren. Merkwürdig war nur, dass niemand ein- oder ausstieg.

Hans sagte mir, dass unser nächster Halt Probstzella sei. Das war der Grenzübergang. Dort sollten wir alle aussteigen und zur Zonengrenze laufen. Ich hatte Angst. Hans sah das und hielt meine Hand.

Der Zug fuhr wieder los. Ich zitterte am ganzen Körper. Als wir um Viertel nach eins ankamen, konnte man schon die Schäferhunde hören. Das Gebell erinnerte mich an unsere Deportation. Tränen schossen mir in die Augen. Hans bemerkte es und nahm mich in den Arm.

»Was hast du, mein Schatz?« Hans hat mich immer und überall beschützt. **(Dies wusste ich immer!)**

»Ich habe Angst, und das Bellen der Hunde erinnert mich an Berlin, an die Deportation.« (Seitdem habe ich ein gestörtes Verhältnis zu Moabit. Noch Jahre später, als ich mit Hans dort die Gedenkstätte Güterbahnhof Moabit besuchte und am Gleis 69 stand, kamen mir die Tränen. Ich kann das bis heute nicht verarbeiten. **Nein, ich kann es einfach nicht).**

Hans nahm sein weißes Taschentuch und wischte mir die Tränen weg. »Hab keine Angst, wir haben alle Bewilligungen und ich bin Schweizer«.

Der Zug hielt an!

Wir mussten mit dem Gepäck aussteigen. Auf dem Perron standen junge russische Soldaten, nicht besonders bewaffnet, aber mit einem Hund. Vor dem Hund hatte ich Angst, denn wir mussten an ihm vorbei, um zum Kontrollpunkt zu gelangen. Der junge Soldat in der Uniform der Sowjetarmee sah uns nur an. Zum Glück wusste Hans, wo es lang ging, er war diesen Weg schon zweimal gegangen.

Am Checkpoint angekommen, mussten wir uns in eine Schlange einreihen und warten. Zum Glück ging es um diese Zeit schnell. Etwas weiter vorne sah ich, wie ein junges Paar abgeführt wurde. Das Mädchen weinte und ich versuchte ruhig zu bleiben.

Das gelang mir auch, bis wir an der Reihe waren. Vor uns standen drei Soldaten der sowjetischen Armee und zwei deutsche Polizisten. Die beiden Polizisten kontrollierten unsere Pässe und unser Gepäck.

Zum Glück hatten wir nur zwei Koffer. Trotzdem fragte uns der Polizist: »Haben Sie Ostgeld dabei?«

Hans antwortete ruhig: »Nein, nur Schweizer Franken. Nicht mehr als 300 Franken.«

Der Polizist schien sich zu langweilen, er schaute in die Pässe, sah die nötigen Stempel von der Hinreise und auch, dass ich natürlich keinen hatte. Hans erklärte ihm das anhand der Dokumente, die er von der Schweizer Regierung hatte. Diese schaute sich der Polizist genauer an und ich musste an das junge Paar von vorhin denken. Als der Polizist dann einen russischen Offizier zu sich rief, rutschte mir das Herz in die Hose.

Zum Glück sprach der russische Offizier Deutsch, etwas gebrochen, aber gut genug. Er sah sich das Dokument an, las es, sah es wieder an, sah mich an und fragte nach meinem Namen. Ich sagte: »Ich heiße Hannah Epstein« und verstummte sofort.

Er nahm meinen Pass von dem Polizisten, sah ihn sich noch einmal an und sagte dann: »Gut, gehen Sie!« Der Polizist ließ uns durch. Ich war erleichtert und froh, dass Hans dieses Dokument der Schweizer Regierung hatte!

(Jahre später erfuhr ich von meinem Schwiegervater Samuel, dass es sich um einen Brief des damaligen Bundespräsidenten Ernst Nobs handelte. Er war auch Vorsteher des Finanzdepartements und ein guter Freund von Samuel. Wie viel Geld er ihm damals für diesen Gefallen gab, blieb allerdings geheim. Ich erinnere mich, dass ich ihn Jahre später bei einem Abendessen traf).

»So, meine Liebe, jetzt müssen wir ein paar Meter laufen. Dann kommt der amerikanische Grenzposten, und wenn wir da durch sind, haben wir es geschafft«.

Ich verdrehte die Augen und war müde. Aber ich musste durchhalten, ich war es gewohnt. Nach 200 Metern und einer Kurve sahen wir die Grenzkontrollstelle der Amerikaner. Wieder hieß es anstellen und warten. Diesmal ging es schnell. Schon nach einer Viertelstunde waren wir an der Reihe. Wieder standen drei Soldaten vor uns, diesmal Amerikaner. Die Kontrolle wurde von deutschen Polizisten durchgeführt.

Der Polizist schaute in unser Gepäck, in unsere Pässe und natürlich in das Dokument. (Ich erschrak, aber der Polizist lächelte mich an.) Dann wollte er wissen, ob wir Ostmark dabei hätten. Wir verneinten schnell und er ließ uns weitergehen. Irgendwie mochte ich ihn, er sah nett aus und lächelte. Obwohl ich annehmen musste, dass sein Vater einer unserer Mörder war.

Zum Glück war der Omnibus schon da. Er würde uns durch das Loquitztal nach Ludwigsstadt bringen. Der Fahrer nahm unser Gepäck an sich. Wir konnten einsteigen, der Fahrpreis war im Zugticket enthalten. **(Welch ein Luxus!)**

Als die letzten Fahrgäste eingestiegen waren, konnte es losgehen. Unser Weg führte durch das Loquitztal - seit der Öffnung der Mauer ein sehr schöner Ort. Ein paar Jahre vor Hans' Tod haben wir uns den Spaß erlaubt, diesen beschwerlichen Weg noch einmal zu fahren.

Wegen des steilen Anstiegs kam der Bus 20 Minuten zu spät am Bahnhof an, aber wir hatten noch Zeit. Unser Zug fuhr erst um drei nach zwei. Wir hatten Hunger, uns war kalt und wir waren müde.

»Liebling, ich gehe mal schauen, ob ich etwas zu essen bekomme. Im Bahngebäude muss es doch einen Kiosk oder so etwas geben.«

Es war vergeblich, Hans kam nach fünf Minuten zurück. Er sah grimmig aus, und mir wurde kalt.

»Da ist nichts«, sagte er mürrisch. »Komm, lass uns einsteigen und etwas ausruhen.«

Im Zug suchten wir unser Abteil. Als Hans in der dritten Klasse eine dicke Frau in eine Fleischwurst beißen sah, wurde seine Laune nicht besser. Wir rannten durch den Waggon und erreichten unser Abteil.

Hans stopfte seine Koffer ins Gepäcknetz und warf sich in seinen Sitz. Ich setzte mich ihm gegenüber und sah ihn an.

Das tat ich, bis er mich anlächelte und mir einen Kuss gab: »Ich liebe dich, Hannah Adriana Epstein. Ich habe dich damals geliebt, ich liebe dich jetzt und ich werde dich bis ans Ende meiner Tage lieben.«

Ich schmolz dahin und wurde durch das Anfahren des Zuges wachgerüttelt. »Wir fahren wieder«, sagte ich erleichtert.

»Richtig!«

Hans nahm meine Hand und küsste sie, er küsste meine Hand oft und gern. Ich schaute hinaus in die Dunkelheit und genoss es, die Lichter der Häuser an uns vorbeiziehen zu sehen.

(Im Internet habe ich einen alten Fahrplan gefunden. Demnach hielten wir um drei in Lichtenfels, kurz vor halb vier in Bamberg, kurz vor vier in Erlangen, um viertel nach vier in Fürth, zehn Minuten später in Nürnberg. Zwanzig Minuten später waren wir in Treuchtlingen. Um zehn nach sieben waren wir in Augsburg und nach zehn Minuten waren wir am Zielbahnhof. Mann, waren das viele Bahnhöfe!)

Um zehn nach acht kamen wir in München an. Vom einstigen Prachtgebäude und der großen Bahnsteighalle war nichts mehr zu sehen. Halle und Gebäude waren wenige Monate zuvor gesprengt worden. Der Bahnbetrieb lief in einem provisorischen Bahnhof weiter.

Überall in der Stadt konnte man damals noch die Spuren der Verwüstung sehen, die unsere Befreier angerichtet hatten. Die Bevölkerung arbeitete hart am Wiederaufbau. Wenn man heute das Ergebnis sieht, haben sie ganze Arbeit geleistet.

Unser Zug fuhr erst am Nachmittag. Wir konnten in Ruhe ins Hotel gehen. Eine Droschke brachte uns und unser Gepäck zum Hotel Vier Jahreszeiten, wo wir uns ein paar Stunden ausruhen wollten. (Es hieß, dass Haus der Dollar-Gäste. Außer den Besatzungsmitgliedern durften dort nur Zivilisten übernachten, die in harter Währung bezahlten. Hans bezahlte in Schweizer Franken, und die sind heute noch ‹hart›).

Im Hotel angekommen, staunte ich nicht schlecht. Das Gebäude war noch nicht fertig, es war im Krieg stark zerstört worden. Dennoch war seine Pracht unverkennbar. Es war zwar nur ein Teil in Betrieb, aber der fertige Teil war eine Augenweide.

Wir meldeten uns an der behelfsmäßigen Rezeption. Eine Dame notierte unsere Daten, ein Page brachte uns zu unserem Zimmer. Es war edel eingerichtet. Natürlich waren die Möbel neu und das Zimmer komplett renoviert. Kaum zu glauben, dass dieser Teil im Krieg fast völlig abgebrannt war. Der Page stellte unsere Koffer ins Zimmer und Hans gab ihm ein Trinkgeld. Ich war sehr müde und musste mich setzen.

Hans dagegen war unruhig und angespannt. Zuerst zog er seine Jacke aus und hängte sie an die Garderobe, dann ging er zum Fenster und schaute hinaus. Plötzlich lief er wieder zur Garderobe und nahm seine Jacke.

»Liebling, ich gehe kurz runter zur Rezeption.«

Ich konnte nicht so schnell antworten, wie er weg war. Was hatte er vor? Eine Überraschung? Die bereitete er mir immer sehr gerne und sehr oft. Ich wollte mich frisch machen und überlegte, ob ich auch ein frisches Kleid anziehen sollte. Darauf legte Hans' Vater sicher großen Wert. Wer so wichtige Dokumente bekommen konnte, musste sehr vornehm sein.

Ich ging ins Badezimmer und machte mich frisch. Hans kam zurück und setzte sich in den Sessel, der zu einer eleganten Sitzgruppe gehörte.

Als ich aus dem Bad kam, trug ich ein schwarzes Kleid mit langen Ärmeln. Zuerst sah er mich an, dann lächelte er und sagte: »Liebes, ich habe eine Überraschung für dich«.

Ich stand da und wartete, aber er hatte nichts in der Hand.

»Liebes, ich habe mir überlegt, dass wir die Nacht hier im Hotel verbringen und erst morgen nach Basel fahren. Wir könnten uns die Stadt anschauen, es ist schon so viel wieder aufgebaut worden.«

Ich klatschte in die Hände und freute mich. »Ja, geht das?«

»Natürlich geht das! Das Hotel hat problemlos verlängert. Ich bezahle schließlich mit Franken und die neue Zugverbindung habe ich auch schon recherchiert. Wir müssen nur noch am Bahnhof die Fahrkarten umtauschen«.

»Wie schön«, rief ich und freute mich auf München.

Auch Hans ging ins Bad und machte sich frisch. Später wollten wir erst zum Bahnhof und dann etwas essen gehen. Wir waren am Verhungern, konnten uns aber noch beherrschen. Wir waren ja zivilisierte Juden. (Augenzwinkern)

Als Hans aus dem Bad kam, konnten wir los. Wir gaben den Schlüssel an der Rezeption ab und gingen vor das Hotel. Dort warteten Fiaker, und wir beschlossen, einen zu nehmen. Ein junger Mann bot sich an, uns zu fahren. Hans willigte ein und die Fahrt von der Maximilianstraße über den Maximiliansplatz zum Karlsplatz konnte beginnen. Nur wegen der Trümmer musste die Droschke einen Umweg machen. Aber schließlich kamen wir glücklich am Bahnhofsplatz an. Wir fragten den Kutscher, ob er warten wolle, um uns später München zu zeigen. Er willigte ein und Hans bezahlte im Voraus.

Wir gingen zum provisorischen Bahnhofsgebäude und schauten, wo man Fahrkarten kaufen konnte. Das war gar nicht so einfach, aber eine nette Münchnerin half uns. Auch auf dem Bahnhofsplatz wurde Schutt weggeräumt, und die Dame um die fünfzig half, wie sie sagte, ihre Stadt wieder aufzubauen. (Später gingen diese Trümmerfrauen in die Geschichte ein.)

Sie führte uns um die Ecke zu einem provisorischen Verkaufsraum. Es war viel los. Hans ging allein hinein und ich schaute mich um. Aber ich war vorsichtig, um nicht als Jüdin erkannt zu werden.

(Der evangelische Theologe Johann Jacob Schudt (1644-1722) aus Frankfurt am Main widmete unserem Aussehen in seinen Jüdischen Merkwürdigkeiten (1714) ein eigenes Kapitel. Darin schrieb er: »Dass man unter so vielen tausend Menschen einen Juden sofort erkennen kann.« Gott habe die Juden mit einzigartigen »Charakteren oder Merkmalen« ausgestattet, »dass man sie bald auf den ersten Blick für Juden hält«. Schudt hebt besonders das Gesicht hervor, »dass der Jude sofort hervorsticht ... an der Nase ... Lippen ... Augen auch der Farbe und der ganzen Körperhaltung«. Obwohl Schudt den Körper als Medium des Charakters und der Lebensweise ansieht (wie seine Zeitgenossen), wird die äußere Erscheinung durch die soziale Rolle bestimmt (und nicht durch die theologische, wie es seine Zeitgenossen sahen). Nach Schudt stören die Juden durch ihr Aussehen die göttliche Ordnung. Was für ein Unsinn!)

Ich stand an einer der wenigen verbliebenen Straßenlaternen und sah zu, wie eine Gruppe älterer Männer einen großen Eisenträger von einem Schutthaufen herunterschleppte.

»Liebling, träumst du?«, hörte ich. Hans stand vor mir und sah mich lächelnd an.

»Nein, warum sollte ich? Ich habe nur den Männern bei der Arbeit zugesehen.«

»Ich habe die Fahrkarten umgetauscht. Jetzt fährt unser Zug morgen früh um zehn Uhr über Freiburg nach Basel.«

»Gut, dann haben wir noch viel Zeit. Lass uns zur Droschke gehen, der Kutscher wartet schon so lange.«

Hans nahm mich bei der Hand und wir gingen gemeinsam über den Bahnhofsvorplatz. Bei der Droschke angekommen, stiegen wir ein und der Kutscher machte mit uns eine kleine Stadtrundfahrt.

Schön war es nicht, denn die meisten Sehenswürdigkeiten, die er uns zeigte, waren beschädigt oder zerstört. Ich hatte bald keine Lust mehr, mir das Trümmerfeld der Stadt anzusehen.

Ich hatte Hunger und Hans sicher auch. Ich bat Hans, irgendwo anzuhalten und etwas zu essen zu holen. Das war schwieriger als gedacht, denn es gab nicht viel, aber der Kutscher kannte sich aus. Er fuhr uns zum Hofbräuhaus. Wie fast alle Gebäude war es im Krieg schwer beschädigt worden. Die Schwemme, der große Biersaal, war aber weitgehend unbeschädigt und konnte weiter genutzt werden. Um diese Zeit war nicht viel los, und mein lieber Hans beschloss, unseren Kutscher zum Essen einzuladen. (Hans war immer so großzügig).

Wir betraten den großen Saal und ich staunte: Was für eine schöne Decke! Die Malereien waren eine Augenweide - Motive aus verschiedenen Lebensbereichen, z.B. Landwirtschaft und Fischerei, dazu bayerische Fahnen. Ich liebte diese Decke und betrachtete sie immer wieder, auch wenn wir saßen. Erwähnenswert sind auch die schmiedeeisernen Leuchter, die von der Decke hingen.

Zu essen gab es nicht viel. Ich war schon froh, wenn es Suppe gab. Und ja, es gab Suppe. Und zwar Kartoffel-Kohlsuppe, und die schmeckte köstlich. Hans und der Kutscher tranken Bier, und ich bekam Zitronenlimonade. Wir haben die Zeit im Hofbräuhaus sehr genossen.

Hans bezahlte und der Kutscher fuhr uns zurück zum Hotel. Vorbei an all den Trümmern und den Menschen, die versuchten, diese Ungetüme abzutransportieren. Manch ältere Frau schaute mir verächtlich ins Gesicht, als wollte sie sagen: »Scher' deinen Arsch da runter und pack mit an!« Sollte ich ein schlechtes Gewissen haben? Sicher nicht, denn waren die, die jetzt am Boden lagen, nicht die, die es so gewollt hatten?

Am Hotel angekommen, gab Hans dem Kutscher ein gutes Trinkgeld und wir verabschiedeten uns. Im Hotel holten wir unsere Schlüssel und gingen auf unsere Zimmer. Dort machten wir es uns gemütlich. Hans ging baden und ich las in einem Buch, das ich in einem der Regale im Zimmer gefunden hatte. Wir gingen früh schlafen. Hans wollte früh aufstehen.

Am nächsten Morgen stand zuerst Hans auf und dann ich. Hans kam gerade aus dem Bad, also konnte ich gleich reingehen. Ich machte mich fertig, zog mein schwarzes Kleid an und ging zu Hans.

Als er mich sah, schaute er mich an und fragte: »Warum ziehst du dieses Kleid an?«

Ich antwortete: »Weil ich bei deinem Vater einen guten Eindruck machen will.«

»Meinst du, mein Vater legt Wert auf so etwas?«

»Jemand, der so mächtig ist wie dein Vater, legt sicher Wert darauf.«

»Mächtig? Mein Vater ist nicht mächtig. Er ist ein gebrochener Mann, der sich freuen wird, dich endlich kennenzulernen.«

»Ich freue mich auf ihn«, sagte ich und ging mich umziehen und meinen Koffer packen.

»Fahren wir?«

»Ja, Hans.«

Ein Page holte unsere Koffer und brachte sie nach unten. Wir folgten ihm und Hans bezahlte die Rechnung.

»Meine Liebe, vor dem Hotel steht eine Droschke, die uns zum Bahnhof bringt.«

Der Page brachte unsere Koffer zur Droschke und Hans gab ihm ein Trinkgeld. Als wir uns gesetzt hatten, fuhr der Kutscher los, am Maximiliansplatz vorbei bis zum Bahnhofsplatz. Dort stiegen wir aus und der Kutscher gab uns unser Gepäck.

»Von welchem Gleis fährt unser Zug ab?«, fragte ich und Hans schaute auf seinen Zettel.

»Gleis 11, da müssen wir noch ein Stück laufen. Wir haben noch Zeit, Schatz.«

Wir nahmen unsere Koffer und liefen los. Man konnte deutlich sehen, wie schnell die Münchner ihren Bahnhof zurückhaben wollten, denn überall wurde schon an der neuen Pfeilerhalle gebaut. Es gab so viel zu sehen, dass ich fast nicht gemerkt hätte, dass wir schon am Gleis 11 angekommen waren. Der Zug stand schon und wir konnten eigentlich einsteigen, aber ein Schaffner wollte erst wissen, welches Abteil wir reserviert hatten. Hans zeigte ihm die Fahrkarten und die Reservierung. Der Schaffner führte uns zu unserem Abteil und wünschte uns eine gute Reise. Wir durften einsteigen und uns setzen.

»Endlich sitzen! Aber ich sitze am Fenster!«, sagte ich fast zu hektisch.

»Liebling, wir sitzen uns gegenüber. Also sitzen wir beide am Fenster.«

Ich lächelte meinen Hans an und er lächelte zurück. Viele Leute stiegen in den Zug ein, und nach einer Weile hörte man zwei Pfiffe mit der Trillerpfeife des Schaffners. Der Zug setzte sich in Bewegung.

Die erste Station war Augsburg. Die nächsten Stationen: Ulm, Tuttlingen, Neustadt am Titisee, Freiburg im Breisgau.

Ich saß die ganze Fahrt über am Fenster und konnte mich nicht losreißen. Die Zöllner, die ab Freiburg mitfuhren, habe ich fast gar nicht wahrgenommen.

Normalerweise hätte ich in so einer Situation Angst bekommen. Als ich noch Kind war, wurden mein Vater und ich einmal aus einem Bus geworfen. Das steckt mir noch in den Knochen. Im Bus, im Zug, fast überall stand: *FÜR JUDEN VERBOTEN!* Wenn einer von uns Juden erwischt wurde, wurde er verprügelt. Oder er verschwand und wurde nie wieder gesehen.

Bei Hans hatte ich nichts zu befürchten. Er war in der Schweiz ein mutiger und starker Mann geworden. Vor allem hatte er einen Schweizer Pass, und ich als seine Verlobte konnte mit meinem Visum einreisen. Aber ich war nur geduldet, und Hans' Vater Samuel musste viel bezahlen.

Als der Zöllner kam und unsere Papiere sehen wollte, gab Hans ihm unsere Ausweise und einen Brief. Der Zöllner sah sich die Papiere an und sagte nichts. Ich hatte Angst. Verkehrte Welt: Früher hatte gerade Hans Angst vor Fremden und wollte ihnen möglichst nicht begegnen. Am liebsten hätte er mich vorgeschickt. Aber in der Schweiz war er offenbar wirklich ein anderer geworden.

Der Zöllner gab Hans den Brief zurück und ging wortlos weiter. Musste er nicht wenigstens verärgert sein, dass er uns nichts anhaben konnte? Offenbar waren ihm in unserem Fall die Hände gebunden. Aber natürlich verstand ich diese Zusammenhänge damals nicht und wollte sie auch gar nicht verstehen. Ich war einfach nur glücklich.

Anscheinend begann für mich wirklich ein neues Leben. Anscheinend war Hans ein einflussreicher Mann geworden, dem ein deutscher Zöllner nichts anhaben konnte. Für ihn war das alles eine Selbstverständlichkeit. Als er meinen besorgten Gesichtsausdruck bemerkte, beruhigte er mich sofort: »Hab keine Angst, meine Liebe, die tun dir nichts!«

Die nächsten Haltestellen waren: Müllheim, Weil am Rhein und schließlich Basel, Badischer Bahnhof. Wie staunte ich! Was für eine Pracht, was für eine Betriebsamkeit! Die prächtige Perronhalle, die sich von Bahnsteig zu Bahnsteig erstreckte, wirkte so mächtig auf mich. Mein Mund stand offen. Erst als der Zug anhielt, schloss ich ihn wieder.

Wir stiegen aus. Die Leute, die auf dem Bahnsteig warteten, waren alle so elegant gekleidet, nur ich im schwarzen Judenrock! Daran waren wir immer leicht zu erkennen, auch hier! Hätte ich nicht lieber mein neues und vor allem eleganteres Kleid anziehen sollen?

Hans nahm mich an der Hand und gemeinsam gingen wir auf einen Mann mittleren Alters zu, der auf dem Bahnsteig auf uns wartete. Vor ihm blieben wir stehen.

Hans stellte mich vor: »Vater, das ist meine Hannah Epstein! Ihre Familie hat mich gerettet und bei sich aufgenommen, nachdem wir getrennt wurden.«

Hans' Vater strahlte mich an: »Mein Kind, willkommen in Basel. Komm, lass dich umarmen!«

»Herr Mangold!«, sagte ich mit stockender Stimme. Die verstummte aber sofort, als ich merkte, dass er ein sehr netter Mensch war. Nachdem er mich gedrückt hatte, sagte er: »Kommt, Kinder, lasst uns nach Hause gehen!«

»Vater, ich hole die Koffer.«

»Lass das Sebastian machen!« Herr Mangold wandte sich an einen jungen Mann in elegantem Anzug, der ihn begleitete, und fragte: »Sebastian, machst du das?«

»Gerne, Herr Mangold!«, antwortete Sebastian nur.

Ich traute meinen Augen kaum: Offenbar hatte die Familie Mangold einen Diener!

Dann wandte sich Herr Mangold wieder an Hans und mich: »Wir gehen jetzt zum Auto.«

»Was, ihr habt ein Auto?«, fragte ich erstaunt.

»Ja, sogar zwei! Das wirst du noch sehen, mein Schatz.«

Ich hatte noch gar nicht realisiert, in was für eine wohlhabende Familie ich offensichtlich geraten war. Ich war noch völlig überwältigt von Basel als Stadt. Über all den Menschen hier vergaß ich fast, dass ich Jüdin war und mich besser unauffällig verhalten sollte. Irgendwann würde es schon jemand merken und mich rausschmeißen.

Als wir dann durch die große Kuppelhalle des Bahnhofs gingen, stand mein Mund wieder weit offen. Hans sagte, das sei noch ein Bau aus der Kaiserzeit. Das Großherzogtum Baden und die Schweiz hatten

1852 einen Staatsvertrag über den Bau des Badischen Bahnhofs auf Schweizer Boden unterzeichnet.

Doch das war Schnee von gestern. Die Pracht hatte längst die Oberhand gewonnen. Vorne auf dem Bahnhofsvorplatz reihten sich die Wagen aneinander, einer schöner als der andere. Aber auch viele Pferdekutschen standen dort, anscheinend Taxis, wie man an den vielen Besuchern erkennen konnte.

»Wenn Sebastian kommt, können wir gehen«, rief Hans' Vater gegen den Lärm an.

»Wo wohnt ihr denn?«, wollte ich wissen.

»Im Villenviertel, direkt am Rhein.«

Toll, dachte ich nur. Das war noch eine Untertreibung, wie ich bald merkte. In welches Märchenland war ich gekommen? Und was hatte Hans hier zu suchen?

Als Sebastian mit den Koffern kam und sie verstaut hatte, konnten wir aufbrechen. Er fuhr uns gemächlich durch die Gegend und irgendwann wurden die Häuser immer schöner und wertvoller.

Hans nahm meine Hand und sagte. »Hier wohnt ein Jude nach dem anderen, aber auch Schweizer wohnen hier, und alle verstehen sich!«

»Ich kann jetzt nicht viel sagen. Ich kriege fast keine Luft mehr!«, sagte ich leise zu ihm. Plötzlich blieben wir vor dieser wunderschönen Villa stehen.

Hans' Vater sagte: »Da sind wir! Willkommen zu Hause, Hannah!«

(Nach dem Tod von Hans' Vater haben wir die Villa verkauft. Seine Witwe Renate wollte zurück nach Zürich, wo sie ursprünglich herkam, und das schöne Haus einfach leer stehen zu lassen, kam für uns nicht in Frage. Bei einem Gartenfest fragte uns der italienische Konsul, ob er das Haus kaufen könne. Wir willigten ein, denn ich hatte Italien schon immer geliebt.)

Ich stieg aus und ging erst einmal durch den Park. Ich war glücklich, zum ersten Mal seit unserer unerwarteten Ankunft in Paradies empfand ich Freude.

»Komm, Hannah, ich zeige dir das Haus!«

»Ja, ich komme, Hans!«

Als Hans mir die Villa zeigte, konnte ich vor Staunen nicht mehr geradeaus gehen. Was für ein schönes Gebäude! Die Zimmer, in denen Hans und ich von nun an wohnen würden, waren der Wahnsinn!

»Gefällt es dir?«

»Ja, Hans, ich bin so fasziniert von allem. So einen Luxus habe ich noch nie gesehen!«

»Man gewöhnt sich sehr schnell daran. Wenn ich daran denke, wie ich mich gefühlt habe!«

»Warst du nicht auch erschrocken über all den Luxus?«

»Doch, aber das ist nicht unser Verdienst. Mein Vater und ich haben einfach so viel Geld, seit alle aus unserer Familie und Verwandtschaft gestorben sind.«

»Ja, du hast dich sehr verändert!«

VILLA MANGOLD IN BASEL (HEUTE ITALIENISCHES KONSULAT)

War es ein Hauch von Misstrauen? Ich kann mich heute nicht mehr genau erinnern, was ich damals empfunden habe. Aber ich will die Vermutung nicht von der Hand weisen, dass ich damals ahnte, dass es hier nicht mit rechten Dingen zuging. Ich wusste, dass Hans zwar aus einer angesehenen, aber nicht aus einer reichen Familie stammte.
Vielleicht spürte Hans meine Zweifel, so leise sie auch waren, denn er versuchte sie sofort zu zerstreuen.
»Meinst du? Aber innerlich bin ich doch immer noch dein Hans!«
»Ja! Der, den ich über alles liebe!«

»Wenn du mal Zeit zum Nachdenken hast, überleg doch mal, wann wir heiraten wollen.«

Oh nein, das war jetzt wirklich zu viel! Ich musste mich erst einmal an die neue Umgebung gewöhnen und wollte ein wenig Sicherheit gewinnen.

Also habe ich erst einmal abgewunken: »Mach ich, aber lass uns noch ein bisschen warten. Jetzt sind wir erst einmal verlobt!«

»Natürlich, meine Liebe, wir haben alle Zeit der Welt.«

»Wo soll ich schlafen?«

»Du kannst allein schlafen oder mit mir in einem Zimmer!«

»Natürlich schlafe ich bei dir, jetzt wo wir verlobt sind!«

»Komm, ich zeige dir, wo wir schlafen!«

Er nahm meine Hand und ging mit mir in den zweiten Stock. Dort standen wir vor einer Zimmertür.

»Mach auf!«, forderte Hans mich auf.

Ich traute mich nicht. »Soll ich?«, fragte ich.

Hans verdrehte die Augen und forderte mich noch einmal auf: »Ja, mach auf!«

Ich griff nach der Türklinke, drückte sie herunter und stieß die Tür auf.

»Oh Hans, ich glaube, ich träume!« Vor mir lag ein Zimmer, ganz in Weiß gehalten.

»Komm! Lass uns nachsehen!«

Hans nahm meine Hand und führte mich in das sehr große Zimmer. Er war mit hellen Damasttapeten und weißem Teppichboden ausgeschmückt. Die Decke war mit Stuck verziert und in der Mitte hing ein Kronleuchter. Nur der dunkle Koffer und mein schwarzes Kleid hoben sich von der Umgebung ab. Vor allem war der sehr große Balkon eine Augenweide. Ich saß dort oft und genoss die Aussicht auf den Rhein.

»Du denkst, du bist im Himmel, aber da will ich noch nicht hin!«

»Nein, meine süße Hannah, du bleibst schön bei mir hier unten«, lachte Hans.

Unten läutete Sebastian zum Essen.

»Komm, wir gehen essen! Hoffentlich schmeckt dir das Essen von unserer Köchin.«

»Aber sicher! Ich bin nicht verwöhnt.«

Wir gingen ins Erdgeschoss, das Essen war im großen Salon angerichtet.

»Ach, Kinder, da seid ihr ja. Und, Hannah, wie gefällt es dir hier?«

»Es ist wunderbar, Herr Mangold!«

»Das freut mich, mein Kind.«

»Was gibt es zu essen, Vater?«

»Braten mit Nudeln und Salat!«

Meine Augen wurden immer größer, als ich das hörte. Wann hatte ich das letzte Mal einen Braten gegessen? Keine Ahnung! Für die Schweizer schien so ein Essen normal zu sein, für uns ausgebombte Juden sicher nicht.

»Möchtest du zwei Scheiben?« Ich war so erstaunt, dass ich Hans gar nicht hörte. »Hannah, träumst du?«, fragte er mich.

(Ich höre seine Stimme immer noch. Er ist jetzt seit 20 Jahren tot, gestorben an einer Lungenembolie. An diesem Tag wollte ich auch sterben, so sehr fehlte er mir. Aber nachts habe ich ihn im Traum gesehen, er hat mir versprochen, an der Brücke auf mich zu warten. Nur wusste ich nicht, dass ich so lange warten musste).

Nach dem Essen fragte mich Hans, ob wir zusammen in die Stadt gehen wollten. Ich hatte etwas Angst, aber er meinte, das sei nicht nötig. In Basel habe niemand etwas gegen uns Juden. Also willigte ich ein und zog mich um. Nach der üblichen Viertelstunde traf ich Hans unten in der großen Eingangshalle.

»Wie schön du bist«, begrüßte er mich begeistert. Ich ging ihm entgegen. Hans war jetzt auch ganz in Schwarz gekleidet.

»Du siehst auch sehr gut aus, Hans! So elegant und schön.«

»Sollen wir gehen?«

»Ja, ich bin bereit!«

»Dann komm!« Hans nahm meine Hand und führte mich hinaus in diese riesige Stadt, von der ich noch nie gehört hatte.

Wir gingen am Rheinufer entlang bis ganz nach vorne, wo das Café Spitz war und diese große Brücke. Hans erzählte mir, was das für eine Brücke war, und ich konnte nur staunen, was er alles wusste.

»Das ist die mittlere Rheinbrücke! Guck mal, da kommt eine Straßenbahn.«

»Das ist wie in Berlin!«

»Wollen wir mitfahren?«

»Ja!« Hans griff nach meiner Hand und zog mich hinter sich her.

»Wir müssen springen!«

»Ja, dann lass uns rennen!«, rief ich ihm zu. Als wir in der Straßenbahn waren, bezahlte Hans die Fahrkarte und setzte sich zu mir.

»Wir fahren bis zum Rathaus. Heute ist Markttag!«

»Wie schön! Ich liebe Märkte!«

»Genau! Ich weiß, und ich möchte dir frische Blumen kaufen!«

»Das freut mich!« Ich hatte schon lange keine Angst mehr, vor die Tür zu gehen. Leider fuhr die Straßenbahn nur ein kurzes Stück, dann mussten wir aussteigen.

»Komm, da sind wir. Na, was sagst du?«

»So ein großer Markt und so viele Stände!«

»Wenn man auf diesem Markt ist, ist es normal und Pflicht, einen Basler Klöpfer zu essen!«

»Aber ich habe keinen Hunger!«

»So ein Klöpfer geht immer in den Magen!«

»Meinst du?«

»Ja, komm!«

Wieder nahm er meine Hand und rannte mit mir zum nächsten Grillstand. Leider verstand ich kaum etwas von dem, was sie sagten. Aber Hans sprach diesen Dialekt perfekt, er hatte ihn offensichtlich in den letzten drei Jahren gelernt. Es klang sogar fast wie Deutsch - nur mit einem Kaugummi im Mund gesprochen, so wie wir es in Berlin von den amerikanischen Besatzungssoldaten kannten.

Aber was Hans sagte, hatte Erfolg. Er bekam zwei Basler Klöpfer mit Brot und Senf. Als ich das erste Mal in einen echten Basler Klöpfer biss, war das ein unbeschreiblicher Moment. Es hat mir geschmeckt und Hans hatte recht, ein Klöpfer geht immer gut in den Magen. Das Brot war natürlich auch fantastisch. Senf mag ich nicht, aber der gehört zum Klöpfer.

»Na, wie schmeckt's?«

»Lecker!« Mehr konnte ich im Moment nicht sagen.

(Mir läuft das Wasser im Mund zusammen. Hätten Sie jetzt nicht Lust auf einen heißen, leckeren Klöpfer vom Holzkohlegrill? Danach fühlt man sich so gut, liebe Leserinnen und Leser. Die Basler Klöpfer haben wir in unseren Basler Jahren immer von der Metzgerei Bell bekommen. Die gehören auch heute noch zu den besten Metzgereien der Schweiz).

»Fertig?«, fragte Hans fast ungeduldig.

»Ja«, sagte ich mit vollem Mund. Ich konnte noch nie schnell essen.

»Komm, wir kaufen Obst und Gemüse und natürlich deine Blumen.«

Wir schlenderten über den Markt, als ich Hans plötzlich fragte, was das für ein Klöpfer sei. Er sagte, es sei Schweinefleisch, aber er habe sich ohnehin nie viel aus unserem Glauben gemacht, sei auch selten in die Synagoge gegangen und habe daher die Speisevorschriften offenbar nicht so ernst genommen. Nun, Adonai hatte ihn sehr verletzt.

Ich dagegen fühlte mich jetzt schlecht, aber wir hatten im Krieg auch Schweinefleisch gegessen und nur so überleben können. Nur meinem Vater darf ich nie erzählen, dass ich Schweinefleisch gegessen habe. Er würde lieber verhungern, als Schweinefleisch zu essen. Mein Vater und meine Mutter haben auch während des Krieges kein Schweinefleisch gegessen. Sie aßen Kartoffeln und anderes Essen. Nur das, was vor Adonai akzeptabel war.

Wahrscheinlich habe ich traurig geguckt, denn Hans versuchte mich zu trösten und aufzuheitern: »Liebling, lass das unser Geheimnis bleiben! Ab und zu muss man etwas tun, was andere nicht gut finden!«

»Ja, Hans, so ist es am besten!« Ich hatte trotzdem kein gutes Gefühl.

Aber Hans gab sich alle Mühe, mich auf andere Gedanken zu bringen.

»Gut, wir haben alles eingekauft, wollen wir noch in das kleine Café da vorne gehen?«

»Ja gerne, ich würde jetzt gerne einen Kaffee trinken. Hoffentlich ist der echt!«

»Natürlich ist er echt! Wir sind in der Schweiz, da ist alles echt!«, lachte Hans so laut, dass sich andere Passanten nach uns umdrehten.

»Psst, nicht so laut, die Leute gucken schon!«

»Egal!«, rief er und winkte ab.

Im vorderen Teil des Cafés setzten wir uns an einen kleinen Tisch mit direktem Blick auf das Marktgeschehen. Hans bestellte zwei Café Crème, was auch immer das war. Nur Kuchen oder Torte lehnte ich ab, aber es sah sehr verführerisch aus! Als der Kaffee kam, schaute ich ihn an: Er hatte so einen hellbraunen Schaum oben drauf.

»Was ist das?«, fragte ich erstaunt.

»Café Crème! Das da oben ist Kaffeerahm. Sie entsteht, wenn der Kaffee aus dieser modernen Maschine kommt, eine Art dichter Schaum.«

Ich probierte und liebte Café Crème von diesem Tag an. Nach dem ersten Schluck fragte mich Hans, wie es schmecke. Ich sagte nur, wie schon beim Klöpfer: »Lecker!« Hans freute sich, weil ich lächelte. (Während ich das schreibe, merke ich wieder, wie sehr ich Hans liebte. Egal, wie sehr er sich verändert hatte oder später verändern würde).

Es wurde dunkel, und Hans wollte gehen. Schließlich brauchte die Köchin das Gemüse. Wir gingen und beschlossen, zur Villa zu laufen. Es war so ein schöner Tag und die Abendluft war herrlich.

Wir gingen an allen Läden vorbei. Hans holte noch ein Brot vom Bäcker. Wollten wir nicht schnell nach Hause? Aber da kam er schon wieder heraus, ohne lange warten zu müssen. Hier gab es alles im Überfluss.

Er nahm mich an der Hand und zog mich zur großen Brücke. Als wir in der Mitte standen, wagte ich einen Blick hinunter in das grünlich schimmernde Wasser. Normalerweise habe ich Höhenangst, aber da Hans meine Hand hielt, konnte mir nichts passieren.

Als mir doch etwas schwindelig wurde, zog er mich vom Geländer zurück und gab mir einen Kuss. Dann gingen wir weiter.

»Komm! Da vorne ist die Treppe. Wir gehen wieder am Rhein entlang.«

»Ja, gehen wir da entlang. In diesem Café Spitz könnten wir einen Kaffee trinken. Und danke für den schönen Tag!«

»Ja gerne, mein Schatz, und so wird es immer sein!«

»Das Café Spitz ist schon eine kleine Schönheit«, bemerkte ich, als wir daran vorbeigingen.

Hans lächelte und sagte zu mir. »Ja, Schatz, da gibt es auch die berühmten Basler Läckerli. Die musst du probieren!«

»Gerne!«

Das letzte Stück nach Hause gingen wir gemütlich an der Rheinpromenade entlang. Ich konnte Fischer sehen, die am Ufer saßen und ihre Angeln in das leicht grünliche Wasser hielten. Einer winkte uns zu, Hans winkte zurück und sagte zu mir: »Das ist Rudi, der Mann unserer Köchin.«

Ich fand ihn nett und winkte zurück. Hans musste lachen, weil ich so verlegen aussah, aber ich fing auch an zu lachen.

»Warum lachst du?«, wollte er wissen.

Ich antwortete: »Weil du die Liebe meines Lebens bist. Ich liebe nur dich und das schon mein ganzes Leben lang.«

Hans blieb stehen und küsste mich noch einmal.

»Wann heiraten wir?«

Da war sie wieder, die Frage, von der viele junge Frauen träumen. Aber ich hatte Angst davor, unbegründet. Ich überlegte kurz und sagte dann: »Bald, Hans, gib mir noch etwas Zeit!«

Als wir zu Hause ankamen, wartete schon Herr Mangold auf uns.

»Na, ihr zwei, habt ihr euch gut amüsiert?«

»Ja, sehr, Vater!«

»Ich habe mir erlaubt, zur Feier des Tages ein paar Freunde einzuladen. Deshalb haben wir das Abendessen geändert. Es gibt Appenzeller Fondue. Hannah, du wirst es lieben!«

»Ich bin gespannt, Herr Mangold!«

»Ach, Kind, sag doch bitte Samuel. Der Herr Mangold macht mich so alt!«

Ich musste lachen und sagte: »Ja, Samuel!«

»Na bitte!« Jetzt lachte Hans. (Wie ich sein Lachen vermisse! Er konnte immer alle mit seinem Lachen anstecken).

Ich entschuldigte mich bei den beiden, weil ich mich fürs Essen frisch machen wollte. Hans meinte, ich bräuchte mich nicht zu entschuldigen, ich könne gehen, wohin ich wolle und bräuchte nicht zu fragen.

Es ist schon eine Umstellung von gestern auf heute. In meiner Familie in Berlin wäre das alles nicht möglich gewesen, auch wenn sich die Verhältnisse in Deutschland weiter verbessert hätten.

Ich ging mich frisch machen. Als ich aus dem Bad kam, lag ein wunderschönes Kleid auf dem Bett. Es war hellblau, hatte weiße Rüschen und war aus Seide genäht.

»Oh, was ist das denn?«, rief ich erstaunt.

Ich lief zum Bett, nahm das Kleid in die Hand und roch daran. Es roch so herrlich neu. Plötzlich hörte ich ein Lachen hinter mir. Es war Hans, der auf dem Sessel in der Ecke saß.

»Ich sehe, das Kleid gefällt dir!«

»Es ist wunderschön und so elegant!«

»Ich dachte, du wolltest deine Schönheit mit diesem Kleid unterstreichen.«

»Du Schmeichler! Danke, Hans!«

»Gerne, meine Liebe! Zieh es an. Ich warte draußen!«

»Gut!«

Ich zog es an, aber es ging nicht so leicht. Nach fast zehn Minuten klopfte Hans an die Zimmertür.

»Ist alles in Ordnung?«

»Ja, komm rein! Du musst den Reißverschluss zumachen.«

Hans trat ein und wurde fast blind! »Du siehst aus wie eine Prinzessin, so schön!«

Er kam näher und machte den Reißverschluss zu.

»Komm, schau dich im Spiegel an!«

Ich drehte mich um. Ich sah mich zum ersten Mal in diesem Kleid und war total verliebt in mein Spiegelbild.

»Warte, ich hab' noch was für dich!«

Hans hängte mir eine Perlenkette um den Hals.

Als ich sie sah, musste ich schlucken. So etwas Wertvolles hatte ich noch nie getragen.

»Sie ist noch von meiner Mutter und Vater hat gesagt, du sollst sie tragen.«

»Danke, Hans!«

»Fertig, Schatz?«

»Fertig!«

»Komm, lass uns runter, die Gäste warten bestimmt.«

»Habe ich eine Angst!«

»Du brauchst keine Angst zu haben. In dir schlägt ein Kämpferherz!«

Wir gingen Hand in Hand zur Treppe und da sah ich sie. Es waren bestimmt 30 Gäste und alle warteten auf mich! Hans machte den Anfang, Schritt für Schritt kamen wir näher. Plötzlich klatschten die Gäste, und ich genoss es. Unten hielten wir an, Samuel kam auf uns zu, und ich werde seine Worte nie vergessen.

»Darf ich euch meine Tochter Hannah Adriana Epstein vorstellen? Sie und Hans werden bald heiraten und unsere Familiengeschichte weiterschreiben. Begrüßt alle Hannah!«

Alle hoben ihr Glas und sagten: »Auf Hannah!« Ich hätte gerührt sein müssen! Aber ich fühlte mich beklommen. Hans muss gemerkt haben, dass meine Hand kalt und feucht war. Er reichte mir ein Glas Sekt, nahm sich selbst eins und wir stießen an. Damit war meine Nervosität sofort verflogen und ich trank meinen ersten Champagner - von da an liebte ich dieses prickelnde Getränk.

Nachdem alle auf mich angestoßen hatten, gingen wir gemeinsam in den großen Salon. Dort standen schon einige Butler bereit, und jeder von uns wurde an seinen Platz geführt. Hans und ich saßen in der Mitte. Uns gegenüber saßen Samuel Mangold und die Witwe von Rechtsanwalt Hornmann senior, beide verwitwet. Ich ahnte sofort, dass zwischen ihnen etwas lief. Aber warum auch nicht? Beide waren allein und noch nicht zu alt für eine neue Liebe.

Aber als wir alle zusammen saßen, fing es plötzlich an, ganz merkwürdig zu stinken. *Was ist das?* dachte ich, aber bevor ich Hans fragen konnte, sah ich sie schon: Sieben Männer in seltsamen Kleidern kamen in den Raum, jeder mit einem steinernen Topf in der Hand.

Damals fand ich es ekelhaft, aber das war, bevor ich es probiert hatte. Heute liebe ich dieses Gericht, und wenn ich in unserer Villa in Basel Ferien mache, esse ich fast immer ein solches Fondue. Am besten schmeckt es mit Appenzeller Käse, der ist schön würzig und wenn er geschmolzen ist, so herrlich cremig.

Musik erklang. Vier Sennen (Hirten) in der gleichen Tracht spielten auf einem Instrument, das in der Schweiz Schwizer Örgeli genannt wird. Auf Deutsch heißt es Harmonika. Diese sieben Herren marschierten wie bei einer Zeremonie zur Musik an uns vorbei und blieben dann an einer Stelle stehen. Dort, wo auf dem Tisch ein kleines Stövchen brannte, stellten sie die Caquelons ab und begannen zu jodeln. Ich musste lachen.

Die anderen schauten mich erstaunt an und lachten dann auch. Später erfuhr ich, dass die Kleidung der Sennen eine Appenzeller Tracht war.

(Die Sennen haben gelbe Kniebundhosen aus Leder, die Bauern lange braune Hosen aus Tuch oder Halbleinen ohne Hosenschlitz, aber mit einem quadratischen Latz, der am Bund mit Knöpfen geschlossen wird - daher ‹Ladehose›. Zur Hose gehört eine Chüelibroscht = Kühlein-Brust: schwarze, lederne Hosenträger mit reichem Messingbeschlag und Rosetten, Kühen und Sennen.

Das Hemd hat eine Doppelbrust, ist mit weißer Stickerei verziert und hat kurze Puffärmel. Anstelle einer Krawatte wird ein roter Knopf mit einer vergoldeten Silberbrosche getragen. Die offen getragene scharlachrote Weste

- Broschttuäch oder Liibli - hat einen kleinen Stehkragen, bestickte Revers und zwei Reihen Silberknöpfe.

Der Sennenfetzen, ein großes, mit Bildern und Sprüchen bedrucktes Taschentuch, wird dreieckig gefaltet an der gelben Hose um die Hüfte getragen. Dazu gehört beim Viehtrieb ein breitkrempiger, blumengeschmückter Filzhut.

Die Strümpfe werden mit schwarzen Lederriemen unter dem Knie zusammengebunden. Die Schuhe sind schwere Halbschuhe mit silbernen Schnallen).

Ich verstand immer mehr, dass man in der Schweiz gut leben konnte, obwohl ich erst einen Tag hier war. Aber gut, im Hause Mangold hatte ich wirklich den Himmel auf Erden gefunden.

Zum Essen selbst kann ich hier noch einmal sagen, dass es wirklich fürchterlich stinkt - nicht nur der geschmolzene Käse, sondern auch der Schnaps darin, der die Masse erst sämig macht - aber unwiderstehlich nach mehr schmeckt. Aber bitte nicht zu viel Schnaps ins Fondue, sonst schmeckt es nicht!

Hans gab mir ein Gläschen. Ich war damals so naiv und dachte, es sei Wasser. Er hob sein Glas wie alle anderen und sagte stolz: »Auf meine Verlobte Hannah!«

Ich sah, wie alle das Glas mit einem Schluck leerten und versuchte es auch. Dann merkte ich, dass es Kirschwasser war, das zu jedem Fondue gehört. Später war ich betrunken! Ich durfte das, weil ich damals noch keine feine Dame war und weil ich hier zu Hause war.

Am nächsten Morgen wachte ich natürlich mit einem Kater auf. Ich hatte noch nie im Leben Alkohol getrunken. Mir war schlecht und ich hasste dieses Kirschwasser, aber nach meinem ersten Kaffee sah die Welt wieder besser aus.

An diesem Tag wollte ich alleine in die Stadt, Hans war mit seinem Vater in Zürich. Ich beschloss, mich anzuziehen und einfach zu gehen. Vielleicht gab es irgendwo einen Wurststand. Die Basler Klöpfer hatten es mir angetan. Ich liebte sie, auch wenn sie aus Schweinefleisch waren.

»Sebastian, ich gehe in die Stadt.«

»Soll ich mitkommen?«

»Nein, ich kann mich allein amüsieren. Aber danke für die Frage.«

»Nehmen Sie wenigstens Peter mit, der kann Ihre Einkäufe tragen!«

»Nichts für ungut, Sebastian, aber ich werde nicht so viel einkaufen. Ich will einfach nur in Ruhe ein bisschen Basel erkunden!« Ich nahm meine Jacke und ging.

Endlich allein, dachte ich, als ich aus unserer Villa trat. Sebastian ist immer so anhänglich, aber natürlich meint er es nur gut. Ich war ja ganz neu hier und in einer Welt, die mir völlig fremd war.

Ich beschloss, mit dieser tollen Straßenbahn zu fahren. Zuerst musste ich am Rhein entlang laufen. Ich sah wieder die Fischer, die mir freundlich zuwinkten. Ich konnte sehen, dass es wieder der Mann unserer Köchin war, also winkte ich zurück.

Was für ein schöner Tag! Die Vögel sangen, die Leute saßen im Gartenrestaurant des Hotels Merian und waren fröhlich. (Das Hotel Merian ist 1969 abgebrannt - eine Katastrophe!) Ich lief zur Treppe, stieg in die Straßenbahn. Der freundliche Schaffner gab mir die Fahrkarte und ich bezahlte. Das war komisch! Ich wusste nicht, wie man mit Geld umgeht, aber ich tat es einfach, wie es die Frauen immer taten, und ich lernte es mit der Zeit.

Ich fuhr mit der Straßenbahn zu einem Platz, den ich noch nie gesehen und von dem ich noch nie gehört hatte - dem Barfüßerplatz. Was für ein komischer Name! Ob man ihn wohl nur barfuß betreten durfte?

Der Schaffner meinte, wenn ich hier aussteigen würde, könnte ich etwas erleben. Also stieg ich aus und sah auf dem Platz einen kleinen Markt. Ich freute mich sehr, denn ich ging gerne auf Märkte. Langsam schlenderte ich durch die engen Gassen mit den Ständen. Es gab so viel zu sehen! Die Düfte von Gewürzen, Blumen und vor allem der Geruch vom Grillstand. Ich kaufte Blumen und bekam von dem Verkäufer, einem jungen Mann, sogar eine Rose geschenkt.

Er sagte: »Eine Rose für eine Rose! Möge sie blühen, solange Sie schön sind!« Was für ein Charmeur!

»Wenn Sie das mit jeder Frau machen, haben Sie bald keine Rosen mehr.«

Er verbeugte sich vor mir und hauchte mir einen Handkuss zu. Ich errötete. Schnell ging ich weiter zu einem Stand mit Gewürzen.

»Magst du Gewürze? Die sind alle aus dem Orient!« Ich winkte ab, aber er ließ nicht locker. »Ich habe den besten Zimt aus Ceylon, die besten Gewürznelken aus Indien und die gesündesten Kräuter aus unseren Alpen! Komm, kauf etwas, ich mache dir einen guten Preis.«

Ich beschloss, ihm etwas abzukaufen. »Gut, ich nehme diese Kräuter. Was kann ich damit machen?«

»Für den Salat, oder du kannst sie mit Schnaps mischen!«

»Ich überlege - gut, ich nehme zwei Bund.«

Er gab mir zwei Bund, ich gab ihm das Geld. Mehr wollte ich nicht kaufen, aber wer weiß? Ich lief weiter, es kamen noch so viele schöne Stände. An einem Stand musste ich wieder stehen bleiben, denn da gab es Spitze und Tüll. Ich war total verliebt in diese Schürze mit den Spitzen, aber sie war sehr teuer.

»Ich gebe dir einen Rabatt, wenn du sie nimmst«, bot mir der Händler an.

»Wie viel willst du?«, fragte ich ihn.

Er wollte fünf Franken. Ich schaute in mein Portemonnaie und sah, dass ich nur vier Franken Kleingeld hatte.

»Ich habe leider nur vier Franken. Der andere Händler mit den Kräutern war so teuer.«

»Ich nehme die vier Franken.« Er lächelte mich freundlich an.

Ich gab sie ihm und er gab mir die wunderschöne Schürze. Ich bedankte mich und ging. Aber jetzt wollte ich weiter. Ich lief die enge Gasse hinauf, oben war eine schöne Kirche, die ich mir aus der Nähe ansehen wollte.

Es war das berühmte Basler Münster.

Ich lief um das Münster herum bis zur Mauer. Was für eine schöne Aussicht auf die andere Rheinseite! Man konnte sogar unsere Villa auf der anderen Seite des Flusses sehen und auch die Fischer, die noch beim Fischen waren.

Als ich weiterging, sah ich dieses Schild mit der Aufschrift ‹Rhein-Fähre›. *Das muss ich sehen*, dachte ich mir, als ich schon die Treppe hinunterlief. Da stand sie, die Fähre mit dem schönen Namen Leu. (Die Leu ist eine von vier Fähren, die heute noch in Betrieb sind. Die Fähren sind nach den Wappenträgern der drei Kleinbasler Ehrengesellschaften, den Hauptfiguren des traditionellen Gryff-Vogel-Umzugs, benannt).

Schüchtern fragte ich den jungen Burschen auf der Fähre, ob er mich auf die andere Seite bringen könne. Er sagte, dass er das sehr gerne tun würde. Er nannte mich Fräulein, wie nett! Er half mir beim Einsteigen und dann fuhren wir los. Geschickt ließ er seine Fähre von selbst auf die andere Seite treiben. Dort wollte ich ihn bezahlen, aber er wollte kein Geld von mir.

Stattdessen sagte er in seinem Schweizer Dialekt: »Was soll ich mit deinem Geld! Allein, dass ich deine Schönheit sehen durfte, ist mir Lohn genug!«

Ich fühlte, wie mein Gesicht rot wurde, bedankte mich schnell und rannte die Granitstufen hinauf. Oben an der Uferpromenade blieb ich erst einmal stehen, musste mich aber noch einmal nach dem Fährmann umdrehen. Er sah, wie ich mich umsah und winkte mir zu. Ich lächelte ihm zu, aber er drehte sich um und fuhr wieder zurück.

Als ich nach Hause kam, waren Hans und sein Vater schon aus Zürich zurück. Schnell lief ich in die Villa, um meinen Liebsten zu sehen. Sebastian sagte, er sei noch mit seinem Vater im Gespräch. Ich bedankte mich, ging in unser Schlafzimmer und zog mich aus. Im Bad habe ich mich frisch gemacht. Ich überlegte, was ich anziehen sollte und entschied mich für das schlichte blaue Kleid.

Unten hörte ich sie schon, Hans und sein Vater waren fertig. Schnell nach unten, um ihn zu begrüßen, aber nicht ohne Schuhe! Ich rannte zu meinem Schuhschrank, zog die Schuhe an und rannte zur Treppe. Da sahen wir uns und ich weiß noch, wie mein Herz klopfte.

Ich rief: »Hans! Endlich bist du wieder da!« Ich rannte die Treppe hinunter, direkt in seine Arme.

»Hannah, mein Liebling!«

Schnell küsste er mich, und sein Vater lachte.

Er sagte: »Das waren nur vier Stunden, und ihr tut so, als wären es vier Jahre gewesen!«

»Vater, das liegt daran, dass wir uns unendlich lieben.«

»Ja, ja, Junge!«

»Hannah, ich muss mit dir reden.«

»Ist etwas passiert, Hans?«

»Nein, mein Schatz, ich muss dir nur etwas sagen.«

»Schon gut, Hans, das hat Zeit. Ich war heute ganz allein in der Stadt und bin mit der Fähre gefahren!«

»Ja, das ist gut, aber ich muss dir wirklich etwas sagen. Vater will, dass ich nach Zürich gehe und dort unsere neue Firma leite.«

»Das klingt toll! Wann fahren wir?«, sagte ich ohne lange zu überlegen.

»Bist du bereit, mit mir zu kommen?«, fragte er und ich antwortete: »Natürlich! Ich liebe dich und wir gehören zusammen, Hans«.

Er gab mir einen Kuss und freute sich, dass ich mitkommen wollte.

»Kinder, lasst uns essen!«

Nach dem Essen hatten wir viel Zeit zum Reden. Wir setzten uns in den kleinen Salon. Hans trank Whisky und ich Tee.

»Hans, was ist das eigentlich für eine Firma?«

»Meine Liebe, ich weiß nicht, ob du das verstehen wirst. Ich werde versuchen, es dir zu erklären. Sehr viele Juden haben sehr viel Geld oder andere Wertsachen. Martin Hornmann kennt viele von ihnen, und unsere Firma wird sich um dieses Geld und diese Wertsachen kümmern. Wir verwahren diese Sachen gegen eine Gebühr, oder wir investieren das Geld in gewinnbringende Projekte. Oder wir kaufen Häuser und vermieten sie.«

»Du hast Recht, ich habe nichts verstanden!«

»Egal, meine Liebe, ich werde es dir dort persönlich zeigen. Wenn du willst, kannst du auch ein bisschen mitarbeiten.«

»Ich weiß noch nicht. Ich möchte lieber etwas erlernen. Ich möchte Friseurin werden!«

»Das kommt nicht in Frage!«, rief Hans entsetzt.

Ich war wütend, aber ich konnte es damals gut verbergen. Jüdische Frauen ertrugen und ertragen alles im Stillen, aber ich wollte damals nicht aufgeben.

»Hannah, versteh doch! Meine Frau kann keine Friseurin werden. Wir sind reich, und du brauchst nichts zu tun, als zu repräsentieren, Feste und Empfänge zu geben und einfach meine Frau zu sein.«

»Ich verstehe, Hans! Ich soll die Frau an deiner Seite sein!«

»Entschuldige, wenn du mich missverstehst. Aber so ist unser Leben.«

Damals habe ich es nicht verstanden. Heute weiß ich, dass ich ein sehr schönes Leben hatte.

»Ich gehe ins Bett, schlaf gut!«

Ich stand auf und ging. Hans sagte nicht viel, nur: »Gute Nacht!« - Um Himmels willen, unser erster Streit!

Am nächsten Morgen war das alles Schnee von gestern. Hans lag neben mir, ich sah ihn an. Er lächelte und sagte: »Liebst du mich noch?«

»Natürlich, sehr sogar!«

Ich gab ihm einen Kuss und kuschelte mich an ihn. Damals wusste ich noch nicht, wie man Sex macht, aber das kam mit der Zeit. Ob Hans damals Sex wollte, wusste ich nicht. Ich war noch jung und wollte es nicht wissen.

»Lass uns aufstehen, wir haben noch was zu erledigen.«

»Gut!«

Hans stand sofort auf und ging ins Bad. Seltsamerweise ließ er die Tür einen Spalt offen. So konnte ich sehen, wie er sich auszog. Er sah nackt so schön aus! Ich merkte, wie ich rot wurde. Schnell zog ich mir die Decke über den Kopf.

»Ist dir kalt?«, hörte ich Hans fragen, als er aus dem Bad kam.

»Nein, Hans, alles in Ordnung. Ich dachte, ich muss niesen, aber da war nichts.«

»Ich gehe runter, ich muss mit Papa reden.«

»Ist gut, ich muss noch ins Bad. Eine Dame braucht eben länger!«

»Keine Sorge, lass dir Zeit, meine Liebe.«

Er kam zu mir, gab mir einen Kuss und ging. Ich ging ins Bad und machte mich fertig. Heute wollte ich mich für Hans schön machen. Ich wollte das berühmte »Ahh« hören!

Als ich fertig war, ging ich nach unten. Hans und sein Vater saßen schon am Tisch und frühstückten.

»Guten Morgen zusammen!«

»Guten Morgen, Hannah, wie schön du bist, mein Kind«, sagte Samuel.

Hans war sprachlos. Er konnte sich kaum auf sein Brötchen konzentrieren. Da war es: »Ahh!« Hans sagte es, und ich war glücklich. Ich setzte mich Hans gegenüber, Sebastian schenkte Kaffee ein, und ich nahm mir ein Brötchen und etwas Käse. Hans und sein Vater unterhielten sich, ich saß daneben. Als ich mit dem Frühstück fertig war, stand ich auf.

Hans hielt mich auf: »Wo willst du hin?«

»Ihr redet und beachtet mich nicht. Ich kann auch was anderes machen!«

»Nein, ich möchte noch etwas mit dir besprechen. Lass uns in den Park gehen.«

»Ja, gerne, ein bisschen frische Luft tut dir sicher gut!«

Ich ging zur Garderobe, um mir eine Strickjacke zu holen. Hans hatte schon seine Anzugjacke an. Als wir so draußen im Park spazieren gingen, sagte ich zu Hans:

»Heute ist ein so schönes Wetter.«

»Ja, Hannah, es ist schon warm am Morgen.«

»Du wolltest mich sprechen?«

»Ja, Hannah. Ich wollte dich fragen, ob wir für ein paar Tage nach Berlin fahren wollen.«

»Was? Ja, gerne! Endlich Mama wiedersehen und all die anderen.«

»Ja, deswegen, ich dachte, du vermisst sie.«

»Sehr! Aber wenn du bei mir bist, ist die Sehnsucht nicht so groß.«

»Vater hat Fahrkarten besorgt, wir fahren bereits morgen, wenn du willst?«

»Ja, Hans!« Ich umarmte Hans und küsste ihn. »Ich habe noch so viel zu tun! Können wir noch einkaufen gehen?«

»Ja, Schatz, alles, was du willst!«

»Dann komm, ich möchte noch ein paar Geschenke für zu Hause kaufen.« Ich rannte los und kaufte mir eine richtige Jacke.

Als ich zu Hans zurückkam, stand er schon vor seinem Auto und wartete auf mich.

»Entschuldige, es hat etwas länger gedauert!«

»Jetzt bist du ja da, mein Schatz«, sagte er und half mir beim Einsteigen.

»Wo fahren wir hin?«, wollte ich wissen.

»Nach Riehen, das ist nur ein paar Minuten mit dem Auto entfernt. Da gibt es einen schönen Markt und kleine Läden.«

»Ich bin gespannt, Hans.«

Sebastian fuhr das Auto und nach einer Viertelstunde waren wir schon in Riehen. Das ist ein kleines Dorf an der Grenze zu Deutschland. Sebastian parkte das Auto, stieg aus und half uns beiden beim Aussteigen.

»Hannah, schau mal, da ist der Markt!«

»Wie schön, Hans, lass uns gehen!«

Hans nahm mich bei der Hand und ging zielstrebig auf die Marktstände zu. Bei einem Seifenstand blieb er stehen.

»Meinst du, deine Mutter und Rosa freuen sich über Seife?«

»Ja, natürlich! Seife ist wertvoll und selten in Deutschland.«

»Dann nehmen wir vier Stück Lavendelseife und vier Stück Rosenseife!«, sagte Hans zur Marktfrau.

»Gerne, meine Herrschaften! Darf es sonst noch etwas sein?«

»Ja, zwei Stück Kernseife, dann haben wir alles.«

»Gerne!« Die Marktfrau packte alles ein. »Das macht 12 Franken, bitte!«

Hans bezahlte und wir gingen weiter bis zu einem Stand mit Spitzen. Dort blieb ich stehen und bewunderte all die schönen Tischdecken und Bettwäsche.

»Möchtest du auch etwas mitnehmen?«

»Ja, bitte!«

»Nur zu!«

Etwas schüchtern sagte ich zu dem Verkäufer: »Ich hätte gerne Tischdecken.«

»Gerne. Suchen Sie sich etwas aus!«

Ich schaute mir einige Stücke an und entschied mich dann für drei Tischdecken.

»Diese, bitte!«

»Sehr gerne! Darf es sonst noch etwas sein?«

»Ja! Noch zwei Schürzen. Haben Sie auch farbige?«

»Warten Sie, ich muss nachsehen.«

Er kam mit farbiger Wäsche zurück, sehr schöne Stücke. Ich wählte zwei schöne Schürzen aus.

Der Verkäufer packte alles ein.

»Das macht 24 Franken, die Dame.«

Hans bezahlte die Ware und wir gingen weiter, um noch ein paar Sachen für Adam, Ari und vor allem für Vater zu kaufen.

Nach über einer Stunde hatten wir alles zusammen. Hans war schon ganz erschöpft. Er wollte jetzt noch einen Kaffee trinken gehen.

»Kommst du mit oder willst du noch auf den Markt gehen?«

»Nein, Hans, ich komme mit. Ich will auch Kaffee und Kuchen, mein Lieber.«

Hans lächelte mich zufrieden an. »Komm, lass uns gehen, da vorne ist ein nettes Café!«

Das Café befand sich in einer alten Villa. Bei dem schönen Wetter konnten wir schon auf der Terrasse sitzen, was wir auch taten. Hans bestellte Kaffee und Kuchen. Als der Kellner kam, staunte ich nicht schlecht. Es gab Schwarzwälder Kirschtorte! Ich bekam große Augen.

»Oh, wie schön, Schwarzwälder Kirschtorte! Wie gerne würde ich ein Stück für Mama mitnehmen.«

»Ich weiß nicht, ob sie die Torte noch essen kann, wenn wir ankommen.«

»Ich weiß!«, sagte ich traurig.

»Aber du kannst ja nach dem Rezept fragen!«

Als der Kellner wieder an uns vorbeiging, fasste ich mir ein Herz und fragte ihn, ob ich das Rezept für diese leckere Schwarzwälder Kirschtorte haben könnte. Er meinte freundlich, er müsse in der Küche nachfragen. Das tat er auch, und als er zurückkam, hatte er einen Zettel in der Hand.

»Sehen Sie, gnädige Frau, das hat mir der Konditor für Sie gegeben.«

»Das ist ja fantastisch! Danke!«, sagte ich überglücklich.

Hans gab ihm ein Trinkgeld für seine Mühe. Ich war so glücklich, dass ich mir vornahm, diese wunderbare Torte auch in Berlin zu backen.

»Soll ich bezahlen oder möchtest du noch etwas, Schatz?«

»Nein, wir können gehen. Ich bin so aufgeregt wegen morgen!«

Hans winkte dem Kellner. Der kam und Hans bezahlte. Ich bedankte mich noch einmal, dann gingen wir.

Vor dem Café wartete schon Sebastian. Als er uns sah, stieg er aus und half mir beim Einsteigen.

»Danke, Sebastian!«

»Gern geschehen, Fräulein Epstein.«

Sebastian stieg auch ein, dann konnten wir losfahren.

»Sebastian, halten Sie bitte beim nächsten Laden, wo es Taschenmesser gibt.«

»Gerne, da kommt einer, ich halte!«

»Danke«, sagte ich.

Schon sprang ich heraus und rannte zum Laden. Hans rief mir hinterher, ich solle warten. Aber das hörte ich nur im Vorbeigehen, denn ich sah schon ein tolles Jagdmesser im Schaufenster. Das muss es sein, Adam wird sich bestimmt freuen. Der Verkäufer begrüßte mich höflich und fragte mich, was ich gerne hätte. Ich grüßte höflich zurück und zeigte ihm das Messer, das ich wollte. Er schaute mich mit großen Augen an und sagte dann: »Sind Sie nicht zu jung für so ein Messer, Fräulein?«

»Nein! Ich bin 21 Jahre alt, nicht zu jung, mein Herr!«

In diesem Augenblick kam Hans in den Laden und sagte: »Liebes, hörst du nicht? Ich habe dich gerufen, weil man nicht einfach so ein Messer kaufen kann!«

»Warum nicht?«, fragte ich neugierig.

Der Ladenbesitzer antwortete: »Es ist in der Schweiz nicht üblich, dass junge Damen Messer kaufen«.

»Verstehe«, sagte ich verlegen.

»Aber ich kann es für dich kaufen!«

»Dann tu das bitte und kaufe noch eine Tabakpfeife für Vater. Er liebt es, abends zu rauchen.«

Ich zeigte auf das Messer, das ich ausgesucht hatte. Dabei fiel mir Ari ein. Er könnte auch eins gebrauchen.

»Kann ich bitte zwei davon haben?«

»Natürlich, Miss!« Es war schließlich ein sehr gutes Geschäft für ihn.

»Das macht dann 52 Franken und das hier bekommen Sie noch dazu geschenkt.« Er hielt zwei kleine Schleifsteine in der Hand, die er einpackte. Hans bezahlte, ich nahm die Ware und wir gingen.

»Auf Wiedersehen, die Herrschaften!«

»Auf Wiedersehen!«

Ich war schon draußen beim Einsteigen. Als Hans saß, konnten wir weiterfahren.

»Haben wir jetzt alles?«, fragte mich Hans und nahm meine Hand in seine.

»Ja, mein Lieber, danke, dass ich das alles kaufen durfte!«

»Mein Geld ist auch dein Geld, Liebling, du brauchst mir nicht zu danken. Was deine Familie für mich getan hat, kann weder Vater noch ich wieder gut machen!«

»Ich liebe dich, Hans!«

»Ich liebe dich auch, Hannah Epstein!«

Sebastian bog in die Rheinpromenade ein, an der unsere Villa lag. Samuel stand oben auf der Treppe, als wir aus dem Auto stiegen. Er winkte uns zu, wie immer sehr freundlich.

Oben auf der Treppe fragte uns Samuel, ob wir gut eingekauft hätten. Er konnte die vielen Tüten sehen, die Sebastian in die Villa schleppte.

»Ja, Vater«, antwortete Hans. »Hannah will Geschenke mit nach Berlin nehmen.«

»Ja, das kann ich verstehen! Wir können nie wieder gut machen, was deine Familie für meinen Hans getan hat!«

»Samuel, das haben wir nicht allein geschafft. Viele haben geholfen!«

»Trotzdem danke, Hannah!«, sagte Samuel zu mir.

»Wann gibt es Abendessen, Vater?«

»Ich glaube, es wird gleich serviert. Ihr müsst ja bald ins Bett.«

»Ja, wir müssen morgen früh um fünf Uhr aufstehen.«

»Ich werde euch nicht begleiten. Deshalb verabschiede ich mich nachher von euch. Jetzt gehen wir essen.« Die Köchin läutete schon.

Wir gingen zum Essen. Heute gab es einen Auflauf. Es war so lecker, dass fast nichts übrig blieb. Die Köchin war Tessinerin. Die Tessiner Küche ist italienisch. Aufläufe und Gratins sind sehr beliebt.

Als wir fertig waren, saßen wir noch eine Weile im kleinen Salon. Dort gab es immer Zigarren und Whisky. Man unterhielt sich über den Tag oder ob es Gerüchte gab, die man weitererzählen konnte. Aber an diesem Abend sprachen wir nur über unsere bevorstehende Reise nach Berlin.

Samuel wollte wissen, wie lange wir in Berlin bleiben würden. Hans meinte, dass wir bestimmt eine Woche bleiben würden. Ich dagegen wäre damals am liebsten gar nicht mehr aus Berlin weggefahren.

Als es Zeit zum Schlafen war, verabschiedeten wir uns von Samuel und gingen ins Bett. In dieser Nacht habe ich sehr unruhig geschlafen, weil ich so aufgeregt war. Endlich sehe ich meine Familie wieder! Sie wissen nicht, dass wir kommen, also wird die Freude noch größer sein!

Irgendwann muss ich dann doch eingeschlafen sein, denn als ich aufwachte, saß Hans schon auf der Bettkante und wollte aufstehen.

»Guten Morgen, mein Schatz! Hast du gut geschlafen?«

»Guten Morgen, ja, aber es hat lange gedauert, bis ich eingeschlafen bin!«

Er beugte sich über mich und gab mir einen Kuss.

Seit dieser Nacht waren wir einander nicht mehr fremd.

(Ihr wisst, was ich meine. Damals war es nicht üblich, vor der Ehe Sex zu haben, nicht einmal unter Verlobten. In dieser Nacht hatten wir zum ersten Mal Sex, und ich glaube, da wurde auch unser Kind gezeugt).

»Sollen wir aufstehen? Es ist fast fünf Uhr!«

»Ja, mein Liebster! Willst du zuerst ins Bad oder soll ich?«

»Ich bin schneller fertig, aber wenn du willst, können wir zusammen gehen«, scherzte er. Ich schrie: »Nein, du Verrückter!« Er lachte und ging ins Bad. Aber er ließ die Tür einen Spalt offen. (Mein G-tt, was hatte er für einen schönen Körper! Wie habe ich ihn damals geliebt! Ihr könnt es euch vorstellen).

Zehn Minuten später kam er erfrischt, gut gelaunt und pfeifend aus dem Bad, setzte sich neben mich auf die Bettkante und küsste mich.

»Ich gehe runter und mache Frühstück! Oder soll ich dir im Bad helfen?«

Ich schrie, er lachte und ging weg. Ich stand auf, um zu sehen, ob er wiederkommt. Als er weg war, bin ich schnell ins Bad gerannt. Heute denke ich: Wie konnte ich damals nur so dumm sein!

Als ich fertig war, zog ich mich schick an. Dann ging ich zu Hans, um mit ihm zu frühstücken. Er saß schon am Tisch im Wohnzimmer und trank Kaffee.

»Hannah, da bist du ja!«

»Ja, Hans, manchmal dauert es eben etwas länger.«

»Macht doch nichts! Ich meine, wollen wir noch Kaffee für deine Familie mitnehmen?«

»Ja, gerne! Der ist dort bestimmt nicht so gut wie bei uns.«

»Magst du Kaffee?«

»Ja, gerne!« Hans schenkte mir Kaffee ein, ich nahm mir frische Brötchen und aß etwas Butter mit Käse dazu.

Nach 20 Minuten sagte Hans: »Wenn du fertig bist, können wir gehen. Ich habe den Kaffee und noch etwas Schokolade eingepackt!«

»Gut, danke!«

Hans und ich räumten noch den Tisch ab, dann kam Sebastian.

»Guten Morgen!«

Hans begrüßte ihn, ich begrüßte ihn auch: »Guten Morgen, Sebastian, wie geht es Ihnen heute?«

»Danke, gut, Fräulein Epstein. Ich habe die Koffer schon zum Auto gebracht.«

»Danke, Sebastian, wir kommen gleich! Ich muss nur noch meinen Mantel holen.«

»Keine Eile! Wir haben noch etwas Zeit.«

Hans war schon vorausgegangen, als ich meinen Mantel holte. Er lag noch im Zimmer auf dem Sessel. Ich nahm ihn und zog ihn im Gehen an. Unten wartete man schon auf mich, Sebastian hielt mir die Wagentür auf. Nachdem ich eingestiegen war, konnten wir endlich losfahren.

Kurze Zeit später waren wir am Bahnhof. Sebastian ließ uns aussteigen und holte dann die Koffer. Mit einem Kofferroller brachte er sie zu unserem Bahnsteig. Ich stand immer noch mit offenem Mund da und machte große Augen, als ich die große Eingangshalle des Badischen Bahnhofs sah. Wir gingen am deutschen Zoll vorbei zu unserem Bahnsteig.

Damals war es anders als heute. Heute stehen nur noch wenige Zöllner am Grenzübergang, damals waren es viel mehr.

Unser Zug stand schon da, als wir am Bahnsteig ankamen. Menschen liefen hin und her, Schaffner winkten und wir mittendrin.

Diesmal fuhren wir mit dem Schnellzug nach Frankfurt am Main. Von dort ging es weiter mit dem Nahverkehrszug FD 1/2. Die Strecke führte von Frankfurt am Main nach Bebra (Grenzübergang), dann von Wartha (Werra) über Erfurt und Sangerhausen nach Berlin-Friedrichstraße. Allein die Fahrt von Frankfurt am Main nach Berlin-Friedrichstraße dauerte 7,5 Stunden. Die Fahrtzeit von Basel nach Frankfurt am Main betrug gut 6 Stunden. Wir legten gut 690 Kilometer zurück und mussten dafür rund 552 Reichsmark bezahlen. Das waren immerhin 281 Schweizer Franken.

»Wagen drei, Abteil zwei«, sagte Sebastian.

Ich schaute und sah, dass Wagen drei zur ersten Klasse gehörte.

»Hans! Da muss etwas nicht stimmen, laut Zugnummer sind wir in der ersten Klasse«, sagte ich zu ihm.

Er antwortete mir: »Das stimmt, Vater hat die Reise für uns gebucht, und er bucht immer erster Klasse!«

Ich war schockiert, als ich die Einrichtung des Zuges sah. So edel und modern für die damalige Zeit! Heute ist die erste Klasse nicht mehr so edel.

»Endlich sitze ich, und schlecht ist es mir auch!«, stöhnte ich.

Hans lachte. Er war froh, dass die Reise bisher so gut verlaufen war. »Freust du dich schon auf Berlin?«

»Ja, endlich sehe ich meine Familie wieder. Ich vermisse sie und bin gespannt, wie sich Berlin entwickelt hat.« Berlin musste, wie so viele deutsche Städte, wieder aufgebaut werden, und das ging damals nicht so schnell wie mit den heutigen technischen Möglichkeiten.

Zu Beginn der Reise war es im Zug sehr unruhig. Leute liefen vorbei, ab und zu öffnete jemand und fragte, ob noch ein Platz frei sei, aber Hans knurrte nur: »Nein!«

Allmählich wurde es ruhiger. Anscheinend saß jeder an seinem Platz. Dazwischen liefen Zöllner vorbei. Einer schaute kurz in unser Abteil und nickte freundlich. Ich las Die rote Zora - ein Jugendbuch, ich weiß, aber in meiner Jugend durften wir solche Bücher nicht lesen. Hans hingegen blätterte in der Zeitung.

Die erste Station war Freiburg. Der Zug hielt an, einige Reisende und der Zoll stiegen aus. Neue Reisende stiegen ein und liefen wieder herum. Endlich war es wieder still. Ich las weiter, Hans studierte seine Unterlagen und machte sich Notizen. Ab und zu sagte er leise: »Gut«, und ich blickte auf, weil ich dachte, er meinte mich.

Die nächste Station war Karlsruhe. Wieder stiegen Reisende ein und aus. Langsam wurde mir langweilig. Zum Glück kam endlich der Kaffeewagen an unserem Abteil vorbei. Der Bahnmitarbeiter schaute freundlich hinein und ich winkte ihm zu.

»Guten Tag, kann ich Ihnen etwas bringen?«, fragte er höflich.

Ich antwortete: »Ja, sehr gerne. Ich möchte einen Kaffee mit Milch und Zucker. Möchtest du auch etwas, Hans?«

Er war in seine Arbeit vertieft, blickte aber auf, als ich ihn fragte.

»Ja, meine Liebe. Einen Kaffee und zwei Brezeln. Den Kaffee mit Zucker.«

Der Bahnangestellte gab uns den Kaffee und die Brezeln. Ich bezahlte ihn und er ging.

»Endlich Kaffee, ich bin müde. Ich hätte auch eine Brezel haben können, schade.«

»Schatz, ich habe extra zwei genommen, weil ich weiß, dass du nachher noch eine willst.«

Hans gab mir eine Brezel und ich war glücklich.

Schon kam Mannheim, und der Zug hielt an. Auf dem Bahnsteig standen Soldaten, es waren Amerikaner, einige davon waren Afroamerikaner. Sie trugen ihre olivgrünen Uniformen und lächelten. Sie waren wohl froh, dass sie keinen Dienst tun mussten. Als sie einstiegen, wurde es im Zug gleich lauter, aber das störte mich nicht. Sie fuhren in der zweiten Klasse, aber sie gingen an unserem Abteil vorbei. So jung und freundlich! Einer pfiff, als er mich sah! Ich spürte, wie ich rot wurde. Hans hatte natürlich nichts gehört. Der Schaffner pfiff und der Zug setzte sich in Bewegung. Ich schaute auf die Zuganzeige und sah, dass der nächste Halt Frankfurt war.

Was mache ich jetzt 45 Minuten, mein Buch weiterlesen, dachte ich. Hans schaute immer wieder in seine Unterlagen, machte sich schweigend Notizen. Ich sah ihm gerne bei der Arbeit zu, und wenn er von seinen Unterlagen aufblickte, musste er lachen, weil er mich ertappt hatte.

So verging die Zeit und wir erreichten schließlich den Hauptbahnhof in Frankfurt am Main. Das imposante Gebäude mit seinen Arkaden konnte ich schon sehen, als wir über den Main fuhren. Aus den Reiseinformationen wusste ich, dass es sich um einen Kopfbahnhof handelte.

»Hans, wir müssen gleich aussteigen.«

»Ja, Schatz, ich habe die Durchsage gehört.«

Hans packte seine Unterlagen in die Aktentasche und schloss sie. Er hievte die Koffer aus dem Gepäckabteil und ich nahm meine Tasche.

Der Zug hielt an, wir konnten aussteigen. Auf dem Bahnsteig waren noch die Kriegsschäden zu sehen. An den Hallengebäuden fehlte fast überall das Glas.

»Von welchem Gleis fährt unser Zug ab?«, wollte ich von Hans wissen.

Er schaute auf einen Zettel und sagte: »Gleis 12 in zehn Minuten.«

»Das ist nur drei Gleise weiter.«

Hans stellte die Koffer und eine Tasche auf einen Kofferwagen und ich nahm meine Tasche. Auf Gleis 12 angekommen, sahen wir, dass der Zug schon stand. Die Fahrgäste stiegen ein und Hans beschloss, auch einzusteigen. Der Zug war etwas einfacher, es gab keine erste Klasse.

»Waggon 3, Plätze 12 und 13, da müssen wir hin.«

Wir liefen den Bahnsteig entlang bis zum Waggon 3 und stiegen dort ein. Ein Eisenbahner half uns, die Koffer und Taschen in den Zug zu bringen. Dafür bekam er ein Trinkgeld und freute sich. Wir fanden unsere Plätze, es war ein Viererplatz. Hans rollte schon mit den Augen, denn er wollte alleine sitzen. Ich freute mich auf mögliche Bekanntschaften.

»Gut, wir haben Fensterplätze.«

Ich setzte mich sofort auf meinen Platz und freute mich auf die Zugfahrt. Hans verstaute die Koffer in der Gepäckablage und setzte sich zu mir.

»Möchtest du ein Sandwich, Liebes?«

»Ja gerne, und gibt es etwas zum Trinken?«

»Ja, Wasser.«

»Nur Wasser?«, fragte ich leicht irritiert.

»Nein, es gibt auch Tafelwasser.«

Ich musste lachen, es war die gleiche Flasche, die Hans mir hinhielt.

»Dann nehme ich Tafelwasser und ein Sandwich.«

»Kommt!«

Wir aßen unsere Brote und tranken das <Tafelwasser> dazu.

»Außer uns kommt wohl niemand. Der Zug fährt gleich ab.«

Passagiere rannten an uns vorbei. Sie liefen wie wir vorhin und hatten ihre Reiseunterlagen in der Hand. Auch wir hatten unsere Papiere in der Aktentasche, da war Hans sehr pingelig. Schon hörte man den Schaffner pfeifen. Der Zug setzte sich in Bewegung, nächster Halt Grenzbahnhof Bebra, der letzte Westbahnhof.

Ich schaute aus dem Fenster. Hans war froh, dass unsere Nebenplätze frei geblieben waren. Wie schön war Hessen! Ich liebte die Landschaft.

Es war zwar karg, aber man konnte überall sehen, wie der Wiederaufbau voranschritt.

»Schatz, wusstest du, dass wir ab Bebra mit einer Dampflok fahren?«

»Nein, das ist bestimmt interessant.«

»Wir müssen auch gleich da sein.«

Wir hatten noch fünf Minuten Zeit, als die Durchsage kam, dass wir in wenigen Minuten ankommen würden.

In Bebra stieg niemand aus. Dafür stiegen drei Polizisten und drei US-Soldaten zu. In mir machte sich wieder die bekannte Angst breit. Aber ich hatte nichts zu befürchten. Wir hatten alle Papiere, auch die nötigen Stempel.

Die Passkontrolle war kein Problem. Einer der Polizisten hatte einen hessischen Dialekt und war sehr nett. Er fragte, wohin wir wollten und Hans sagte, dass wir nach West-Berlin wollten. Sie schauten sich unsere Pässe genauer an und einer der Beamten sah auch mein Visum für die Schweiz. Wir bekamen unsere Zählkarte für den visafreien Transit. Schon ließen sie uns in Ruhe und quälten ein paar arme DDR-Bürger. Ich war glücklich und musste tief Luft holen. Hans lächelte mich an und arbeitete weiter.

»Hast du gemerkt, dass wir ohne Lokwechsel weiterfahren?«

»Ja. Ich dachte, die machen das in Bebra, aber anscheinend nicht. Vielleicht erst in Wartha.«

Als einer der Polizisten vorbeiging, ergriff ich die Gelegenheit und fragte ihn: »Entschuldigung, wissen Sie, warum wir nicht mit einer Dampflok weiterfahren?«

»Da müssen Sie noch etwas warten. Der Lokwechsel findet erst in Wartha statt.«

»Danke!«

Der Beamte nickte freundlich und ging weiter.

Hans war überrascht, dass ich doch mehr Mut zu haben schien, als er vermutet hatte.

»Gleich kommt Wartha«, sagte er und blickte gelangweilt aus dem Fenster. »Schau, wie karg es hier ist, grau und trist! In so einer Gegend könnte ich nie leben.«

»Ich auch nicht. Wir sind keine Landleute. Schau, da vorne ist der Bahnhof.«

Als der Zug am Bahnsteig hielt, wurden wir über Lautsprecher begrüßt: »Wartha, hier ist Wartha! Liebe Reisende, wir begrüßen Sie in der Deutschen Demokratischen Republik! Alle Reisenden, die nicht nach Berlin fahren, werden gebeten, sofort auszusteigen, da dieser Zug nicht bis Berlin hält! Ich wiederhole: ...«

Außer einigen DDR-Bürgern stiegen die Polizisten und die US-Soldaten aus. Ich öffnete das Fenster und schaute vorsichtig hinaus. Vor dem Bahnhofsgebäude standen sowjetische Soldaten, sie waren bewaffnet. Als einer von ihnen mich ansah, zog ich meinen Kopf schnell wieder in den Zug zurück.

Draußen wurde am Zug gearbeitet, konnte man hören. Wahrscheinlich wurden jetzt die Lokomotiven gewechselt. Ein Ruck war zu spüren. Von nun an war die Dampflok unsere Lokomotive. Auf dem Nebengleis sahen wir unsere elektrische Lokomotive.

Der Schaffner pfiff zweimal und der Zug setzte sich langsam in Bewegung. Die Dampflok pfiff und fuhr immer schneller.

»Bis Berlin gibt es jetzt keinen Halt mehr. Wir sollten etwas schlafen, die Fahrt dauert noch gut vier Stunden«.

»Du kannst schlafen, ich schaue ein bisschen aus dem Fenster. Die Landschaft ist interessant. Man sieht verfallene Häuser.«

»Na ja, in so einer Einöde will auch niemand wohnen.«

»Ich glaube, die Bewohner wurden vom DDR-Regime vertrieben.«

»Wie gesagt, in der Einöde wollten sie nicht leben.«

Hans zog sich die Jacke über den Oberkörper und schlief ein. Ich dagegen hatte nichts Besseres zu tun, als über all die leerstehenden Bauernhöfe oder kleinen Wohnhäuser nachzudenken. Sicher steckte hinter jedem Leerstand ein anderes Schicksal. Ich musste an unsere Flucht von Polen nach Deutschland denken.

Wir hatten in unbewohnten Gebäuden gelebt. Das kleine Häuschen am Waldrand hatte mir am besten gefallen. Dort hätten wir bleiben sollen! Stattdessen liefen wir weiter und kamen in ein Dorf, in dem die Nazis ein Massaker angerichtet hatten. Auf dem Marktplatz sahen wir einen Haufen Leichen brennen. Als wir die Gebäude nach Essen und Brauchbarem durchsuchten, sahen wir, dass die Bewohner polnischer Abstammung waren. Die Kirche, die brannte, war katholisch, und mir tat jeder leid, der auf dem Marktplatz brannte.

Die Bahnhöfe, die ich im Vorbeifahren entziffern konnte, waren: Eisenach, Gotha, Erfurt, Sangerhausen. Irgendwann schlief ich ein und wachte erst wieder auf, als wir kurz vor Berlin waren. Wannsee war so ein schöner Bahnhof und es war schade, dass der Zug dort nicht hielt. Ich erinnerte mich, dass Hans mir in der Hütte erzählt hatte, dass er aus Wannsee kommt. Als die Zugdurchsage kam, wachte auch Hans auf und streckte sich. Er hatte einen steifen Nacken vom schrägen Liegen.

»Schatz, wir müssen gleich aussteigen.«

»Ja, wir sind da.«

VERLOBUNG IN BERLIN

Nach über 13 Stunden kamen wir in Berlin am Bahnhof Friedrichstraße an. *Endlich*, dachte ich. Als der Zug hielt, stiegen wir aus, Hans mit den Koffern und ich mit den Taschen. Zum Glück standen Kofferträger auf dem Bahnsteig. Es waren junge Burschen, die sich etwas Geld verdienen wollten. Hans freute sich, als einer von ihnen ihn fragte, ob er ihm helfen könne.

Gerne nahm er sein Angebot an. Er trug drei Koffer auf einmal hinaus auf den Vorplatz, wo Fiaker und Taxis warteten. Wir entschieden uns für das Auto. Das war schneller, es war schon dunkel.

Das Taxi brachte uns zum Hotel am Zoo. Es war schon damals eine gute Adresse, und ich gehe auch heute noch gern dorthin. (Es wurde Ende 1800 als Wohnhaus erbaut und von dem Architekten Walter Gropius sen. mit seiner Familie bewohnt. 1911 wurde es von dem Charlottenburger Kaufmann Adolf Koschel zum Hotel umgebaut).

Wie sehr hatte sich Berlin verändert! Überall entstanden neue Wohnhäuser und Geschäfte. Ich freute mich so auf meinen ersten Rundgang durch das neue Berlin. Natürlich wollte ich diesen ersten Spaziergang mit meiner Mutter machen. Sie wusste ja gar nicht, dass wir in Berlin waren. Gleich morgen früh nach dem Frühstück wollten wir zu unserer Familie fahren und sie überraschen. Natürlich waren dann alle außer Haus, denn es war ein ganz normaler Wochentag. Papa, Ari und Adam mussten arbeiten, aber Rosa und Mama kümmerten sich um den Haushalt.

Als wir aus dem Taxi stiegen und ich die Fassade des Hotels sah, gefiel es mir sofort. Mir gefielen schon damals die Erker und die Bossenverkleidung im Erdgeschoss. Wir wurden vom Wagenmeister empfangen. Er rief einen Pagen, der unser Gepäck aus dem Taxi holen sollte. Der Wagenmeister ließ uns ins Hotel.

Schon der Eingangsbereich mit Lobby und Empfang war eine Augenweide. Wir wurden sehr freundlich begrüßt. Hans erledigte das Einchecken. Dann brachte uns ein Page in unsere Suite. Hans gab ihm sein Trinkgeld in Schweizer Franken.

»Endlich angekommen«, sagte ich zu Hans.

Er sagte nichts, ging zum Bett und warf sich der Länge nach hin. Er streckte sich und gähnte: »Mann, bin ich müde! Lass uns ins Bett gehen, Schatz!«

»Ja, Liebling! Ich bin auch müde und morgen müssen wir früh raus.«

Also gingen wir ins Bett, aber nicht ohne vorher noch ein Bad in dem schönen Jugendstilbad zu nehmen. Es war das erste Mal, dass wir zusammen badeten. Wie schön das war! Da kamen wir uns wieder näher.

Als wir dann nebeneinander im Bett lagen, gab Hans mir einen Kuss und sagte: »Gute Nacht, mein Schatz. Ich hab dich so lieb!«

»Gute Nacht, mein Schatz! Ich hab dich auch sehr lieb.«

Dann schliefen wir ein. Ich hatte wilde Träume über das Baden und wie es im Traum endete.

Am nächsten Morgen wachte ich sehr früh auf. Hans schlief noch. Ich ging ins Bad, um mich frisch zu machen. Gerade als ich fertig war, klopfte Hans an die Tür.

»Schatz, kann ich reinkommen?«

»Ja, Hans!«

»Danke, ich muss dringend pinkeln!«

Oh G-tt, dachte ich und rannte raus.

Hans aber lachte nur und saß schon auf der Toilette. Ich schloss die Tür und zog mich an. Es klopfte, das war bestimmt der Zimmerservice. Er brachte unser Frühstück.

Ich ging hin und öffnete die Zimmertür. Der junge Butler sagte freundlich: »Guten Morgen, Frau Mangold, ich bringe das Frühstück.«

»Guten Morgen, das sieht aber lecker aus!«

»Ich wünsche Ihnen einen schönen Tag hier in Berlin. Guten Appetit beim Frühstück!«

Ich gab ihm ein Trinkgeld und er ging.

»Hans, das Frühstück ist da!«

»Komme gleich!«, rief er aus dem Bad.

»Ich fange schon mal an!«

Schon kam er aus dem Bad.

»Ah, sieht das lecker aus!«

»Magst du Orangensaft und Kaffee?«

»Ja, gerne, Schatz!«

Ich schenkte ihm beides ein und dann frühstückten wir in aller Ruhe.

»Der Butler hat mich vorhin Frau Mangold genannt. Wie das klang!«

»Bestimmt, weil ich uns als Herr und Frau Mangold angemeldet hatte.«

»Macht nichts. Ich kann mich daran gewöhnen.«

»Brauche ich eine Jacke, Liebes?«

»Es sind schon 19 Grad draußen, du kannst im Hemd gehen.«

»Sieht das nicht etwas leger aus?«

»Nein, Hans, lass es etwas legerer angehen! Wir sind in Berlin und nicht in der Schweiz.«

»Ich muss mit Jackett gehen, Schatz, ich hab' ganz vergessen, dass ich noch Termine habe!«

»Na gut, du und deine Termine!«, sagte ich traurig.

Plötzlich umarmte er mich und gab mir einen Kuss.

»Du Flegel!«, schrie ich ihn an. Dann lächelte ich und küsste ihn zurück.

»Komm, lass uns gehen!«

Ich nahm Hans' Hand und wir gingen los. Mit dem Aufzug fuhren wir in die Lobby und gaben unsere Schlüssel ab. Draußen vor dem Hotel wurde uns ein Taxi angeboten, wir ließen uns zur Spree fahren.

Das Wetter war so schön und ein Spaziergang würde uns gut tun. Wir beschlossen, zum Brandenburger Tor zu laufen. Ich war begeistert von dem neuen Stadtbild. Dort, wo wir gingen, waren im Krieg noch Panzer gefahren und Soldaten herumgelaufen!

An der Spree musste ich an Adam denken. Er, Dr. Levin und Moses Benmon mussten damals durch die Spree. Sie konnten nur schwimmen, sonst wären sie entdeckt und getötet worden. Nur ein paar Kilometer von hier war der Tunnelkomplex, in dem wir ausharren mussten, bis wir alle gerettet wurden.

Leider war da jetzt diese schreckliche DDR, die es seit 1949 gab. Ich wäre gerne noch einmal dorthin gefahren.

»Gehen wir zu deiner Familie?«, fragte Hans.

Ich war so in Gedanken versunken, dass ich Hans nicht hörte. Erst als er mich am Arm zupfte, kam ich in die Gegenwart zurück.

»Entschuldige, was hast du gesagt?«

»Ich habe gefragt, ob wir jetzt zu deiner Familie gehen wollen.«

»Ja, gerne!«

»Woran hast du gedacht?«

»An damals! An den Krieg und wie wir gelitten haben.«

»Du brauchst nicht zu weinen. Diese schlimme Zeit ist vorbei und kommt hoffentlich nicht wieder!«

Hans nahm sein Taschentuch und wischte mir die Tränen aus dem Gesicht.

»Lass uns ein Stück an der Spree entlang gehen. Vorne können wir dann zur Straße hochgehen.«

Es war so schön, mit Hans an der Spree entlang zu gehen. Er hielt meine Hand und ich sah ihn verliebt an. Vorne an der großen Brücke gingen wir den schmalen Weg hinauf und liefen die Friedrichstraße entlang bis zu dem Wohnblock an der Ecke Mittelstraße.

Wir schauten auf die Klingelschilder und suchten den Namen Epstein.

»Ah, da ist er, Epstein!«

Ich wollte gerade klingeln, als sich die Tür öffnete. Eine junge Frau kam heraus, grüßte höflich und wir traten ein.

»Ich bin so gespannt, wie sie auf uns reagieren!«

»Was sollen sie tun? Die freuen sich natürlich!«

Wir gingen die Treppe hinauf in den zweiten Stock. Mein Herz schlug schneller, ich drückte auf die Klingel. Es klingelte und Schritte waren zu hören.

»Schnell, dreh dich um, wir machen einen Scherz!«

Wir drehten uns so um, dass man beim Öffnen nur unseren Rücken sehen konnte. Die Tür ging auf, wir hörten nur: »Ja, bitte!«

Es war Mutter, die erschrak, als wir uns umdrehten. Aus dem Erschrecken wurde Schreien und Kreischen.

»Mein Kind!«

»Mutter!«, rief ich und lief ihr in die Arme. Sie drückte und küsste mich. Dann kam Hans an die Reihe, auch er wurde umarmt und geküsst.

»Mama, wie habe ich euch alle vermisst!«

»Wir haben euch auch vermisst, kommt rein!«

Mama führte uns in die Küche, wo wir Platz nahmen. Ich staunte über die neuen Möbel.

»Jetzt bin ich erst ein paar Monate weg und ihr habt schon neue Möbel.«

»Ja, mein Kind, es geht uns im Moment gut. Alle haben eine gute Arbeit und Rosa hilft mir im Haushalt. Zuria schläft viel, man merkt ihr das Alter an. Rosa ist gerade bei ihr.«

»Wann kommen die anderen nach Hause?«, wollte ich wissen.

»Erst abends! Aber Ari kommt zum Mittagessen.«

»Gut, dann haben wir ja Zeit«, sagte ich.

»Wollt ihr Kaffee?«

»Ja, gerne!«

Mutter machte Kaffee. Sie hatte auch Kringel gemacht.

»Oh, Mutter, du hast die Kringel gemacht!«

»Ja, natürlich, aber niemand hat sie besser gemacht als du, Hannah!«

»Stimmt, Schatz, die waren immer lecker!«, sagte Hans.

Als der Kaffee fertig war, hörte man im Flur die Haustür. Plötzlich war ein Heulen zu hören. Zuria hatte mich gewittert. Sie stürmte in die Küche und sprang mich an.

»Zuria, mein Schatz, wie geht es dir?« Zuria drückte ihre Nase an mein Bein, als wollte sie sagen: »Ich bin so glücklich!«

Rosa war neugierig, sie wollte wissen, wer da in der Küche war. Sie kannte diese Stimmen.

»Hannah! Ich kann es nicht glauben, endlich bist du wieder da!«, rief sie. »Und Hans, du bist auch da!« Sie umarmte Hans und wollte ihn gar nicht mehr loslassen.

»Hallo Rosa, meine liebe Rosa!« Ich umarmte Rosa, als sie Hans losließ, und gab ihr einen Kuss auf die Wange. »Was? Bist du wieder schwanger?«

»Ja, Hannah! Im zweiten Monat.«

»Da hat Adam aber alles gegeben!« (Hätte ich gewusst, dass ich auch schwanger bin, hätte ich nicht so einen Unsinn erzählt!)

»Setz dich, Rosa, wie geht es dir?«

»Danke, es geht mir gut. Erzähl' mal, wie war's in Basel?«

»Oh, Basel ist eine wunderbare Stadt! Ich habe mich so in Basel verliebt!«

Mit einem »Schatz!« unterbrach uns Hans. »Entschuldige, aber ich habe noch zwei Termine. Ich kann dich später abholen.«

»Gut, Schatz, viel Spaß bei deinen Terminen!«

»Danke, ich bin in drei Stunden wieder da!«

»Ist gut, Hans, bis später!«

»Bis später, Hans!«, sagte auch Rosa, bevor sie mit mir weitertratschte.

Mutter hatte gerade den Kaffee fertig, als Hans ging.

»Setzt euch doch ins Wohnzimmer. Der Kaffee ist fertig, oder möchtest du lieber Tee, Rosa?«

»Nein, eine Tasse Kaffee ist gut.«

Wir gingen ins Wohnzimmer. Es war neu eingerichtet.

»Ihr habt aber viele Möbel gekauft!«

»Ja! Wir hatten ja nicht viel!«

»Ari muss gleich nach Hause kommen. Er wird staunen, wenn er dich hier sitzen sieht!«

»Ja, ich freue mich schon auf meine Brüder!«

»Wer möchte ein Stück Apfelkuchen - oder lieber Kringel?«

»Ich mag Apfelkuchen! Mama, ich muss euch etwas sagen. Ich bleibe bei Hans in der Schweiz. Hans wird die Firma seines Vaters in Zürich übernehmen.«

»Das habe ich mir gedacht, mein Kind. Das ist gut. Wenn es dich glücklich macht.«

»Mach es! Ich kann dort viel lernen.«

»Die Schweiz ist mit dem Flugzeug auch nicht so weit weg, und ihr könnt uns besuchen kommen.«

Im Flur ging die Wohnungstür auf. Ari kam nach Hause und staunte nicht schlecht, als er mich sah.

»Schwesterherz! Du bist so hübsch geworden!«, rief er erfreut.

»Danke, Bruderherz! Du bist aber auch gewachsen, oder sind es die Schuhe?«

»Nein! Ich bin ganze fünf Zentimeter gewachsen!«

»Komm her, großer Bruder, lass dich drücken!«

»Wie war es in Basel?«

»Super! Ich habe so viel gesehen und der Vater von Hans ist so nett!«

»Schön, und wann geht's zurück?«

»In ein oder zwei Wochen! Hans hat hier in Berlin noch einiges zu erledigen.«

»Ich geh mal in die Küche, ich muss noch was essen, dann geht's bald wieder los.«

»Wo arbeitest du eigentlich?«

»Bei einem Architekten! Da mache ich meine Ausbildung neben dem Studium!«

»Als Jude?«

»Ja, mein Chef ist auch Jude. Er findet gut, was ich mache.«

»Ja, unser Ari wird berühmt werden«, sagte Mama stolz.

Ari ging zum Essen in die Küche. Von dort rief er: »Habt ihr gehört, dass es Unruhen gibt? Anscheinend macht die sowjetische Besatzungszone Ärger. Die wollen, dass diese DDR offiziell wird!«

»Meinst du?«, fragte meine Mutter besorgt.

»Ja, wenn es soweit ist, müssen wir aufpassen, wo wir sind. Ich will nicht in der DDR leben, ihr sicher auch nicht!«

»Um Himmels willen, nein! Ich hasse diese Vorstellung von der DDR. Wie können sich ein paar Leute von ihrem eigenen Volk abspalten?«, rief meine Mutter.

»Meine Kinder sollen auch nicht in dieser DDR aufwachsen.«

»Zum Glück sind unsere Arbeitgeber alle im Westen. So brauchen wir keine Angst um unsere Arbeitsplätze zu haben.«

»Stimmt, Ari!«

»Das war längst überfällig! Die Russen haben schon lange Einfluss auf die sogenannte DDR!«

»Ach Mutter! Wer braucht schon so etwas wie eine DDR!«

Zu diesem Zeitpunkt konnte noch niemand wissen, dass der Mauerbau nicht mehr lange auf sich warten lassen würde!

Mutter war schon in die Küche gegangen, um Ari das Essen warm zu machen.

»Was gibt es denn?«

»Würstchen und Kartoffelsalat!«

»Lecker, Mama, du bist die Beste!«

Als Ari fertig gegessen hatte, kam er ins Wohnzimmer, um sich von mir zu verabschieden.

»Schwester, mach's gut! Sehen wir uns wieder?«

»Ich denke schon, wir bleiben noch ein paar Tage.«

»Gut, dann bis bald. Ich hab' dich vermisst, Schwesterlein!«

»Ich dich auch, großer Bruder!« Ari umarmte mich und verschwand durch die Wohnungstür.

»Ari ist so groß geworden. Hat er schon eine Freundin?«

»Ich weiß es nicht, aber er wird sicher bald eine Frau an seiner Seite finden. Die Zeiten sind für uns Juden hier in Deutschland nicht viel besser geworden.«

»Werden wir hier noch verfolgt?«

»Nein, das nicht. Aber es gibt Gruppen, die uns Juden das anders spüren lassen. Zum Beispiel beim Einkaufen oder in der Straßenbahn. Manchmal mag ich das Haus nicht verlassen.«

»Das tut mir leid, Mutter. Ich wollte fragen, ob wir mit Zuria ein bisschen rausgehen wollen. Vielleicht kommen Rosa und Leon mit!«

»Ich komme gerne mit, und wenn Zuria dabei ist, haben wir auch keinen Ärger.«

»Gut! Dann gehen wir. Das Wetter ist so schön.«

Rosa packte Leon in den Kinderwagen, Zuria wurde an der Leine geführt und dann ging es los. Vor dem Haus trafen wir Frau Kaiser, die mit ihrem Mann Klaus im vierten Stock wohnte.

»Grüß Gott, Frau Epstein, sind Sie auch unterwegs?«

»Guten Tag, Frau Kaiser. Ja, meine Tochter Hannah ist mit ihrem Verlobten Hans zu Besuch. Sie wohnen in der Schweiz!«

»Das ist aber schön! Dann haben Sie sicher eine schöne Zeit.«

»Ja, das haben wir. Wir müssen dann auch los.«

»Auf Wiedersehen, die Damen!«

»Auf Wiedersehen, Frau Kaiser!«

»Lass uns zur Spree gehen, da ist ein Spielplatz, da kann Leon schaukeln.«

Wir liefen zur Spree und gingen den kleinen Weg bis ans Ufer. Dort war der kleine Spielplatz, zu dem Rosa mit Leon oft ging. Aber heute war ich da und er wollte nur von mir geschaukelt werden. Aber nach einer Weile wurde Leon quengelig und fing an zu weinen. Rosa musste ihn in seinen Wagen setzen, wo er eingeschlafen ist.

»Vielleicht sollten wir nach Hause gehen.«

»Ja, dein Vater kommt bald. Er wird Augen machen, wenn er dich sieht.«

So machten wir uns auf den Heimweg. Aber wir gingen nicht denselben Weg zurück. Stattdessen liefen wir durch eine Parallelstraße bis zum Wohnhaus.

»Schon wieder diese Kaiser!«, sagte Rosa, als wir vor dem Haus standen.

»Na, sind Sie wieder da, war es schön?«

»Ja, Frau Kaiser, war es, aber Leo wollte wieder nach Hause, jetzt schläft er.«

»Ja, die Kinder, aber wir waren früher auch nicht besser!«

»Das stimmt, aber wir müssen jetzt nach oben.«

Mutter schloss die Haustür auf und wir verschwanden im Haus. Frau Kaiser blieb zurück.

»Gut, dass wir sie los sind, die nervt!«

»Ich finde sie nett! Vielleicht hat sie niemanden außer ihrem Mann.«

»Du schon wieder, du siehst in jedem nur das Gute!«

»Rosa, mach bitte auf, Leo wird immer schwerer!«, sagte ich etwas außer Atem.

Rosa legte Leo ins Bett, dann gab es etwas zu trinken. Wir saßen noch im Wohnzimmer, als im Flur die Tür geöffnet wurde. Es war Papa!

»Schnell, versteck dich hinter der Tür«, rief Mutter leise. Ich sprang auf und stellte mich hinter die Wohnzimmertür.

»Schalom, meine Lieben, ich habe vorhin Rabbi Löwenstein getroffen und soll euch von ihm grüßen.«

»Danke, Yaron, möchtest du Kaffee?«

»Ja, sehr gerne! Ach, da steht schon eine Tasse für mich! Aber warum ist die schon benutzt?«

»Wegen mir, Vater!«, sagte ich leise und trat hinter der Tür hervor. Ich wollte ihn nicht erschrecken, nicht dass er noch Probleme mit seinem Herzen bekam.

Mein Vater drehte sich um, riss die Hände hoch und rief: »Hannah, Liebling, meine liebe Tochter ist da!« Dann lief er zu mir und nahm mich in die Arme. In diesem Moment war er sehr glücklich. So habe ich ihn selten gesehen.

Nach der Begrüßung setzten wir uns alle zusammen, Vater fragte mich nach Hans und ich antwortete: »Er hat Termine, aber er kommt sicher bald wieder«.

»Bleibt ihr zum Essen?«

»Wenn Hans nichts anderes vorhat! Wir bleiben noch ein paar Tage in Berlin.«

»Erzähl mal, wie geht es euch denn so in der Schweiz?«

»Vater, die Schweiz ist so ein schönes Land. Ich habe so viel kennengelernt, als Hans mir Basel gezeigt hat. Vor allem sind dort alle sehr freundlich. Niemand behandelt uns Juden so wie die Deutschen.«

»Vielleicht sollten wir auch in die Schweiz gehen! Hier ist es auch nicht viel besser.«

»Ja, das hat Mutter schon gesagt!«

»Bleiben du und Hans in Berlin?«

»Nein, Vater, wir gehen nach Zürich. Dort wird Hans die Firma seines Vaters leiten!«

»Schade, aber ich wünsche euch alles Gute.«

In diesem Moment konnte ich in seinen Augen sehen, wie sehr es ihn schmerzte, dass wir nicht blieben.

»Mit den neuen Flugzeugen ist es nicht mehr so weit.«

»Es ist sehr teuer, aber ihr könnt uns besuchen.«

»Das werden wir, Vater, aber wir bleiben noch eine Weile.«

»Ihr könnt euch noch ein bisschen unterhalten, Rosa und ich gehen kochen.«

»Ist gut, Liebes!«

»Wenn ich helfen kann, sag mir Bescheid, Mutter.«

»Das werde ich, aber Vater möchte sicher mit dir reden.«

»Wo ist denn Hans?«

»Wie geht es ihm?«

»Es geht ihm gut. Er versteht sich sehr gut mit seinem Vater und man merkt, wie sehr er es genießt, bei ihm zu sein.«

»Ja, Familie ist wichtig, mein Kind!«

Draußen wurde die Haustür geöffnet, Stimmen waren zu hören. Waren das Adam und Hans? Als Adam ins Wohnzimmer kam, sprang ich auf und umarmte ihn.

»Adam, wie habe ich dich vermisst! Wie geht es dir, großer Bruder?«

»Danke, gut, kleine Schwester, und dir?«

»Sehr gut! Hans ist auch da.«

»Ja! Er hatte einen Termin bei uns in der Bank.«

»Er hat mir nicht gesagt, dass er zur Familie Bundschuh geht.«

In diesem Moment betrat Hans das Zimmer.

»Hallo, Yaron!«

Er ging auf ihn zu und schüttelte ihm die Hand.

»Du hast immer noch Respekt vor mir, mein Junge!«

»Ja, das ist wohl wahr«, sagte Hans ehrfürchtig.

Yaron aber umarmte seinen zukünftigen Schwiegersohn und begrüßte ihn wie einen Sohn.

»Setzt euch, Hannah holt etwas zu trinken.«

»Nein, Vater, ich wollte erst Rosa und Leo begrüßen. Ich bringe dann etwas.«

»Gut, mein Sohn!«

Adam ging in die Küche und wir unterhielten uns ein wenig über die Schweiz.

Als Adam zurückkam, ging die Haustür wieder auf. Es war Ari, das letzte Familienmitglied, das noch fehlte. Er ging zuerst in die Küche, um Mama und Rosa zu begrüßen. Nach kurzer Zeit kam er zu uns anderen ins Wohnzimmer und begrüßte uns.

»Ich soll euch sagen, dass das Essen in fünf Minuten fertig ist.«

»Ich gehe schon mal vor! Vielleicht kann ich jetzt helfen.«

Also ging ich zu Mama und Rosa. Dort fragte ich, ob ich helfen könnte, aber ich durfte nicht. Stattdessen sollte ich Leo holen. Der lag noch in seinem Bettchen und schlief. Ich ging Leo holen, oder besser gesagt, ich wollte ihn holen. Er schlief so friedlich in seinem Bettchen, dass ich beschloss, ihn schlafen zu lassen. Rosa hatte mir gesagt, dass ich ihn schlafen lassen soll, wenn er friedlich schläft. Gut, er schlief. Also zurück in die Küche! Dort saß schon die ganze Familie am Tisch und wartete darauf, dass ich endlich kam.

»Leo schläft friedlich«, sagte ich und setzte mich auf meinen Stuhl. Es gab Eintopf, den Hans so liebte.

»Na, Hans, da hast du aber Glück gehabt!«

»Warum?«, fragte er.

»Na, es gibt deinen Lieblingseintopf!«

»Ach ja, und der ist lecker!«

Nach dem Essen wollte mein Vater noch ein Tischgebet sprechen. Hans sah schon zerknirscht aus, und Vater begann.

»Gesegnet seist du, G-tt, unser G-tt, König des Universums, der du viele Geschöpfe und ihre Bedürfnisse erschaffen hast. Wir danken Dir für alles, was du erschaffen hast, um alles Lebendige zu erhalten. Gepriesen sei er, das Leben der Welten.«

Wir saßen noch eine Weile zusammen und unterhielten uns über die DDR und wie es dort weitergehen sollte. Hans wurde müde und wir beschlossen, in unser Hotel zurückzukehren. Ich verabredete mich noch mit Mutter und Rosa für den nächsten Tag. Wir wollten einkaufen gehen, ich war gespannt, ob es wieder mehr jüdische Geschäfte in Berlin gab.

»Tschüss, ich freue mich auf morgen. Das wird bestimmt schön.«

»Bestimmt, Mutter! Ich komme gegen elf Uhr. Wir haben auch noch Geschenke. Die bringe ich dann mit.«

»Bis morgen, ihr beiden!«

Vor dem Haus überlegte Hans und sah sich um. Dann fragte er: »Willst du laufen oder nehmen wir ein Taxi?«

Ich überlegte kurz und sagte dann: »Nehmen wir ein Taxi.«

»Gut! Da steht eins.«

Als wir bei den Taxis ankamen, stieg sofort ein junger Mann aus und fragte höflich, wohin er uns fahren dürfe. Wir sagten: »Zum Hotel Am Zoo!« Er ließ uns einsteigen und fuhr uns bis zum Eingang des Hotels. Hans bezahlte und wir stiegen aus.

An der Rezeption bekamen wir unsere Schlüssel. Statt in die Bar zu gehen, gingen wir sofort nach oben. Plötzlich fühlte ich mich nicht mehr so gut. Ich wusste nicht, dass das die ersten Anzeichen meiner Schwangerschaft waren.

Hans wollte, dass ich mich sofort hinlege. Er wollte noch einen Snack bestellen und ging ins Bad. Mir wurde übel. Als der Zimmerservice klingelte, war Hans im Bad, also musste ich aufstehen. Etwas benommen ging ich zur Tür und ließ den jungen Mann vom Zimmerservice herein.

»Guten Abend, ich bringe das Club-Sandwich und den Wein.«

»Kommen Sie rein!«

Er stellte das Tablett auf den Tisch und ich gab ihm ein Trinkgeld.

»Danke, Madame, und einen schönen Abend.«

Da kam Hans aus dem Bad. Erfreut rief er aus: »Ah, der Zimmerservice war schon da!«

»Ja, gerade eben.«

»Willst du auch was?«

»Nein, iss nur! Ich nehme ein Bad.«

»Gut, Liebling, genieß dein Bad!«

»Das werde ich!«

Ich gab Hans einen Kuss und ließ Wasser in die Badewanne laufen. Später badete ich ausgiebig, und als ich tiefenentspannt aus dem Bad kam, lag Hans schon im Bett und schlief. Oder besser gesagt, er schnarchte wie ein Dampfer. (Was habe ich mich immer geärgert, wenn er geschnarcht hat! Heute würde ich alles geben, wenn ich ihn wieder schnarchen hören könnte).

Am nächsten Morgen wurden wir unsanft geweckt. Gegenüber wurde eine Kriegsruine abgerissen. Sie war offenbar so baufällig, dass sie einzustürzen drohte. Als ich am Fenster stand, musste ich an damals denken. Wie oft mussten wir uns in Ruinen verstecken! Zusammengekauert saßen wir auf dem kalten Boden, hatten Hunger - und schreckliche Angst.

Ich versank so in diesen Gedanken, dass ich zu weinen anfing. Als Hans das sah, kam er zu mir und wollte wissen, was ich habe. Ich sagte leise, dass ich es nicht ertragen würde, wenn das Haus abgerissen würde. Hans schloss das Fenster und ich setzte mich aufs Bett.

»Soll ich mich zu dir setzen?«

»Nein, es geht schon.«

»Ich mache mich fertig, du kannst Frühstück bestellen, wenn du willst.«

»Ich habe keinen Hunger«, sagte ich. Ich fühlte mich nicht gut.

»Gut. Ich hole mir noch etwas von der Bank. Wann gehst du?«

»Um halb zehn.«

»Gut, dann muss ich auch los.«

»Hast du jetzt jeden Tag Termine?«

»Nein, mein Schatz, morgen bin ich ganz für dich da!«

»Gehen wir in den Botanischen Garten? Ich habe gehört, dass er wieder geöffnet hat.«

»Gerne! Ich mag solche Gärten und es gibt dort auch ein kleines Café.«

»Gut, ich freue mich schon!«

Hans gab mir einen Kuss und ging sich anziehen. Als er fertig war, nahm ich die Geschenke für die Familie, und da es schon halb zehn war, machten wir uns auf den Weg. Wir gaben unsere Schlüssel an der Rezeption ab und Hans verabschiedete sich mit einem Kuss von mir.

»Bis später, mein Schatz, wann kommst du wieder?«

»Gegen Nachmittag, und du?«

»Ich habe drei Verabredungen und bin gegen vier Uhr zurück. Später könnten wir ja zusammen essen gehen.«

»Ja, gerne, ich freue mich.«

Hans ging und ich hielt nach einem Taxi Ausschau. Als ich eines sah, wollte ich es anhalten, aber es fuhr einfach weiter. Lag es daran, dass ich jüdisch aussah? *Bestimmt nicht*, dachte ich. Das zweite Taxi kam, ich winkte dem Fahrer zu, aber er fuhr weiter.

»Verdammt!«, rief ich. »Warum halten sie nicht an?«

Plötzlich stand ein junger Mann neben mir, lächelte mich an und sagte mit seinem Berliner Dialekt: »So geht das nicht! Sie müssen pfeifen!«

Als ein Taxi kam, steckte er zwei Finger in den Mund und pfiff. Tatsächlich, das Taxi hielt an. Der Mann öffnete mir die Tür und sagte zum Fahrer: »Die junge Dame braucht ein Taxi«.

»Gerne«, sagte der Fahrer. Ich stieg ein, der junge Mann schloss die Tür und winkte mir zu.

Ich konnte mich nicht einmal bedanken, aber immerhin hatte ich jetzt ein Taxi und sagte dem Fahrer, dass ich in die Friedrichstraße wollte. Als das Taxi in der Friedrichstraße ankam und vor meinem alten Haus hielt, bezahlte ich den Fahrer und stieg aus. Ich ging den schmalen Kiesweg entlang bis zur Haustür. Ich wollte gerade klingeln, als die Tür aufging und Frau Kaiser vor mir stand. Sie war wie viele, nett nach außen, aber schlecht über andere redend.

»Ach, guten Tag, sind Sie auch wieder da?«

»Ja, bin ich! Warum?«

»Einfach so! Richtig, Sie sind zu Besuch bei den Epsteins.«

»Nein, bin ich nicht! Aber ich muss jetzt nach oben.«

»Auf Wiedersehen!«

Ohne ein Wort zu sagen, schob ich mich an dieser schrecklichen Person vorbei. Meine Mutter wartete bereits an der Wohnungstür. Als ich keuchend die Treppe hochkam, sah ich ihr Lächeln. (Ich muss schmunzeln, wenn ich an ihr Lächeln denke, als ich ihr sagte, dass ich diese schreckliche Kuh gesehen hatte).

»Lass sie, sie ist eifersüchtig. Ihr Mann treibt es mit der Sekretärin und sie ist frustriert und gibt sein Geld aus«.

»Mutter, das ist doch alles Quatsch. Soll sie sich doch einen jungen Mann nehmen und es ihm gleichtun!«

»Liebling, das steht uns nicht zu. Aber du hast recht!«

»Gehen wir gleich oder braucht Rosa noch etwas Zeit?«

»Rosa kommt nicht. Sie und Adam haben eine Wohnungsbesichtigung.«

»Gut, dann gehen wir. Wollen wir ins Kaufhaus des Westens? Das hat gerade wieder aufgemacht.«

»Da ist es so teuer! Das kann ich mir nicht leisten, Liebes.«

»Ich lade dich ein, aber erst muss ich die Geschenke ausladen.«

»Bring sie in die Küche!«

»Ja, Mutter!«

Als sie dort meine riesigen Tüten sah, schlug sie die Hände über dem Kopf zusammen und rief: »So viele Geschenke, bist de meschugge?«

»Nein, ich hab mich nur so gefreut, euch alle zu sehen, und Hans wollte euch auch eine Freude machen.«

Aber darum konnten wir uns später kümmern, wenn am Abend die ganze Familie versammelt war. Jetzt wollten wir erst einmal einkaufen gehen.

Wir machten uns auf den Weg. Mutter wollte zum Lehrter Stadtbahnhof und von dort zum Kurfürstendamm. Gut, dann fahren wir eben mit der Bahn. Ich wäre lieber mit dem Taxi gefahren, aber Mutter hatte Angst.

»Wovor hast du Angst?«, fragte ich sie.

»Die nehmen bestimmt keine Juden mit«, sagte sie ängstlich.

»Ich bin vorhin mit einem gefahren, rede nicht so.«

»Gut, dann nehmen wir ein Taxi.« Sie hatte immer noch Angst, aber sie war unbegründet.

Ich freute mich, und als ein Taxi vorbeifuhr, hob ich die Hand und winkte dem Fahrer zu. Ich traute mich zu pfeifen. Aber er bremste auch so und ließ uns einsteigen.

»Wohin darf ich Sie fahren?«, fragte er freundlich.

»Zum KaDeWe, bitte.«

»Sehr gerne!«

Mama schaute ängstlich. Der Fahrer sah meine Mutter immer wieder durch den Innenspiegel an. Ob er uns attraktiv fand oder ob er uns für Juden hielt? Mutter bekam feuchte Hände. Sie sah jüdisch aus, ich sah seit Basel nicht mehr jüdisch aus.

Meine Mutter ging nach Kriegsende vornübergebeugt, der Krieg hatte sie wie viele andere gezeichnet. Als Kind kannte ich sie als eine stolze Frau. Sie war Lehrerin gewesen und hatte das Leben geliebt. Hitler hatte es ihr genommen, wie so vielen anderen.

Als wir am KaDeWe ankamen, hielt der Fahrer direkt vor dem Haupteingang. Er fragte freundlich nach zwei Mark. Ich gab ihm das Geld und ein anderer Herr ließ uns aussteigen. »Willkommen im KaDeWe, meine Damen«.

Mutter war immer noch erschrocken. Es war schon etwas Besonderes, ein so imposantes Gebäude zu betreten. Schon am Haupteingang sah man den Luxus. Mir gefiel das imposante Gitter mit den Figuren am Eingang. Drinnen kamen wir aus dem Staunen nicht mehr heraus: Überall Luxus - Marmor, Granit und edle Stoffe, wohin man blickte! Junge Verkäuferinnen boten uns Parfüm an. Ich beschloss sofort, für Hans ein neues Parfum zu kaufen.

Die Verkäuferin führte uns zu einem kleinen Stand. Wir durften uns hinsetzen und sie zeigte uns ihre Duftnoten - Kopf-, Herz- und

Basisnote getrennt - und wir wählten jeweils eine aus. Am Ende hatten wir ein Parfum kreiert, das eine würzige Holznote hatte und leicht nach Bergamotte roch. (Hans liebte es, er kaufte es später immer im Ka-DeWe).

Auch Mutter machte ich eine Freude und kaufte ihr ebenfalls ein Parfüm. Ich hatte sie lange nicht mehr so glücklich gesehen, und ich freute mich, wenn sie es war.

»Im zweiten Stock soll es ein Teehaus geben. Dort soll es den besten Tee der Welt geben und das leckerste Gebäck in Berlin!«

»Wirklich?«, sagte meine Mutter und ihre Augen begannen zu leuchten.

»Angeblich.«

»Wollen wir uns das mal ansehen?«

»Gerne! Ich könnte jetzt einen Tee vertragen!«

Also gingen wir los und suchten die Teestube, aber es gab keine, wegen des Krieges und der Schäden, als ein Bomber auf das Gebäude gefallen war.

»Schade, aber dann eben nicht.«

Ich ging hin und bewunderte die Einrichtung und sagte: »Schau mal, die schönen Möbel.«

»Ja. Sehen die nicht schön aus? Aber die sind so teuer!«

»Stimmt! Komm, wir gehen in unser Hotel. Dort können wir Tee oder Kaffee trinken, und wenn du magst, essen wir Kuchen dazu.«

Mama lächelte mich an. Wir wollten gerade durch einen Seitenausgang hinausgehen, als plötzlich ein junger Mann vor uns stand. Er lächelte und hielt uns die Tür auf. Wir lächelten zurück und ich sagte etwas verlegen: »Danke, sehr nett von Ihnen!«

»Gern geschehen, das ist mein Job!«

Jetzt wurde ich noch verlegener, aber er lächelte uns nur zu und wünschte uns einen schönen Tag. Als wir auf der Straße standen, musste ich über meine eigene Dummheit lachen. Mutter sagte nur: »Kind, du bist ein Schaf!«

Niemals hätte sie ein Schimpfwort gebraucht, wie es heute üblich ist. Was hört man nicht alles für ein Geschrei! Neulich saß ich in dem kleinen Café am Platz der alten Synagoge. Neben mir saß ein junges Paar, und die Frau plapperte wie ein Wasserfall. Die meisten Sätze begannen mit »Alter« oder einfach mit »Ey«. Aber ich schweife ab.

Wir liefen die Tauentzienstraße und den Kurfürstendamm entlang, Mutter sah interessante Geschäfte und wollte in eine Boutique gehen. Ich freute mich für meine Mutter. Endlich wollte sie etwas von sich aus und hatte keine Angst. Wir gingen also in die Boutique. Meine Mutter entschied sich für ein schlichtes schwarzes Kleid. Heute würde ich sagen, es sah aus wie ein Totenhemd. Damals war es schick und ich durfte es ihr kaufen. Es passte wie angegossen, und als die Verkäuferin noch einen kleinen Rabatt gab, war Mutter überglücklich. Ich bezahlte das Kleid. Mutter wollte es selbst tragen.

»Mutter, wie wäre es mit neuen Schuhen?«

»Das wird zu teuer«, antwortete sie und lief schnell am nächsten Schuhgeschäft vorbei.

Doch plötzlich drehte sie sich zum Schaufenster um, sah ein Paar Schuhe und war sofort verliebt.

»Hannah, schau dir diese schönen Schuhe an!«

Ich ging hin und sah mir ein Paar schwarze Sandalen an. (Na ja, sie gefielen meiner Mutter und sie trug gerne schwarz).

»Komm, lass uns reingehen, wir Gönnen uns das!«

»Du bist meschugge, Kindchen!«

Im Geschäft zog sie die Sandalen an, und sie passten wie angegossen. Ich schnappte mir die Schuhe und ehe sie sich versah, hatte ich schon bezahlt.

»Komm, wir können gehen.«

Mama sagte nichts, sie war verlegen. Ich war glücklich. Mutter lächelte wieder, und das war mir Lohn genug. Mamas Lächeln ist unbezahlbar!

»Da vorne ist unser Hotel. Vielleicht ist Hans schon da.«

»Meinst du? Er hat so viele Termine.«

»Genau die richtige Zeit, um Kaffee zu trinken. Bestimmt gibt es Kuchen dazu!«

Da das Wetter so schön war, beschlossen wir, uns auf die Terrasse im Innenhof zu setzen. Schnell kam ein Kellner angelaufen und umwarb uns mit flotten Sprüchen. Wir bestellten Kaffee und Bienenstich, Mutter ein Mineralwasser und ich ein Glas Champagner. Er war unerschwinglich, aber ich liebte (und liebe) Champagner.

»Mutter, ich will schnell nachsehen, ob Hans schon da ist.«

»Gut, Kind! Ich trinke aus. Soll ich hier warten?«

»Ja, wenn der Kellner kommt, sag ihm, es geht auf Suite Nr. 5.«

»Mach' ich!«

Ich ging zur Rezeption und fragte, ob Hans zurück sei. Der Herr an der Rezeption schaute nach dem Schlüssel, aber er hing noch. Ich bedankte mich und ging zu meiner Mutter zurück.

»Hans ist noch nicht da. Ich komme mit.«

»Das ist lieb von dir«, sagte Mutter erleichtert. Man konnte fast sehen, wie ihr ein Stein vom Herzen fiel, dass sie nicht allein nach Hause gehen musste.

»Da vorne stehen Taxis.«

Wir liefen hin, stiegen ein und der Fahrer fuhr uns in die Friedrichstraße. Als wir dort ankamen, stand die alte Kuh, die Frau Kaiser, schon wieder vor der Tür.

»Guck mal, Mama, da steht die Alte!«

»Macht nichts, Kind! Ich kann sie anschauen, lächeln und vorbeigehen.«

Aber Frau Kaiser machte es einem nicht leicht, sie freundlich lächelnd zu ignorieren. Sie gab sich immer wieder alle Mühe, sich ihren Mitmenschen in Erinnerung zu rufen.

So flötete sie, als wir nach Hause kamen: »Ach, Sie kommen spät, ist etwas passiert?«

»Nein, Frau Kaiser«, sagte Mutter gequält. »Ich war mit meiner Tochter im KaDeWe bummeln.«

»Na, ist das nicht ein bisschen teuer für Sie? Aber richtig, die Tochter ist aus der Schweiz!«

»Genau, Frau Kaiser!«

Wir kamen kaum an ihr vorbei, aber ich schob sie sanft beiseite.

»Schönen Abend noch!«

»Danke, Ihnen auch!«

Ob sie in diesem Moment so allein war? Sie war bestimmt nur neugierig! Mutter schloss schnell die Tür auf und wir gingen zügig in die Wohnung. Nicht, dass die Alte noch nachkam und uns ein Gespräch aufdrängte! Die ganze Familie war zu Hause und erleichtert, dass wir endlich wieder da waren.

»Shalom, meine Lieben!«

»Schalom!«

»Wollt ihr euch setzen? Rosa hat gekocht.«

»Später! Erst muss Mama ihre neuen Sachen anziehen und vorführen.«

»Das mache ich gleich, mein Kind!«

Mutter nahm die beiden Taschen und ging sich anziehen. Nach ein paar Minuten kam sie wieder. Vater blieb vor Aufregung fast die Luft weg.

»Applaus für Mama!«, rief ich und die anderen klatschten.

»Du siehst wunderschön aus, mein Schatz.«

Adam nahm Mama in die Arme und drückte sie. Dabei sagte er zu ihr: »Das hast du dir verdient« und zu mir: »Danke, Hannah!« Mutter hatte Tränen in den Augen - Tränen des Glücks.

Nach all der Freude haben wir gegessen und dann habe ich jedem sein Geschenk gegeben. Alle freuten sich, als wäre es Chanukka. Erst um neun Uhr abends fuhr ich mit dem Taxi zurück zum Hotel. Hans war da, der Schlüssel hing nicht. Ich ging nach oben und klingelte an der

Zimmertür. Hans öffnete. Oh Schreck, er trug nur ein Badetuch um die Hüfte!

»Da bist du ja, mein Schatz! War es schön?«

»Schalom, mein Liebster. Ja, es war schön!« Ich ging auf ihn zu und gab ihm einen Kuss.

»Geht es dir besser?«, wollte er wissen.

»Du meinst meine Übelkeit? Ja, die ist weg!«

»Möchtest du etwas Wein? Ich habe eine Flasche kommen lassen.«

»Nein, lieber Mineralwasser.«

»Kommt sofort, Liebling!«

»Ich bin gleich wieder da, ich muss kurz auf die Toilette.«

Ein paar Minuten später kam ich aus dem Bad. Hans lag im Bett!

Oh G-tt, dachte ich.

»Liebling, lass uns ein bisschen im Bett liegen. Ich soll dich von Papa grüßen. Er fragt, ob wir schon einen Hochzeitstermin haben.«

»Ich weiß es noch nicht, aber haben wir nicht noch etwas Zeit?«

»Ja, wir haben alle Zeit der Welt.«

»Ich war heute mit Mama im KaDeWe. Da sieht es vielleicht edel aus«.

»Ja, da gibt es nur das Beste und Schönste. Habt ihr was gekauft?«

»Da nicht, aber in einer Boutique. Ein Kleid für Mama und ein Paar Schuhe.«

»Schön, da hat sie sich sicher gefreut!«

»Ja, mein Schatz. Ich habe auch noch etwas für dich.«

Hans schaute überrascht, als er die Schachtel in meiner Hand sah. »Was ist das denn?«, wollte er wissen.

Ich sagte geheimnisvoll: »Mach auf!«

Hans nahm die Schachtel und öffnete sie. Er sah das Fläschchen mit seinem neuen Duft. »Ein Parfüm! Sehr nett von dir.« Er sprühte sich etwas auf den Oberkörper und schnupperte. Erst als sein rechter Mundwinkel nach oben ging, sah ich, dass ihm der Duft gefiel. »Liebling, das ist ein toller Duft. Es riecht so schön nach Bergamotte.«

Ich freute mich, dass er den Duft mochte! »Schön, dass er dir gefällt!«

Wir unterhielten uns noch ein wenig, und Hans trank sein Glas Wein aus. Dann löschte ich das Licht und Hans kuschelte sich an mich. So schliefen wir ein.

»Guten Morgen, Schlafmütze«, rief Hans. Er war schon im Bad und angezogen.

»Guten Morgen, ich bin so müde, aber...«

Mir wurde übel, ich rannte auf die Toilette. Jetzt war es klar: Um Himmels willen, ich muss schwanger sein! Als es mir besser ging, ging ich zu Hans zurück.

»Hans, ich glaube, ich bin schwanger«, sagte ich leise zu ihm.

Er sah mich an, sagte nichts und setzte sich. Er schwieg und ich bekam Angst: Was hat er und warum sagt er nichts? Dann stand er auf und kam langsam auf mich zu. Er nahm mein Gesicht in seine Hände und küsste mich.

»Schatz, endlich! Wir werden Eltern. Ich liebe dich so sehr, aber jetzt müssen wir heiraten!«

»Du hast recht, so bald wie möglich. Nicht auszudenken, schwanger und unverheiratet, unsere ganze Mischpoke würde uns auslachen!«

»Oder hassen! Aber jetzt gehen wir erst einmal in den Botanischen Garten und genießen den Tag.«

»Gut! Ich mache mich fertig.«

»Sollen wir es jetzt sagen?«

»Was denn?«

»Dass wir vielleicht schwanger sind!«

»Wenn du willst, aber vergiss nicht, dass wir noch nicht verheiratet sind!«

»Ist mir egal, ich bin nicht so religiös.«

Ich verschwand im Badezimmer und kam angezogen wieder heraus. »Gut! Gehen wir!«

Ich wollte meine Jacke mitnehmen, aber Hans meinte, dass es draußen so warm sei, dass ich keine Jacke bräuchte. Gut, dann lassen wir die Jacken eben hier! Im Aufzug musste ich mich entscheiden, ob wir mit dem Taxi oder mit der Straßenbahn fahren wollten. Da ich so gerne Straßenbahn fahre, entschied ich mich für die Straßenbahn.

»Kennst du den Weg?«

»Ja, so ungefähr, aber ich hole uns eine Wegbeschreibung.« Ich ging zum Pförtner, um ihn zu fragen, wie wir zum Botanischen Garten kommen. Er war so freundlich und sagte mir, dass es eine neue S-Bahn-Verbindung vom Bahnhof Zoo gäbe.

Hans stand draußen und sah den Tauben beim Fressen zu. Als ich zu ihm kam, lächelte er mich an.

»Wir müssen die S-Bahn nehmen, hat mir der Pförtner gesagt. Es scheint keine Straßenbahn zu geben«.

»Gut, dann gehen wir zum Bahnhof.«

Hans nahm mich bei der Hand und wir liefen wie zwei frisch Verliebte über den Ku'damm und die Hardenbergstraße zum Bahnhof. Am Bahnhof fuhr gerade ein Zug ein, und als die Lokomotive zu pfeifen begann, bekam ich es mit der Angst zu tun, ich erinnerte mich plötzlich an die schreckliche Fahrt durch Polen nach Auschwitz.

Hans bemerkte meine Panik, nahm meine Hand und beruhigte mich. Damals habe ich diese Dampfkolosse gehasst, heute liebe ich es, mit einer modernen Lokomotive zu reisen.

»Komm, wir fragen nach, wo der Zug abfährt!«

Hans zog mich mit sich, doch schon nach wenigen Metern hielten wir plötzlich an. Ein Uniformierter hatte uns angehalten!

»Ich möchte Ihre Ausweise sehen!«, sagte er etwas unfreundlich. Hans hatte keine Angst. Er zeigte seinen Ausweis und gab ihm meinen.

»Mangold und Epstein. Dem Namen nach sind Sie jüdischer Abstammung, oder? Was führt Sie hierher in die BRD?«

»Ich wohne in der Schweiz und das ist meine Verlobte. Wir machen Urlaub, das können Sie gerne überprüfen!«

Ich erschrak, aber Hans kümmerte sich darum. Anscheinend hatte der Uniformierte keine Argumente mehr und sagte unverändert unfreundlich: »Gehen Sie weiter!«

Hans dachte nicht daran, sich zu ducken. Er sah dem Uniformierten in die Augen und fragte: »Wir suchen den Bahnsteig, von dem der Zug zum Botanischen Garten abfährt. Können Sie uns helfen?«

»Gleis 4, Richtung Steglitz!«

»Danke!«

Der Polizist ließ uns stehen und ging einem jungen Mann hinterher.

»Du hast ganz kalte Hände, Schatz!«

»Ja, ich hatte Angst. Als er ‹BRD› sagte, dachte ich, wir sind im Dritten Reich!«

»Lass uns jetzt zum Gleis 4 gehen.«

Als wir dort ankamen, fuhr der Zug ein. Sie sah ziemlich alt und ramponiert aus. Sie hatte bestimmt schon im Bombenhagel der Alliierten gestanden.

»Komm!«

Schon zog mich Hans in den Zug auf einen der freien Plätze. Ich sah mich um, aber kein Schild **FÜR JUDEN VERBOTEN** hing. Ich war erleichtert, dachte an unser ungeborenes Kind. War es richtig, ein Kind in eine so schreckliche Welt zu setzen? Aber wann war der richtige Zeitpunkt? Man konnte zu jeder Zeit etwas Schlechtes finden.

»Noch zweimal anhalten, dann sind wir da.«

»Gut, ich freue mich«, sagte ich und versuchte, auf andere Gedanken zu kommen.

Als wir an der Station Botanischer Garten ankamen, stiegen wir aus.

»Ich glaube, wir müssen da hoch.«

Hans zog mich wieder mit sich, er hatte wie immer recht. Die Treppe hoch und nach drei Querstraßen kam der Garten. War der schön! Leider gab es nicht viel zu sehen. Die meisten Gebäude waren im Krieg zerstört oder schwer beschädigt worden, aber zumindest die Wintergärten wurden wieder aufgebaut.

Sie hatten im Krieg durch die Druckwellen der explodierenden Sprengbomben die meisten Fensterscheiben verloren. Dadurch wurden viele Pflanzen zerstört, die im Winter erfroren. Nur das Victoriahaus konnte besichtigt werden, aber da gab es noch nicht viel zu sehen.

An dem kleinen Café, das noch nicht richtig in Betrieb war, sahen wir ein Schild PICKNICKKÖRBE VERMIETUNG. Wir mieteten eine Decke und einen Picknickkorb und setzten uns in den Schatten. Ich war so glücklich, das Picknick ist unvergesslich. Hans breitete die Decke aus, wir setzten uns und Hans öffnete den Korb.

Es gab viele Leckereien: Schinken, Saft, Brot, gekochte Eier und Butter. War das normal? Vielleicht, weil es Waren waren, die es sonst weniger gab. Der Preis von 15 DM war happig, aber Hans sagte damals nur, dass wir deswegen bestimmt nicht hungern müssten. Er tat alles, um mich glücklich zu machen. Er verzichtete auf Sekt, wir tranken Saft. Nach dem Essen legte ich meinen Kopf auf seinen Schoß. Er nahm ein Buch und las mir vor. Ich liebte es, wenn er mir vorlas, er konnte so schön erzählen.

»Schatz, wie sollen wir unsere Kinder nennen?«, fragte er mich plötzlich.

»Unsere Kinder?«, murmelte ich. Ich war weggenickt, aber jetzt war ich wieder hellwach.

»Du suchst die Namen für die Jungs aus und ich die für die Mädchen.«

»Wenn es ein Junge wird, soll er Samuel Yaron heißen.«

»Wenn es ein Mädchen wird, soll es Leah heißen.«

Wir saßen noch eine Weile zusammen und genossen das schöne Wetter. Als es kühler wurde, beschlossen wir, langsam nach Hause zu gehen. Wir packten den Picknickkorb und die Decke ein. Dann liefen wir zurück zum Bahnhof, um nach Hause zu fahren. Auf dem Bahnsteig schaute Hans nach, wann der Zug kam und war froh, dass es nur noch ein paar Minuten waren.

»Willst du dich setzen?«

»Ja, gerne!«

Wir setzten uns, dann nahm Hans meine Hand und küsste sie.

»Ich hab dich so lieb, Hannah!«

»Ich dich auch, Hans!«

»Komm, der Zug kommt!«

Wir standen auf und liefen zur Bahnsteigkante, stiegen ein, als der Zug hielt. Ich zählte die Bahnhöfe: Viele waren wieder offen, einige waren noch im Bau oder geschlossen, weil sie noch zu sehr vom Krieg beschädigt waren. Fünf Stationen weiter mussten wir wieder aussteigen. Wir waren am Bahnhof Zoo angekommen.

»Wollen wir irgendwo essen gehen, so richtig nach Altberliner Art?«

»Adam hat mir von einer Kneipe erzählt, die Patzenhofer Ausschank heißt. Da soll man gut essen können.«

»Weißt du auch, wo der Ausschank ist?«

»Ja, da vorne in der Meinekestraße, das ist bei unserem Hotel.«

Wir suchten also diese Kneipe und fanden sie in der Meineckestraße 26. Wir gingen hinein und alle schauten uns an. Zuerst hatte ich ein schlechtes Gefühl, aber Hans hatte wie immer keine Angst.

Ich war angenehm überrascht. Uschi, die Frau hinter dem Tresen, war mir zwar anfangs etwas unheimlich, aber nachdem wir uns ein bisschen mit ihr unterhalten hatten, war sie schnell wie eine alte Freundin. Die Berliner Schnauze, wie sie so schön sagte, hatte sie von Vaddern geerbt. Uschi sagte immer: »Hier kannste bis in de Puppen Remmidemmi machen!« Irgendwie war der Patzenhofer Ausschank schon immer da und hatte so manche Katastrophe überstanden.

Immer wenn wir in Berlin waren, sind wir dorthin gegangen. Dort wurde man als Mensch behandelt und nicht nach seiner Herkunft beurteilt. Auch Adam wurde dort oft gesehen, wenn ihm das Geschrei seiner Kinder auf die Nerven ging. Das letzte Mal war ich 1990 beim Patzenhofer. Der Laden war an eine Getränkekette verkauft worden, aber der alte Charme war geblieben.

Wir hatten noch ein paar schöne Urlaubstage und Hans hatte wichtige Termine. Ich fragte nie nach dem Grund oder worum es bei diesen Terminen ging. Ich durfte einkaufen gehen und verbrachte viel Zeit mit meiner Familie. Bald würden wir wieder für längere Zeit getrennt sein und uns nicht sehen können.

Natürlich wollten wir vorher in Berlin unsere Verlobung offiziell machen und gebührend feiern. Hans und ich planten ein kleines Abendessen mit der Familie, aber Vater und Mutter hatten andere Pläne. Alle wussten Bescheid, nur wir nicht. So brach unser letzter Tag in Berlin an.

Vater rief an und sagte uns, dass wir das Abendessen absagen müssten. Er und Mutter hätten etwas für uns vorbereitet. Hans ärgerte sich. Er wollte kein großes Brimborium, und mir wurde übel.

»Schatz, in 20 Minuten kommen die Gäste, lass uns runtergehen.«

»Ja, ich komme gleich. Mir ist schon wieder übel!«

»Mein armer Schatz, sagen wir es ihnen heute?«

»Ja, sonst dürfen wir uns in Berlin nicht mehr sehen lassen!«

»Ich habe vorhin mit Vater telefoniert. Er meint, dass der August der beste Monat zum Heiraten ist.«

»Meinst du?«

»Ja! Es ist warm und wir können alles im Garten aufbauen.«

»Stimmt, dann lass uns im August heiraten!«

Hans umarmte mich und gab mir einen Kuss. »Was würde ich nur ohne dich machen, mein Schatz?«

»Du hättest bestimmt eine schöne Frau an deiner Seite und kein Mädchen wie mich.«

»Ich hätte niemanden an meiner Seite gehabt. Egal, wo du dich versteckt hättest, ich hätte dich immer gefunden!«

»Das hast du aber süß gesagt!«

Ich küsste Hans und zog mich von ihm zurück. Ich musste noch ins Bad.

Nach zehn Minuten klopfte Hans an die Badezimmertür: »Schatz, brauchst du noch lange?«

»Ich komme!«

Die anderen würden gleich kommen. Wir fuhren mit dem Lift nach unten, wo wir schon erwartet wurden. Der Barkeeper erklärte:

»Moment, wir müssen noch warten. Im kleinen Salon gibt es Probleme, wir müssen in den kleinen Saal ausweichen«.

Gut, wir gingen in den kleinen Saal. Ich war so neugierig, aber ich konnte nichts sehen: »Was ist da drinnen los?«

Ein anderer Kellner kam und gab dem Barkeeper zwei schwarze Tücher. Geheimnisvoll sagte er: »Bitte umbinden! Es ist eine Überraschung geplant!«

Jetzt bekam ich ein bisschen Angst, aber Hans hielt meine Hand ganz fest. Ob er etwas wusste? Er hat es mir nie gesagt!

Wir banden uns die Tücher vor die Augen. Als wir in den kleinen Saal geführt wurden, war es still, als wäre niemand da. Plötzlich mussten wir stehen bleiben. Dann die Erlösung: Leon weinte. Es war also doch jemand da!

»Dürfen wir jetzt die Binden abnehmen, oder sind wir hier vor unserer Hinrichtung?«

Alle fingen an zu lachen.

»Nehmt sie ab!«

»Vater!«, sagte ich glücklich, als ich seine Stimme erkannte.

Wir nahmen die Binden ab und sahen sie. Die ganze Mischpoke war da und noch ein paar mehr. Ich konnte nicht glauben, wen ich sah.

Vater hatte hinter unserem Rücken dem Hotel befohlen, nicht den kleinen Salon, sondern den kleinen Saal herzurichten. Es waren viel mehr Freunde gekommen, als wir erwartet hatten. Ich liebte meinen Vater für diese Überraschung und dachte noch lange an dieses Ereignis.

»Eliam!«, rief ich und fing an zu weinen. Ich rannte auf ihn zu und fiel ihm um den Hals. »Was machst du hier?«

»Überraschung!«, sagte er freudig.

»G-tt, wie schön, und wer ist das?«

»Das ist Rachel, meine Verlobte und zukünftige Frau.«

»Schalom, Rachel, du bist also die Frau, wegen der Eliam nach Holland gegangen ist.«

»Schalom, Hannah, ja, das bin ich.«

Plötzlich sah ich ihn: Rabbi Chajm war auch gekommen. »Mein G-tt, Rabbi, du bist auch da!«

»Ja, mein Kind! Ich freue mich so, dich wiederzusehen.«

Hans war schon in ein Gespräch mit Eliam vertieft. Jetzt schüttelte auch er zuerst Rabbi Chajm die Hand, und sie redeten noch ein wenig. Ich ging zu den beiden, denn wir wollten gemeinsam auf uns alle anstoßen und natürlich auch die frohe Botschaft verkünden.

»Hans, wollen wir jetzt? Besser jetzt!«

»Ja, machen wir, ich fange an.« Er holte ein Glas Sekt und klopfte mit einem Löffel daran.

»Ich möchte etwas bekannt geben. Warum sind wir wohl nicht im Salon? Gibt es heute etwas Besonderes zu feiern?«, scherzte er und fuhr dann ernst fort: »In der Tat: Hannah und ich werden im August heiraten. Ach, und bevor ich es vergesse: Wir werden Eltern.«

Plötzlich fingen alle an zu klatschen und - für mich damals ungewohnt - zu jubeln. Mein Vater sagte überglücklich: »Kinder, wie glücklich ihr uns macht!«

Alle kamen, schüttelten uns die Hände, sagten etwas Nettes, und ich war froh, dass niemand böse war. Warum? Weil es damals nicht üblich war, vor der Hochzeit schwanger zu werden. Das war wichtig, denn der Rabbi, der uns trauen würde, würde das alles überprüfen. Der Rabbi prüfte, ob wir heiratsfähig waren. Die ganze Hochzeit dauerte acht Tage, oft aber auch weniger. Nicht auszudenken, wenn unsere Familie und unsere Freunde uns verurteilt hätten, denn das wäre in das Urteil des Rabbiners eingeflossen!

Zum Glück sind wir keine ultraorthodoxen Juden. Dann wäre so viel Toleranz nicht möglich gewesen. Aber dann hätte Hans mich sowieso nie geheiratet. Seine Familie war nie besonders religiös. Sie machten Adonai dafür verantwortlich, dass die Juden so eine schreckliche Zeit durchmachen mussten. Ich habe nie etwas dazu gesagt, jeder soll denken, was er will.

Wir saßen Eliam und Rachel gegenüber. Es war schön, ihn wiederzusehen! Seine Haare waren etwas kürzer und er war etwas kräftiger als beim letzten Mal.

»Eliam, hast du lange gebraucht, um Rachel in Holland zu finden? Den Juden dort ging es doch nicht anders als uns hier.«

»Eigentlich hat es nicht lange gedauert. Sie hatte sich registrieren lassen und ich habe sie über Rachmiel gefunden. Sie hatten Glück, ihre Tante hatte Freunde im Untergrund.«

»Hast du noch Kontakt zu ihm?«

»Ja, aber nur sehr wenig. Er lebt in der UdSSR, ist verheiratet und hat zwei Söhne.«

»Und ihr? Wann werdet ihr heiraten?«

»Vielleicht nächstes Jahr, aber wir bauen gerade unser eigenes Geschäft auf.«

»Wirklich? Eine Tischlerei?«

»Ja, genau! Sie soll so schön werden wie die, die dein Vater hatte.«

»Ja, ich glaube, Vater vermisst seine Tischlerei sehr!«

»Wann fahrt ihr zurück in die Schweiz?«

»Schon morgen. Hätten wir gewusst, dass ihr kommt, hätten wir verlängert.«

»Ich hoffe, wir sehen uns bald wieder!«

»Natürlich! Oder soll unser Kind ohne Paten aufwachsen?«

»Ha, und ihr werdet unsere sein!«

Der Rabbi unterbrach unser Geplauder: »Kinder! Sollen wir jetzt offiziell eure Kidduschin segnen?«

»Gerne, Rabbi Chajm!«

»Dann kommt und empfangt den Segen.«

Hans und ich standen auf und gingen zu Rabbi Chajm, der an einem Tisch stand, der mit einem weißen Tuch bedeckt war. Über uns war eine weiße Chuppa. Auf dem Tisch stand ein Kelch mit Wein. Ich erkannte den Kelch sofort: Es war der Kelch, den mein Vater und meine Mutter bei ihrer Verlobung hatten.

Wir stellten uns vor den Tisch. Der Rabbi stand uns gegenüber. Er nahm den Kelch und segnete ihn. Dann kamen Adam und Eliam. Sie sollten unsere Verlobung bezeugen.

Der Rabbi reichte uns den Weinkelch und Hans trank einen Schluck. Dann gab er mir den Kelch und ich trank auch einen Schluck. Zum Schluss sprach der Rabbiner unseren Segensspruch: »Seid fruchtbar und mehret euch und füllt die Erde!«

Dann überreichte er Hans den Verlobungsring. (Nach jüdischer Tradition bekommt nur die Frau einen Ring. Hans hatte allerdings andere Pläne, aber dazu später).

Dann sagte Hans seinen Spruch auf: »Mit diesem Ring bist du mir verlobt nach dem Gesetz Moses und Israels.«

Von da an waren wir verlobt. Eigentlich durften wir nicht zusammenleben, aber Hans setzte sich über dieses Gesetz hinweg.

Wir haben lange gefeiert. Wir waren nur eine Woche in Berlin gewesen, aber wir hatten jeden Augenblick genossen. Vater bot sich an, uns am nächsten Morgen zum Zug zu bringen, aber wir wollten ein Taxi nehmen. Der Bahnhof war nicht weit und Taxifahren war mein neues Hobby.

Wir mussten früh aufstehen. Hans ging gleich ins Bad und ich öffnete den Zimmerservice. Frühstück praktisch zum Mitnehmen, weil wir nicht rechtzeitig fertig wurden, aber Hans hatte die Ruhe weg.

»Der Zug wartet nicht!«, ermahnte ich ihn.

»Ich weiß, Schatz! Ich bin fertig.«

Nachdem ein Page unsere Koffer geholt hatte, stiegen wir aus. Hans bezahlte unsere Hotelrechnung, ich ging schon zum Taxi. Als auch Hans endlich kam, konnten wir losfahren.

Wir waren gerade noch rechtzeitig. Aber wenn ich daran dachte, dass wir jetzt wieder ewig in diesem Zug sitzen würden! Am Bahnhof angekommen, brachte ein Kofferträger unser Gepäck auf den Bahnsteig. Da er sich auskannte, folgten wir ihm. Der Zug stand schon und wir konnten uns auf unsere Plätze setzen.

»Der Zug fährt gleich ab. Hoffentlich fährt er pünktlich.«

»Liebling, das macht nichts. Wir haben Zeit und können nichts ändern.«

Hans war immer der Diplomat von uns beiden, immer freundlich, aber wenn man ihm Unrecht tat, konnte er sehr böse werden.

Schon pfiff der Schaffner und das furchterregende Ungetüm aus Stahl und Dampf setzte sich in Bewegung. Ohne Hans hätte ich es hier nicht ausgehalten. Und wieder ging es vorbei an Geisterbahnhöfen: Sangerhausen, Erfurt, Gotha, Eisenach, dann Wartha als östlicher Grenzbahnhof.

Ab dort waren wir wieder elektrifiziert und bekamen eine E-Lok. Die Grenzer, die in Berlin zugestiegen waren, schauten nur auf unsere Pässe und gingen weiter. Anscheinend waren sie heute großzügig, sagte Hans. Mir war es egal. Ich war froh, dass sie weg waren. In Wartha stiegen sie aus. Dafür stiegen drei BRD-Polizisten und drei US-Soldaten ein.

Der Zug setzte sich wieder in Bewegung - Ziel Bebra, der westliche Grenzbahnhof. Vor dem Bahnhof wurden wir kontrolliert. Einer der US-Soldaten hatte eine schwarze Hautfarbe und sah zum Anbeißen aus. (Ja, ich weiß: Ist sie jetzt meschugge? Verlobt, schwanger und an einen anderen denken! Damals durfte man das nur im Stillen denken, heute ist das ganz normal).

Jedenfalls sah mich der Schwarze immer wieder an, und einmal lächelte er mich an, und ich errötete. Einer der Zöllner sah sich die Pässe und Dokumente aus der Schweiz an. Die Herren nicken zufrieden und geben uns die Pässe mit den Dokumenten zurück. In Bebra stiegen die

Uniformierten aus und mehrere US-Soldaten ein. Sie hatten wohl keinen Dienst und fuhren nach Frankfurt. (Wir werden es nie erfahren, denn ich fragte nicht, als sie an uns vorbeifuhren).

Ich schaute aus dem Fenster. Es sah schön aus, wie die Bäume an uns vorbeiflogen, und auch an der Landschaft konnte man erkennen, dass wir in Westdeutschland waren. Der Zug brauchte keine 50 Minuten bis Frankfurt. Was war ich froh, als die Durchsage kam! Noch gut sieben Stunden, dann waren wir endlich in Basel.

Aber zuerst kamen wir in Frankfurt auf Gleis 13 an. Hans schnappte sich die Koffer und ich die Taschen, vor dem Zug erwischten wir einen Kofferwagen. Hans belud ihn und fuhr mit ihm zum Gleis 10, denn dort fuhr in zwanzig Minuten unser Zug ab.

»Schatz, ich gehe zum Kiosk und hole uns etwas zu essen und zu trinken.«

»Ja gerne, bring mir Tafelwasser mit.«

Hans nickte nur und ging zum Kiosk. Nach ein paar Minuten kam er lächelnd zurück.

»Guck mal, Schatz, was ich hier habe! Zwei belegte Brötchen und Tafelwasser.«

»Das ist ja nett, aber du hast doch bestimmt noch was anderes. Sonst würdest du nicht lächeln.«

»Du kennst mich doch.« Schon zog er eine Tafel amerikanischer Schokolade aus seiner Jackentasche. Jetzt musste ich auch lächeln. Ich hatte schon lange keine Schokolade mehr gegessen.

Die amerikanische Schokolade schmeckte mir damals fast besser als die Schweizer. (Ich erinnere mich noch an den Namen: Hershey's Tropical Chocolate Bar.) Damals hatte die Schokolade noch einen hohen Kakaoanteil, und diese hier duftete zudem herrlich nach Vanille. Sie schmolz auch nicht so schnell, sondern war speziell für die Taschen der US-Soldaten gemacht.

»Was dieser Kiosk nicht alles hat.«

»Hatte er nicht, ein Soldat hat sie mir geschenkt. Er sagte, ich solle sie meinem Fräulein geben.«

»Dann bist du jetzt sicher eifersüchtig!«

»Überhaupt nicht, aber nur, wenn du mir eine Rippe gibst.«

»Komm, wir müssen einsteigen. Waggon 4, Abteil 5«.

Hans nahm die Koffer und ich die beiden Taschen. Wir stiegen in Waggon 4 ein. Abteil 5 war schnell gefunden. Hans stellte die Koffer ins Gepäckfach und ich die Taschen auf einen der Sitze. Ich setzte mich auf einen der Fensterplätze und Hans setzte sich mir gegenüber. Der Zug setzte sich in Bewegung - nächster Halt Karlsruhe.

Dort öffnete ich das Fenster und schaute hinaus. Auf dem Bahnsteig liefen Reisende und Bahnbedienstete umher. Eine junge Frau stand am Bahnsteig und weinte. Sie hatte kein Gepäck, aber sie stieg in den Zug.

Der Zug setzte sich wieder in Bewegung - nächster Halt Freiburg. Wieder liefen Passagiere an unserem Abteil vorbei. Ab und zu wurde geöffnet und gefragt, ob noch ein Platz frei sei, aber Hans knurrte immer: »Nein!«

Auch das Fräulein kam vorbei, und erst jetzt sah ich, dass sie schwanger war. Sie sah etwas verloren aus, aber ich konnte mich auch täuschen.

»Ich muss auf die Toilette.«

»Soll ich mitkommen?«

»Nein, ich werde mich nicht verlaufen.«

»Gut!«

Ich ging los, um zu sehen, wo die Toilette war. Auf dem Weg dorthin sah ich das Mädchen wieder. Die Toilette war besetzt und ich wollte nicht warten.

Auf dem Rückweg musste ich wieder an dem Mädchen vorbei. Sie weinte und ich hatte Mitleid mit ihr.

»Entschuldigung, kann ich Ihnen helfen?«, fragte ich sie.

Schluchzend antwortete sie: »Ich finde keinen Platz. Ich habe Schmerzen, aber ich musste aus Karlsruhe weg«.

Ich musste nicht lange überlegen: »Kommen Sie, in unserem Abteil ist noch Platz«.

Mehr als ein »Danke« konnte sie im Moment nicht sagen. Gemeinsam gingen wir zu unserem Abteil, Hans blickte auf und sah überrascht aus. »Hans, wir müssen ihr helfen«, sagte ich hastig.

»Kommt erst mal rein.«

»Setzen Sie sich und atmen Sie erst einmal durch. Dann sieht es gleich besser aus.«

»Was ist denn passiert?«, wollte Hans von mir wissen.

»Das Mädchen brauchte Hilfe, und ich habe ihr geholfen.«

Hans sagte nichts. Er wusste, dass ich nirgendwo hingehen würde, wenn man meine Hilfe brauchte.

»Wie heißen Sie, haben Sie Hunger oder Durst?«

»Ich heiße Paula, ich möchte nur etwas zu trinken.«

»Können wir Ihnen sonst noch helfen?«, fragte Hans Paula besorgt.

»Nein, ich muss nur nach Freiburg. Dort wohnt mein Verlobter Emil, wir wollen bald heiraten. Er wollte mich abholen, ist aber nicht gekommen, jetzt will ich zu ihm, aber ich habe kein Geld, und der Schaffner kommt bestimmt gleich.«

Paula griff sich wieder an den Bauch, als hätte sie Schmerzen. Hans bemerkte es und machte sich Sorgen, ich natürlich auch.

»Haben Sie Schmerzen? Keine Sorge wegen des Kontrolleurs. Ich kümmere mich darum.«

»Mein Bauch tut so weh, das muss die Aufregung sein.«

Ich goss Tafelwasser in einen Becher und reichte ihn Paula. Sie trank und beruhigte sich. Dann schnitt ich mein Sandwich in der Mitte durch und reichte ihr eine Hälfte. Zuerst lehnte sie ab, aber dann nahm sie es doch und aß ein wenig.

Hans ging zum Schaffner, um eine Fahrkarte für Paula zu kaufen. Vorsichtshalber für hin und zurück - vielleicht wusste er schon, dass Paula unverrichteter Dinge wieder nach Hause fahren musste. Als er zurückkam, hatte er die Fahrkarte in der Hand und lächelte uns an.

»Hier, ich habe eine Hin- und Rückfahrkarte. Vielleicht müssen Sie zurückfahren«.

»Danke. Ich brauche noch Ihren Namen und Ihre Adresse. Mein Vater wird Ihnen das Geld schicken. Ich bin Ihnen sehr dankbar.«

Hans schrieb unsere Adresse auf einen Zettel und gab ihn Paula. Sie wirkte erleichtert und beruhigte sich schnell.

»In welchem Monat sind Sie?«, wollte ich wissen.

»Im 5. Monat, der Bauch wird langsam dicker.«

»Wir sind auch schwanger, hoffe ich.«

»Warum hoffen Sie?«

»Ich muss noch zum Arzt, wir wissen es noch nicht genau.«

»Dann drücke ich die Daumen.«

»Sie sollten sich jetzt etwas ausruhen, bald sind wir in Freiburg.«

Paula döste tatsächlich ein wenig, und als wir kurz vor Freiburg waren, weckte ich sie.

»Sie sehen schon viel besser aus, die Ruhe hat Ihnen offensichtlich gut getan.«

»Ja, ich fühle mich schon besser.«

Der Zug kam in Freiburg an, Paula bedankte sich noch einmal und verabschiedete sich. Ich öffnete das Fenster und winkte ihr nach. Der Schaffner pfiff in seine Pfeife und der Zug setzte sich wieder in Bewegung.

»Schatz, jetzt sind wir bald wieder zu Hause.«

»Ja, ich bin froh. Was meinst du, was mit Paula passiert?«

»Ich habe ihr die Rückfahrkarte gekauft, weil ich weiß, wie es ausgeht.«

»Na, ich hoffe, sie findet ihr Glück!« (Tatsächlich schickte sie uns einige Wochen später das Geld und einen Brief. Darin bedankte sie sich und teilte uns mit, dass sie mit Emil zusammengezogen sei. Ich liebe Happy Ends).

Endlich fuhren wir mit Vollgas Richtung Basel. Ich sah aus dem Fenster, Hans arbeitete. Irgendwann kam Weil am Rhein, neben Haltingen einer der letzten Bahnhöfe an der Schweizer Grenze. Basel war zum Greifen nah. Etwa fünf Minuten, dann konnte man schon die Bahnsteige sehen. Die Durchsage kam, Hans holte die Koffer aus dem Gepäckabteil, ich die Taschen.

Nach über 14 Stunden kamen wir endlich in Basel an. Ich war erschöpft vom langen Sitzen, aber ich freute mich auf Samuel und Sebastian! Ich war gespannt, wie die beiden reagieren würden, wenn wir ihnen die Nachricht überbringen würden.

Sebastian holte uns am Bahnsteig ab. Wir waren erschöpft, aber als wir Sebastian sahen, war die Müdigkeit wie weggeblasen.

»Guten Abend, die Herrschaften!«

»Guten Abend, Sebastian, wie geht's?«

»Gnädige Frau, bei mir ist alles in Ordnung. Herr Mangold hat für heute Abend ein Bankett arrangiert«.

»Ausgerechnet heute!«, sagte Hans.

»Ja, er hat sich so gefreut, als er hörte, dass die gnädige Frau schwanger ist!«

Er verstaute das Gepäck und wir stiegen ein. Ich sah Hans mahnend an. Er hatte seinem Vater alles erzählt, ohne mich zu fragen.

Als wir zu Hause ankamen, stand Samuel schon am Treppenabsatz und wartete ungeduldig auf uns. Sebastian parkte das Auto, wir stiegen aus. Hans nahm meine Hand und wir gingen gemeinsam zu Samuel. Freudig umarmte er mich und gab mir einen Kuss auf die Wange.

»Herzlichen Glückwunsch euch beiden. Ich bin so stolz und glücklich.«

»Danke, Vater, ich kann es noch gar nicht glauben.«

»Heute Abend feiern wir ein großes Fest!«

Hans ergriff die Gelegenheit und sagte zu seinem Vater: »Wir haben noch etwas zu verkünden.«

»Darf ich wissen, was es ist?«, fragte er neugierig.

»Natürlich, Vater! Ich hatte es ja bereits angedeutet, aber wir werden tatsächlich im August heiraten, und zwar hier in der Schweiz.«

»Ihr macht mich noch glücklicher, als ich es schon bin!«

Mir wurde übel. »Ich muss rein, mir ist schlecht!«, rief ich und lief nach vorne.

»Wir kommen auch mit.«

»Wann ist der Empfang?«

»Um acht Uhr. Es kommen etwa 30 Gäste, nichts Wichtiges!«

»Gut! Dann können wir uns noch eine Stunde ausruhen. Hannah muss sich jetzt schonen, es ist ihre erste Schwangerschaft.«

»Sie kann sich später ausruhen.« Er merkte wohl nicht, wie elend ich mich fühlte.

Hans hingegen spürte es. »Alles in Ordnung, mein Schatz?«, fragte er mich besorgt.

Erleichtert, ihn an meiner Seite zu wissen, antwortete ich: »Ja, aber morgen muss ich als erstes zum Arzt. Samuel, kennst du einen?«

»Ja, Doktor Abt ist nur drei Häuser weiter.«

»Gut, dann nehme ich jetzt ein Bad und später feiern wir!« Ich lächelte den beiden zu und ging in unser Zimmer.

Aber Samuel hatte schon andere Pläne. Er hatte sich um alles gekümmert und wollte gleich loslegen.

»Hans, kann ich dich kurz sprechen?«

»Natürlich, Vater!«

»Ich habe die Firma in Zürich gegründet. Du und Hannah seid die Geschäftsführer, und ihr habt schon 40 Kunden.«

»Das ist wunderbar, Vater!«

»Nun geh und kümmere dich um deine Liebste.«

»Bis später, Vater.«

Ich war gerade im Bad und genoss mein heißes Bad. Ich hörte, wie Hans in unser Zimmer kam, und schon fragte er mich, wo ich sei. Ich sagte ihm, dass ich im Badezimmer sei und mein Bad genieße. Kaum hatte ich das gesagt, ging die Tür auf und er stand splitternackt vor mir. Mann, war das ein Prachtbursche! Adonis war ein billiger Abklatsch gegen meinen Hans.

»Schatz, im ersten Buch Moses steht: Seid fruchtbar und mehret euch und füllt die Erde.«

»Ich weiß, aber was willst du mir damit sagen?«

»Ich muss meine Frau glücklich machen!«

»Du hast mich glücklich gemacht! Ich erwarte ein Kind von dir und wir werden bald heiraten. Komm rein und leg dich zu mir, wir entspannen uns ein bisschen.«

Hans setzte sich zu mir in die Wanne. Ich seifte ihm den Rücken ein, er kuschelte sich an mich.

»Es ist so schön, mit dir zusammen zu sein.«

»Ja, mein Schatz!«

Ich streichelte seine Brust und seinen Bauch, spielte mit dem Schaum.

»Papa hat in 20 Minuten Gäste! Wir müssen uns noch anziehen.«

»Ja, komm raus!«

Hans sprang auf, schnappte sich ein Badetuch, trocknete sich ab und schlang es sich um die Hüfte. Wenn ich nicht schon schwanger gewesen wäre, wäre ich es an diesem Abend geworden. Als er aus dem Bad ging, stand ich auf und trocknete mich ab. Dabei schaute ich auf meinen Bauch und streichelte ihn. Im Stillen hoffte ich: Bitte sei schwanger! Ich zog mein hellblaues Abendkleid an, Hans seinen schwarzen Smoking.

»Und, Schatz, können wir?«

»Ja«, sagte ich nervös.

Hand in Hand gingen wir die große Treppe hinunter. Mein Herz klopfte wie verrückt. Am unteren Treppenabsatz blieben wir stehen und Hans sah sich um.

»Ach, alles Millionäre und Adlige. Genieß den Abend, Schatz!« Hans küsste meine Hand, dann gingen wir weiter.

Auf der letzten Stufe blieben wir bei seinem Vater stehen, der eine kleine Ansprache hielt: »Sehr geehrte Damen und Herren, liebe Freunde. Darf ich kurz um eure Aufmerksamkeit bitten!«

Alle blickten in unsere Richtung und ich spürte, wie mein Gesicht rot wurde. Hans bemerkte, dass meine Hand kalt wurde, sah mich an und zwinkerte mir zu. Samuel hielt seine Rede, ließ uns mehrmals hochleben und am Ende bekamen wir unseren Applaus.

Hans drückte mir die Hand und sagte: »Liebe Freunde, in eurer Gegenwart möchte ich noch einmal um die Hand meiner Hannah anhalten. Liebe Hannah, wir sind zusammen durch dick und dünn gegangen, wir kennen uns schon sehr lange. Als ich dich das erste Mal sah, habe ich mich sofort in dich verliebt. Deshalb möchte ich dich fragen: Willst du meine Frau werden?«

Ich merkte, wie mir die Tränen in die Augen schossen, und dann sagte ich leise: »Ja, ich will. Jetzt und für immer!«

Dann zog Hans eine kleine Schachtel aus seiner Jackentasche und kniete vor mir nieder. Er öffnete sie und zwei wunderschöne Ringe kamen zum Vorschein. Er stand wieder auf, nahm einen der Ringe und streifte ihn mir über den Ringfinger. Ich durfte an diesem Tag auch seinen Ring tragen.

Viele der Gäste waren etwas reserviert. Sie waren hochrangige Juden und sehr gläubig. Da die Familie von Hans liberal gläubig war, mussten sie da durch. Mein Hans pfiff darauf, dass wir nicht zusammen sein durften. Wir waren ein Paar, ich war schwanger, hätte ich in ein Hotel gehen sollen? Nein!

Natürlich haben sie uns applaudiert. Sie jubelten und ließen uns hochleben. Samuel klopfte wieder an sein Glas, wollte noch eine kurze Rede halten.

»Meine Lieben! Im Salon ist angerichtet. Lasst uns das Essen und vor allem den Abend genießen.«

Als sich die beiden weißen Türflügel öffneten, wurden wir hereingebeten. Für Hans und mich waren an der Seite zwei Plätze reserviert. Es war sofort zu erkennen, dass wir dort Platz nehmen sollten. Wir setzten uns und wurden bedient.

Nach dem Essen wurde ich von den Gästen gemustert. Sie dachten: Was will der Hans mit so einer? Aber alle waren sehr nett zu mir, wünschten uns viel Glück und bald Nachwuchs. Wenn die wüssten, dass wir schon erfolgreich waren!

»Was seid ihr für ein hübsches Paar«, sagte eine der Damen. »Möge Adonai euch immer wohlgesonnen sein.«

Als sie gegangen war, fragte ich Hans: »Wer war das?«

»Das war Anna Davidstein, von ihrer Familie wurden fast alle in Auschwitz ermordet. Heute hat sie ein riesiges Vermögen, das wir für sie verwalten.«

Schon kam ein gut aussehender Herr. Er trug einen schwarzen Smoking und einen Zylinder.

»Mein lieber Hans, wir müssen uns die Tage treffen. Ich erwarte eine sehr große Summe aus Amerika«.

»Sehr gerne, Artur! Soll ich morgen um elf Uhr vormittags vorbeikommen?«

»Ja bitte, und herzlichen Glückwunsch zu einer so schönen jungen Dame. Fräulein, ich bewundere Sie!«

»Danke, mein Herr!«, sagte ich etwas zögernd.

Auch er ging weiter. Ich fragte noch einmal, wer das sei.

»Das ist Artur Rubinstein. Er ist Pianist und lebt in Genf«.

»Was für Leute ihr kennt!«

»Komm, ich stelle dir noch jemanden vor!«

Ich schaute mich um, aber da ich niemanden kannte, konnte ich mir kein Bild machen. Wir liefen auf zwei Damen zu und Hans stellte mich vor. Es waren die Baroninnen von Löwenstein, genauer gesagt Wilhelmine und Flora.

»Guten Abend, Baroninnen. Darf ich Ihnen meine Verlobte Hannah Epstein vorstellen?«

»Bonsoir, Hans, was für eine Freude und was für ein Glück, dass du eine so bezaubernde Schönheit bekommen hast!«

Ich musste lachen, wollte aber auch etwas sagen. »Madame la baronne, es war Liebe auf den ersten Blick!«

Jetzt musste auch Hans lachen und fügte leicht gerührt hinzu. »Ja, und wie! Ich war noch nie so verliebt in ein Mädchen, obwohl keiner von uns wusste, ob wir den anderen Tag noch erleben würden.«

»Ja, es war eine schreckliche Zeit, aber jetzt wollen wir nicht mehr an diese schreckliche Zeit denken. Lasst uns auf das Brautpaar anstoßen!«

Heute würde man sagen, die beiden Baronessen waren Partylöwen! Natürlich waren auch Martin Hornmann und seine Mutter dabei. Samuel lief wie ein verliebter Hahn um die beiden herum, die waren bestimmt verliebt! Martin kam zu uns, er hatte Papiere dabei. Er ging mit Hans ins Nebenzimmer, weil er mit ihm noch einiges wegen Zürich zu besprechen hatte. Nach einer Weile kamen sie zurück.

»Liebling, du bist ja ganz allein!«

»Ich habe mich köstlich amüsiert. Dein Vater und Martins Mutter benehmen sich wie zwei frisch verliebte Backfische.«

»Stimmt, das ist mir auch schon aufgefallen!«

»Glaubt ihr, dass sich da eine Verlobung anbahnt?«

»Die beiden passen gut zusammen. Sie sind frei, also warum nicht!«

»Lass uns noch etwas trinken gehen.«

Samuel hatte extra eine Bar im Garten aufbauen lassen und man konnte gemütlich am Pool sitzen. Wir holten unsere Drinks und setzten uns an den Pool. Es war ein schöner Abend, aber ich hatte Bauchschmerzen und dachte daran, wie es wohl sein würde, ein Kind zu bekommen. Hans sah, dass ich gedanklich abwesend war. Er stand auf und stellte sich hinter mich. Dann massierte er mir den Nacken. Ich entspanne mich wunderbar.

»Entschuldige, aber es ist sehr spät, ich bin müde.«

»Geh ins Bett, niemand wird dir böse sein.«

»Ist gut! Martin, schlaf gut und grüß deine Mutter.«

»Schlaf auch gut, Hannah!«

Ich gab Hans einen Gutenachtkuss und ging.

Die Nacht war kurz. Ich schlief tief und fest und hörte Hans gar nicht ins Bett kommen.

Am Morgen schlief er ruhig neben mir. Ich stand auf und ging ins Bad. Dort machte ich mich hübsch für den Tag. Ich musste zum Arzt. Ich hatte ein bisschen Angst, aber nicht sehr. Nachdem ich mich angezogen hatte, ging ich ins Wohnzimmer. Dort hat Sebastian Frühstück gemacht.

»Guten Morgen, Sebastian!«

»Guten Morgen, Fräulein Hannah, gut geschlafen?«

»Danke, sehr gut.«

»Ich hole Kaffee. Die Butter fehlt auch noch.«

»Keine Eile, Sebastian!«

Kaum hatte ich das gesagt, hörte ich ein Flüstern von der Treppe. Es waren Samuel und Renate Hornmann. Aha, sie hat hier übernachtet! Als sie ins Wohnzimmer kamen, sahen sie mich und waren etwas verlegen. Ich rettete die Situation mit einem fröhlichen »Guten Morgen zusammen!«

Sie wünschten mir ebenfalls einen guten Morgen. Als sie sich gesetzt hatten, kam Sebastian mit Kaffee und Butter.

»Ich habe noch Croissants, falls jemand welche haben möchte. Guten Morgen, Frau Hornmann!«

»Guten Morgen, Sebastian!«

Man konnte sehen, wie verlegen die beiden waren.

»Um Gerüchten vorzubeugen: Ja, wir mögen uns.«

Sebastian schaute mich an und ich ihn, dann sagte ich fröhlich: »Ja, das hat man ja schon geahnt!«

»Wirklich?«

»Ja! Sogar Martin hat es gestern gesagt. Das ist doch schön - herzlichen Glückwunsch.«

»Du hast heute deinen Arzttermin. Hoffentlich finden sie nichts Schlimmes.«

»Nein, was soll er schon finden? Außer, dass ich schwanger sein könnte.«

»Ja, das hoffe ich!«

»Ihr werdet es als Erste erfahren. Ich muss jetzt gehen.«

»Viel Glück!«

Ich stand auf und ging meine Jacke holen. Im Flur stand Sebastian und wollte mich fahren. Ich entschied mich dagegen. Das Wetter war schön und es war nicht weit. Als ich vor unserer Villa stand und auf den Rhein schaute, sah ich die Fischer wieder. Wie immer winkte mir der Mann unserer Köchin zu, und ich winkte zurück. Ein paar Meter weiter stand der junge Fährmann, der mich beim letzten Mal verzaubert hatte. Aber heute dachte ich nur an meinen Termin. Er grüßte freundlich und ich grüßte zurück.

Schon war ich am Haus von Samuels Arzt angekommen. Ich trat durch die offene Tür. Als ich den großen Raum betrat, sah ich eine Frau an einem Tisch sitzen.

»Guten Tag! Bin ich hier richtig? Ich möchte zum Doktor Abt!«

»Ja, hier sind Sie richtig! Ich bin Dr. Abt, Sie müssen Frau Mangold sein!«

»Fräulein Epstein!«

»Gut, wie Sie wünschen. Bitte folgen Sie mir!«

»Ja, gerne! Darf ich meinen Mantel hier ablegen?«

»Natürlich! Warten Sie, ich helfe Ihnen!«

»Danke!«

Dr. Abt half mir aus dem Mantel und legte ihn auf das große Sofa. Als wir das andere Zimmer betraten, sah ich, dass es ein Behandlungszimmer war. Ich bekam ein bisschen Angst, aber ohne Grund.

Der große Stuhl in der Mitte des Raumes war der Grund.

»Bitte setzen Sie sich!«

Ich wollte mich gerade auf den Untersuchungsstuhl setzen, als Frau Dr. Abt lächelnd zu mir sagte: »Nicht dort, hier in den Sessel. Zuerst müssen wir wissen, was Ihnen fehlt!«

Nachdem ich Platz genommen hatte, setzte sie sich mir gegenüber.

»Also, mein Kind, was kann ich für Sie tun?«, wollte sie von mir wissen, aber wo sollte ich anfangen? Ich hatte ja keine Erfahrung.

»Ganz einfach, ich glaube, ich bin schwanger. Vielleicht brauche ich etwas gegen meine Übelkeit.«

»Gut. Dann brauche ich etwas Urin und ein bisschen Blut kann auch nicht schaden.«

»Urin?«, fragte ich ungläubig,

»Ja, das muss ich untersuchen, und wenn ich das Hormon HCG in Ihrem Urin finde, dann sind Sie schwanger.«

Gut! Also ging ich auf die Toilette und füllte einen Blechbecher. Wie peinlich - fast hätte ich etwas verschüttet! Dann ging ich wieder ins Behandlungszimmer. Frau Doktor stand schon mit der Spritze in der Hand da und wollte mir Blut abnehmen.

»Setzen Sie sich, ich brauche noch Blut.«

Ich gab ihr den Becher und setzte mich.

»Ich stelle nur schnell den Becher weg, dann kann es losgehen.«

»Keine Eile, ich habe Zeit!«

Sie ging zum Kühlschrank, stellte den Becher hinein und kam dann zu mir.

»Ich hoffe, Sie haben nichts zu essen da drin.«

»Nein, aber Limonade!«, scherzte sie.

Sie schob meinen Ärmel ein wenig hoch, legte mir ein Staubband um den Oberarm und stach mich. Das Blut floss, ein Reagenzglas voll reichte ihr. Nachdem sie mir das Gummiband abgenommen hatte, klebte sie mir ein Pflaster auf die noch etwas blutende Stelle.

»So, fertig! In ein, zwei Tagen bekommen Sie Bescheid, ich rufe Sie dann an! Hier ist noch etwas gegen die Übelkeit.«

»Gut, danke!«

Frau Doktor brachte mich noch ins Vorzimmer. Dort half sie mir in den Mantel und verabschiedete sich. Vor dem Haus überlegte ich: Soll ich gleich nach Hause gehen oder noch in das nette kleine Café? Ich entschied mich für das Café. Es war nicht weit. Ich hatte es schon auf dem Hinweg gesehen und es hatte mir sofort gefallen. Vor der Tür schaute ich zuerst, ob ein Schild hing: **JUDEN UNERWÜNSCHT**. Es war keins zu sehen - eine dumme Angewohnheit von mir, danach zu suchen.

Drinnen wurde ich sehr freundlich von einem jungen Kellner begrüßt. Er führte mich zu einem kleinen Tisch auf der Terrasse und brachte mir die Karte. Im Stillen fragte ich mich, was er wohl sagen würde, wenn ich ein Bier bestellen würde. Damals gehörte es sich für eine Dame nicht, in der Öffentlichkeit Bier zu trinken.

Der Kellner ging an mir vorbei, legte die Karte hin und ging weiter. Ich nahm sie und studierte sie, bis mir der Café Crème auffiel.

»Den nehme ich und ein Stück Kuchen!«, sagte ich.

»Wie bitte?«, kam es vom Nebentisch. Dort saß ein junger Herr, der sich für mich zu interessieren schien.

»Verzeihung, mein Herr, ich habe mit mir selbst gesprochen.«

»Ich dachte, Sie sprechen mit mir. Was würden Sie mir empfehlen?«

»Warten Sie, ich muss erst nachsehen.« Ich drehte mich zu ihm um und überlegte. »Ich würde Ihnen einen Café Crème mit Milch und Zucker empfehlen und dazu ein Stück Herrentorte.«

»Nicht schlecht, das nehme ich normalerweise auch. Woher wissen Sie, was ich nehme?«

»Ich habe Ihre Bestellung vorhin gehört.«

Wir grinsten uns beide an. Ach, wenn ich Hans damals nicht gehabt hätte, hätte ich ihn bestimmt genommen. Heute würde man sagen: Hätte, hätte, Fahrradkette! Natürlich hätte ich meinen Hans nie verraten. Ich habe es zu seinen Lebzeiten nicht getan und werde es auch nach seinem Tod nicht tun. Dafür liebte und liebe ich ihn zu sehr. Wir hatten sehr glückliche Jahre miteinander. Wenn ich so darüber nachdenke, haben wir uns nie richtig gestritten.

Der junge Mann saß mir nun gegenüber, wir hatten bereits Kaffee und Kuchen.

»Darf ich fragen, ob Sie noch ungebunden sind?«

»Ich bin verlobt und glücklich!«

»Man darf doch fragen, oder?«

»Darf man!«

»Schmeckt Ihr Kuchen?«

»Ja, sehr!«

»Ich heiße Louis. Und Sie?«

»Hannah!«

»Hannah, was für ein schöner Name.«

»Ja, ich bin Jüdin. Ich sage es lieber gleich, bevor Sie sich noch länger wundern.«

»Ich bin Franzose!«, lachte er mich an. Wieder lachten wir und ich fühlte mich freier denn je.

»Louis, ich muss leider gehen, aber nächsten Mittwoch trinke ich wieder hier meinen Kaffee.«

Wieder lächelte er mich an. »Ich werde da sein, so gegen zwei Uhr nachmittags?«

»Ja!« (Ich weiß, was Sie jetzt denken, mein G-tt! Damals war ich noch nicht so, wie ich heute bin. Nur meinen Hans hätte ich nie betrogen. Lassen Sie mich träumen).

Ich schüttelte ihm die Hand und ging zum Kellner, um zu bezahlen. Innerlich dachte ich: Schnell raus und nach Hause! Ich verließ das Café, ging die Rheinpromenade entlang. Vor unserem Haus sah ich die Fischer wieder. Sie winkten mir zu und ich winkte zurück. Im Garten traf ich Hans. Er lächelte, als er mich sah.

»Schatz! Endlich bist du da.«

»Ich war beim Arzt und danach noch in dem kleinen Café am Rhein.«

»Schon gut, du brauchst mir nichts zu erklären.«

»Jetzt bin ich ja da. Wohin gehst du?«

»Ich wollte spazieren gehen. Aber jetzt kann ich auch mit dir reingehen.«

»Wollen wir etwas trinken?«

»Ja, wie war es beim Arzt?«

»Sie ist eine Frau, aber sie war nett und ich hatte keine Angst.«

»Ich nehme einen Sherry!«

»Gut, ich Tee, und dann setzen wir uns in den kleinen Salon auf das kuschelige Sofa.«

»Gerne, Schatz!«

Ich bereitete alles vor und gemeinsam gingen wir in den kleinen Salon. Dort setzten wir uns auf die kuschelige kleine Chaiselongue. Ich kuschelte mich an Hans und trank meinen Tee.

»Ich hoffe, ich werde schwanger. Ich wünsche mir so sehr ein Kind von dir!«

»Ich auch, mein Schatz, es wird schon klappen.«

»Morgen oder übermorgen wird Frau Doktor anrufen und mir das Ergebnis mitteilen.«

»Ich wollte dir noch sagen, dass wir bald nach Zürich ziehen. Unser Haus ist auch schon fertig.«

»Das ist schön! Ich freue mich sehr auf Zürich.«

»Ich mich auch. Nur am Anfang wird es etwas ungewohnt sein.«

»Warum?«, fragte ich überrascht.

»Wir werden allein in dem großen Haus sein, denn unsere Mitarbeiter kommen erst ein paar Tage später.«

»Egal, genießen wir es, einmal ungestört zu sein! Wird sich dein Vater ohne uns nicht einsam fühlen?«

»Nein, er ist es gewohnt, und ich glaube, Renate wird auch bald hier einziehen.«

Wir kuschelten noch lange, aber irgendwann wurde ich so müde, dass ich ins Bett ging.

Am nächsten Morgen fühlte ich mich besser. Gerade als ich zum Frühstück gehen wollte, klingelte das Telefon. Sebastian ging ran und meldete sich. Es war Dr. Abt. Oh, war ich nervös, als Sebastian mir den Hörer gab!

»Hallo?«, sagte ich leise.

»Hallo, mein Kind. Herzlichen Glückwunsch, Sie sind schwanger«, sagte Frau Doktor.

»Wirklich?«, fragte ich etwas verlegen.

»Ja, mein Kind, kommen Sie morgen bei mir vorbei.«

»Danke«, sagte ich schnell und legte auf.

Ich ging ins Wohnzimmer und sah Hans.

»Hans!«, rief ich mit Tränen der Freude in meinen Augen.

»Hast du was, Liebling?«

»Ja, ich bin schwanger. Ich soll morgen zu Frau Doktor kommen.«

Hans sah mich an. Dann sprang er auf und umarmte mich. »Wunderbar!«, rief er.

»Ja, endlich, ich hab dich lieb!«

»Du musst dich jetzt schonen.«

»Noch nicht, ich bin doch nur schwanger und nicht krank!«

»Setz dich erst mal hin und frühstücke.«

Ich setzte mich zu Hans und wir frühstückten gemeinsam. Gerade als ich fragen wollte, wo Samuel sei, kam er durch die Tür und setzte sich ebenfalls an den Frühstückstisch.

»Guten Morgen, habt ihr gut geschlafen?«

»Ja, sehr gut, Papa.«

»Ich fahre heute mit Renate für ein paar Tage nach Genf.«

»Gut, Vater, das wird dir gut tun.«

»Ja, das glaube ich auch. Renate möchte sich um ihr Haus kümmern und ein paar Tage bleiben. «

»Wann kommt Renate?«

»Ach, die ist doch schon da. Was macht ihr noch so Schönes?«

»Wir wollen feiern. Hannah hat gerade erfahren, dass sie schwanger ist.«

»Wirklich? Herzlichen Glückwunsch, meine Liebe.«

Samuel sprang von seinem Stuhl auf, so dass dieser mit einem kreischenden Geräusch nach hinten krachte, lief zu mir und umarmte mich. Auch Renate kam erschrocken angerannt. Sie dachte, es sei etwas passiert, aber Samuel beruhigte sie.

»Liebling! Hannah ist schwanger, ich werde Opa und du Oma.« War das die erste Ankündigung, dass Samuel und Renate heiraten wollten?

»Herzlichen Glückwunsch, Hannah, und dir natürlich auch, Hans.«

Was haben sich die beiden gefreut! Ich wusste nicht, wie ich mich verhalten sollte. Ich hatte ein bisschen Angst. Hans bemerkte es. Er nahm meine Hand und hielt sie fest. Er merkte immer, wenn es mir nicht gut ging.

»Schatz, bist du fertig?«

»Ja, ich mag nicht mehr. Wollen wir in den Garten gehen?«

»Gerne, soll ich dir einen Melissentee mitbringen?«

»Ja, bitte!«

Ich ahnte nicht, dass es eine schwere Geburt werden würde, aber ich wollte mich schonen und dachte bei mir: Der Umzug nach Zürich wird mir noch zu schaffen machen!

Ich hatte mich gerade in den Liegestuhl gesetzt, als Hans mit dem Tee kam.

»Geht es dir gut?«

»Ja, ich bin nur ein bisschen müde. Das ist ganz normal, in mir wächst etwas heran!«

Hans setzte sich zu mir auf die Liege und gab mir einen Kuss. »Ich werde euch beide immer beschützen und lieben.«

»Das weiß ich, und das wird auch unser Kind wissen. Was wünschst du dir?«

»Einen Sohn!«

»Ich wünsche mir eine Tochter.«

Ich war gespannt, was aus mir herauskommen würde. Wir wollten vorher gar nicht wissen, was es wird, aber wir waren gespannt.

»Du kannst dich noch ein bisschen ausruhen. Ich muss noch ein paar Sachen erledigen. Bevor ich es vergesse: Renate hatte mich wegen der Babyparty angesprochen. Sie würde sie gerne vorbereiten, alle kommen!«

»Wenn sie will, gerne!«

War ich aufgeregt, meine erste Babyparty! Ich wusste nicht einmal, was eine Babyparty ist. Renate hatte es im amerikanischen Radio gehört. Bei ihr lief den ganzen Tag dieses neumodische Zeugs. (Erst heute höre ich auch gerne den Sender US-POP).

Hans war in seinem Büro. Ich lag in der Sonne.

Renate kam! »Sweety, darf ich dich kurz stören?«

»Klar, Renate, aber nicht alles auf Englisch!«

»Nein, ich vergaß, das kannst du ja nicht!« (Danke, und so direkt!)

Renate war immer so grob, sie war nie eine richtige Jüdin, sie hat nicht das durchmachen müssen, was unser Volk durchmachen musste. Ich habe ihr das nie übel genommen. Renate war eben Renate, und dafür musste man sie lieben.

»Wollen wir die Babyparty zusammen planen? Ich lade die Gäste ein, und dann machen wir zusammen die Dekoration.«

»Können wir machen. Wann feiert man so eine Party?«

»Entweder vor der Geburt oder danach, aber man muss feiern.«

»Ja, klar, darin bist du ja ein Ass!«

Zuerst hat sie mich nur angesehen, aber dann hat sie gelacht. Was sie damit meinte, weiß ich bis heute nicht. Eine Babyparty haben wir übrigens nie gefeiert. Ich dachte nicht mehr daran und Renate auch nicht.

»Ich geh dann mal packen, Samuel will bald los!«

»Ja, ich bleibe noch ein bisschen hier liegen und genieße die Sonne.«

Bald wurde mir langweilig und ich musste an Louis denken. Es war gerade zwanzig Minuten vor zwei. Ob er heute auch in dem kleinen Café war? Schnell faltete ich die Hände und befahl mir, nicht an ihn zu denken. (Hör auf, Hannah!)

Hm, ich könnte ja einen Kaffee trinken gehen oder so. Genau das mache ich jetzt! Ich stand auf und ging zurück ins Haus. Dort machte ich mich fertig, trug etwas Rouge auf, zog meine Lippen nach und griff nach meinem Hut.

»Willst du noch in die Stadt?«

»Hans, nein! Nur ein bisschen an der Promenade spazieren. Das Wetter ist so schön, und wer weiß, wie oft ich das noch machen kann.«

»Du hast Recht, Schatz, viel Spaß.«

»Danke!«

Ich ging. Erst draußen drehte ich mich um. Ich fühlte mich schäbig, als wollte ich meinen Hans betrügen! Aber das wollte ich nicht.

Die Sonne schien mir ins Gesicht, als ich am Rhein entlang ging. Ich sah den Fährmann und die Fischer, die ihre Angeln und Netze in den Rhein hielten. Im Vorbeigehen sah ich Frau Doktor an einem der vielen Fenster stehen.

Sie winkte mir zu, ich winkte zurück. Etwas weiter kam das kleine Café. Ich ging die Treppe hinauf, da saß er. Ich erkannte Louis von hinten. Langsam ging ich auf ihn zu, blieb vor ihm stehen, er sah mich und lächelte mich an.

»Das ging ja schneller, als ich dachte.«

»Ich hatte nur Lust auf einen Kaffee. Darf ich mich dazu setzen?«

»Natürlich darfst du!«

»Oh, sind wir schon beim Du?«

»Entschuldigung, aber wir kennen uns schon ein bisschen.«

Ich setzte mich zu ihm und war aufgeregt. Wenn er mich jetzt gefragt hätte, hätte ich es getan. Der Kellner kam, diesmal bemerkte er mich sogar. Louis bestellte zwei Café Crème und wir unterhielten uns ein wenig.

»Und wie geht es dir?«, fragte er, und ich antwortete: »Danke, es geht mir sehr gut. Ich habe gerade erfahren, dass ich schwanger bin«.

»Herzlichen Glückwunsch!«

»Der Kaffee kommt!«

»Endlich! Du hast gesagt, ihr zieht in den nächsten Tagen nach Zürich.«

»Ja, aber der Vater von Hans, meinem Verlobten, bleibt hier in unserer Villa.«

»So ganz allein in einer großen Villa!«

»Nein, wir haben Bedienstete und seine Freundin wird auch dort wohnen.«

»Interessant!«

»Was?«

»Nichts. Nur so!« Ich war etwas verunsichert, aber die Franzosen waren schon immer undurchschaubar.

»Ich muss langsam nach Hause.«

»Sehen wir uns wieder?«

»Ich glaube nicht, Louis, auf Wiedersehen!«

Ich stand auf und ließ ihn sitzen. Ich weiß, es war nicht nett, aber notwendig. Ich hätte Hans nie wieder in die Augen sehen können. Aber ich konnte, und ich tat das einzig Richtige! Ich ging am Rhein entlang, schaute in das grünliche Wasser und genoss die herrliche Sonne. Für ein paar Minuten setzte ich mich auf eine der Bänke und hielt inne.

Als ich die Treppe zur Villa hinaufstieg, stand Hans da und sah mich an.

»Liebling, du warst lange weg!«

»Ja, ich habe oben an der Brücke den Fischern zugeschaut.«

»Renate und Vater sind schon weg. Ich soll dich grüßen.«

»Danke. Das ist aber lieb! Ist Sebastian auch da?«

»Nein! Er ist mit Vater und Renate nach Genf gefahren, warum?«

»Ich dachte, dann ist nur die Köchin da. Wie unheimlich!«

»Ha, du hast Angst!«

»Natürlich nicht, aber komisch ist es schon. Wollen wir in den Salon gehen? Das Essen ist bestimmt bald fertig.«

»Können wir machen, aber da spukt ein Gespenst!« Hans fing an zu lachen und ich musste auch lachen.

Junge Familie
(1952 – 1975)

ZÜRICH: NEUES ZUHAUSE, UNSERE FIRMA

Ich hatte meine nächste Untersuchung bei Frau Dr. Abt. War ich aufgeregt, aber die Angst war unbegründet. Sie stellte nichts Ungewöhnliches fest, außer dass ich schon länger schwanger war, als ich dachte. Meine Übelkeit war das Zeichen. Es mussten mindestens sieben Wochen sein. (Ich war tatsächlich beim ersten Sex mit Hans schwanger geworden!) Wie wir ja nach Zürich zogen, bekam ich die Adresse eines Kollegen in Zürich und ging erleichtert nach Hause.

Dann kam der große Tag. Unser Umzug nach Zürich war in vollem Gange. Wir packten alles ein, was wir vorher zum Mitnehmen ausgesucht hatten.

»Schatz, die Umzugsfirma kommt heute Nachmittag um zwei.«

»Bis dahin habe ich alles eingepackt. Wann fahren wir los?«

»Spätestens um drei.«

Ich packte weiter, während Hans noch einige Dinge in seinem Büro erledigte. Pünktlich um zwei Uhr klingelte die Umzugsfirma. Sie hatten einen alten Transporter, der aussah, als würde er gleich zusammenbrechen. Der Fahrer und zwei Arbeiter stiegen mit finsterer Miene aus.

Doch bald entpuppten sie sich als sehr freundlich: drei starke Männer, die schwere Möbel zu tragen hatten. Hans belud unser Auto mit seinen persönlichen Sachen. Er wollte pünktlich um drei Uhr losfahren. Die Köchin würde aufpassen, wenn wir nicht mehr da waren. Sie war extra dafür gekommen.

Also verabschiedeten wir uns von der Köchin und den Möbelpackern. Dann ging die Reise los, aber zum Glück war es nicht weit nach Zürich.

Wir mussten die Landstraße nehmen, eine Autobahn gab es erst Mitte der 60er Jahre.

So eine Fahrt über Land hatte etwas Schönes. Es gab viel zu sehen und man konnte in einem Gasthaus einkehren. Aber heute hatten wir keine Zeit. Wir wollten bei Tageslicht in unserem neuen Zuhause ankommen.

Unsere Reiseroute sah wie folgt aus: Pratteln, Rheinfelden in der Schweiz, Zeiningen, Mumpf, Eiken, Frick, Hornussen, Bözen, dann über Brugg nach Baden, Neuenhof, Spreitenbach, Dietikon und schließlich Zürich.

Als Hans in die Hofeinfahrt einbog, bekam ich große Augen. Ich kam aus dem Staunen nicht mehr heraus. Erst als Hans anhielt, schloss ich den Mund. Vor uns stand die Villa, die schon etwas älter war. Es war ein Gebäude mit einem Turm, einem kleinen Erker und einem Spitzdach. Die Fassade leuchtete gelb und war mit einigen Ornamenten verziert. Zum Grundstück gehörte ein Park und ein kleiner See, so viel konnte ich erkennen. Ich war gespannt auf den Rest.

»Und, mein Schatz, gefällt es dir?«

»Ja, sehr! Ich weiß gar nicht, was ich sagen soll.«

Hans stieg aus und hielt mir die Tür auf. Ich stieg aus, taumelte. Bevor es noch schlimmer wurde, hielt mich Hans fest.

»Unser Kind freut sich auch!« (Na ja, das war eine Vermutung!)

»Er und seine Geschwister werden hier glücklich.«

»Geschwister?«

»Ja! Eine ganze Fußballmannschaft.«

Er lächelte mich an und grinste frech.

»Du bist verrückt«, rief ich.

Er nahm mich in den Arm und küsste mich.

»Komm, ich zeige dir, wie die Villa von innen aussieht.«

Ich gab ihm meine Hand und gemeinsam gingen wir zum Eingang.

»Mal sehen, wo war denn der Schlüssel?«

»Vielleicht unter der Fußmatte?«

»Genau!«

Da lag er auch. Hans nahm unseren Schlüssel und schloss auf. Die Tür quietschte, als Hans sie öffnete. Wir gingen hinein. Jetzt staunte ich noch mehr. Vor uns lag die große Eingangshalle. Überall Marmor und Eiche! Links und rechts führten breite Treppen nach oben. Gekrönt wurde diese Treppe von einem Glasdach, das aus Tausenden von Mosaiken bestand. Ich konnte es kaum erwarten, dass die Sonne herauskam. Sie wird sich wunderbar darin spiegeln.

Hans wollte aber nicht die Treppe hinaufgehen, sondern mir zuerst das untere Stockwerk zeigen. Neben einem großen Salon gab es Gesellschaftsräume, eine Bibliothek und ein Esszimmer. Im Keller befand sich die Küche, die über eine separate Treppe zu erreichen war.

»Die ist aber modern eingerichtet!«, staunte ich und war begeistert.

»Ja, mein Schatz, nur das Beste für uns.«

»Wir haben kein Personal, wer kocht denn heute?«

»Das kriegen wir schon hin!«

»Du hast Recht! Meine Mutter hat mir während des Krieges beigebracht, mit dem Wenigen, was wir hatten, zu kochen«.

»Ich bin gespannt. Vaters Köchin hat uns etwas eingepackt.«

»Was ist oben?«, wollte ich wissen.

»Komm, ich zeige es dir.«

Wir stiegen die Treppe hinauf. Endlich wusste ich, was der obere Stock zu bieten hatte: mehrere Schlafzimmer und ein großes Bad, mehr nicht. Das eine oder andere Zimmer würden wir zum Büro umfunktionieren. Ich wollte gerade die letzte Tür öffnen, als Hans mich aufhielt.

»Mach die nicht auf! Das ist der Dachboden, der ist noch nicht aufgeräumt und da sind bestimmt Ratten.«

Ich musste lachen. Das alles erinnerte mich an die alte Frau von Blankenstein. Marta von Blankenstein hatte uns auf der Flucht Unterschlupf gewährt - als Frau eines Generals im Russlandfeldzug, die einen Juden versteckte, der ihr Gärtner gewesen war. Er war auch ihr Geliebter und stand ihr im Krieg bei. Ich mochte Chajm, schließlich hatte ich ihn auf dem Dachboden entdeckt und das Geheimnis der beiden gelüftet. Nach dem Krieg besuchten wir sie oft. Irgendwann war das Haus leer und die alte Dame tot, erzählte uns Katja, die junge Frau, die uns ihr Auto geliehen hatte. So erfuhren wir, dass Marta plötzlich gestorben war und Chajm in seiner Trauer das Land verlassen hatte.

»Ich vergaß, Hans, du hast ja Angst vor Ratten.«

»Ich? Nein! Du musst mich verwechseln!«

Wir schlossen die Tür und gingen ins Wohnzimmer. Dort hatte Hans den Korb mit den Köstlichkeiten der Köchin hingestellt.

»Lass uns ein Picknick machen! Erinnerst du dich an das Picknick in der Zuflucht? Du warst so glücklich, mein Schatz!«

»Stimmt, du konntest damals schon zaubern und hast mich sofort verzaubert.«

Hans breitete eine Decke auf dem Boden aus, dann packten wir den
Korb aus.

»Lecker, Rindersalami!«

»Brot, Wein und Butter sind auch da.«

»Für dich ist Saft dabei. Aber auf den Wein kann ich auch verzichten!«

»Nein! Du hast ihn dir verdient, genieß ihn! Ich trinke Saft. Schneidest
du mir bitte Salami und Brot?«

»Ja, Liebling!«

Wir genossen diese Köstlichkeiten. Später legte ich meinen Kopf auf
Hans' Schoß und lauschte seinen Worten. Er las mir aus Moby Dick vor.
Das Buch war noch nicht zu Ende.

Irgendwann wollte er aufstehen. »Liebling, es wird kühl, lass mich den
Kamin anzünden!«

»Ja, mir ist auch schon kalt. Wo werden wir schlafen?«

»Ich habe ein Hotelzimmer gemietet.«

»Wollen wir nicht hier auf dem Boden schlafen? Da hinten liegen noch
Decken und am Kamin ist es schön warm.«

»Wenn du willst!«

Ich nickte und Hans gab mir einen Kuss. Ob er das von Anfang an geplant hatte? Er hat es mir nie gesagt, aber ich kannte ihn ja schon ziemlich gut.

Als ich am nächsten Morgen aufwachte, war Hans verschwunden. Wo war er nur? Ich stand auf, zog mir die Decke über die Schultern und suchte ihn. Als ich ihn fand, stand er in der Küche und kochte Tee. Was für ein Anblick, er hatte nur seine Boxershorts an.

»Schatz, du bist ja schon wach!«

»Ich habe mich erschrocken, weil du weg warst.«

»Entschuldige! Ich wollte uns Tee zum Frühstück machen. Der Lieferwagen kommt in einer Stunde.«

»Dann lass uns frühstücken!«

Hans nahm den Tee und folgte mir.

»Wollen wir am Feuer frühstücken?«

»Wir haben keinen Tisch! Wie schön, Frühstück im Bett!«

Hans nahm die Sachen und brachte sie zu mir auf die Decke. Ich hatte schon den Tee und musste ihn halten, bis er sich gesetzt hatte. Ich musste ihn die ganze Zeit ansehen, mein Blick konnte seinem Körper nicht entkommen. Meine Fantasie wuchs, mein Blick neigte sich zu seinem Schoß.

Wach auf, dachte ich.

»Hast du etwas?«

»Nein, Schatz, alles in Ordnung.«

Ich biss in mein Brot, mir wurde übel. Schnell sprang ich auf und lief ins Badezimmer. Dort übergab ich mich noch eine Weile.

Hans kam zu mir und legte seine Hand auf meine Schulter. »Geht es dir gut?«, fragte er mich.

Ich antwortete erschöpft: »Ja, das ist die Morgenübelkeit«.

Zum Glück verging sie schnell. Hans war schon wieder im Salon und zog sich an. Als auch ich zurückkam, sah er mich an und lächelte. Ich sagte nichts und zog mich auch an. Hans kam zu mir. Er sah, dass ich mich mit dem Reißverschluss abmühte. Während er mir half, küsste er meinen Nacken.

»Ich freue mich auf unser Kind.«

»Ja, ich auch, auch wenn es im Moment etwas unangenehm ist.« Ich drehte mich um und gab ihm einen Kuss.

»Schau. Der Möbelwagen fährt vor. Lass uns rausgehen!« Hans nahm meine Hand und zog mich hinter sich her.

An der Tür stand schon einer der Mitarbeiter: »Guten Morgen, Herr Mangold! Wir können den Möbelwagen ausräumen.«

»Guten Morgen! Sehr gerne! Meine Verlobte wird Ihnen sagen, wo die Sachen hinkommen.«

Sofort fingen die Männer an, den Transporter auszuräumen. Ich zeigte, wo die Sachen hin sollten, und Hans sah sich in seinem neuen Büro um. Der Schreibtisch und die Kisten standen schon da. Er begann, den Schreibtisch einzurichten.

»Schatz, kannst du dafür sorgen, dass die Möbel für mein Arbeitszimmer als nächstes gebracht werden?«

»Ich werde sehen, was machbar ist, aber ich kann es nicht versprechen.«

»Bitte! Dann kann ich arbeiten.«

Ich ging hin und sprach mit den Möbelpackern. Wie durch ein Wunder waren die restlichen Möbel innerhalb von 20 Minuten im Büro. Hans freute sich und konnte weitermachen.

Bald waren auch die letzten Sachen und Möbel abgeladen. Danach hatte ich genügend Zeit, die vielen Kisten auszupacken. Morgen sollten die Mitarbeiter kommen. Sie würden mir beim Aufbau und Einräumen helfen. (Nur hatte Hans vergessen, ihnen zu sagen, dass wir schon in das neue Haus eingezogen waren. Aber vielleicht wollte er ein paar Tage mit mir allein sein).

So konnten wir uns eine Ruhepause gönnen. Hans hatte alles Nötige erledigt.

»Schatz, wollen wir einkaufen gehen?«

»Ja, wir müssen was zu essen haben.«

»Heute ist Markt in der Stadt, da können wir hingehen.«

»Gut! Ich hole den Korb, dann können wir los.«

»Ich hole den Korb, dann gehen wir.«, sagte Hans und lief schnell in die Küche. »Können wir los?«, fragte er, als er wieder zurück war.

»Ja!«

Puh, war ich nervös! Neue Stadt, neue Leute! Waren die wie die Basler oder hatten die was gegen Juden? Dabei sah ich schon lange nicht mehr wie eine Jüdin aus. Außer meinen schwarzen Haaren erinnerte mich nichts daran. Ich wäre als Tessinerin durchgegangen.

(Die Tessiner sind etwas Besonderes. Sie sind wie die Italiener, nur etwas lockerer. Ich liebe das Tessin und seine Leute, auch das gute Essen und den guten Wein. Wir haben oft Ferien im Tessin gemacht. Noch heute fahre ich regelmäßig nach Ascona, wohne im Hotel Al Faro).

Wir hatten es nicht weit, etwa 15 Minuten mit dem Auto.

»Schau, da vorne ist der Marktplatz. Da drüben ist das Großmünster und hier ist das Amtshaus«, sagte Hans und zeigte im Kreis herum.

»Großmünster, wie schön! Was du alles weißt!«, sagte ich leicht genervt. Oh G-tt, die Hormone! (Ich habe eine Skizze vom Großmünster von einem Künstler. Ich liebe dieses Bild, denn ich bin schon lange ein Fan des Münsters. Man muss mal auf einen der Türme steigen und die Aussicht von oben genießen).

»Ich parke hier, dann gehen wir zu Fuß.«

Hans parkte das Auto und wir gingen zusammen zum Bürkliplatz, wo immer der Markt war. War der groß - und die vielen Menschen!

»Ob die auch Basler Klöpfer haben?«

»Nein! Die heißen hier Cervelat. Sollen wir dann eine nehmen?«

»Natürlich!«

*DIESE SKIZZE DES ZÜRCHER GROSSMÜNSTERS HING IHR LEBEN LANG
IN IHREM ARBEITSZIMMER*

Wir gingen über den Markt und am anderen Ende sah ich einen Pavillon. Von dort hörte man Musik, wie gern hätte ich dort getanzt! Der Pavillon war für Musikgruppen und zum Tanzen gebaut worden. Hans war abgelenkt, nahm Obst und Gemüse mit, aber auch ein paar Blumen. Brot haben wir auch mitgenommen, Wurst und Fleisch auch. Natürlich alles vom Rind!

»Möchtest du etwas Süßes?«

»Lass mal sehen!«

»Schau, da gibt es Zuckerwatte.«

»Was? Das habe ich noch nie gesehen.«

Als ich in die angedeutete Richtung blickte, verlor ich mich ein wenig in der Geräuschkulisse der vielen Marktbesucher. Die Zürcher sprechen ein kantiges Schweizerdeutsch, Stadtmenschen eben!

»Riechst du das?«

»Was?«, frage ich erstaunt.

»Die vielen verschiedenen Gerüche! Da vorne riecht es nach Blumen, da hinten riecht es nach Käse und hier riecht es nach Bratwurst.«

»Bestell doch bitte etwas. Ich habe schrecklichen Hunger.«

Hans bestellte uns zwei Cervelat, dazu Brot und etwas zu trinken. Wir setzten uns an einen der Tische und ließen uns das leckere Essen schmecken.

»Morgen müssen wir in die Firma, wir werden erwartet.«

»Gut, ich bin schon aufgeregt.«

»Brauchst du nicht. Haben wir alles?«

»Ich denke schon, aber ich überlege noch.«

Nach einer Weile, als ich mit meiner Wurst fertig war, sagte ich: »Wir könnten auch Käse mitnehmen«.

»Ja, wenn du willst.«

Wir liefen schnell zum Käsehändler und kauften Appenzeller, Emmentaler und Gruyère. Sie waren sehr teuer, aber sehr gut. Die Musik ertönte wieder, jetzt waren wir ganz in der Nähe des Pavillons. Ich schloss die Augen und nahm die Musik in mich auf. Was für ein schöner Moment, man konnte sich so wunderbar fallen lassen.

»Liebling, lass uns wieder zum Auto gehen. Wir haben alles, was wir brauchen.«

»Ja, gerne. Sag mal, was ist das für eine kleine Insel?«, fragte ich neugierig.

Hans antwortete: »Das ist das Bauschänzli. Das ist eine Insel, wo heute Feste gefeiert werden und wo man gut essen kann«.

Als wir weitergingen, kamen wir an einem Gebäude vorbei, das in der Limmat stand. »Schau, das ist das Frauenbad. Da kannst du auch mal hingehen.«

»Könnte ich, aber alleine habe ich keine Lust.«

»Du wirst dich bestimmt mit Ursula anfreunden. Das ist die Frau von Martin.«

»Mal sehen.«

Als wir wieder bei unserem Auto waren, luden wir unsere Sachen ein und fuhren nach Hause.

Vor unserer Haustür wollte ich gerade den schweren Korb hochheben, als mich Hans daran hinderte. »Bist du verrückt? Ich stelle ihn auf die Treppe, du nimmst die Blumen.«

»Ja, Schatz! Aber du weißt doch, dass ich nur schwanger bin und nicht krank?«

»Sei froh, dass ich so vorsichtig bin.«

Ich lächelte Hans an und gab ihm einen Kuss. Er lächelte mich auch an und freute sich sichtlich über meine Reaktion. Schwangere Frauen können so nervig sein.

Als Hans das Auto in die Garage gefahren hatte, gingen wir hinein. Er nahm den Korb, ich die Blumen.

»Stell den Korb bitte in die Küche, ich räume die Sachen weg.«

»Mach' ich!«

In der Zwischenzeit suchte ich eine Vase für die Blumen. Ich fand sofort eine und brachte sie in die Küche. Dort räumte Hans gerade die Einkäufe weg.

»Schatz, ich dachte, ich mach' das schnell. Mach du die Blumen fertig!«

»Ja, Herr!«, sagte ich wütend.

Hans sah mich erschrocken an. »Hast du was?«

»Ja! Ich will selbst entscheiden, ob ich etwas machen kann oder nicht.«

Hans stellte das Obst hin und verließ schweigend die Küche. Mir kamen die Tränen, nein, schon wieder die Hormone! Weinend räumte ich die Sachen weg, stellte die Blumen in die Vase und ging Hans suchen. Er stand im Wohnzimmer am Kamin und starrte ins Feuer.

»Schatz, bitte verzeih mir. Ich wollte dich nicht anschreien.«

»Schon gut, ich verstehe. Aber versprich mir, dass du mir sagst, wenn ich dir helfen kann.«

Ich ging zu ihm, nahm ihn in den Arm und sagte leise: »Mein Körper verändert sich jeden Tag. Da kann es schon mal passieren, dass ich etwas sage, was ich nicht so meine.«

»Schon gut, es ist alles vergeben.« Aber sein Tonfall strafte seine Worte Lügen. Ich war beunruhigt.

Offenbar hatte ich Hans empfindlich getroffen. Er zog sich zurück.

»Liebling, ich muss noch einmal weg. Wollen wir in zwei Stunden essen?«

»Ja! Ist wirklich alles in Ordnung?«, fragte ich ihn noch.

»Natürlich! Wir sehen uns später! Ich liebe dich!«

»Ich dich auch!« Hans küsste mich und ging.

Ich wollte mich ablenken. Im Haus gab es noch viel zu tun. Zuerst wollte ich das Schlafzimmer aufräumen. Bett und Schrank waren von den Möbelpackern aufgebaut worden. Ich konnte die Kisten nicht tragen, aber ich wandte einen alten Trick an: Mit einer Decke unter der Kiste konnte ich sie dahin ziehen, wo ich sie haben wollte.

So konnte ich den Schrank von Hans und mir ohne große Mühe einräumen. Auch die Kommode war schnell aufgeräumt, Socken von Hans und unsere Unterwäsche fanden ihren Platz.

Der Salon und das Wohnzimmer waren fast komplett eingerichtet. Es fehlten nur noch ein paar Gläser in den Vitrinen. Die hatte ich schnell weggeräumt.

Danach ging es mir schlecht. Hatte ich Hans beleidigt? Er war noch nicht zurück. Ich beschloss, mir Tee zu machen.

Gerade als ich die Treppe zur Küche hinunterging, öffnete Hans die Tür.

»Schatz, da bin ich wieder!« Er hielt einen Strauß roter Rosen in der Hand.

Ich war so gerührt, dass mir die Tränen kamen.

»Liebling, es tut mir so leid!«

»Mir auch. Ich war eine dumme Kuh!«

Plötzlich lachte Hans laut auf. Er amüsierte sich über die ‹dumme Kuh›.

»Ich war ein dummer Esel!«

Ich musste auch lachen, nahm seine Hand und küsste sie. Gemeinsam gingen wir in die Küche, denn wir wollten kochen.

»Was wollen wir kochen?«, fragte ich Hans ratlos.

»Ich habe keine Ahnung! Ich habe noch nie kochen müssen.«

»Gut, wir machen Bratkartoffeln und Steak und dazu Salat. Ich muss noch die Blumen in die Vase stellen.«

»Was soll ich machen?«

»Du schälst die Kartoffeln, ich putze den Salat.«

»Können wir nicht tauschen? Ich weiß nicht, wie man Kartoffeln schält!«

»Gut! Dann putzt du den Salat und ich mache das.«

»Machst du Rösti, Schatz?«

»Wenn du willst, und wenn ich die Reibe finde.«

»Ich suche sie!«, sagte Hans schnell und fing an zu suchen.

»Du willst dich nur vor dem Salatputzen drücken!«

Gut, Hans fand die Reibe in einer der großen Kisten. Ich schälte die Kartoffeln und putzte schließlich auch den Salat. Endlich hatte Hans die Reibe gefunden und musste zur Strafe die Kartoffeln raspeln. Ein paar Minuten später war er fertig, aber ich wollte Hans nicht sagen, wie gut er war.

»Das hat aber lange gedauert!«

»Entschuldige, aber ich habe zwei linke Hände in der Küche.«

»Männer und Kochen!«

»Ist das schlimm, Schatz?«

»Nein! Ich bin stolz auf dich, dass du mir hilfst.«

»Soll ich den Tisch decken?«

»Ja! Ich mache alles fertig.«

»Gut, aber ich komme und helfe dir beim Tragen.«

Hans marschierte davon, ich kochte weiter. Die Pfanne heiß machen, die Rösti hineingeben und braten. Dann machte ich die Salatsauce und zum Schluss kam das Fleisch an die Reihe.

Hans kam zurück: »Schatz, ich brauche Besteck.«

»In der Kommode im Salon, zweite Schublade von oben.«

»Kann ich schon was mitnehmen?«

»Ja, den Saft und das Tafelwasser.«

»Ich komme gleich wieder und helfe dir beim Tragen.«

Ich sagte nichts, denn ich musste mich auf das Essen konzentrieren. Fast hätte ich die Rösti angebrannt. Jetzt nur noch das Fleisch anbraten und schon kam Hans.

»Nimm bitte die Rösti und den Salat mit. Das Fleisch bringe ich gleich, es muss nur noch kurz durchziehen.«

»Was du alles kannst! Da brauchen wir keine Köchin«, scherzte Hans.

Als das Fleisch gut durchgezogen war, nahm ich es und ging Hans nach. Er saß schon in der Stube, die Kerzen brannten und aus dem Grammophon dröhnte leise Musik.

»Ich liebe die Musik von Gustav Mahler.«

»Ja, das weiß ich, deshalb habe ich sie ausgesucht.«

Ich schöpfte für Hans und dann für mich.

»Das war großartig«, sagte Hans, als er fertig war.

»Ja, ich habe mich selbst übertroffen. Hilfst du mir beim Abräumen?«

»Klar!«

Wir brachten das ganze Geschirr zurück in die Küche, aber abwaschen wollten wir es erst am anderen Morgen. Wir wollten lieber noch eine Weile auf dem Sofa sitzen und die tolle Musik genießen.

»Soll ich noch eine Platte auflegen?«

»Ja, bitte!«

Hans ging zum Grammophon und hielt mir Platten hin. Ich wählte Leo Blech! (Ja, ich weiß, Blech ist ein komischer Name, aber er hat wunderbare Musik geschrieben). Hans setzte sich wieder zu mir und ich kuschelte mich an ihn.

Er mochte seinen Wein und ich trank Kirschsaft. Nun, ich hätte auch lieber Wein getrunken, aber das hätte unserem Kind nicht gefallen. Irgendwann war es sehr spät, und Leo Blech war zu Ende. Ich wollte ins Bett, Hans auch. Langsam gewöhnten wir uns daran, uns nackt zu sehen, aber wir schliefen in Nachtwäsche.

Als Hans morgens duschte, musste ich so dringend auf die Toilette, dass ich trotzdem hineinging. Er lächelte mich an, ich starrte ihn an. Was für ein hübscher Bursche war er doch geworden!

»Ich muss mal. Dreh dich um, sonst kann ich nicht.«

»Ja, ist schon gut, du kleiner Feigling!«

Ich konnte fast nicht pinkeln, weil ich den Hintern von Hans vor mir hatte.

»Darf ich mich wieder umdrehen?«

»Besser nicht! Ich gehe raus.«

»Warum? Komm doch zu mir unter die Dusche, es ist so schön warm!«

Ich ertappte mich tatsächlich dabei, wie ich darüber nachdachte, aber ich sagte zu ihm: »Ich gehe besser. Und beeil dich!«

»Ja, Mama!«, rief er mir hinterher.

Ich legte mich wieder in mein Bett und genoss die kuschelige Wärme. Nach ein paar Minuten kam Hans, nur mit einem Badetuch um seine Hüfte.

»Mach bitte die Augen zu, ich will mich anziehen!«

Statt zu lachen, warf ich ihm sein Kissen zu. Er drehte sich um, hob es auf und rannte zu mir ans Bett. Er schlug mir das Kissen ins Gesicht, ich konnte nicht mehr lachen. Erst als ich um Gnade flehte, gab er auf. Er küsste mich, stand auf und ging zum Schrank, um sich anzuziehen. Ich sah ihm dabei zu, er genoss es, bewundert zu werden.

»Liebling, willst du dich nicht auch fertig machen? Wir müssen bald los, am Nachmittag kommt das Personal.«

»Ich mache mich fertig, wenn du Frühstück machst.«

»Ja, ist gut.«

Hans ging und ich zog mich an. Heute sollte ich mich dem Anlass entsprechend kleiden. Es war der erste Tag in unserer neuen Firma. Ich war gespannt auf die Mitarbeiter. Als ich in den Salon kam, hatte Hans schon alles vorbereitet. Ich konnte mich setzen und das Frühstück genießen.

»Schatz, ich bin aufgeregt.«

»Warum?«

»Weil wir gleich in die Firma gehen.«

»Ja, das ist kein Problem, die sind alle sehr nett und deine Assistentin Veronika freut sich schon auf dich.«

»Was, ich habe eine Assistentin?«

»Ja! Die macht alles für dich.«

Oje! Eine eigene Assistentin, das hätte ich als Friseurin nie gehabt.

»Lass uns das Geschirr wegräumen! Den Abwasch von gestern haben wir auch noch nicht gemacht.«

»Egal, heute kommt das Personal.«

»Die rennen schreiend weg, wenn es hier so aussieht!«

Als ich die Küche betrat, staunte ich nicht schlecht! Das Geschirr war gespült und weggeräumt.

»Da staunst du aber!«

»Wann hast du das denn gemacht?«

»Vorhin! Du brauchst im Bad eine halbe Ewigkeit, meine Liebe.«

Da sage noch einer, Juden seien bequem! Ich küsste Hans und war froh, dass er den Abwasch gemacht hatte.

»Gehen wir?«

»Ja!«

Hans holte das Auto aus der Garage und fuhr vor. Ich stieg ein und dann ging es los. Mit jedem Meter, den wir uns der Firma näherten, grummelte mein Magen mehr. Mitten in der Stadt war es dann soweit. Wir standen in der Stampfenbachstraße vor dem Gebäude, in dem sich unsere Firma befand. Zu diesem Zeitpunkt dachte ich, sie wäre im Erdgeschoss. Bald wurde mir klar, dass Samuel den ganzen Komplex gekauft hatte.

»Was sagst du dazu?«, fragte mich Hans.

»Was für ein schönes Gebäude! Hier haben wir unsere Büros?«

»Ja! Im Dachgeschoss haben wir die ganze Fläche, nur für die Büros. Im unteren Bereich sind noch ein paar Wohnungen und Läden.«

Wir gingen hinein, drinnen war ein Empfangsraum. Dort saßen zwei nette junge Damen, die Hans sofort als ihren Chef erkannten.

»Guten Tag, Herr Mangold! Herr Hornmann wartet schon in Ihrem Büro.«

»Guten Tag, Frau Strecker! Darf ich Ihnen meine zukünftige Frau vorstellen? Hannah Epstein!«

»Guten Tag, Fräulein Epstein, freut mich sehr.«

»Guten Tag, freut mich sehr.«

»Gehen wir nach oben, Martin wartet schon.«

Im Aufzug musste ich kurz lächeln.

Hans sah es und sagte: »Ich liebe es, wenn du lächelst.«

»Ich habe gerade an unser erstes Picknick gedacht.«

»Du meinst das auf den Kisten?«

»Ja! Damals hatten wir Angst, bald zu sterben, und schau, wo wir heute sind.«

»Das ist erst der Anfang!«

Im Dachgeschoss stiegen wir aus dem Aufzug und gingen in einen weiteren Vorraum. Dort saßen zwei weitere Damen an zwei Schreibtischen. Die eine war die Vorzimmerdame von Hans, die andere meine Assistentin. Als die uns sah, sprang sie auf und kam auf uns zu.

»Guten Morgen, Fräulein Epstein, guten Morgen, Herr Mangold. Herr Hornmann ist im Büro, er hat Kaffee. Darf ich Ihnen auch Kaffee bringen?«

»Guten Morgen zusammen! Ja, zwei Kaffee bitte. Schatz, das ist Rosi und am Schreibtisch sitzt Veronika. Sie ist deine Vorzimmerdame und wird dir bei allem helfen.«

»Guten Morgen zusammen! Freut mich sehr.«

Veronika grüßte freundlich. Wir gingen zu Martin.

»Guten Morgen ihr beiden! Habt ihr euch in Zürich schon ein bisschen eingelebt?«

»Morgen, Martin, ja, etwas!«

»Bevor ich es vergesse: Ich soll euch eine Einladung von meiner Frau für heute Abend um acht überbringen. Sie will Hannah unbedingt kennen lernen!«

»Das ist sehr nett, wir kommen gerne. Da kommen bestimmt wieder alle Reichen und Bekannten.«

»Ja, wie immer, Hans!«

»Schatz, während ihr euch unterhaltet, könnte ich doch Veronika kennen lernen.«

»Wenn du magst, Schatz, viel Spaß!«

Ich ging nach draußen, um mir einen Kaffee zu holen.

»Veronika, würden Sie mir bitte mein Büro zeigen?«

»Natürlich, Fräulein Epstein!«

Sie ging voraus und zeigte mir mein Büro.

Wie sich das damals angehört hat - mein Büro. Von der armen Kirchenmaus zur Unternehmergattin!

Mein Büro gefiel mir. Es war beigefarben, mit einem großen Schreibtisch in der Mitte, daneben ein Schrank für Hängeregister und ein kleiner Besprechungstisch mit zwei Sesseln. (Der Schreibtisch steht seit einer Renovierung in meinem privaten Arbeitszimmer. Dort schreibe ich jetzt an diesem Buch).

»Was sind eigentlich unsere Aufgaben, Veronika?«

»Kunden betreuen, repräsentieren und Veranstaltungen vorbereiten!«

»Oh, das ist aber viel!«

»Das schaffen wir schon.«

»Gut, dass Sie da sind!«

Ich setzte mich kurz, wollte dann aber wieder zu Hans und Martin zurück. Sie kamen mir schon entgegen und Hans fragte, ob wir gehen wollten. Martin war mit seiner Firma ein Stockwerk tiefer eingezogen. Er wohnte mit seiner Familie direkt am Zürichsee. (Ein wunderschöner See. Wir hatten dort lange ein Segelboot. Nach dem Tod von Hans habe ich es verkauft. Die Erinnerungen schmerzten mich zu sehr).

Zu Hause stand ein fremdes Auto vor der Tür. Hans kannte ihn nicht, fuhr langsam heran. Ein Mann um die 50 stieg aus und winkte uns zu. Wer war das?

Hans hielt an, stieg aus und ging ihm entgegen. Sie gaben sich die Hand. Der andere Herr lächelte, und Hans drehte sich zu mir um, winkte mir zu. Ich stieg auch aus und ging auf sie zu. Ich war neugierig, wer der Herr war.

»Meine Liebe, das ist Herr Brandt«, stellte Hans ihn vor. »Er ist unser Butler! Ich hatte ganz vergessen, dass er heute kommt«.

»Guten Tag, Herr Brandt, freut mich sehr.«

»Guten Tag, gnädige Frau!« Er sagte ‹gnädige Frau›!

Hans öffnete die Haustür und ließ uns herein. »Ich zeige Ihnen das Haus und Ihr Zimmer.« Die beiden gingen.

Ich machte mir einen Tee. Nachdem sie sich alles angesehen hatten, zeigte Hans dem neuen Butler sein Zimmer.

»Die Einzelheiten können wir später besprechen. Die Dienstmädchen kommen heute oder morgen.«

»Gerne, Herr Mangold, ich komme dann in den Salon.«

»Gut!«

Hans kam zu mir. Ich hatte schon den Tee aufgesetzt.

»Was meinst du, ist er der richtige Butler für uns?«

»Ich denke schon! Er macht einen guten Eindruck.«

»Ja, das finde ich auch.«

Kurze Zeit später kam Herr Brandt, um mit Hans alles Weitere zu besprechen. Ich setzte mich auf einen der Sessel und hörte den beiden zu.

»Ihre Aufgaben kennen Sie ja schon. Ich möchte, dass Sie sich auch um die Hausmädchen kümmern. Sie müssen Ihren Anweisungen folgen.«

»Das werde ich gerne tun, Herr Mangold. Ich werde mich jetzt etwas einrichten und vielleicht die Küche vorbereiten.«

»Diese Woche kommt noch eine Köchin. Bis dahin müssen wir selbst kochen.«

»Das kann ich machen. Ich kann sehr gut kochen.«

»Gut! Bevor ich es vergesse, meine Verlobte und ich sind heute Abend nicht da.«

»Verstanden, Herr Mangold.«

Hans und ich tranken Tee, später gab es Abendessen. Herr Brandt hatte sich selbst übertroffen. Von da an nannten wir ihn mit seinem Vornamen Georg, obwohl er für alle anderen im Haus immer nur Herr Brandt war. (Unsere engsten Freunde übernahmen allerdings unsere Gewohnheit).

Etwas später gingen wir zur Party der Hornmanns. Sie wohnten in der Nobelgegend von Zürich, mit einem eigenen Bootshaus am See. Wir fuhren gerade über die große Brücke, als es anfing zu regnen. Hans wollte das Verdeck hochklappen, aber ich wollte den leichten Regen spüren.

»Wir sind sowieso gleich bei Martin und Ursula.«

»Genau! Dann macht es nichts, Schatz.«

Hans bog in die Einfahrt zum Grundstück der Familie Hornmann ein. Ich musste schlucken. Die wohnten in einem Anwesen, von dem man nur träumen konnte.

»Gefällt es dir?«

»Ja, aber unseres ist viel schöner.«

»Das alles hat mal einem reichen Juden gehört, der jetzt in Israel lebt.«

»Der hatte wirklich Geschmack!«

Hans blieb am Haupteingang stehen. Einer der Butler half mir beim Aussteigen, ein anderer setzte sich ans Steuer und parkte den Wagen ein.

Ich wartete, bis Hans zu mir kam. Er nahm meine Hand und wir gingen zum Haus.

Der Butler öffnete die Tür und wir durften eintreten. »Guten Abend, meine Herren, ich nehme Ihre Garderobe.« Wir gaben ihm unsere Mäntel und gingen weiter.

»Hörst du diese schöne Musik?«

»Ja, es klingt wie Jazz.«

»Wir müssen heute unbedingt tanzen, solange ich noch kann.«

»Das werden wir, meine Liebe, aber zuerst möchte ich dir Ursula vorstellen.«

Ich war sehr neugierig, wie Ursula so war. Ob sie mir eine Freundin sein würde, oder ob sie eher die feine Dame war?

»Schau, da vorne sind sie.« Wir liefen hin und bekamen unterwegs Champagner angeboten. Ich musste leider ablehnen, aber es gab Orangensaft.

»Ursula, Martin! Was für ein schöner Empfang!«

»Hans! Wie schön, dass ihr da seid!«

»Ursula, darf ich dir meine Verlobte Hannah vorstellen?«

»Es ist mir eine Ehre!«

»Hannah, das ist Ursula!«

»Freut mich sehr, Ursula.«

»Hannah, komm! Wir lassen die Männer allein.«

Wir liefen in den Garten. Was für eine Pracht und der Blick auf den See! Wir setzten uns auf eine Bank.

»Das ist alles neu für dich, aber sicher auch schön.«

»Ja, sehr schön, man braucht eine Weile, um sich daran zu gewöhnen.«

»Wir könnten uns mal treffen und etwas zusammen unternehmen.«

»Das würde mir gefallen, Ursula.«

»Lass uns was trinken gehen. Wir haben natürlich auch etwas Alkoholfreies.«

»Wie meinst du das?«, fragte ich sie überrascht. Hatte Ursula schon gemerkt, dass ich schwanger war?

»Ich dachte, du trinkst keinen Alkohol.«

»Normalerweise schon, aber jetzt nicht, weil ich schwanger bin.«

Ursula schaute mich überrascht an und sagte dann freudig: »Liebes, wie schön, und es ist deine erste Geburt! Herzlichen Glückwunsch euch beiden!«

»Danke!«

Wir gingen an die Bar und tranken Cocktails, sie mit Alkohol und ich ohne. (Damals nervte mich etwas an ihr, ihr Getue und das ganze Drumherum. Erst etwas später wurden wir richtige Freundinnen). Einige Cocktails später kehrten wir zu unseren Männern zurück. Hans war sichtlich froh, dass ich wieder da war.

»Schatz, da seid ihr ja!«

»Ja, wir hatten viel Spaß an der Bar.«

»Gehen wir nach Hause?«

»Ja, es ist schon spät.«

Wir verabschiedeten uns von den Hornmanns und fuhren nach Hause. Auf der Fahrt wurde mir etwas schwindelig, aber das lag wohl am langen Aufbleiben. Zu Hause legte mich Hans sofort ins Bett und machte mir eine wohltuende Wärmflasche. Ich fühlte mich schnell besser, aber gegen Morgen nahm das Drama seinen Lauf.

Ich hatte hohes Fieber und schreckliche Bauchschmerzen. Was ist mit unserem Kind? Hans rief sofort den Krankenwagen, aber es dauerte fast eine halbe Stunde, bis er kam. Ich hatte solche Schmerzen, dass ich schrie. Der Arzt, der mit dem Krankenwagen kam, untersuchte mich. Er hat meinen Bauch abgetastet und sich Sorgen gemacht. Ich musste ins Krankenhaus.

Hans zog sich sofort an und fuhr hinterher. Im Krankenhaus wurde ich untersucht. Doktor Kress wollte mich noch ein paar Tage dort behalten, um mich genauer zu untersuchen. Er hatte Angst, dass es eine Schwangerschaftsvergiftung sein könnte. Unser Kind könnte sogar gestorben sein. Ich hatte panische Angst, wusste aber innerlich, dass es noch lebte.

Hans besuchte mich jeden Tag und erzählte mir, was es Neues zu Hause gab. Die Dienstmädchen kamen und eine Hausdame, das mich von nun an unterstützen sollte. Offenbar traute er mir nicht zu, den Haushalt zu führen und meine Kinder großzuziehen. Der edle Herr musste schließlich auf seine Stellung und seinen Ruf achten! Im ersten Moment hasste ich Hans, aber das verflog sofort, als er mir einen Kuss gab.

Am vierten Tag durfte ich endlich nach Hause, es ging mir schon viel besser. Mein Baby lebte noch und ich hatte anscheinend nur eine schwere Kolik. Der Arzt riet mir, mehr zu ‹furzen› = Winde zu lassen. Ich lief rot an, aber er hatte Recht.

Zu Hause wurde ich dem Personal vorgestellt. Die Mädchen waren nett, aber Frau Krähling, die Hausdame, war ein Drache von 50 mit Haaren auf den Zähnen. Ihre schwarzen Haare waren zu einem Dutt zusammengebunden. Sie trug eine Brille, die sie noch unsympathischer machte.

Hans hatte sie als Aufseherin über die Mädchen und wohl auch als meine Aufseherin eingestellt. Aus seiner Sicht hatte ich wohl rebellische Ansichten über die Rolle der Frau in der Ehe.

Aber dann ist mir Frau Krähling im Laufe der Jahre sehr ans Herz gewachsen, sie hat sich als aufopferungsvoll und einfühlsam erwiesen. Sie war über 20 Jahre meine Hausdame und wurde bald auch die Gouvernante unseres Kindes.

DIE HOCHZEIT

»Liebling! Der Schneider ist da, er will noch einmal Maß nehmen.«

»Ja, ich komme!«

Der August, unser Hochzeitsmonat, rückte näher. Es ging nicht mehr so schnell. Ich hatte einen dicken Bauch und stand kurz vor der Entbindung. Der Schneider machte es mir leicht: Er kam zu mir ins Ankleidezimmer.

»Liebes Fräulein Epstein, wie geht es Ihnen heute?«

»Guten Tag, Herr Steiner! Es geht mir recht gut, aber die Geburt rückt immer näher.«

»Ja, es ist wirklich nicht mehr zu übersehen.«

»Ist mein Kleid schon fertig?«

»Natürlich«, sagte er und zeigte es mir.

Was für ein wunderschönes Kleid, weiß und aus reiner Seide. Es kostete damals ein halbes Vermögen, aber Hans wollte nur das Beste für mich.

»Meine Assistentin wird Ihnen beim Anziehen helfen.«

»Ja, danke, ich kann mich kaum bewegen. G-tt, bin ich dick!«, rief ich entsetzt.

»Wann ist die Hochzeit?«

»In vier Tagen, wenn ich überlebe!«

Herr Steiner musste lachen und legte sofort Hand an, als er sah, dass ich fertig war.

»Es ist wirklich nicht mehr viel. Zwei Nähte versetzen, unten eine Leiste verbreitern, dann haben wir's.«

»Zum Glück! Danke für Ihre Geduld.«

»Gern geschehen! Bitte empfehlen Sie mich weiter.«

»Natürlich gerne.«

Ich durfte mich wieder umziehen und war froh, das unbequeme Kleid ausziehen zu können. Herr Steiner und seine Gehilfin verabschiedeten sich und gingen. Hans kam und sagte, wir hätten noch einen Termin beim Konditor. Tja, essen kann man immer, oder? Nur nicht, wenn man schwanger ist und heiraten will.

»Hans, das musst du mit Frau Krähling machen. Die weiß am besten, was mir schmeckt. Aber ich komme auch mit, wenn du unbedingt willst.«

»Nein, ruh dich aus. Wir machen das schon!«

Hans ging mit Frau Krähling die Süßspeisen probieren und ich blieb im Bett liegen. Eines der Mädchen kam und sagte mir, dass im Salon Besuch warte. Als ich fragte, wer das sei, sagte sie, man wolle mich überraschen. Ich raffte mich auf und kroch in den Salon im Erdgeschoss.

Was für eine Freude, als ich sah, wer es war! Mein Bruder Adam stand vor mir.

»Adam! Was machst du denn hier?«

»Schwesterchen! Ich hatte Termine für Herrn Bundschuh.«

»Ach, bestimmt bei Martin!«

»Nein, diesmal nicht, aber sag mal, wie geht's dir?«

»Schau mich an!«

»Du siehst toll aus, kugelrund und sicher bald bereit für die Geburt.«

»Du bist ja fast mein Arzt! Bleibst du zum Essen?«

»Ja! Aber ich muss noch ein Hotelzimmer finden und fliege morgen zurück.«

»Warum schläfst du nicht hier bei uns? Ich lasse dir ein Zimmer herrichten.«

»Gerne!«

Die Überraschung war bei Hans genauso groß wie bei mir, als er und Frau Krähling zurückkamen.

»Adam! Was machst du denn hier?«

»Ich hatte Termine in Zürich.«

»Wie lange bleibst du denn?«

»Bis morgen! Hannah hat mir angeboten, hier zu schlafen.«

»Sehr gerne! Schatz, hast du den Mädchen schon Bescheid gesagt?«

»Das wollte ich gerade, aber dann kamst du. Ich gehe jetzt zu Frau Krähling.«

»Setz dich, Adam, erzähl: Wie geht es euch in Berlin?«

»Uns geht es gut, Rosa hat ja letzte Woche unsere Hilda bekommen. Nur die allgemeine Lage wird immer schlimmer. Die Konflikte spitzen sich zu. Von höchster Stelle wird gemunkelt, dass die DDR eine Mauer bauen will.«

(Tatsächlich gebaut wurde die Mauer zwar erst zehn Jahre später, aber die Idee war schon nach der Berlin-Blockade und der Staatsgründung der DDR aufgekommen und seitdem immer wieder diskutiert, aber von der Sowjetunion immer wieder verworfen worden).

»Das klingt sehr beunruhigend. Wenn ihr auswandern wollt, sind wir für euch da.«

»Hoffentlich wird es nicht so schlimm.«

Was für ein beunruhigendes Thema! Wir wollten hier in Frieden leben. Auch Adam wird gemerkt haben, dass er hier seine Sorgen wenigstens für einen Abend vergessen konnte. Hier bei uns sollte es ihm gut gehen.

»So, die Mädchen richten dir ein Zimmer her. Bald gibt es Abendessen. Übrigens, Hans, wie war die Verkostung?«

»Ich habe noch nie so viel Süßes gegessen! Frau Krähling war tapfer und hat jeden Pudding und jeden Kuchen probiert.«

Wir hatten uns viel zu erzählen. Adam erzählte uns von Hilda. Wir hatten sie noch nie gesehen, und als er uns ein Foto von ihr zeigte, freute ich mich richtig auf unser eigenes Baby. Irgendwann kam eines der Mädchen und bat uns zum Essen. Es gab Rouladen, Knödel und Rotkohl.

»Was für ein leckeres Essen, Schwesterchen! So gut habe ich schon lange nicht mehr gegessen. Was für ein Glück hast du mit Hans!«

»Ja, jede gemeinsame Minute ist unbezahlbar.«

»Gehen wir in den Salon. Whisky und Zigarren warten!«

»Ach, ihr Männer schon wieder! Ich werde Tee trinken.«

Im Wohnzimmer angekommen, zündete sich Hans eine Zigarre an. Adam wollte nicht, aber zu einem Whisky konnte er nicht nein sagen.

»Was macht eure Hochzeit?«

»Schau mich an! Ich bin froh, wenn die Hochzeit endlich vorbei ist. Dann kann das Kind kommen.«

»Wisst ihr schon, was es wird?«

»Nein. Wir lassen uns überraschen.«

»Bei Leon hatte ich recht, ich würde auf einen Jungen tippen.«

»Dann eben ein Samuel Yaron! Hans hätte lieber einen Jungen und ich ein Mädchen.«

»Hauptsache gesund und ein Mensch!«

Ich musste laut lachen.

Es wurde spät und Adam war müde. Er verabschiedete sich und ging auf sein Zimmer. Auch wir gingen bald schlafen.

Im Bett sprachen wir noch über die bevorstehende Hochzeit. Alle waren eingeladen und hatten zugesagt. Die Zimmer waren reserviert und den Ort für unsere Trauung hatte Hans schon früh ausgesucht. Meine beiden Kleider waren fertig, Hans' Anzug auch. Wir konnten unbeschwert heiraten. Ich hoffte, dass alles gut gehen würde.

Nach einem Kuss schliefen wir ein.

Der Wecker klingelte. Es war acht Uhr morgens, Zeit aufzustehen. Ich hatte Schmerzen und wollte im Bett bleiben. Hans war schon wach. Er kam in unser Zimmer, um mich zu wecken.

»Ich bin schon wach!«

»Schade, mein Schatz! Hast du gut geschlafen?«

»Nein! Ich habe Bauchschmerzen.«

»Soll ich einen Arzt rufen?«

»Nein! Es ist erträglich. Der Arzt im Krankenhaus hat gesagt, dass die Schmerzen kommen werden.«

»Aber wenn es schlimmer wird, sagst du etwas!«

»Ja, Liebling!«

»Ich muss nachher ins Büro, ruh dich aus!«

»Das werde ich, aber zuerst gibt es Frühstück, und Adam ist auch da.«

»Wann muss er denn weg?«

»Sein Flugzeug geht um elf Uhr.«

»Gut! Dann gehe ich runter.«

»Ich komme auch gleich.«

Hans gab mir einen Kuss und ging.

»Guten Morgen, Adam! Hast du gut geschlafen?«

»Guten Morgen, Hans! Ja, sehr gut, ohne Hildas Geschrei war es die reinste Erholung.«

»Ja, das wird mir auch bald blühen!«

»Was wird dir blühen?«, fragte ich Hans, als ich zu ihnen kam.

»Meine Liebe! Die Blumen bei unserer Hochzeit!«

»Guten Morgen, Adam, hast du gut geschlafen?«

»Guten Morgen, Hannah! Ja, sehr gut und du?«

»Ging so! Habe Schmerzen im Bauch«.

»Fenchel!«

»Fenchel was?«, fragte ich.

»Na, Fencheltee hilft gegen die Schmerzen. Bei Rosa war das so!«

»Liebes, ich sage einem der Mädchen, dass sie Fencheltee aus der Apotheke holen soll.«

»Ja, bitte!«

»Ich muss auch los, Adam, wir sehen uns. Guten Flug!«

»Danke, Hans!«

Hans gab mir noch einen Kuss und verließ uns.

»Hat er vorhin wirklich gesagt, dass es ihm auch noch blühen wird?«, fragte ich Adam, als Hans gegangen war.

Adam versuchte abzuwiegeln. »Ja! Du kennst uns Männer doch. Wir sind immer etwas voreilig.«

»Zum Glück, ja. Er hat doch keine Angst vor unserem Baby, oder?«

»Panik wird er haben, Hannah!«

Ich konnte mir ein Grinsen nicht verkneifen. Jetzt musste auch Adam gehen. Er nahm mich in den Arm und drückte mich.

»Grüß zu Hause schön von uns.«

»Mach ich, Schwesterchen!«

»Soll dich Herr Brandt fahren?«

»Nein, ein Taxi holt mich gleich ab.«

Kaum hatten wir das gesagt, klingelte es an der Haustür: Das Taxi war da. Adam gab mir einen letzten Abschiedskuss und ging. Er und seine Familie würden in ein paar Tagen zur Hochzeit zurückkommen. Darauf freute ich mich schon sehr.

Endlich kam eines der Mädchen und brachte mir meinen Fencheltee. Tatsächlich, es wirkte. Meine Schmerzen ließen nach. Trotzdem beschloss ich, mich ein wenig hinzulegen. Schließlich stand ich kurz vor der Niederkunft und war fett wie eine Mastgans. Alle im Haus gingen ihren alltäglichen Beschäftigungen nach. Nur ich lag auf dem Sofa im Wohnzimmer und konnte nichts tun.

Es klingelte an der Tür. Wer das wohl war? Ursula! Richtig, sie wollte heute vorbeikommen. Ich sprang auf und begrüßte meine neue Freundin.

»Schalom, Ursula!«

»Schalömchen, Hannah-Kindchen. Wie geht es dir, meine Liebe?«

»Gut, schön, dass du gekommen bist. Möchtest du Kaffee oder Tee?«

»Kaffee, bitte!«

»Kommt!«

Ich sagte einem der Mädchen Bescheid und führte Ursula auf die große Terrasse. Die Sonne schien so schön, und etwas frische Luft würde mir gut tun. Der Kaffee kam und Ursula fragte mich, in welchem Monat ich sei. Ich antwortete, dass ich kurz vor der Geburt sei, aber noch etwas Zeit hätte.

»Erst muss die Hochzeit stattfinden, dann kann das Kind kommen.«

»Na, die Hochzeit ist ja schon in drei Tagen. Habt ihr schon alles vorbereitet?«

»Ja! Jetzt fehlen nur noch die Gäste und gutes Wetter!«

»Martin und ich haben so ein schönes Geschenk für euch. Ich bin so gespannt, was du dazu sagst.«

»Jetzt bin ich aber neugierig!«

»Das kannst du auch sein, Liebes!«

»Willst du noch Kuchen oder Kaffee?«

»Nein! Ich muss wieder los, Martin wartet bestimmt schon. Wir wollen noch auf den See.«

»Wie schön! Das möchte ich auch mal machen, aber erst nach der Geburt.«

Ursula musste lachen, wusste sie etwa etwas, dass ich nicht wusste?

»Mach's gut, ich freue mich schon auf die Feier.«

»Ja, ich auch, bis bald, Ursula.«

Ursula ging. Ich versuchte, mich ein wenig auszuruhen. Hans würde bald nach Hause kommen und das Essen würde auch bald fertig sein.

Das Telefon klingelte. Es war das Hotel, das unsere Gäste beherbergen sollte. Der Direktor persönlich bestätigte, dass alle Zimmer frei seien. Ich bedankte mich freundlich und legte auf. Wieder ein Punkt auf der Liste, den ich abhaken konnte.

Also schleppte ich mich zum Schreibtisch, um diesen Punkt auf meiner Liste tatsächlich zu streichen. Mein Bauch tat wieder weh, aber das war wohl nur die Aufregung. Ich legte mich auf das Sofa in meinem Büro, das nur wenige Meter entfernt war.

Vorher rief ich eines der Mädchen an und bat sie, mir einen Fencheltee zu machen. Frau Krähling brachte mir den Tee und eine Schachtel.

»Was ist denn da drin?«, fragte ich sie.

»Das Paket ist gerade angekommen. Es war ein Mitarbeiter des Schneiders, der Ihr Brautkleid genäht hat.«

»Ah, mein Brautkleid!«, rief ich aus.

Frau Krähling starrte mich an. So eine verrückte Frau wie mich hatte sie bestimmt noch nie gesehen.

»Soll ich es aufmachen?«

»Ja bitte, aber nur, wenn Hans nicht in der Nähe ist.«

»Er ist nicht in der Nähe. Ich werde ihn hören.«

»Dann los!«

»Das sieht aber schön aus!«, schwärmte Frau Krähling.

»Ja, der Schneider hat gute Arbeit geleistet.«

»Ich werde es wieder einpacken.«

»Machen Sie das bitte und legen Sie es oben auf den Schrank in unserem Schlafzimmer.«

»Sehr gerne, Fräulein Epstein.«

Gerade noch rechtzeitig hatte Frau Krähling meinen Karton versteckt, denn Hans kam nach Hause.

»Schalom, mein Schatz, ich bin wieder da. Geht es dir gut?«

»Schalom, Hans! Ja, ich hatte ein bisschen Bauchschmerzen, aber es geht wieder.«

»Gut! Willst du im Bett essen?«

»Nein! Ich komme gleich, Frau Krähling ruft.«

»Gut, ich gehe duschen.«

Hans ging duschen und ich konnte mich endlich ein wenig ausruhen. Während ich so döste, läutete Frau Krähling zum Essen. Hans war fertig und holte mich ab. Gemeinsam gingen wir nach unten zum Essen. Es gab Braten mit Gemüse und Kartoffeln.

»Wir haben wirklich eine erstklassige Köchin. Sie kocht jeden Tag die besten Gerichte.«

»Das stimmt! Hoffentlich bleibt sie noch lange bei uns.«

»Wollen wir nachher in den kleinen Salon gehen? Ich könnte dir etwas vorlesen.«

»Ja, gerne, ich höre dir sehr gerne zu.«

Nach dem Essen gingen wir in den kleinen Salon. Dort trank Hans seinen Whisky und rauchte seine Zigarre. (Er rauchte jeden Tag eine, bis kurz vor seinem Tod.) Ich trank Fencheltee, denn mein Magen wollte sich nicht beruhigen.

»Was soll ich dir vorlesen?«

»Gullivers Reisen!«

»Gut!«

Ich lag auf dem gemütlichen Sofa, Hans saß mir gegenüber. Der Abend war so unterhaltsam, dass es im Nu Zeit war, ins Bett zu gehen.

Als ich am nächsten Morgen aufwachte, war Hans' Bett leer. Er hatte einen sehr frühen Termin bei einem neuen Kunden. Ich beschloss, noch ein wenig zu schlafen. Es klopfte an der Zimmertür.

»Herein«, sagte ich etwas verschlafen. Es war eines der Mädchen, das nach mir sehen sollte. Frau Krähling machte sich Sorgen, denn es war schon elf Uhr.

»Alles in Ordnung, Marie, ich stehe auf.«

»Ist gut, gnädiges Fräulein. Möchten Sie noch Frühstück oder schon Mittagessen?«

»Ich habe jetzt keinen Appetit, vielleicht später.«

Nachdem ich mich frisch gemacht hatte, setzte ich mich an den Schreibtisch. Mal sehen, wann die ersten Gäste kommen. Oh, die ersten kommen schon heute. Samuel und Renate kommen mit Sebastian. Meine Familie müsste heute oder morgen kommen. Auch der Rest unserer Mischpoke. Bin ich froh, wenn die Hochzeit vorbei ist und alle wieder weg sind!

Jetzt hatte ich Hunger. Ich ging in den Salon, aber vorher rief ich Frau Krähling und bat sie, mir von einem der Mädchen etwas zu essen zu bringen.

Eigentlich freute ich mich, dass meine Familie kommen wollte. Schließlich war Adam einer unserer Trauzeugen. Martin war der andere. Ich würde mit drei Männern vorne stehen.

Das Essen kam. Es gab Suppe. Mehr Appetit hatte ich heute nicht. Aber es würde mir gut tun, ich brauchte Kraft für die nächsten Tage.

»Fräulein Epstein, gerade ist ein Wagen vorgefahren.«

»Gut, ich komme, machen Sie bitte auf.«

Ich rappelte mich auf und lief dem Mädchen hinterher.

»Oh, meine Familie kommt schon!«

Zum Glück stand Frau Krähling schon an der Tür, um sie zu begrüßen. Ich war aufgeregt. Meine Eltern waren zum ersten Mal geflogen. Ich schaute zum Auto. Sie stiegen aus. Wo waren Ari, Rosa, Hilda und Leon?

Georg und eines der Mädchen holten die Koffer. Meine Eltern und Adam kamen auf mich zu. Mama hatte Tränen in den Augen. Sie rannte auf mich zu und umarmte mich. Jetzt musste ich auch weinen.

»Endlich seid ihr da!«, rief ich.

»Ja, endlich sind wir da! Ich habe dich so vermisst, wir alle natürlich.«

Papa lief langsam hinter Mama her. Als er auch bei uns war, umarmte er mich und gab mir einen Kuss auf die Wange.

»Wo sind die anderen?«, fragte ich meinen Vater.

»Im Hotel, aber Adam wollte uns schon früher zu euch bringen.«

»Zum Glück! Ich dachte schon, sie wollten nicht kommen.«

»Doch! Sie würden sich diesen Tag nicht entgehen lassen.«

»Kommt rein, das Personal holt euer Gepäck.«

Drinnen legten sie ab, und wir gingen in den Salon. Mutter sah sich um und rief aus: »Oh, wie schön! So schön eingerichtet!«

»Wir haben uns Mühe gegeben.«

»Wie geht es dir, mein Kind?«

»Oh Vater, es geht mir sehr gut. Das Kind wächst und alles ist in Ordnung. Schön, dass ihr da seid! Papa, geht es dir gut? Mir ist aufgefallen, dass du so langsam gehst.«

»Ja, es geht mir gut! Ich werde älter und kann nicht mehr so schnell gehen.«

»Wollt ihr Tee oder Kaffee?«

Wir entschieden uns für Tee und Kekse. Adam verabschiedete sich sofort.

Aber gerade als Adam gehen wollte, kam Hans herein.

»Schalom, Familie!«

»Schalom, Hans. Unser Eydem ist da!«

»Yaron, du weißt doch, dass ich kein Jiddisch kann.« (‹Eydem› ist das jiddische Wort für ‹Schwiegersohn›).

»Du wirst es lernen, mein Sohn. Es wird Zeit!«

»Ach, Vater, Hans muss nicht wie ein richtiger Jude funktionieren.«

Eines der Mädchen kam zu uns: »Fräulein Epstein, da ist noch ein Auto gekommen.«

»Ist gut, Sandra, wir kommen.«

»Das sind bestimmt mein Vater und Renate. Ich gehe schnell. Du kannst hier bleiben!«

Hans ging nach draußen und begrüßte seinen Vater und Renate.

»Vater, da seid ihr ja!«

»Mein Junge, wie schön!«

»Grüß dich, Renate! Schön, dass du auch da bist.«

»Das lass ich mir doch nicht entgehen!«

»Wie war euer Urlaub?«

»Sehr schön, wir sind ganz verliebt in Genf und Artur lässt euch grüßen.«

»Danke!«

Sebastian winkte Hans zu, er würde sich um das Gepäck kümmern. Auch Hans und seine Familie kamen ins Wohnzimmer.

»So, jetzt sind wir vollzählig. Vater, Renate, das sind die Eltern und einer der Brüder von Hannah.«

»Schalom zusammen!«

»Shalom, wie geht es euch?«

»Sehr gut!«

Das Eis war gebrochen. Alle verstanden sich auf Anhieb.

»Du musst Yaron sein. Entschuldige, dass ich du sage.« Samuel war sonst viel förmlicher.

»Das macht nichts, wir sind jetzt eine Familie und ja, ich bin Yaron.«

»Ich wollte dir persönlich dafür danken, dass du meinem Sohn geholfen hast.«

Es klang wie höfliches Partygeschwätz, aber es kam aus tiefstem Herzen, und Samuel wollte es unbedingt als Erster sagen, als er ankam.

Meinem Vater ging es nicht anders, so fröhlich die Worte hier in der gediegenen Atmosphäre auch klangen.

Er sagte: »Ich war nicht allein. Unsere Gemeinde war es, und wir haben es gerne getan.«

Um Himmels willen! Sie wollten doch jetzt nicht mit dieser dunklen Zeit anfangen? Die hatten wir hinter uns gelassen.

Fröhlich rief ich in die Runde: »Setzt euch, bitte! Wer möchte etwas trinken?«

Eines der Mädchen sorgte dafür, dass alle etwas zu trinken bekamen. Sebastian trug das Gepäck in die Zimmer der Herrschaften. Er war so ein geduldiger Mensch, ich mochte ihn sehr. (Auch Frau Krähling schien von ihm angetan zu sein. Sie lief wie eine Katze um ihn herum).

Mutter, Renate und ich gingen in die Stadt. Ich musste noch in die Mikwe. (Mutter wollte es so.) Das Tauchbad war nicht so schlimm, aber als aufgedunsene Schwangere machte es mir zu schaffen. Später trafen wir uns wieder mit unseren Männern und feierten bis weit nach Mitternacht.

»Hurra! Heute wird geheiratet«, rief Hans am nächsten Morgen. Ich hatte wieder Magenschmerzen und - o G-tt - schlechte Laune.

»Wie kann man am Morgen nur so gut gelaunt sein!«

»Ach, Liebes, heute wirst du Frau Mangold.«

»Ja, endlich«, sagte ich etwas mürrisch.

Hans merkte, dass es mir nicht gut ging. Ob er auch merkte, dass ich Angst hatte?

»Hans, ich habe solche Angst!«

»Wovor denn?«, wollte er wissen.

»Vor der Hochzeit, vor der Geburt, vor allem!«

Ich fing an zu weinen, schlug die Hände vors Gesicht.

»Wenn du Angst hast, machen wir eine einfache Hochzeit ohne Schnickschnack!«

Ich schaute ihn an und sagte: »Sollen wir?«

»Sollen wir! Wir heiraten im Garten der Synagoge unter dem großen Maulbeerbaum.«

»Ja, das wird schön!«

»Ich rufe gleich den Kantor an. Der Rabbi kann auch dort seinen Segen geben. Chajm wird uns verzeihen!«

Hans telefonierte und ich war glücklich.

»Oh G-tt!«, seufzte ich dann doch. »Wie soll ich das unserer Familie erklären?«

»Was willst du uns erklären?«, antwortete Mutter zu meiner Überraschung.

»Mutter!« *Jetzt oder nie*, dachte ich.

»Hans und ich werden nicht traditionell heiraten, sondern im Garten der Synagoge. Ein Standesbeamter und Rabbi Chajm werden uns gemeinsam trauen.«

»Das ist wunderbar, mein Kind!«

Ich konnte die Worte nicht glauben, die aus dem Mund meiner Mutter kamen. »Hast du ‹wunderbar› gesagt?«

»Ja! Ihr müsst wissen, wie man heiratet.«

»Was wird Papa sagen?«

»Er wird nichts sagen. Für seine Tochter tut er alles.«

Hans kam zurück. Er lächelte mich an. »Der Rabbiner von Zürich hat uns seinen Segen gegeben, wir dürfen den Garten benutzen. Er lässt ihn vom Kantor für uns herrichten.«

Ich lächelte und freute mich.

»Genau so möchte ich meine Tochter sehen!«

»Papa!« Wie sollte ich ihm das erklären?

»Warum schaust du so traurig? Ist etwas passiert?«

»Ja! Wir heiraten nicht traditionell, sondern im Garten der Zürcher Synagoge.«

»Wie schön! Dann sehe ich das ehrwürdige Gebäude auch einmal.« Er lächelte zufrieden und ging einen Kaffee trinken.

Ich hatte es tatsächlich geschafft; er sagte nichts, außer dass er sich freute.

»Gehen wir in zwei Stunden?«

»Ja, mein Lieber!«

»Ich werde es allen sagen und auch mit meinem Vater sprechen. Er ist nicht sehr gläubig.«

Zwei Stunden später ging es los.

»Wollen wir?«

»Ja, mein Schatz! Du gehst mit Martin und Adam. Ich komme mit Renate und Ursula nach. Georg wird Mama und Papa in die Synagoge bringen. Vater geht es nicht so gut.«

»Der Rest ist schon unterwegs. Der Kantor führt alle in den Garten. Der Standesbeamte und Rabbi Chajm sind auch schon da.«

Hans küsste mich noch einmal und verschwand mit Adam und Martin. Ich zog mich um, Renate und Ursula halfen mir. Sie tranken Sekt, ich Tafelwasser.

Nach fast einer halben Stunde hatte ich mich endlich in mein Brautkleid gezwängt. Ich fühlte mich wie eine Sardine in einer Dose. Renate half mir die Treppe hinunter, Ursula trank ihren Champagner. Sebastian wollte mich fahren. Er stand vor dem Auto und klatschte in die Hände, als er mich sah.

»Hannah, wie schön du bist!«

»Danke, Sebastian!« Wir duzten und schön länger.

Er half mir und den anderen beiden beim Einsteigen. Dann fuhren wir in die Löwenstraße. Als Sebastian an der Synagoge ankam, war da nur Vater. Er führte mich unter die Chuppa, den Baldachin. Ursula und Renate stiegen aus und halfen mir beim Aussteigen. Als ich endlich auf dem Bürgersteig stand, kam Vater auf mich zu.

»Wie schön du bist, mein Kind.«

»Danke, Papa, geht es dir besser?«, fragte ich ihn. Seit Mama mir erzählt hatte, dass es ihm nicht gut ging, hatte ich mir Sorgen gemacht.

»Ja, mein Schatz. Komm, lass uns gehen. Die anderen warten schon.«

»Ja, ich bin bereit.«

Langsam gingen wir los, ich hatte mich bei meinem Vater eingehakt. Wir gingen durch die halbe Synagoge bis zu einem kleinen Tor. Dort öffnete sich die Holztür. Der Kantor lächelte mich an. Als wir durch die Tür traten, sah ich sie alle. Ich zitterte, aber Vater hielt meine Hand.

Da sah ich ihn. Hans stand unter der weißen Chuppa. Er schaute mich an. Vater zog mich vorsichtig weiter, denn ich hatte vergessen, mich zu bewegen. Ich bekam Panik! Ich schloss kurz die Augen, dann gingen wir weiter.

Wir mussten zwischen den Gästen durch. Zuerst kannte ich nur einige, aber je weiter wir kamen, desto bekannter wurden die Gesichter. In den ersten beiden Reihen saßen unsere Familien und unsere besten Freunde - Eliam mit seiner Rachel, Karl mit seiner Begleitung; auch Rachmiel und seine Familie waren gekommen. Wie habe ich mich darüber gefreut!

Nur Mose war nicht da. Ich vermisste ihn sehr, und ich vermisste ihn später noch sehr lange. (Bis ich eines Tages von seinem Tod erfuhr. Er liegt in Tel Aviv begraben. Er war beim Mossad und starb bei einem Einsatz. Deshalb haben wir nie darüber gesprochen. Adam bekam von mir den Auftrag, jeden Monat eine weiße Lilie auf sein Grab zu legen. Wir hatten Moses viel zu verdanken. Allein sein Kontakt zu seinem Schwager war für die Gemeinde damals Gold wert).

Nur noch wenige Meter, dann war ich endlich bei meinem Hans. Adam und Martin waren auch vorne. Hans sah glücklich aus.

Diese Art von Hochzeit passte wirklich besser zu uns. Weder er noch ich wollten eine pompöse Zeremonie.

Der Standesbeamte und mein geliebter Rabbi Chajm begleiteten Vater und mich unter die Chuppa. Er lächelte zufrieden, ich war glücklich! Vater übergab mich Hans, und ich stand ihm gegenüber. Mein Schleier hing noch vor meinem Gesicht.

Der Rabbiner begann, einen der heiligen Segenssprüche zu sprechen. Zuvor hob er einen Kelch mit Wein in die Höhe. Er sprach:

Barukh atah ADONAJ

Elohejnu Melekh haOlam,

bore Pri haGefen!

Barukh atah ADONAJ

Elohejnu Melekh haOlam,

schehaKhol bara liKhwodo!

מתחייב לך - נצחי

,אלוקינו מלך העולם

!בורא פרי הגפן

אתה משבח את הנצח

,אלוקינו מלך העולם

!שברא הכל לתפארתו

Gelobt du - EWIGER

unser G'tt König der Welt,

Schöpfer der Frucht der Rebe!

Gelobt du EWIGER

unser G'tt König der Welt,

der alles erschaffen zu seiner Ehre!

Der Rabbi sang und blickte uns abwechselnd an.

Mi adir al haKhol

mi barukh al haKhol,

mi gadol al haKhol,

hu jewarekh heChathan vehaKhalah!

האדיר מעל כולם

שמשבחים מעל הכל

זה שמעל הכל

הוא יברך את החתן והכלה!

Der mächtig über allem,

der gepriesen über allem,

der erhaben über allem,

ER segne den Bräutigam und die Braut!

Barukh atah ADONAJ

Elohejnu Melekh haOlam,

ascher bara Sason veSimchah,

Chathan veKhalah,

gila rina diza veChedva,

Ahawah veAchavah

veSchalom veRe'uth.

Meherah ADONAJ Elohejnu

jischam'a be'Arej Jehudah

uweChuzoth Jeruschalajim

Kol Sason veKol Simchah,

Kol Chathan veKol Khalah,

Kol mizhalot chatanim meChupatam,

uNe'arim mimischte neginatam.

Barukh atah ADONAJ

mesameach Chathan 'im Khalah!

אתה משבח את הנצח

אלוקינו מלך העולם,

שיצר שמחה ושמחה,

חתן וכלה,

שמחה, צהלה, ריקודים ועליזות,

אהבה ויחד

ושלום וידידות.

בקרוב נצחי ג'ט שלנו

מהדהד בערי יהודה

וברחובות ירושלים

קול האושר וקול השמחה,

קול החתן וקול הכלה,

קול החתן והכלה מתחת לצ'ופה,

ושל הצעירים בשירת משתה.

אתה משבח את הנצח

המשמח את החתן עם הכלה!

Gelobt du EWIGER

unser G'tt König der Welt,

der erschaffen hat Freude und Fröhlichkeit,

Bräutigam und Braut,

Jubel, Frohlocken, Tanz und Frohsinn,

Liebe und Gemeinsamkeit

und Friede und Freundschaft.

Bald EWIGER unser G'tt

erschalle in den Städten Jehudahs

und in den Straßen Jeruschalajims.

Die Stimme des Glücks und die Stimme der Freude, die Stimme des Bräutigams und die Stimme der Braut, die Stimme des Brautpaares unter der Chuppa und die Stimme der Jugend beim Festgesang.

Gepriesen seist du Ewiger

der den Bräutigam mit der Braut erfreut!«

Hans lüftete meinen Schleier. Rabbi Chajm reichte uns den Becher. Wir tranken daraus und Hans küsste mich. Dann steckte er mir diesen verrückten Ring an den Finger und sprach das Eheversprechen.

Ich tat es ihm gleich. Rabbi Chajm überreichte uns die Ketubba (Ehevertrag). Es war ein handgeschriebenes, kunstvoll verziertes Dokument. Zuerst unterschrieb Hans, dann ich und zum Schluss die Trauzeugen. **Das war am 15. August 1952.**

Während wir das taten, zelebrierte Rabbi Chajm seine Sheva Berachot - sieben ausgewählte Segenssprüche. Von diesem Moment an waren Hans und ich im jüdischen Glauben ein Ehepaar.

Martin nahm ein Glas, wickelte es in ein Tuch und stellte es auf den Boden. Abwechselnd traten Hans und ich auf die Scherben im Tuch. Am Ende klatschten alle. Wir hatten bewusst auf den Reis verzichtet. (Das Zertreten des Glases ist ein Hinweis auf die Zerstörung des Tempels und Jerusalems und eine Mahnung an die anwesenden Hochzeitsgäste an die Vergänglichkeit alles Irdischen und damit auch an ein Zuviel an Freude).

Die Zeremonie endete mit den üblichen Glückwünschen. Alle riefen laut: »Masel tov!«

Nun war der Standesbeamte an der Reihe. Er sagte nicht viel, legte uns eine Urkunde vor, die wir auch unterschrieben und wünschte uns dann viel Glück. Nun waren wir auch standesamtlich verheiratet. Mit einem Kuss endete die Zeremonie.

Aber damit war die Hochzeit noch nicht zu Ende, denn jetzt wurde gefeiert. Hans' Vater Samuel hatte in einem noblen Hotel den großen Saal gemietet. Dorthin fuhren wir alle und genossen eine der schönsten Feiern der damaligen Zeit.

Die meisten Gäste waren schon da, als wir den Saal betraten. Wir waren fasziniert von dem Berg an Geschenken. Im Saal mussten wir auf zwei Stühlen Platz nehmen und es wurde getanzt. Später durften wir die Geschenke auspacken. In den meisten Päckchen war Geld oder nette Kleinigkeiten, die man immer gut gebrauchen kann. Aber in einem Geschenk war ein Modell von einem Segelschiff. Es war von Ursula und Martin, sie schenkten uns tatsächlich ein echtes Segelboot! Wie haben wir uns gefreut! Es trug den schönen Namen Drago, nach dem Hund, der in der Zuflucht über die Menschen gewacht hatte. Ich hatte den Hund geliebt und er hatte mir vertraut.

Von hinten kam Rosa auf mich zu. »Hannah!«, sagte sie kichernd.

Ich drehte mich um und sah sie. Sie hatte die kleine Hilda auf dem Arm. Ich sah sie zum ersten Mal.

»Rosa! Da bist du ja. Und das ist die kleine Hilda! Wie hübsch sie ist!«

»Sie kommt nach Adam!«

»Eher nach dir, schau dir nur ihre Nase an.«

Hans kam auf mich zu und wollte tanzen.

»Schatz, wollen wir jetzt die Hora tanzen?«

»Ja! Das wird ein Spaß!«

Er sprang auf einen Stuhl und rief in die Menge: »Leute, wir wollen jetzt die Hora tanzen. Also bildet alle einen großen Kreis.«

Hans sprang vom Stuhl und nahm meine Hand. Ich war etwas langsamer, aber ich wollte tanzen. Neben uns stellten sich unsere beiden Familien auf. Die Musik setzte ein und wir tanzten.

(Bei der Hora tanzen alle Hochzeitsgäste in einem großen Kreis, so dass man irgendwann den schwitzenden Cousin, die etwas langbeinigere Oma oder einen völlig Fremden an der Hand hält. Da die Familie - die Mischpoke - im jüdischen Leben eine große Rolle spielt, findet man bei allen Festen, besonders bei Hochzeiten, vom Neugeborenen bis zum uralten Großvater alle Familienmitglieder, was den besonderen Reiz einer solchen Feier ausmacht).

Das Fest dauerte bis spät in die Nacht. Einige der Gäste schliefen in dem Luxushotel, in dem wir feierten. Wir hatten extra die Hochzeitssuite gebucht, um schneller ins Bett zu kommen. Meine Eltern und der Vater von Hans mit seiner Renate schliefen bei uns zu Hause. Hans war betrunken, da brauchten wir keinen Sex mehr. Wie auch, mit so einer Kugel, die ich vor mir hertrug?

Zwei Tage später reisten unsere Familien ab und es kehrte Ruhe ein. Ich brauchte diese Ruhe dringend. Ich hatte Probleme mit meiner Schwangerschaft und musste das Bett hüten. Georg und Frau Krähling taten alles, um es mir so angenehm wie möglich zu machen. So vergingen die Tage und es wurde Herbst. Ich lag wie immer im Bett und war bereit für die Geburt. Ursula kam und leistete mir oft Gesellschaft, musste wie alle anderen meine schlechte Laune ertragen. Aber ich konnte mich selbst nicht ertragen. Wann würde das Kind endlich kommen?

DIE GEBURT / ZUWACHS

Mitte November fiel der erste Schnee. Ausgerechnet an diesem Tag, drei Monate nach der Hochzeit, bekam ich meine Wehen. Hans war im Büro, ich lag im Wohnzimmer auf dem Sofa und war überfällig. Frau Krähling leistete mir Gesellschaft. Sie las mir aus einem neuen Buch vor, das Hans mir geschenkt hatte.

Zu dieser Zeit kam auch die Hebamme ins Haus. Als meine Wehen in immer kürzeren Abständen kamen, ließ Frau Krähling sie kommen. Ich hatte Schmerzen, ich konnte nicht mehr stehen.

Alle im Haus waren in heller Aufregung, jeder wollte an dem großen Ereignis teilhaben. Unser Kind wurde mit großer Freude erwartet.

»Frau Krähling, rufen Sie meinen Mann, er soll kommen.«

»Ja, Frau Mangold!«

Sie ging und rief Hans. Als sie zurückkam, half sie mir auf und brachte mich ins Schlafzimmer. Dort sollte unser Kind geboren werden. Kaum lag ich im Bett, kamen die Wehen immer häufiger und heftiger.

Zum Glück war die Hebamme schnell da. Sie verlor keine Zeit und bestellte sofort heißes Wasser und frische Handtücher. Als sie in mein Zimmer kam und ich ihr Gesicht sah, wusste ich, dass ich keine Angst mehr haben musste.

»Grüezi, Frau Mangold! Wie geht es Ihnen?«

Ich konnte vor Schmerzen kaum sprechen, aber ich presste ein »Gut!« heraus.

»Nicht pressen.«

»Was denn sonst?«, rief ich vom Schmerz gezeichnet.

»Hecheln! Wie ein Hund.«

Sie hat mir gezeigt, wie man hechelt und wie ich ruhiger werde. Das ging gut, bis Hans kam. Der war so nervös, dass er fast zusammengebrochen wäre.

»Herr Mangold, setzen Sie sich neben Ihre Frau und vergessen Sie das hier unten.« Hans setzte sich zu mir und keuchte mit mir.

»Aua! Verdammt, tut das weh!«, schrie ich vor Schmerzen.

»Lassen Sie alles raus, egal was, auch Schimpfwörter.«

»Nein, Liebes, keine Schimpfwörter«, sagte Hans schnell.

»Dann mach, dass unser Kind endlich kommt!«

»So, der Gebärmutterhals ist bereit! Jetzt pressen und hecheln!«

Ich presste und hechelte und nach und nach kam das Baby aus mir heraus. Nach einem letzten Hecheln war es draußen. Noch konnte ich nicht sehen, was es war.

»Es atmet nicht«, sagte die Hebamme. Aber sie klang nicht besorgt.

Ich erschrak und fing an zu weinen, aber die Hebamme nahm das Kind an den Beinen und klopfte ihm auf den Rücken. Noch ein Klaps auf den Po und plötzlich fing es an zu schreien. Ja, es war ein Junge!

»Hans, es ist ein Junge!«

»Sollen wir die Nabelschnur durchtrennen?« Hans weigerte sich, er war kreidebleich. Die Hebamme durchtrennte die Nabelschnur und wickelte unseren Jungen in eine Decke. Hans zitterte am ganzen Körper, als die Hebamme ihn auch noch bat, unseren Jungen zu halten. Aber Hans beruhigte sich, nahm unseren Sohn und wiegte ihn hin und her.

»Samuel Yaron Mangold«, flüsterte er leise in das Ohr unseres Jungen.

»Ja, so soll er heißen«, fügte ich hinzu. Ich war schwach und musste mich ausruhen.

Die Hebamme hatte gute Arbeit geleistet. Sie verabschiedete sich von uns und wollte in den nächsten Tagen wiederkommen, um nach Samuel und mir zu sehen. Samuel lag in seiner Wiege und schnaufte. Als Baby sah er so schön aus. (Heute ist er griesgrämig und unzufrieden mit sich).

»Liebling, darf ich dir etwas bringen?«

»Nein, Liebling! Ich möchte schlafen.«

»Ich bin im Büro. Sag mir, wenn ich dir etwas bringen kann.«

»Das werde ich!«

Er küsste mich, ging ins Nebenzimmer und rief seinen Vater an: »Vater, ich bin's, unser Baby ist da. Es ist ein Junge und er soll Samuel Yaron Mangold heißen. ... Ja, die Namen seiner beiden Großväter. ... Das ist gut! Mach ich und bis bald.«

Er legte auf und schlich zu mir ins Schlafzimmer. Samuel schlief friedlich und ich auch. Leise setzte er sich neben mich auf seine Bettseite. Später erzählte er mir, dass dies einer der glücklichsten Momente in seinem Leben gewesen sei.

Nach einer Weile wachte ich auf und sah, dass er neben mir lag und auch schlief. Unser Baby war auch eine Schlafmütze und ganz still. Ich rutschte zu Hans und gab ihm einen Kuss. Hans wachte auf und lächelte mich an.

»Liebling, kannst du nach Samuel sehen? Ich habe immer noch Schmerzen.«

»Gerne, Liebes!«

Hans ging hinüber und sah nach Samuel, der schlief.

»Ich schiebe die Wiege näher an dein Bett und hole dir einen Tee.«

»Danke! Kannst du bitte meine Familie anrufen und ihnen sagen, dass Samuel da ist?«

»Natürlich, Schatz.«

Ich habe viel geschlafen. Die erste Geburt ist immer eine der schwersten und kostete auch mich viel Kraft. Hans kümmerte sich um mich, aber er musste auch seine Arbeit machen. Schließlich, nach vier Tagen, entschloss ich mich, endlich aufzustehen. Mir tat schon alles weh, und unser Junge verlangte nach mir.

Samuel war ein wunderschönes Kind. (Kaum zu glauben, dass er so ein unglücklicher Mensch geworden ist. Dabei hat er doch alles, drei liebe Kinder und eine Frau, die alles für ihn tut).

Hans schlug mir vor, eine Amme für Samuel einzustellen. Ich wollte darüber nachdenken. Ich hatte nicht viel zu tun, konnte meine Mutterrolle gut ausfüllen, und wir hatten ja noch Frau Krähling.

Wahrscheinlich war es Renates Idee. „The great Renata" wusste immer alles besser. Wahrscheinlich war sie immer noch sauer auf mich, dass ich keine Babyparty wollte. Dieser amerikanische Kram war nichts für uns Juden. Unser nächstes Fest war die Brit Mila, die Beschneidung.

Frau Krähling hatte Samuel abgeholt, um mit ihm im Park spazieren zu gehen. Sie hatte viel Spaß mit unserem Sohn. Ich zog mich warm an und ging auch in den Park, Frau Krähling saß mit Samuel auf einer Parkbank und genoss die Sonne.

»Ist die Sonne nicht schön? Sie sehen glücklich aus!«

»Ja, Frau Mangold, der kleine Schatz macht mich glücklich.«

Meine anfänglichen Vorbehalte gegen Frau Krähling hatte ich längst abgelegt. Inzwischen wusste ich, dass sie ein goldenes Herz hatte und nicht zuletzt meinen Haushalt mit nüchterner Eleganz führte.

Als ich nun sah, dass sie meinen Sohn wie ihren eigenen annahm, bot ich ihr spontan an: »Wollen Sie seine Gouvernante sein?«

»Sehr gerne, Frau Mangold«, sagte sie blitzschnell.

Ich konnte sehen, wie sehr sie sich freute, und hatte großes Vertrauen in sie.

»In vier Tagen wird Samuel seine Brit Mila haben. Das möchte ich im engsten Familienkreis feiern.«

Aber anscheinend hatte man mich nicht gefragt, denn Frau Krähling erklärte mir: »Ihr Mann hat schon alles arrangiert.« Dann biss sie sich buchstäblich auf die Zunge und fügte hinzu: »Entschuldigung, vielleicht hätte ich das nicht erwähnen sollen.«

»Schon gut. Ich werde überrascht gucken.«

»Wollen wir noch ein bisschen im Park spazieren gehen?«

»Gerne, etwas Bewegung wird mir gut tun.« Nachdem wir ein Stück gegangen waren, fügte ich hinzu: »Ich wusste gar nicht, dass wir einen so schönen Park haben«.

»Ja, einen der schönsten in Zürich«, bestätigte Frau Krähling.

Wir kamen auch an diesem kleinen, teilweise verfallenen Häuschen vorbei. »Ist dies das Gärtnerhäuschen?«, fragte ich erstaunt.

»Ja, aber es scheint unbewohnbar zu sein.«

»Mir ist kalt, ich glaube, wir sollten umkehren. Samuel wird sicher bald Hunger bekommen.« Ich konnte dieses kleine Häuschen schon jetzt nicht mehr aus meinem Kopf bekommen.

»Ja, einverstanden. Wollen Sie ein Bad nehmen? Die Wärme wird Ihnen gut tun.«

»Ja, das ist eine gute Idee, und Hans kommt auch erst in drei Stunden nach Hause.«

Wir gingen noch einmal um den kleinen See. Enten schnatterten und Vögel zwitscherten. Dann kehrten wir zurück.

Im Haus rief ich plötzlich: »Herrje! Vor der Brit Mila muss ich noch in die Mikwe. Ich darf bei Samus Beschneidung nicht unrein sein.«

»Soll ich einen Termin machen?«

»Nein! Ich kann einfach so hingehen. Ich muss Ursula anrufen, die kommt bestimmt mit.«

Frau Krähling überlegte und sagte dann zu mir: »Das darf ich als Christin nicht, oder?«

»Nein, aber ist schon gut.«

Frau Krähling nahm Samuel und legte ihn in die Wiege, ich ging zum Telefon und rief Ursula an: »Ursula, hier ist Hannah. Können wir morgen zusammen in die Mikwe gehen? Ja? Das wäre schön. Um welche Zeit? Um sechs Uhr abends! Ich muss aber erst mit Hans sprechen. Gut, ich freue mich. Ja, bis morgen!«

Ich legte auf und sah nach Samuel. Er schlief friedlich und ich beschloss, mein Bad zu nehmen. Frau Krähling würde nach Samuel sehen und ich könnte mich ein wenig entspannen. Als ich in der Wanne lag, kam ich zum ersten Mal seit langem wirklich zur Ruhe. Doch schon bald klopfte eines der Mädchen an die Badezimmertür. Sie wollte mir sagen, dass Samuel weint und bestimmt Hunger hat.

»Ist gut, Marie, ich komme gleich.«

Ich stieg aus der Wanne, trocknete mich ab und zog mich an. Dann ging ich ins Kinderzimmer zu Samuel. Er lag in seiner Wiege und schlief wieder. Eines der Mädchen schaukelte die Wiege hin und her.

»Danke«, flüsterte ich ihr zu.

Sie lächelte und ging. Ich setzte mich neben Samuel und sah ihm beim Schlafen zu. Als er aufwachte, fing er sofort an zu schreien.

»Mein armer Schatz! Du hast bestimmt Hunger.« Ich hob ihn hoch, setzte mich und gab ihm die Brust.

»Du hast aber Hunger!« Samuel trank und trank, aber dann hatte er genug und gähnte. Ich nahm ihn auf den Arm und ließ ihn aufstoßen. Nach dem Aufstoßen war alles gut für ihn und Gähnte.

»So, mein Kleiner, jetzt ist Mama dran.«

Ich ging mit Samuel ins Wohnzimmer und hörte im Vorbeigehen, dass Hans gerade nach Hause kam.

»Guten Abend, meine Lieben, geht es euch gut?« Er umarmte mich und Samuel und sah glücklich aus.

»Schalom, Hans! Ja, es geht uns gut. Ich muss nachher noch einmal bei Ursula anrufen, um unsere Verabredung für morgen zu bestätigen.«

»Du kannst mit ihr persönlich sprechen, sie kommen später zu uns, das habe ich gerade mit Martin besprochen.«

»Zum Essen?«

»Nein, danach. Wir haben etwas zu besprechen und dann kannst du mit Ursula plaudern.«

»Ja, gerne! Komm doch gleich zum Essen.«

»Gerne, ich mache mich noch frisch.«

Georg läutete zum Essen, ich nahm Samuel und legte ihn in seine Wiege im Wohnzimmer. Hans kam auch, wir konnten essen.

Nach dem Essen gingen wir in den kleinen Salon. Die Hornmanns sollten gleich kommen. Gerade als Hans sich einen Whisky einschenkte, klingelte es. Georg öffnete.

»Guten Abend, die Herrschaften, Sie werden schon erwartet.«

»Guten Abend, Georg.«

Georg ließ die beiden herein, sie setzten sich. Hans ging ihnen entgegen, ich blieb im Salon. Hans schickte Ursula zu mir, er und Martin gingen in sein Arbeitszimmer.

»Hallo, Liebes, wie geht's?«, fragte Ursula, als sie hereinkam.

»Schalom, Ursula, es geht mir gut!«

»Gut! Die Männer müssen etwas Wichtiges zu besprechen haben.«

»Ich weiß nicht, worum es geht. Möchtest du etwas trinken?«

»Whisky, bitte!« Ich schenkte ihr ein Glas ein. Ich trank Tee.

Später kamen Hans und Martin zu uns ins Wohnzimmer.

»Das hat aber lange gedauert!«

»Ich weiß, aber es war wichtig.«

»Erzählst du es uns oder ist es geheim?«

»Es ist geheim!«

Hans sah ernst aus. Ich machte mir Sorgen.

»Ich habe mit Ursula über unsere Mikwe morgen gesprochen.«

»Gut, mein Schatz, das wird euch gut tun.«

Auch Martin sagte nicht viel. Plötzlich drängte er Ursula zum Aufbruch.

»Wir sehen uns morgen vor der Synagoge.«

»Gut. Bis morgen, und schlaft gut.«

»Ihr auch!«

Als die Hornmanns gegangen waren, fragte ich: »Ist alles in Ordnung?«

»Ja, meine Liebe. Mach dir keine Sorgen. Ich muss wieder weg.«

Hans war schneller aus der Tür verschwunden, als ich fragen konnte, warum. Ich war wütend und ging ins Bett. Spät in der Nacht hörte ich Hans nach Hause kommen. Er bemühte sich, leise zu sein, aber ich hatte einen leichten Schlaf. Er legte sich ins Bett und drehte sich auf die andere Seite. Ich fragte mich, ob er eine andere hatte. Aber nein! Es war bestimmt nichts Schlimmes.

Am nächsten Morgen saß ich schon am Frühstückstisch, als Hans kam.

»Guten Morgen, Schatz! Ich habe verschlafen.«

»Guten Morgen, Schatz! Klar, weil du so spät nach Hause gekommen bist.«

»Ich weiß! Entschuldige, aber ich musste etwas überprüfen.«

»Und was?« Wieder klang ich genervt.

»Bei der Synagoge lungern seit Tagen Jugendliche herum. Anscheinend sind es jüdische Flüchtlinge, die Angst haben, abgeschoben zu werden.«

»Warum sagst du mir das nicht? Wir müssen ihnen helfen!«

Hans lächelte mich an und gab mir einen Kuss auf die Hand. »Deshalb bin ich ja hingegangen.«

»Und waren sie da?«

»Leider nein!«

»Was wirst du jetzt tun?«

»Ich werde den Kantor fragen, ob er sich der Sache annehmen kann.«

»Das sollten wir selbst machen. Deine Familie hat so viel Geld. Warum nicht etwas zurückgeben?«

»Du meinst, eine Stiftung gründen, die Kindern hilft?«

»Ja - oder so etwas!«

Nach dem Frühstück stand Hans auf und verabschiedete sich mit einem Kuss von mir.

»Heute kommt auch noch eine Dame, die gerne unsere Amme werden möchte.«

»Das sagst du mir erst jetzt!«

»Ich habe es vergessen! Verzeihst du mir?«

»Immer!«

Hans wusste nicht, dass ich keine Amme brauchte. Frau Krähling war ja für Samuel da.

Als er das Haus verlassen wollte, kam ein Mädchen zu ihm. Sie sagte ihm, er solle so schnell wie möglich Herrn Hornmann anrufen. Er nickt und geht. Das Mädchen zog die Haustür hinter ihm zu.

»Marie, würden Sie mich ins Kinderzimmer begleiten?«

»Ja, Frau Mangold!«

Sie folgte mir. Ich stand schon mit Samuel auf dem Arm im Zimmer, als sie endlich angekommen war.

»Was wollte Herr Hornmann?«

»Das weiß ich nicht. Er sagte nur, der gnädige Herr solle ihn so bald wie möglich anrufen. Das habe ich gemacht. Habe ich etwas falsch gemacht?«

»Nein, Marie, danke, du kannst gehen.«

Ich gab Samuel die Brust und überlegte, wie ich die Kinder erreichen könnte. Später packte ich Samuel ein und ließ mich von Georg zur Synagoge fahren.

Dort angekommen sagte ich: »Georg, warten Sie bitte, ich muss noch etwas erledigen.«

»Gerne, Frau Mangold!«

Ich stieg aus, nahm Samuel und ging zur Synagoge. Ich wollte hineingehen, aber die Tür war verschlossen. Also ging ich durch die kleine Pforte in den Garten. Da waren sie, sechs Jungen und ein Mädchen. Sie saßen unter dem Maulbeerbaum und aßen seine letzten Früchte. An diesem kühlen, geschützten Ort gab es sie bis in den Dezember hinein.

Als die Jugendlichen mich bemerkten, wollten sie weglaufen. Sie schlugen sich in die Büsche, weil sie den Garten nicht verlassen konnten.

Ich rief: »Bitte bleibt! Ich will euch nichts tun.« Aber da hatten sie sich schon zerstreut.

Nur der ältere Junge blieb sitzen, offenbar der Anführer. Er sah mich an. Er war schmutzig und abgemagert.

»Verstehst du mich?«, fragte ich vorsichtig. Ich wollte ihn nicht auch noch verjagen.

»Ja, Madame!«

»Bist du Franzose?« Sein Akzent klang Französisch.

»Nein, Madame, Jude und staatenlos. Vor dem Krieg kam ich aus Polen, aus Krakau!«

»Ich war schon einmal in Polen, als Kind. In einem Todeszug nach Auschwitz, aber meine Familie und ich konnten entkommen«.

»Wir nicht, wir kamen nach Bergen-Belsen. Dort haben uns die Engländer am Ende des Krieges befreit. Von da an, war ich ein Nichts.«

Ich merkte, wie ihm die Tränen kamen, mir auch. Plötzlich erstarrte der Junge. Hinter uns öffnete sich eine Tür. Es war der Kantor. Er erkannte mich und lächelte mich an.

»Schalom, Frau Mangold. Stört Sie der Junge?« Offenbar duldete er die Kinder hier im Garten nicht und hätte sie am liebsten unter einem Vorwand vertrieben.

»Nein! Ganz und gar nicht, aber er hat mich gefragt, ob er und seine Freunde ein paar Früchte vom Baum pflücken dürfen.«

Ich wusste nicht, ob der Kantor das erlaubt. Er würde es mir nicht verwehren.

»Natürlich darf der Jüngelchen das!« Der Kantor verzog das Gesicht.

»Ich komme gleich, Kantor, aber zuerst muss ich mit dem Jungen sprechen.«

Der Kantor ging wieder in die Synagoge und ich setzte das Gespräch fort.

»Du kannst deine Freunde rufen. Er wird euch nichts tun.«

»Danke, Madame, Sie sind sehr freundlich.«

»Wie ist dein Name?«, fragte ich ihn.

»Herschel, Madame.«

»Wie viele seid ihr?«

»Sieben, Madame!«

Auch seine Begleiter fassten vorsichtig Vertrauen. Der Rest der Gruppe kehrte zum Baum zurück und aß die wenigen Beeren, die noch hingen. Waren die nicht längst verfault? Aber es schien ihre erste Mahlzeit seit Tagen zu sein.

(Ich werde heute noch wütend, wenn ich an diese Situation denke. Es war Mitte Dezember. Es war es schon empfindlich kalt und diese Jugendlichen lebten auf der Straße und hatten nichts zu essen).

»Ich möchte euch helfen, wenn ich kann.«

»Wie wollen Sie uns helfen, Madame? Wir existieren nicht und niemand will uns, außer diesem ultraorthodoxen Kinderheim«.

»Ich will und ich werde euch helfen, aber ihr müsst mich lassen.«

Er sprach leise mit den anderen, die immer noch etwas abseits standen, und kam zurück. »Madame, bitte helfen Sie uns!«

»Mit Vergnügen! Ihr esst weiter, und ich gehe zum Kantor. Geht nicht weg, ich bin gleich wieder da.«

Ich ging zur Tür und klopfte. Der Kantor öffnete und schaute mich verächtlich an, als ich ihm mein Anliegen vortrug. Zu mehr, als die Kleinen eine Stunde lang von den Beeren essen zu lassen, war er offenbar nicht bereit. Aber auch dieses Problem würde sich schnell in Luft auflösen. Denn der Baum trug nur noch wenige Früchte, die Reifezeit war schon weit überschritten.

»Was wollen Sie von mir, Frau Mangold? Ich kann Ihnen nicht helfen, wir bekommen Probleme.«

»Nein, bekommen wir nicht! Ich kenne Leute aus den höchsten Kreisen, und wir werden den Kindern jetzt helfen!« Ich erschrak vor mir selbst, aber ich gefiel mir in dieser Rolle. »Ich rufe meinen Mann an und bringe die Kinder hier weg.«

»Bis er kommt, können sie in der Küche Suppe bekommen.«

»Gerne!« Hatte der Kantor doch ein Herz? Aber was wusste ich schon von seinen Problemen.

Ich holte die Kinder, und der Kantor gab ihnen Suppe und Brot. In der Zwischenzeit rief ich Hans in unserer Firma an. Er war nicht sehr erfreut über meinen Alleingang, aber das war mir im Moment egal. Er versprach, gleich zu kommen.

Als ich in die Küche kam, segnete Herschel gerade die Suppe und das Brot. Das erinnerte mich an unsere Zeit in der Zuflucht, als Vater das mit unserer Suppe gemacht hatte. Ich wartete, bis er die Suppe und das Brot gesegnet hatte, und sagte ihnen dann, wie es weitergehen sollte.

»Ich habe mit meinem Mann gesprochen. Er wird kommen und uns helfen.«

Der Kantor horchte auf. Er war nur froh, dass die Kinder endlich aus seinem Garten verschwunden waren.

(Schon am Abend zuvor hatte er Martin Hornmann anvertraut, dass er sie nicht mehr lange dulden könne, wenn er Ärger mit den Behörden vermeiden wolle.)

»Liebes Kind! Wie wollt ihr den Kindern helfen?«

»Das soll unser Problem sein, Kantor! Mein Mann kann ihnen helfen. In Bern gibt es ein Heim für jüdische Kinder.«

Aber Herschel warf sofort ein: »Nein! Da gehen wir nicht hin. Adam ist von dort geflohen. Sie wollten ihn dort ultraorthodox erziehen.«

»Was ist so schlimm daran, eine solche Erziehung zu erfahren?«, sagte der Kantor unwirsch.

»Sollte man nicht selbst entscheiden, welchen Glauben man praktizieren will? Ich bin linksjüdisch erzogen und bleibe dabei.«

»Schande über dich«, schrie der Kantor. »Bergen-Belsen hat ihm nicht nur die Familie genommen.«

Ich erschrak. Ich konnte nicht glauben, was ich da hörte. »Wie können Sie so etwas sagen! Haben Sie kein Herz?«, warf ich dem Kantor bitter vor.

Er sagte nichts mehr, stand auf und ging zur Tür. Es hatte geläutet. Das waren bestimmt Hans und Martin. Als er öffnete, standen sogar drei Männer vor ihm! Es waren Hans, Martin und Georg.

»Schalom, Kantor! Meine Frau erwartet uns.«

»Ja, in der Küche bei den Kindern.«

Der Kantor ließ die drei herein und zeigte ihnen den Weg. In der Küche saßen die Kinder mit erschrockenen Gesichtern, denn schon wieder waren Fremde gekommen.

»Hans!«

»Liebling! Was machst du da und wo ist Samuel?«

»Samuel schläft nebenan! Das sind die Kinder, die brauchen unsere Hilfe.«

»Gut! Wir bringen sie erst einmal in Sicherheit.«

»Könnt ihr alle laufen?«

»Ja!«, sagte Herschel. Er war es, der für alle sprach.

»Das ist Herschel! Er ist ihr Anführer, und sie hören nur auf ihn.«

»Schalom, Herschel, ihr braucht keine Angst zu haben. Aber ihr müsst mit uns kommen. Hier ist es zu gefährlich für euch!«

Herschel sah in Hans' Gesicht und nickte. Dann stand er auf und die anderen folgten ihm. Martin brachte die Jungen und das Mädchen zu den Wagen. Ich blieb bei Hans und sah, wie er dem Kantor ein Bündel Geld reichte. Der lächelte und nahm das Bündel.

Politik und Bestechung waren immer modern, aber Bestechung war für mich nicht akzeptabel. (Jahre später habe ich mich an diesem Kantor gerächt. Er musste die Synagoge verlassen. Der Grund: Bestechung).

Ich holte Samuel und folgte Hans zu den Autos, stieg mit Samuel in unser Auto. Er schlief friedlich weiter.

»Oh G-tt, ich habe Ursula vergessen«, entfuhr es mir. Ich hatte wirklich Wichtigeres zu tun. Erst jetzt fiel es mir wieder ein.

»Sie hat auf Sie gewartet, aber Ihr Mann hat sie wieder weggeschickt, als er gerade kam, um dringende Geschäfte zu erledigen«, bemerkte Georg. Aber es blieb peinlich.

Hans setzte sich zu Martin ins Auto. Wir kamen nicht dazu, miteinander zu reden.

Also fragte ich Georg: »Wohin geht die Fahrt?«

»Nach Hause, gnädige Frau.«

»Alle?«

»Ihr Mann hat ja gesagt.«

Ich musste lächeln. Das werden turbulente Tage, das erinnert mich an die Zeit, als wir bei Frau von Blankenstein waren. Als die beiden Wagen auf unser Grundstück fuhren, sah ich noch einen Wagen vor unserem Haus stehen. Wer war das?

Georg parkte unser Auto neben dem fremden und wir stiegen aus. Hans und Martin kamen mit den Jugendlichen zur Haustür.

»Das muss Sarah sein!«, sagte Hans in einem Ton, als würde ihre Anwesenheit ihn ermutigen.

»Wer ist Sarah?«, fragte ich.

»Sie wird uns mit den Kindern helfen. Sie hat Kontakte, die wir nutzen können«.

Wir gingen alle in unsere Villa und Hans ging sofort ins Wohnzimmer. Ich ließ Frau Krähling kommen. Sie sollte sich um die Kinder kümmern.

»Bringen Sie die Kinder erst einmal in die freien Personalräume. Zeig ihnen die Zimmer, dort können sie sich frisch machen.«

»Ich werde sofort alles in die Wege leiten, Frau Mangold.«

»Marie soll gleich kommen und Samuel ins Bett bringen.«

Frau Krähling ging mit den Kindern in die Küche und zeigte ihnen die Zimmer. Sie konnte nicht glauben, dass diese armen Kinder obdachlos waren. Sie blickte in die traumatisierten Gesichter und musste sich die Tränen verkneifen.

»So, meine Lieben, wir haben hier drei Zimmer für euch. Wer möchte mit wem in ein Zimmer?«

Herschel war der Älteste und teilte ein: »Madam, wir sind sieben, ich würde sagen, zweimal drei von uns Jungs und einmal ein Zimmer für unsere Olga.«

»Wie Ihr wünscht!«

Ich ging in den Salon, nachdem Marie Samuel geholt hatte. Schließlich wollte ich wissen, wer diese Sarah war. Als ich die Tür öffnete, verstummten die beiden.

»Darf ich?«, fragte ich leise.

»Natürlich, meine Liebe! Sarah, darf ich dir meine Frau Hannah vorstellen? Hannah, das ist Sarah Klein.«

»Guten Abend, Frau Klein! Freut mich sehr.«

»Guten Abend, Frau Mangold! Hans hat mir schon viel von Ihnen erzählt.«

Hans deutete auf die Sitzgruppe und sagte: »Setzen wir uns!«

»Ich habe die Kinder erst einmal in den freien Personalräumen untergebracht.«

»Gut, Schatz! Sarah arbeitet bei den Amerikanern und kann uns helfen, die Angehörigen der Kinder zu finden, falls noch jemand nach ihnen sucht.«

»Gut! Hoffentlich klappt das.«

»Ich brauche nur die richtigen Daten, dann kann ich in unseren Meldelisten nachsehen.«

»Ich werde morgen alles in die Wege leiten. Die Kinder sollen sich jetzt ausruhen.«

»Das ist gut so! Ich komme morgen wieder.«

Sarah stand auf und ging.

Martin, Hans und ich unterhielten uns noch, aßen etwas und Martin ging auch bald. Aber für meine Mikwe war es schon zu spät. Ich beschloss, am nächsten Tag zu gehen. Ich ging schlafen, aber nicht ohne vorher nach Samuel zu sehen. Er lag in seinem Bettchen und schlief. Ich gab ihm einen Kuss und ging schlafen.

Am nächsten Morgen wachte ich früh auf, weil Samuel unruhig war. Ich stand auf und brachte ihn zu uns ins Bett. *Nur noch ein paar Minuten,* dachte ich. Nur Samuel hatte andere Pläne, er fing an zu weinen. Wahrscheinlich hatte er Hunger oder er hatte sich eingenässt. Also sind wir aufgestanden, ich habe ihn frisch gewickelt und ihm dann die Brust gegeben. Heute musste ich in die Mikwe, denn übermorgen ist die Brit Mila. Aber zuerst gab es Frühstück. Ich machte mich fertig und ging dann in den Salon. Dort saßen schon die Jugendlichen und frühstückten.

»Guten Morgen, Kinder!«

»Guten Morgen, Frau Mangold!«, kam es zurück.

»Schmeckt euch das Frühstück?«

»Ja, es ist köstlich und ich habe es besonders gesegnet«, sagte Herschel.

»Du wirst bestimmt einmal Rabbi.«

»Dazu bin ich zu alt, aber Kantor könnte ich werden.«

Die Kinder sahen so glücklich aus, ich fühlte mich gut.

»Kinder! Im Park steht ein Haus leer, ich möchte es zu einem Jugendheim umbauen lassen. Wie findet ihr das?«

»Sehr schön, aber wir wollen vor allem zu unseren Familien zurück.«

»Ich weiß, aber dafür müsst ihr eure Daten aufschreiben. Sarah - das ist die Frau von gestern - geht dann die Listen durch.«

»Gut! Dann schreiben wir alles auf.«

»Aber zuerst frühstücken wir!«

»Wo ist denn Ihr Mann?«, fragte Adam. (Er war so ein lieber Junge.)

»Hans? Der ist schon bei der Arbeit und kommt erst am Abend wieder.«

Nach dem Frühstück machte ich mich für die Mikwe fertig. Herschel saß auf den Stufen am Eingang und starrte ins Leere. Ich ging auf ihn zu und setzte mich neben ihn.

»Darf ich?«, fragte ich ihn.

»Natürlich, Madame«, sagte er leise.

»Hast du etwas?«

»Ich fühle mich so allein und vermisse meine Familie.« Er fing an zu weinen, ich nahm ihn in den Arm und versuchte, ihn zu trösten.

»Hans ist es genauso ergangen wie euch. Er hat seine ganze Familie bei einem Massaker verloren und wurde von einer Bauernfamilie gefunden. Sie haben ihm geholfen. Dann kam er zu uns.«

»Und dann?«, fragte er neugierig.

»Nach dem Krieg kam ein Anwalt aus der Schweiz und sagte ihm, dass sein Vater noch lebe. So wird es auch bei dir sein, deine Familie ist nicht tot.«

Er lächelte mich an. Ich wischte ihm die Tränen weg und drückte ihn wieder.

»Wollen wir uns nachher das Häuschen ansehen?« Ich wollte die Kinder dort unterbringen, aber ich wusste nicht, in welchem Zustand das ehemalige Gärtnerhaus heute war.

»Ja bitte, Madame!«

»Aber vorher muss ich noch in die Mikwe.«

»Wegen Ihrer Geburt?«

»Genau, und übermorgen hat Samuel seine Brit Mila.«

»Ich gehe zu den anderen. Sie warten bestimmt schon.«

»Gut! Du bist ein tapferer junger Mann.«

Herschel ging, ich blieb noch eine Weile sitzen.

»Gnädige Frau! Telefon, es ist Frau Hornmann.«

»Vielen Dank. Ich komme gleich.«

Ich stand auf und ging zum Telefon. »Ursula! Schön, dass du anrufst. Ja, wir können uns in einer halben Stunde an der Synagoge treffen. Bis später, Ursula.« Ich legte auf und holte meinen Mantel.

Georg fuhr das Auto vor. Samuel blieb bei Frau Krähling. Er würde nur unser Ritual stören.

»Georg, fahren Sie bitte in die Synagoge!«

»Gerne, Frau Mangold!«

Er fuhr los; die Fahrt dauerte ungewöhnlich lange.

»Entschuldigen Sie, Frau Mangold, aber ich muss einen Umweg machen. Hier demonstrieren Frauen für ihre Rechte!«

»Schon gut, Georg.« Ich kurbelte das Fenster herunter und rief hinaus: »Auf, Mädels, das ist euer Recht!«

Georg musste lachen, ich grinste ihn an. Nach einem kleinen Umweg kamen wir an der Synagoge an. Georg half mir aus dem Auto. Dann entließ ich ihn.

»Ursula bringt mich zurück.«

Er fuhr los und ich ging zur Synagoge. Dort wartete Ursula schon auf mich.

»Hallo, Liebes, ich dachte schon, du kommst wieder nicht.«

»Schalom, Ursula! Da war eine Demonstration. Wir mussten einen Umweg fahren.«

»Ach, die Frauenbewegung!«

»Ja, genau!«

»Komm, wir müssen durch den Garten. Der Rabbi hat mir schon den Schlüssel gegeben. Ich werde deine Mikwe bezeugen, meine Liebe.«

»Ich freue mich, dass du meine Mikwe-Frau bist.«

Wir gingen durch den Garten, am Maulbeerbaum vorbei in den hinteren Teil. Dort stand das Badehaus, in dem wir Juden unsere Mikwe abhielten. Wir gingen in den ersten Raum, wo ich mich für meine Mikwe vorbereiten konnte: ausziehen, Finger- und Fußnägel schneiden und reinigen. Ich musste mich nicht abschminken, da ich mich selten schminkte. Aber ich musste meinen Schmuck ablegen und ein Bad nehmen.

Dann gab mir Ursula einen Umhang. Gemeinsam gingen wir in den nächsten Raum. Dort war das Tauchbecken. Es war drei mal drei Meter groß und hatte eine Treppe mit sieben Stufen. Das Becken war drei Meter tief, weil man ganz untertauchen musste.

Ich zog meinen Umhang aus und stieg die schmale Treppe hinunter in das Becken. Das Wasser war herrlich angenehm und so klar. Ursula segnete mich, ich tauchte dreimal unter, dann konnte ich wieder aus dem Becken steigen. Endlich war ich sauber, Samuels Brit Mila konnte kommen. Ursula half mir beim Anziehen, ich war noch ganz benommen.

»Wie geht es jetzt mit den Kindern weiter?«

»Bei uns im Park steht das alte baufällige Gärtnerhaus. Das wollen wir umbauen und zu einem Heim für jüdische Kinder machen.«

»Da wird Martin sicher auch dabei sein!«

»Natürlich! Du doch auch?«

»Immer!«, rief Ursula und hob ihre Hand.

Als wir fertig waren, gingen wir zum Auto und Ursula brachte mich nach Hause.

»Kommst du noch auf einen Drink mit rein?«

»Nein! Heute nicht, Martin wartet bestimmt schon mit den Jungs und dem Essen.«

»Gut! Danke, dass du meine Mikwe begleitet hast.«

»Gern geschehen!«

Ich stieg aus und ging zum Eingang. Dort saß Herschel.

»Guten Abend, Herschel. Du sitzt schon wieder hier draußen?«

»Guten Abend, Madam. Ich wollte einen Moment nachdenken.«

»Kommst du mit rein? Mir ist kalt.«

»Natürlich, Madame!«

»Du kannst mich Hannah nennen. Madame macht mich so alt.«

Herschel lächelte und sagte: »Gerne, Hannah.«

Wir gingen in den kleinen Salon. Dort saß Hans und trank seinen abendlichen Whisky.

»Guten Abend, Liebes!«

»Guten Abend, Liebling! Herschel möchte mich sprechen.«

»Gut! Soll ich euch allein lassen?«

»Nein, Herr Mangold! Sie können es auch hören.«

»Gut! Wollt ihr etwas trinken?«

»Ja! Vielleicht einen Tee für mich und Herschel, was möchtest du?«

»Darf ich einen Whisky probieren?«

»Wie alt bist du?«, fragte ich ihn besorgt.

»Siebzehn, Madam, äh, Hannah!«

Hans warf ihm einen scharfen Blick zu, aber dann schenkte er sich selbst ein und reichte ihn Herschel.

»Le'Chaim! Auf das Leben!«, sagten sie und tranken das Glas aus. Herschels Gesicht lief rot an und er musste husten.

Ich holte mir einen Tee. Hans und Herschel verstanden sich offenbar gut.

»Na, mein Sohn! Wo drückt der Schuh?«

»Ich verstehe nicht!«

»Du hast etwas auf dem Herzen und wir wollen dir helfen.«

»Ah! Ich verstehe. Ja, ich möchte gerne eine Lehre machen und mir hier in der Schweiz ein Leben aufbauen. Wer weiß, ob ich meine Familie je wiedersehen werde.«

»Das ist schwierig, aber nicht unmöglich. Wir müssen mit meinem Freund Martin reden.«

»Kann er mir helfen?«

»Vielleicht!«

Herschel blickte zu Boden. Er wirkte traurig.

»Hannah und ich werden alles versuchen, aber zuerst müssen wir dafür sorgen, dass ihr hier legal leben könnt.«

Herschel nickte nur. Er konnte nichts sagen. Er war traurig, traurig darüber, dass alles so aussichtslos schien. Warum musste er so leben? Er konnte doch nichts dafür. Man hatte versucht, seine Rasse, seine Herkunft auszulöschen. Jetzt wurde er noch einmal dafür bestraft, ein Opfer gewesen zu sein.

Als ich in den Salon zurückkam, saßen sie sich gegenüber und Hans hielt Herschels Hand.

»Wir werden alles versuchen. Nur niemals aufgeben!«

»Ich will nicht aufgeben. Ich will stark sein, auch für die anderen!«

»Ich habe heute einen Brief von einem Freund aus Israel bekommen.«

Ich setzte mich zu Hans. Er nahm den Brief in die Hand und las ihn vor: »Shalom, Herr Mangold, es ist mir eine Freude, Ihnen in dieser Sache zu helfen. Ich sehe große Möglichkeiten und möchte Ihrer neuen Stiftung einen Betrag von 200.000 Dollar zukommen lassen. Gerne würde ich auch als Mitglied des Stiftungskomitees fungieren. Gezeichnet - Abraham Rosenbaum, Tel Aviv«.

Erstaunt sagte ich: »Wie? So eine große Summe?«

»Ja, er hat seine beiden Kinder in Auschwitz verloren und ist nach dem Krieg nach Israel gezogen. Mit dieser Spende möchte er helfen«.

Mit Tränen in den Augen sagte Herschel leise: »Das ist sehr nett von Herrn Rosenbaum. Ich werde nachher ein Gebet für ihn sprechen.

»Morgen werden wir eure Daten zu Papier bringen und nach Bern schicken.«

»Gerne, Hannah! Ich sage den anderen Bescheid.«

»Geh jetzt schlafen, morgen sehen wir weiter.«

»Mach' ich! Gute Nacht zusammen!«

»Gute Nacht, Junge!«

Herschel ging, und wir sprachen noch lange über Herrn Rosenbaum und über Herschel. Er war schon wie ein zweiter Sohn für uns, obwohl er erst so kurz bei uns war. Später gingen wir schlafen, aber nicht ohne vorher nach Samuel zu sehen.

Der neue Tag begann regnerisch, aber das machte mir nichts aus. Wie meine Mutter mochte ich den Regen. Hans war schon aufgestanden. Ich ging ins Bad, um mich fertig zu machen. Als ich mich angezogen hatte, sah ich nach Samuel. Er schlief noch, als ich ihn hochhob. Ich setzte mich in den Sessel und gab ihm, was er wollte: meine Brust. Samuel schmatzte und ich überlegte, was wir als nächstes tun könnten, um das alte Haus so schnell wie möglich wieder herzurichten.

»Ich muss mit einem Architekten sprechen!«

»Wofür brauchen wir denn einen Architekten, Schatz?«

Ich hatte nicht bemerkt, dass Hans in Samuels Kinderzimmer gekommen war.

»Ich dachte, du bist schon im Büro!«

»Ich wollte gerade gehen, aber vorher wollte ich mich noch von meinen beiden Lieben verabschieden.«

»Wann kommst du zurück?«

»Gegen Abend!«

»Ich werde heute noch einen Architekten anrufen, wegen des alten Hauses.«

Aber er hörte mir nur mit halbem Ohr zu, bestätigte nur fröhlich: »Mach das, Liebling.«

Dabei kannte er meine Pläne gar nicht. Dann küsste er mich und ging.

Samuel war satt. Ich wechselte seine Windel und ging mit ihm ins Wohnzimmer, wo das Frühstück auf uns wartete.

»Guten Morgen, Kinder!«

»Guten Morgen, Frau Mangold!«

»Wo ist Herschel?«, fragte ich.

»Er ist mit Ihrem Mann in die Stadt gefahren.«

»Was macht er denn in der Stadt?«

»Das hat er uns nicht gesagt.«

»Das macht nichts! Er kommt sicher bald zurück.«

Wir frühstückten zu Ende und dann schlug ich den Jugendlichen vor, mit ihnen in den Park zu gehen. Dort stand das kleine Schmuckstück. Ich wollte ihnen das Häuschen zeigen und sie waren begeistert.

»Madame, wir haben unsere Daten aufgeschrieben, wie Sie es wollten.«

»Das ist schön, Adam, ich sehe es mir später an.«

Wir gingen in den Park. Adam und Leonard hatten einen Ball mitgebracht. Martin hatte ihn von einem seiner Söhne mitgebracht. Die Jungs spielten eine Runde mit dem Ball, ich saß mit Olga auf der Parkbank und unterhielt mich ein wenig mit ihr. Nach einer Weile hatten die Buben keine Lust mehr und kamen zu uns.

»Na, wollt ihr euch jetzt mit mir das Häuschen ansehen?«

»Ja!«, riefen alle durcheinander.

»Dann kommt!«

Wir spazierten gemeinsam zu dem Häuschen. Ich wollte die Tür aufmachen, aber die Tür des Gartenhäuschens klemmte. Aber die Jungs waren stark und schoben die Tür auf. Drinnen war es staubig und sehr unordentlich. Die Jungen hatten ihren Spaß. Hinter jedem Laken vermuteten sie einen Schatz. Oft war es Müll, aber auch das eine oder andere Kleinod kam zum Vorschein.

Die Kinder waren glücklich. Ich genoss die Zeit mit ihnen. Unter den Jungen war auch der 14-jährige Nikolai. Sein Körper war mit Narben übersät, aber er lächelte mich an. Ich mochte ihn, und er erzählte mir, wie sie ihn geschlagen hatten - Soldaten mit Knüppeln. Sie hatten ihm die Schmerzen nicht ersparen wollen, als er sie angefleht hatte, ihn zu töten. Man muss sich das vorstellen: Nikolai war damals 6 Jahre alt und bettelte darum, sterben zu dürfen. Und wie Dreck haben die Soldaten ihn zum Sterben zurückgelassen.

Zum Glück kam Herschel, wie er mir erzählt hat. Er half ihm und von da an waren sie unzertrennlich. Nach und nach kamen andere Jugendliche. Jeder von ihnen hatte sein eigenes schreckliches Schicksal. Irgendwie landeten sie in der Schweiz, aber auch hier waren sie nicht willkommen.

(Wie gerne hätten wir damals alle adoptiert, aber das war nicht möglich. Oft wurden die Kinder von ihren Familien gefunden. Aber es gab leider auch solche, die nie gefunden wurden. Ich hatte zu jedem meiner Schützlinge noch lange Kontakt, aber Freundschaften gerieten am Ende allzu oft in Vergessenheit).

»Hannah! Wir haben eine alte Kiste gefunden.«

»Bring sie zu mir, dann sehen wir, was wir gefunden haben.«

Zwei der Jungen schleppten die Kiste zu mir.

Als ich die Kiste sah, sagte ich: »Meine Güte! Das ist ja fast eine Schatzkiste.«

Die beiden Jungen stellten sie vor mich hin.

»Sie ist verschlossen!«

Adam gab mir eine Eisenstange. Damit ging es.

»Wer will aufmachen?«, fragte ich.

»Ich!«, schrie Leonard und nahm die Eisenstange. Mit einem Schlag zerschlug er das Schloss an der Kiste. »Es hat gekracht wie meine Knochen, als die Soldaten uns zusammengeschlagen haben.« Seitdem kann der Junge seinen linken Arm nicht mehr richtig bewegen.

(An dieser Stelle muss ich abbrechen, es tut mir zu sehr weh, darüber zu schreiben).

Jedenfalls hatten wir einen tollen Nachmittag, der nie hätte enden sollen, aber jetzt kam Frau Krähling mit Samuel und erinnerte mich an meine Pflichten. Aber ich wollte nicht gehen, ohne den Inhalt der alten Kiste gesehen zu haben. Leonard öffnete sie. Alte Bücher, Geld und etwas Schmuck kamen zum Vorschein.

»Das nenne ich einen großen Schatz, Kinder.«

»Was machen wir jetzt damit?«, fragte Leo.

»Teilt ihn unter euch auf! Ihr habt ihn gefunden, er gehört euch.«

Die Kinder begannen zu lächeln. Diese glücklichen Gesichter wollte man nicht mehr vergessen.

»Ich muss los, Samuel hat Hunger. Kommt ihr mit? Wir nehmen die Kiste mit ins Haus. Dort können wir sie später in Ruhe ausräumen.«

»Ja!«, riefen alle durcheinander.

Auf dem Weg zum Haus begegneten wir Herschel. Er war wieder da.

»Hannah!«

»Schalom, Herschel!«

»Ich könnte eine Lehre machen! Jetzt muss ich beweisen, dass es mich gibt. Aber wie mache ich das?«

»Das ist schön, Herschel! Das andere kriegen wir auch hin. Ich rufe morgen den Anwalt in Bern an.«

»Vielleicht weiß er einen Rat!«

»Bestimmt!«

»Wart ihr in dem alten Haus?«

»Ja! Du hast so viel versäumt. Wo hast du dich eigentlich vorgestellt?«

Herschel antwortete stolz: »Bei Martin Hornmann.«

»In seiner Kanzlei?«

»Ja! Anwaltsgehilfe könnte ich werden, und er ist Jude wie ich.«

»Das stimmt! Ich bin so stolz auf dich!«

Herschel lächelte mich glücklich an.

»Ihr könntet etwas trinken gehen, ich werde Samuel füttern. Danach komme ich nach. Die Jungs wollen die Schatztruhe plündern.«

»Machen wir, Hannah!«

Also ging ich ins Kinderzimmer und gab Samuel die Brust. Als er satt war, legte ich ihn schlafen und ging in den großen Salon. Dort warteten die Jungen und Olga. Sie wollten gerade die Kiste öffnen, als ich hereinkam.

»Ihr habt noch gar nicht angefangen!«

»Nein, Hannah, wir wollten auf dich warten.« Leo hob den Deckel von der Kiste und öffnete sie. Er nahm die Bücher heraus. Es waren handgeschriebene Tagebücher. Das Geld darin war schon sehr alt, das konnte man bestimmt nicht mehr gebrauchen. Aber die Schmuckstücke sahen wertvoll aus. Das erste bekam Olga, und auch ich bekam eins. (Es liegt hier in meiner Vitrine und ich sehe es gerade in der Sonne funkeln).

»Kinder! Wollen wir heute Abend schön zu Abend essen?«

»Ja!«, riefen alle.

»Ich werde bei Frau Krähling alles arrangieren.«

Leo sah an sich herunter und sagte traurig. »Wir sind aber schlecht angezogen!«

»Wir könnten bei Hans schauen, der hat genug Kleider und hat sicher nichts dagegen. Olga bekommt etwas von mir!«

»Wir warten lieber, bis Hans kommt und fragen ihn.«

»Wie ihr wollt, Jungs!«

Frau Krähling ging in die Küche und bereitete das Abendessen vor. Es sollte ein besonderer Abend werden. Die Köchin bereitete eines der besten Abendessen zu, die wir je hatten.

Die Jungs, Olga und ich warteten auf Hans. Als er endlich nach Hause kam, wurde er von den Jungs fast überfallen. Sie redeten alle durcheinander und Hans verstand nicht, was sie wollten. Ich ging hin und half ihm.

»Wir wollen einen unvergesslichen Abend machen und die Jungs haben nichts Schönes zum Anziehen. Kannst du ihnen aushelfen?«

»Natürlich, Schatz! Lass sie meinen Kleiderschrank durchwühlen, wir feiern heute.«

Die Jungs waren ganz aus dem Häuschen und Olga sah traurig aus. Ich ging zu ihr, nahm ihre Hand und gemeinsam gingen wir zu meinem Schrank. Als ich ihn öffnete, fingen ihre Augen an zu leuchten.

»Ich weiß, wie du dich jetzt fühlst! Ich habe mich früher auch so gefühlt. Ich war nicht immer so reich wie heute, weißt du?«

Überglücklich sagte sie: »Ich kann es nicht glauben!«

»Such dir etwas Schönes aus und behalte es gerne.«

»A groysn Dank!«

»Ah eydish, mayn Kind!«

»Jo, abisl.«

Dieser herzliche Moment wurde von den Jungs entzaubert und in ein Chaos aus Hosen und Hemden verwandelt. Jedenfalls hatten wir alle unseren Spaß, und Hans lachte sich schlapp.

»Madame, Telefon, ein Herr aus Bern ruft an.«

»Danke, Marie, ich komme.« Das war bestimmt der Anwalt. Ich hatte ihn angerufen, aber er war nicht da. Ich ging zum Telefon im Büro und war froh, dass es Herr Stöckli war. »Guten Tag, Herr Doktor Stöckli. Ja, es geht mir gut, danke. Ja, ich habe Frau Klein die Daten der Kinder gegeben und jetzt warten wir darauf, dass sie sich meldet. - Wirklich? Das ist aber schön! Ich glaube, die Kinder werden sich freuen. Vielen Dank für den Anruf und auf Wiedersehen. - Ja, mache ich, und die Überweisung geht raus. Auf Wiederhören!«

Ich war so glücklich. Endlich konnte ich den Jungs und Olga eine gute Nachricht überbringen. Sofort rannte ich in unser Schlafzimmer. Dort tobte immer noch die Hölle. Inzwischen waren alle Kinder angezogen und Hans stand der Schweiß auf der Stirn.

»Das war Doktor Stöckli. Er hat tolle Neuigkeiten.«

»Welche denn?«, wollte Herschel wissen.

»Das erzähle ich euch beim Abendessen. Jetzt muss ich mich um Samuel kümmern, und ihr geht mit Frau Krähling den Tisch decken. - Hans, willst du mir beim Stillen Gesellschaft leisten?« Ich musste mit ihm reden.

»Ja, meine Liebe!«

Wir gingen in Samuels Zimmer. Er war schon wach und lächelte, als er uns sah. Ich zog ihn hoch und setzte mich in den Sessel. Hans setzte sich in den Sessel, der in der Ecke stand. Er sah mich an und ich lächelte.

»Was?«, fragte er mich.

»Nichts«, antwortete ich und lächelte weiter. Ich wollte den Moment nicht mit meiner Neuigkeit verderben. Genauso gut konnte ich es allen am Tisch erzählen.

Als Samuel satt war, gingen wir zusammen in den großen Salon. Ich war neugierig, wie die Kinder den Tisch gedeckt hatten.

Als wir den Raum betraten, staunte ich nicht schlecht. Denn der Tisch war wirklich festlich gedeckt, jeder hatte sogar eine Serviette.

»Das habt ihr aber schön gemacht!«, staunte Hans.

»Ja, das habt ihr schön gemacht.«

»Frau Krähling hat uns sehr geholfen!«

Es klingelte an der Haustür. Wer das wohl war? Marie machte auf. Es war Sarah Klein.

»Guten Abend! Kann ich bitte Herrn oder Frau Mangold sprechen? Es ist wichtig!«

»Einen Moment, ich sehe nach. Kommen Sie bitte rein.«

Marie kündigte Frau Klein an.

»Lassen Sie Frau Klein herein.«

»Sofort!«

»Guten Abend, Sarah!«

»Guten Abend zusammen! Ich habe Neuigkeiten für die Kinder.«

»Setzen Sie sich, Sarah, und essen Sie mit uns.«

»Sehr gerne! Das sieht köstlich aus.«

»Marie, bring bitte noch ein Gedeck!«

»Sofort, gnädige Frau!«

Marie holte ein weiteres Gedeck und Sarah erzählte, was sie herausgefunden hatte.

»Ich habe gute Nachrichten für Adam Widawski!«

Adam erschrak und bekam große Augen. Ich musste an das Telefonat mit Dr. Stöckli denken, er hatte es mir auch am Telefon gesagt. Aber jetzt war Sarah an der Reihe.

»Deine Mutter hat überlebt und sucht dich. Aber sie darf nicht in die Schweiz. Ich werde dafür sorgen, dass du nach Deutschland kommst und sie dort triffst.«

Adam bekam feuchte Augen, Tränen liefen ihm über die Wangen. »Wirklich?«, fragte er weinend. Immer wieder wischte er sich mit dem Handrücken die Tränen weg.

»Ja natürlich, mein Junge«, sagte Sarah voller Freude.

Ich ging zu ihm, nahm ihn in den Arm und drückte ihn fest an mich.

Sarah Klein fuhr fort. »Wenn du willst, können wir in zwei Tagen aufbrechen.«

»Ja, ich will! Was sagt ihr dazu? Ihr seid doch jetzt auch meine Familie.«

Herschel ergriff das Wort. »Adam, ich möchte, dass du glücklich bist. Wir sind glücklich, wenn du es bist. Geh zu deiner Mutter.«

»Gut, dann komme ich mit.«

»Ich hole dich in zwei Tagen ab, aber jetzt habe ich Hunger.«

»Ja, wir auch, und das Essen kommt.«

Es gab Tessiner Hühnchen mit Kartoffeln und Soße. Natürlich durfte auch das Gemüse nicht fehlen. Das Essen war so lecker, dass ich es heute noch riechen kann.

»Wie läuft die Suche nach den anderen Jungs und Olga?«

»Hans, wir suchen in allen verfügbaren Registern und gehen alle Listen durch. Leider noch nichts!«

Ich sah die enttäuschten Gesichter, aber aufgeben kam nicht in Frage.

»Dr. Stöckli hat noch andere Kontakte, vielleicht findet er etwas.«

»Ja!«

»Danke für das gute Essen, aber ich muss wieder los.«

»Gerne und danke für die gute Nachricht, Adam freut sich sehr!«

Wir begleiteten Sarah noch zum Ausgang und verabschiedeten uns.

»Auf Wiedersehen! Hannah, wollen wir uns nicht endlich duzen?«

»Gerne, Sarah! «

»Auf Wiedersehen, Hannah!«

Wir begleiteten sie noch ein Stück, gingen dann aber gleich wieder ins Haus zurück.

Als die Tür hinter uns ins Schloss fiel, atmete ich erleichtert auf: »Was für eine gute Nachricht für Adam!«

Hans stimmte mir zu: »Ja, Schatz, davon hätte ich gerne mehr.«

»Ja, ich auch!«

Wir gingen zurück in die Stube und aßen weiter.

»Kinder! Morgen wollen wir Samuels Brit Mila feiern. Es wird ein kleines Fest geben und ihr werdet dabei sein. Es kommen ganz wichtige Leute!« Ich bemerkte Hans' irritierte Reaktion. Wollte er mir das nicht als Überraschung präsentieren? Egal, ich war schneller und Hans konnte damit umgehen, denn er verlor später kein Wort darüber.

»Gerne, Hannah!«

»Ich bin sehr müde! Ich gehe schlafen, seid nicht so laut, Jungs!«

»Nein, Hannah!«

Hans leistete mir Gesellschaft und es wurde eine tolle Nacht.

Am nächsten Morgen stand ich gut gelaunt auf, denn heute sollte Samuels Brit Mila stattfinden. Im Haus war es ruhig. Was war los? Ich ging zu Samuel und wollte wissen, warum es so still war. Unten sah ich, dass niemand da war. Nur die Köchin kochte und zwei Mädchen arbeiteten.

»Marie, wo sind die Kinder und wo sind Frau Krähling und Georg?«

»Die sind im alten Haus, gnädige Frau.«

»Was machen sie dort?«

»Das kann ich Ihnen nicht sagen.«

»Alles in Ordnung!« Ich wollte selbst nachsehen, aber gerade als ich die Treppe hochging, kamen sie durch die Tür.

»Kinder, da seid ihr ja!« Auch Frau Krähling und Georg kamen herein.

»Guten Morgen, Hannah! Wir wollten Herschel das alte Haus zeigen. Es tut uns leid, wenn wir etwas Unrechtes getan haben.«

»Nein, Jungs! Es ist alles in Ordnung, und man hat sich um euch gekümmert.«

Herschel freute sich: »Hannah, das Haus ist wunderschön!«

»Morgen kommt ein Architekt und schaut es sich an.«

»Hurra!«, riefen alle und liefen davon.

»Entschuldigen Sie, aber die Kinder wollten unbedingt weg.«

»Ist schon gut, Georg, keine Sorge.«

Er nickte mir zufrieden zu und lief den Jungen hinterher.

»Frau Krähling! Kommen Sie bitte in zehn Minuten in den kleinen Salon. Wir müssen alles für später besprechen.«

»Selbstverständlich, gnädige Frau!«

Ich ging zur Tür hinaus und setzte mich auf die Treppe. Dort war ich so in Gedanken, dass ich nicht bemerkte, wie Herschel auf mich zukam. Erst als er mir auf die Schulter tippte, kam ich zu mir.

»Herschel!«, sagte ich erschrocken.

»Hannah«, flüsterte er leise.

»Entschuldige, ich war in Gedanken.«

»Hast du etwas?«

»Nein, Herschel.«

»Frau Krähling sucht dich.«

»Ach, das habe ich vergessen.«

Ich stand auf und ging zu ihr. Sie war im kleinen Salon und legte Holz in den Kamin.

»Frau Krähling! Ich habe Sie ganz vergessen, aber wir können gleich anfangen.«

»Ich habe meine Liste mitgebracht, Frau Mangold.«

»Gut! Wann kommt der Rabbi?«

»Der kommt um sechs!«

»Und die Gäste?«, fragte ich.

»Die kommen um halb sieben!«

»Ist der große Salon bis dahin fertig?«

»Ja, und die Köche auch!«

»Sehr gut! Dann kann ich mich umziehen, aber vorher sehe ich noch nach Samuel.«

Ich ging nach Samuel sehen und zog mir dann ein hübsches, aber schlichtes Kleid an. Es war grau, hatte einen weißen Kragen und lange Ärmel. Als ich auf halber Treppe war, hörte ich Georg. Hans war auch schon zurück und fertig. Ich ging auf Hans zu und begrüßte ihn.

Es war so weit! Der Rabbiner klingelte und Georg machte auf. Hans und ich waren nervös, aber auch irgendwie aufgeregt.

»Schalom, Rabbi!«

»Shalom zusammen, noch niemand da?«

»Die kommen noch, wir wollten Sie zuerst begrüßen.«

»Gut! Wo kann ich mich vorbereiten?«

»Im kleinen Salon«, sagte ich und zeigte in die Richtung.

Hans zeigte ihm den Weg und ich wurde noch nervöser. Wieder klingelte es! Ob das Martin und Ursula waren? Ja, das waren sie!

»Schalom zusammen! Schön, dass ihr da seid!«

»Schalom, Hannah! Wo sind denn die anderen?«

»Im großen Salon!«

Gerade als ich das sagte, klingelte es. Alle waren da, wer war das noch?

»Georg, bringe die Herrschaften bitte in den großen Salon.«

»Sehr gerne, gnädige Frau!«

Ich ging und öffnete die Tür.

»Vater!«, rief ich voller Freude, als ich ihn sah.

»Kind!«, sagte er erfreut.

»Was machst du denn hier?«

»Ich kann euch doch nicht allein die Brit Mila machen lassen.«

»Ich bin so froh, dass du da bist!«

»Ich mich auch! Leider konnten die anderen nicht kommen. Mama tut es sehr leid, mein Kind.«

»Du bist Samuels Zeyde und ein wichtiger Teil unserer Familie. Komm, die Gäste warten bestimmt schon.«

(‹**Zeyde**› ist das jiddische Wort für ‹Großvater›).

Wir gingen in den großen Salon. Dort saßen schon alle und warteten auf den Mohel, den Beschneider. Unser Mohel war Rabbi Silberstein, er war auch Arzt und konnte die Mila durchführen. Die Gäste freuten sich, dass Vater gekommen war. Hans bot Vater einen Platz neben sich an, das war der Platz, wo die Mila stattfand. Er übergab Samuel seinem Zeyde, beide lächelten.

Rabbi Silberstein betrat die Stube und sprach den Segen. Erst vor Samuel und meinem Vater blieb er stehen. Neben ihm stand ein Tisch, auf dem das Ritualmesser lag und ein Kelch mit Wein stand. Auf dem Tisch lagen auch einige Tücher, um die Wunde zu versorgen.

Hans stand auf und machte Platz für Martin. Er stellte sich hinter ihn und legte seine Hände auf Martins Schultern. Martin war der **Sandak** (Taufpate) von Samuel. Vater stand auf, küsste Samuel auf die Stirn und übergab ihn an Martin. Vaters Platz blieb nun leer, er war für den Propheten Elias bestimmt.

Rabbi Silberstein nahm das rituelle Messer. Nach Segenssprüchen und der Anrufung Elias schnitt Rabbi Silberstein mit dem scharfen, zweischneidigen Messer die Vorhaut von Samuels Glied ab. Dann rezitierte er weitere Segenssprüche über einem Becher Wein und verkündete den Vornamen des Kindes. »Samuel Yaron!« Dann wurde ein Tropfen Wein auf Samuels Lippen geträufelt. Auch der Taufpate und ich bekamen den Becher gereicht.

Mit den Worten: »Er wachse heran zur Thora, zur Chuppa und zu guten Werken«, beendete er Samuels Brit. Währenddessen schrie Samuel wie am Spieß, aber es dauerte nicht lange und seine Schmerzen ließen nach.

Beim anschließenden Festessen mit unseren Freunden und Verwandten, die bei der Zeremonie anwesend waren, wurde Samuel reich beschenkt. Von Martin bekam er zwei Kilo Gold als Zeichen des Reichtums. Von Vater bekam er eine goldene Uhr und andere wertvolle Dinge. Alle schenkten ihm Geld oder Gold. Vielleicht war das der Anstoß für Samuels spätere Karriere als Bankier? (Er gründete das Bankhaus Mangold).

Wir feierten bis tief in die Nacht. Irgendwann war es fast Morgen, und die Gäste gingen glücklich nach Hause. Die Kinder waren längst im Bett - nur Herschel nicht. Er nutzte die Gelegenheit, um mit den Gästen über mögliche Nachforschungen über seine Familie zu sprechen. Zwei Rechtsanwälte versprachen, ihm zu helfen, aber es wurde nichts daraus. (Wenn ich mich recht erinnere, hat Herschel nie eine Antwort erhalten. Trotzdem ging er seinen Weg - mit Erfolg.)

Vater verbrachte die Nacht bei uns; ich ließ ihm ein Zimmer herrichten.

Der neue Morgen verlief ruhig und begann mit einem Frühstück. Samuel schlief, ich wollte erst Kaffee trinken. Mein Kopf schmerzte noch, aber der Kaffee wirkte Wunder. Ah, die Kinder saßen schon am Tisch und genossen ihr Frühstück.

»Guten Morgen zusammen!«

»Guten Morgen, Hannah!«

»Schläft Herschel noch?«

»Nein! Er ist schon in die Stadt gegangen, um sich mit Herrn Hornmann zu treffen.«

»Gut! Danke, Olga, er ist alt genug.«

Vater gesellte sich zu uns, ich freute mich, dass er da war. Die Kinder auch, sie hatten sich gleich mit Vater angefreundet und er versprach, mit ihnen in den Park zu gehen. Nur wollte er vorher noch frühstücken. Ich lächelte und fragte ihn, ob er ein paar Tage bei uns bleiben wolle. Vater nahm dankend an und lächelte.

»Gnädige Frau, Fräulein Klein ist am Telefon.«

»Gut, Georg! Ich komme gleich.«

Ich ging zum nächsten Telefon und sprach mit Sarah Klein. Sie wollte mir sagen, dass Adams Mutter doch eine Einreisegenehmigung bekommen hatte und mittags zu uns kommen würde. Was war ich aufgeregt, Adam würde sich freuen! Ich wollte mich vergewissern, dass er ordentlich angezogen war und mit ihm reden. Die Köchin sollte einen Kuchen backen.

Ich ging in den kleinen Salon und ließ Adam kommen.

»Adam, setz dich, wir müssen reden.«

»Ist etwas passiert, Hannah? Ich habe nichts getan.«

»Nein, mach dir keine Sorgen. Alles ist in Ordnung. Deine Mama kommt heute Mittag.«

Erst sagte er kein Wort, dann flossen Tränen und schließlich lächelte er.

»Du musst einen guten Eindruck machen! Saubere Kleidung und gepflegte Hände sind wichtig, mein Sohn.«

»Hannah! Ich habe alles sauber, du brauchst nicht nervös zu sein.«

»Ich weiß, es wird sicher sehr aufregend für euch beide.«

Leise sagte er: »Bestimmt«.

»Dann geh, ich rufe dich, wenn deine Mama da ist.«

»Danke, können wir Fußball spielen gehen?«

Das war eine gute Idee von ihm. Das würde ihn auf andere Gedanken bringen.

»Ja, aber pass auf!«

Mit einem »Ja!« rannte Adam aus dem Wohnzimmer. Direkt in die Arme meines Vaters. »Na, mein Junge, was hat dich denn so erfreut?«

»Meine Mama kommt! Hurra, hurra!«, rief er und rannte weiter.

Ich lächelte und sprach Georg an. »Georg, sagen Sie der Köchin, sie soll einen Kuchen backen? Wir haben mittags Besuch!«

»Natürlich, Frau Mangold!«

Ich saß mit Vater im Garten, Samuel lag im Kinderwagen neben mir. Die Kinder spielten Fußball, zwei der Dienstmädchen wurden als Torwarte missbraucht. Ich musste lachen, wie sie sich anstellten und kaum einen Ball festhalten konnten. Ein Taxi fuhr vor, sicher Adams Mutter. Ein Mann stieg aus, hielt die Tür auf. Dann stieg eine Frau aus, etwa dreißig Jahre alt. Sie erkannte Adam nicht, und Adam erkannte seine Mutter nicht.

Ich gab einem der Dienstmädchen ein Zeichen, auf Samuel aufzupassen. Vater wollte mit dem Dienstmädchen und seinem Enkel zum See gehen. Dann ging ich auf die Dame zu. Sie lächelte mich an. Man konnte die schrecklichen Grausamkeiten, die sie erlebt hatte, in ihrem Gesicht sehen. Trotzdem blickte ich in ein stolzes Gesicht.

»Guten Tag! Ich bin Hannah Mangold. Sind Sie die Mutter von Adam?«

»Schalom! Ja, ich bin Anna Widawski.«

»Bitte kommen Sie! Haben Sie keine Angst, ich bin auch Jüdin.« Anna atmete auf.

»Welcher von denen ist mein Adam?«

»Der mit der braunen Mütze!«

Plötzlich schrie sie laut Adams Namen und Adam erstarrte. Ich winkte ihn herbei und er kam.

Anna weinte, als sie Adam kommen sah. Er sah so lässig aus in seiner Kniebundhose, dem Hemd, dem Pullover und der braunen Mütze. Sie ließ sich auf den Boden fallen und blieb auf den Knien sitzen. Als Adam vor seiner Mutter stand, wusste er erst nicht, was er tun sollte. Er war damals noch zu klein gewesen und hatte nicht viele Erinnerungen an seine Familie.

»Mama?«, flüsterte er leise.

»Ja, ich bin es. Bitte verzeih mir, dass wir dich nicht beschützen konnten.«

Er überlegte nicht lange und sprang seiner Mutter in die Arme. Wie gut tat das! Die beiden weinten so sehr, ich wollte sie nicht stören. Ich bat die anderen, ins Haus zu gehen, um den Kaffeetisch zu decken.

Als ich sah, dass sie sich beruhigt hatten, ging ich zu ihnen und half Anna auf.

»Geht es wieder?«

»Ja, Frau Mangold. Danke, dass Sie Adam geholfen haben. Möge Haschem Sie immer beschützen.«

»Das habe ich gerne getan, das war für mich selbstverständlich.«

»Mama, bist du allein gekommen?«

»Ja, mein Sohn, alle aus unserer Familie wurden umgebracht. Wer noch am Leben war, wurde in eines der Konzentrationslager geworfen und vergast. Ich hatte Glück, die Amerikaner haben unser Lager befreit.«

Anna weinte wieder, zu schmerzhaft war die Erinnerung. Dann sprach sie weiter: »Vater, Lewek und all die anderen wurden ermordet.« Mehr konnte Anna im Moment nicht sagen. Dass Anna überlebt hatte, war Zufall. Einem der Lageraufseher gefiel ihr Gesang. So kam es, dass sie ihm jeden Tag vorsingen musste. Anna war ausgebildete Sängerin und hatte vor dem Krieg Gesangsunterricht gegeben.

Auch Adam schwieg. Er war mit der ganzen Situation sichtlich überfordert.

»Gehen wir ins Haus! Kaffee und Kuchen tun jetzt gut.«

Im Wohnzimmer hatten die Kinder schon alles vorbereitet. Alle saßen um den Tisch und warteten geduldig.

»Kinder, ihr könnt anfangen.«

Eines der Mädchen schenkte Kaffee und Kakao ein, ein anderes schnitt den Kuchen an und servierte ihn.

»Wie hat Adam das alles überlebt?«, fragte ich Anna.

»Mein Mann Jakob hatte ihn unter einer Bodenklappe versteckt. Er hatte genug zu essen und zu trinken, um zu überleben. Als die Nazis die Häuser anzündeten, dachte ich, jetzt würde auch er sterben.«

Adam sah seine Mutter an und nahm ihre Hand. »Mama! Ich lasse dich nie wieder allein.«

»Im Moment kannst du noch nicht mitkommen. Wir brauchen erst einen Pass, dann komme ich dich holen.«

»Versprochen, Mama?«

»Versprochen, mein Sohn!«

Gerade als sie das gesagt hatte, ging die Tür auf. Sarah Klein stürmte ins Zimmer. Sie hielt einen Umschlag in der Hand und war ganz aufgeregt.

»Gott sei Dank, Sie sind noch da! Ich habe etwas für Sie, Frau Widawski.«

»Für mich?«

»Ja! Adams Ausreisegenehmigung und sein neuer Pass.«

Anna wusste nicht, was sie sagen sollte. Sie umarmte Sarah.

»Danke!«

»Schon gut, das haben wir Doktor Stöckli zu verdanken.«

»Dann darf ich heute mitkommen?«

»Ja, mein Sohn!«

Man sah den beiden an, wie sehr sie sich freuten. Die anderen Kinder waren nicht so begeistert. Sie waren mit der Zeit zu einer Familie zusammengewachsen, und nun verloren sie ein Stück davon. Natürlich freuten sie sich auch, aber innerlich weinten sie um ihren Adam.

»Aber ihr bleibt doch über Nacht hier! Georg kann euch morgen fahren.«

»Ja, gerne! Dann kann sich Adam auch von seinen Freunden verabschieden.«

»Ja! Hier fehlt noch ein wichtiger. Herschel kommt bestimmt bald.«

»Ich muss noch dem Taxi sagen, dass es fahren kann.«

»Ich könnte morgen beide mitnehmen, ich muss nach Freiburg«, warf Sarah Klein ein.

Das kam Anna Widawski sehr gelegen. »Gerne! Wir müssen auch nach Freiburg. Ich wohne dort vorübergehend in einer Unterkunft für Juden.«

»Sarah, dann kannst du auch bei uns übernachten! Platz ist genug, und Hans wird sich freuen, euch zu sehen.«

»Gerne, Hannah.«

Wir Erwachsenen saßen im Wohnzimmer und tranken Tee, als Hans mit Herschel nach Hause kam.

»Guten Abend zusammen! Sarah, wie schön, dass du da bist! Und du bist auch in Begleitung gekommen, wie ich sehe.«

»Guten Abend, Hans! Nein, ich bin allein gekommen, aber das ist Frau Widawski, die Mutter von Adam!«

»Guten Abend! Da hat sich Adam aber gefreut!«

»Schalom, Herr Mangold. Ja, er hat sich sehr gefreut und ich mich auch. Ich möchte mich auch bei Ihnen bedanken.« Dann wandte sie sich an den Jüngeren: »Du musst Herschel sein.«

»Ja, das bin ich. Shalom!«

»Ich habe dir auch so viel zu verdanken! Ohne dich wäre Adam nicht mehr am Leben.«

»Sie brauchen mir nicht zu danken. Wir haben uns gut ergänzt. Was ich nicht konnte, konnte er, und darin ist er bis heute sehr gut.«

Anna konnte nicht anders, sie umarmte Herschel und gab ihm einen Kuss auf die Wange. (Mir kommen heute noch die Tränen, wenn ich an diesen emotionalen Moment zurückdenke). Wir amüsierten uns noch ein wenig, aßen zusammen und tranken. Der eine vielleicht ein bisschen zu viel, aber es war ein Abend zum Feiern.

Ein neuer Morgen, ein neuer Tag. War er ein besserer? Was würde er bringen? Anna wusste es nicht! Sie stand mir zitternd gegenüber. War sie bereit? Adam war es. Er stand mit einem gepackten Koffer auf dem unteren Treppenabsatz und sah uns an.

»Wo sind die anderen?«, fragte er ungeduldig.

»Die kommen gleich. Herschel hat eine Überraschung für dich.«

»Da sind sie«, sagte er und deutete in Richtung Park.

»Gut, dass ihr noch da seid«, rief Herschel.

»Würde ich gehen, ohne mich zu verabschieden? Bruder, du darfst mich nie vergessen - und ihr auch nicht.«

»Ich könnte dich nie vergessen, kleiner Bruder.« Herschel drückte Adam an sich und konnte seine Tränen nicht verbergen. Die anderen Kinder weinten auch. Auch mir kamen die Tränen. (Oh G-tt, was für ein Abschied!)

»Bleibt stark, Kinder!«

Herschel gab Adam einen zusammengerollten Zettel. Dann sagte er leise: »Öffne es!«

Adam zog an der Schnalle. Es war ein Foto. Wann zum Teufel hatten sie das machen lassen? Es musste über Nacht geschehen sein.

Adam musste lächeln. Dann lachte er und alle um ihn herum lachten mit.

»Wie ihr ausseht! Danke, so werde ich euch nie vergessen.«

»So wirst du uns auch nie vergessen!«

»Adam! Es wird Zeit, wir haben noch einen weiten Weg vor uns.«

»Ja, Imma! Ich verabschiede mich noch von allen und dann gehen wir.«

Adam schüttelte jedem die Hand, dann war ich an der Reihe.

»Tschüss, Adam, und pass auf deine Imma auf.«

»Mach ich, Hannah! Shalom! Ich werde euch alle vermissen.«

Dann stiegen sie in Sarahs Auto und fuhren los. Ich konnte sehen, wie die Jungs und Olga Tränen in den Augen hatten.

»Kommt, Kinder, gehen wir ins Haus. Frau Krähling macht uns Tee. Es gibt bestimmt noch Kuchen. Außerdem: Der Architekt hat angerufen und gesagt, dass er morgen vorbeikommen will.«

»Hannah, darf ich dabei sein?«

»Natürlich, Herschel!«

Mein Vater kam gerade die Treppe herunter und suchte mich. »Liebes, kann Georg mich zur Synagoge fahren?«

»Natürlich, Vater! Ich sage ihm Bescheid.«

»Danke, Hannah, ich warte vor dem Haus.«

Eines der Mädchen hatte bereits den Tisch gedeckt und Tee gekocht. Sie schnitt den Marmorkuchen an und stellte ihn in die Mitte des Tisches. Als sie sah, dass wir alle ins Wohnzimmer kamen, lächelte sie zufrieden und holte den Tee.

»Kinder, genießt den Tee und den Kuchen, ich gehe Samuel füttern.«

Die Kinder lächelten und ich kümmerte mich um Samuel.

Später spielten wir noch ein wenig im Park, das Wetter war immer noch so schön. Mir wurden die Augen verbunden und ich musste die Kinder fangen. Als alle genug hatten und auch Hans nach Hause kam, gab es Abendessen. Die Jüngeren gingen bald schlafen; wir unterhielten uns noch bis spät mit Herschel im Salon und gingen dann auch zu Bett.

Ein neuer Morgen brach an. Nur regnete es in Strömen. Ich hatte keine Lust aufzustehen, aber heute sollte der Architekt kommen. Ich musste vorher noch ein paar Dinge erledigen.

Hans war schon im Büro, er hatte eine wichtige Besprechung mit einem sehr reichen Juden. Solche Termine hatte er jetzt oft. Samuel schlief noch, als ich nach ihm sah, und ich beschloss, ihn noch etwas schlafen zu lassen. Nach dem Frühstück war auch noch Zeit, und der Architekt wollte auch nicht vor Mittag kommen.

Also frühstückte ich erst einmal, die Jungs und Olga waren bestimmt schon wach.

»Guten Morgen, Kinder!«, rief ich fröhlich in die Runde.

»Guten Morgen, Hannah!«, ertönte es aus allen Ecken des Salons.

»Wollen wir frühstücken?«

»Ja, Hannah, wir haben schon auf dich gewartet.«

»Jetzt bin ich da! Habt ihr gut geschlafen?«

»Gut«, sagte Herschel. »Ich vermisse Adam.«

»Ich weiß, aber er ist nicht von dieser Welt, und ihr könnt euch ja besuchen.«

»Meinst du?«

»Klar! Wenn er und seine Mutter eine Wohnung haben.«

»Er wird uns doch nicht vergessen!«

»Bestimmt nicht, Olga. Herschel, ich muss nach dem Frühstück mit dir reden.«

»Gut. Ich muss am Nachmittag zu Martin Hornmann.«

»Gut. Der Architekt kommt mittags.«

Vater kam. »Schalom, meine Liebe. Ich reise heute noch ab. Mein Flug geht um zwölf.«

»Hallo, Vater, es gibt noch Frühstück im Wohnzimmer. Dann sage ich Georg Bescheid, dass er dich fahren soll.« Ich umarmte ihn und gab ihm einen Kuss auf die Wange. Vater ging frühstücken und ich sprach mit Herschel. »Herschel, wenn der Architekt kommt, möchte ich, dass du ihm ein wenig hilfst.«

»Sehr gerne, Hannah!«

»Die Jüngeren können Fußball spielen. Es ist besser, wenn nur wir mit ihm durch das Haus gehen. Wer weiß, ob das Haus überhaupt noch renoviert werden kann.«

»Ich glaube schon, Hannah, es ist noch in Ordnung.«

Es war Mittag, mein Vater verließ uns, und ich wartete auf den Architekten. Eines der Mädchen kam. »Frau Mangold, da kommt ein Wagen.«

»Danke, Marie, ich gehe. Holst du bitte Herschel?«

»Ja, Frau Mangold.« Ich ging vor das Haus und wartete auf den Wagen. Es war der Architekt Lehmann mit seinem Gehilfen. Als beide ausgestiegen waren, begrüßte ich sie.

»Guten Tag, die Herren!«

»Guten Tag! Sie müssen Frau Mangold sein.«

»In der Tat, das bin ich.«

»Mein Name ist Bernhard Lehmann und das ist mein Assistent Peter.«

»Freut mich, Sie kennen zu lernen.«

»Die Freude ist ganz auf meiner Seite, liebe Frau Mangold.«

»Wir müssen noch einen Moment warten, mein Ziehsohn kommt gleich.«

»Wir haben Zeit. Ist das das Objekt dort drüben?«

»Ja, dieses Schmuckstück soll zu einem Kinder- und Jugendhaus umgebaut werden.«

Die beiden tuschelten miteinander. Dann sagte Herr Lehmann: »Das klingt interessant!«

Als Herschel zu uns kam, machten wir uns auf den Weg.

Vor dem Gärtnerhaus blieben wir stehen. Herr Lehmann begutachtete die Fassade, sein Gehilfe Peter nahm Proben und untersuchte die Risse.

»Das sieht alles sehr gut aus! Nur die Fassade müsste renoviert werden«.

»Sehr schön, Herr Lehmann, aber jetzt kommt es darauf an, wie es innen aussieht.« Ich öffnete die Tür, und als ich sie aufstieß, knarrte sie wie ein altes Bollwerk. Ich war überrascht: innen war es sauber! Wer hatte hier geputzt, und warum hatte ich nichts davon gewusst? Herschel grinste, als ich ihn ansah.

»Wir wollten dir eine Überraschung bereiten!«

»Das ist euch gelungen, das ist so lieb von euch!« Ich war sichtlich gerührt.

Herr Lehmann und sein Gehilfe machten sich sofort an die Arbeit. Sie gingen durch jeden Raum und untersuchten den Putz, die Balken und die Dielen. Nach 20 Minuten kamen sie zu uns zurück.

»Wie sieht es aus, Herr Lehmann?«

»Gar nicht schlecht, Frau Mangold, wir brauchen keine Kernsanierung.«

»Gut! Was heißt das jetzt?«

»Ich werde die Pläne erstellen und auch ein paar Skizzen machen. So können Sie sehen, wie es am Ende aussehen soll.«

»Das ist sehr nett von Ihnen. Machen Sie alles fertig, dann komme ich in Ihr Büro, um die Pläne abzunehmen und die Verträge zu unterschreiben.«

»Das ist sehr nett, Frau Mangold, aber die Verträge muss Ihr Mann unterschreiben.«

»Warum?«, wollte ich wissen.

»Weil Frauen in der Schweiz keine Verträge unterschreiben dürfen. Sonst würde ich mich strafbar machen«.

Etwas genervt sagte ich: »Gut, dann unterschreibt mein Mann.«

»Gerne, und entschuldigen Sie die Sache mit der Unterschrift. Ich bin für Reformen, wenn es um Frauenrechte geht.«

»Ich verstehe. Rufen Sie uns an, um einen Termin zu vereinbaren. Mein Mann wird dann kommen.«

»Gerne, vielen Dank!« Herr Lehmann schüttelte mir die Hand und verabschiedete sich.

»Das sind ja steinzeitliche Verhältnisse hier in der Schweiz.«

»Ja, Herschel, da hast du recht.«

»Trotzdem hast du das Sagen.«

»Das stimmt wohl. Ich rede später mit Hans.«

»Ich hole mir einen Saft. Willst du auch einen, Hannah?«

»Nein, geh nur, ich setze mich ein bisschen auf die Parkbank und studiere das Haus.«

»Das ist in Ordnung. Ich gehe später in die Stadt.«

»Mach das, aber komm nicht zu spät zurück.«

»Ich werde vor dem Abendessen zurück sein.«

Herschel ging und ich setzte mich auf die Parkbank. Das Wetter war herrlich, und ich hing meinen Gedanken nach.

Nach einer Weile kam ich wieder zu mir, ich fröstelte ein wenig. Ich sah Hans auf dem Treppenabsatz stehen. Ob er mich gerufen hat? Er winkte mir zu, ich winkte zurück. Ah, gut, er kam zu mir.

»Shalom, Liebling, genießt du die Sonne?«

»Hans, mein Liebster! Ja, ein bisschen, aber ich überlege gerade, wie das Haus aussehen soll.«

»Das machst du ganz toll, mein Schatz.«

»Ich bin etwas traurig. Ich darf keine Verträge unterschreiben.«

»Ja, leider, aber ich mache das für dich, und alles andere wirst du regeln.«

»So machen wir das, mein Lieber.« Ich küsste ihn und er nahm meine Hand. Gemeinsam gingen wir zur Villa, das Abendessen war bald fertig.

Hans sah sich um und war überrascht. »Liebling, ist dein Vater abgereist?«

»Ja, er ist heute am Vormittag nach Berlin geflogen. Er hat Mutter sicher schon vermisst.«

Wir gingen in den Salon, wo schon die Jugendlichen und das Abendessen warteten. Später gingen wir alle in den Park und genossen den Abend. Herschel und die anderen spielten Fangen, und Hans und ich saßen wie ein altes Ehepaar auf der Bank und sahen ihnen beim Spielen zu.

Nach einer Weile wurde mir kalt, und ich wollte ins Haus gehen. Der Kamin brannte schon, ich liebte diese Art von Wärme. Nach und nach kamen Hans und dann die Jungs. Olga hatte schon gute Nacht gesagt. Die Jungs tummelten sich noch ein wenig im Wohnzimmer, Hans trank Whisky und rauchte seine Zigarre. Ich trank Tee und amüsierte mich über die Jungs.

»So, Jungs, Zeit zum Schlafengehen. Schlaft gut!«

Die Jungs gingen zu Bett, Hans und ich tranken aus und folgten ihnen.

DAS JUGENDHAUS / DIE JAHRE DA-NACH

Drei Beamte vom Amtshaus hatten sich angekündigt, um die Baustelle zu besichtigen. Hans hatte einen Zuschuss in Aussicht gestellt. Als ob wir das nötig hätten! Sollen sie doch den Frauen mehr Rechte geben! (Zum Glück ist heute vieles besser als damals).

Herschel wirbelte auf der Baustelle herum. Ich musste allein zu ihm, Hans hatte noch einen Termin.

»Guten Morgen, Herschel, du arbeitest ja schon.«

»Guten Morgen, Hannah, ich konnte nicht schlafen.«

»Es sieht alles sehr gut aus!«

»Ja, aber es könnte besser sein. Ich bin nicht zufrieden.«

»Warum?«, fragte ich überrascht.

»Ich wünschte, die Zimmer oben wären schon fertig!«

»Wir sind schon sehr weit, also sei nicht so pessimistisch!«

»Ich will nur fertig werden. Oben ist noch ein Haufen Müll, der muss weg.«

»Gut! Soll ich dir helfen?«

»Nein! Die Jungs kommen gleich, und bis deine Herrschaften da sind, ist alles blitzblank. Olga will noch sauber machen.«

»Gut! Dann gehe ich mit Samuel in den Park.«

Ich nahm Samuel und ging mit ihm zu der kleinen Bank unter der alten Eiche. (Was hätte mir die alte Eiche wohl zu sagen gehabt, wenn sie sprechen könnte?)

Ich nickte ein. Eines der Mädchen weckte mich, als der Wagen mit den Herren vom Rathaus vorfuhr. Samuel schlief friedlich in seinem Kinderwagen und ich auf der Bank. Schnell strich ich mir durch die Haare, rückte den Hut zurecht und lief zum Haus. Von dort winkte ich den Herren freundlich zu.

Mein G-tt, sehen die grimmig aus, dachte ich.

Herschel kam mir zu Hilfe. »Alles wird gut und ihr werdet euer Zuhause haben.«

»Natürlich, Hannah!«

Als die Herren endlich bei uns ankamen, sagte einer von dreien: »Guten Morgen, Sie sind Frau Mangold?«

»Guten Morgen, die Herren, und ja, das bin ich.«

Einer der Herren deutete auf das kleine Gärtnerhäuschen und fragte. »Geht es um dieses Häuschen?«

»Ja!«

»Gut! Meine Kollegen und ich werden es uns erst einmal von außen ansehen, später dann von innen.«

»Sehr gerne, meine Herren!«

Es dauerte fast eine Stunde, bis die drei wieder bei mir waren. Ich hatte mich mit Herschel auf die Bank bei der alten Eiche gesetzt. Frau Krähling hatte Samuel abgeholt, sie wollte mit ihm ein Stück spazieren gehen.

»So, Frau Mangold, das sieht alles sehr schön aus.«

Ich war überrascht und sagte schnell: »Finden Sie?«

Grimmig antwortete er: »Glauben Sie, ich mache Witze?«

»Natürlich nicht, aber darf ich Ihnen Kaffee und Gebäck anbieten?«

»Nein! Wir haben nicht viel Zeit«. Einer der Herren sah den anderen irritiert an, dann gaben sie mir die Hand und gingen.

Herschel hatten sie gar nicht bemerkt.

»Komische Beamte!«

»Schweizer eben!«

Ich musste lachen, als Herschel das sagte, denn ich hatte das Gleiche gedacht. »Dann bekommen wir in den nächsten Wochen die Beglaubigung?«

»So sieht es aus, Hannah!«

»Lass uns reingehen, ich brauche einen Kaffee.«

Später kam Hans nach Hause, er war gespannt, was der Termin ergeben hatte. Ich saß mit Herschel im Wohnzimmer und wir unterhielten uns.

»Guten Abend zusammen!«

»Guten Abend, mein Lieber!«

Herschel winkte ihm müde zu. Er war müde und wollte schlafen gehen. »Gute Nacht zusammen!«

»Gute Nacht, Herschel!«

Als er gegangen war, setzte sich Hans zu mir und gab mir einen Kuss. »Wie war der Termin heute?«

»Schrecklich!«

»Warum?«

»Sie waren so unhöflich!«

»Sie waren nicht unhöflich, sie waren Schweizer!«

»In Basel waren die Leute nicht so, die waren weltoffen und nett.«

»Ist doch egal, Liebling, wir kriegen, was wir wollen.«

»Du hast wie immer recht, mein Schatz.«

»Was gibt es zum Abendessen?«

»Lisa hat einen Auflauf gemacht. Ich sage ihr, sie soll dir etwas aufwärmen.«

»Danke. Ich gehe jetzt unter die Dusche. Kommst du mit?«

»Du kleiner Schelm!«, antwortete ich.

»Ich dachte, Samuel könnte einen Bruder gebrauchen.«

»Wenn schon ein Kind, dann ein Schwesterchen!« (Leider war es uns nicht vergönnt, Samuel bekam keine Geschwister mehr.) Hans ging duschen, ich in die Küche. Natürlich hätte ich eines der Mädchen holen können, aber ich war nie eine richtige Dame und machte vieles selbst.

Als Hans geduscht hatte, kam er zu mir in den Salon. Er aß, und ich saß auf dem Sofa und beobachtete ihn.

»Sagst du nichts, Liebling?«

»Was möchtest du hören?«

»Wir reden über den Tag.«

»Haben wir das nicht schon getan? Entschuldige bitte. Glaubst du, dass Herschel die Erlaubnis bekommt? Er macht sich schon große Hoffnungen.«

»Ich denke schon. Martin wird sich darum kümmern und er will Herschel unbedingt unterstützen.«

»Das ist sehr nett von ihm.«

»Ja, mein Schatz. Aber jetzt ist es Zeit, ins Bett zu gehen. Ich muss morgen früh raus und du hast auch noch viel zu tun.«

So gingen wir zu Bett und schliefen bald ein. Die wilden Nächte ließen langsam nach.

Schon nach einem Monat konnten wir das Jugendhaus einweihen. Es war so schön geworden, die Kinder liebten es. Eine Delegation der Stadt kam, bestehend aus dem Vertreter des Stadtpräsidenten und zwei der Herren, die unser Häuschen vorher begutachtet hatten. Auch zwei Geistliche der jüdischen Gemeinde und viele wohlhabende Juden kamen. Natürlich war der gesamte Stiftungsrat anwesend, sogar Herr Rosenbaum war aus Israel angereist. Hans und Martin waren zufrieden mit dem, was ich geschaffen hatte, und ich war stolz auf das, was ich als einfache Jüdin erreicht hatte. Die Kinder bezogen ihre Zimmer, fünf weitere Waisenkinder kamen hinzu. Es fehlte noch zusätzliches Personal.

Das Fest dauerte zwei Tage, und am Ende des zweiten Tages war ich erschöpft. Ich wollte nur noch meine Ruhe haben. Ich machte noch schnell die Bewerbungsgespräche für zusätzliches Personal. Dann ging ich und legte mich erschöpft auf das Sofa, bis mich Hans weckte. Er wollte sich verabschieden, seine Reise nach Genf stand an.

Sie sollte fünf Tage dauern, aber ich war nicht allein. Herschel war da und die Mitarbeiter. Auch wenn Herschel immer öfter abwesend war, blieb er doch bei uns. Als er seine Aufenthaltsgenehmigung und eine Aufenthaltsgestattung bekam, konnte er endlich seine Lehre beginnen. Er war einer der Besten in seiner Klasse. Das wunderte mich nicht, denn er arbeitete auch wie ein Pferd. Martin war stolz auf ihn, denn er war sein Mentor, und Herschel wollte ihm nacheifern.

Es tat mir sehr weh, als er einige Monate später zu mir kam und mir mitteilte, dass er uns verlassen würde. Man hatte ihm eine kleine Wohnung in der Nähe seines Arbeitsplatzes angeboten. Natürlich konnte ich ihm nicht böse sein. Er war 18 und bereit für die große Welt. Wir sahen uns regelmäßig, gingen zusammen in die Synagoge.

Martin sorgte dafür, dass er seine Ausbildung mit Bestnoten abschloss. Zuerst arbeitete er als Gehilfe bei Martin, später machte er sein Anwaltsexamen und wurde Partner in Martins Kanzlei.

Eines Tages rief mich Herschel an. Er erzählte mir, dass er eine junge Frau kennen gelernt habe und sie mir vorstellen wolle. Ich war gerührt und sagte zu. Als er dann mit ihr zu mir kam, war ich erstaunt, was für ein hübsches Mädchen er mitgebracht hatte. Sie war Jüdin, hübsch und sehr wohlhabend. Sie tranken mit Hans und mir Kaffee und erzählten, dass sie bald heiraten wollten. Ihre Eltern waren Rechtsanwälte in Tel Aviv. Sie hatten eine eigene Kanzlei, und es lief anscheinend sehr gut.

Es war ein wunderbarer Nachmittag, der mit einem großen Abendessen endete. Als Herschel und Tara uns an diesem Abend verließen, waren alle glücklich. Wir gaben ihnen unseren Segen und planten die Zeremonie. (Herschel betrachtete uns als seine Eltern, er hatte nie etwas über den Verbleib seiner leiblichen Eltern erfahren). Drei Jungs, darunter auch Leonard fanden endlich ihre Eltern oder Verwandte wieder und als sie uns auch noch verließen, war ich traurig. Doch ich freute mich für jeden von ihnen.

Einige Monate später heirateten die beiden in der Synagoge in Zürich. Was für ein Fest, pompös und gewaltig! Taras Eltern hatten das ganze Fest bezahlt. Nach dem Fest flittern sie nach Israel, bleiben einen Monat. Wie gern wäre ich mitgegangen, aber sie brauchten keinen Aufpasser mehr.

Das Leben musste weitergehen, und es ging weiter. Neue Jugendliche kamen aus Deutschland. Sie hatten gehört, dass unser Heim eines der besten sei, und ich war überrascht, wie schnell sich das herumsprach. Ich konnte zu niemandem Nein sagen, der bei uns anklopfte.

In mir reifte eine Idee. Ich wollte ein Netzwerk schaffen. Je mehr Heime sich austauschen, desto mehr kann geholfen werden. Da die Technik damals noch nicht so weit war wie heute, ging es etwas langsamer als mir lieb war. Statt E-Mails gab es Briefe und Telefonate. Aber nach und nach bauten wir das Netzwerk aus. Ich ging weniger in unsere Firma und widmete mich mehr unserer Stiftung. (Heute gibt es in der Schweiz nur noch ein liberales jüdisches Kinderheim. Das **Wartheim in Heiden** ist erwähnenswert).

Samuel wurde ein wunderbarer Junge. Ich war gerne mit ihm zusammen, er war klug und gelehrig. Ich erinnere mich noch gut an seine Einschulung. Hans und ich waren aufgeregt, aber Samuel war ruhig. Er wollte lernen und war immer sehr gut in der Schule. Leider konnte er die gemischte Schule nicht ertragen. Er wollte in eine rein jüdische Schule, aber die gab es damals in Zürich noch nicht.

(Heute gibt es einige sehr gute jüdische Schulen in der Schweiz, eine davon ist die NOAM in Zürich. Wenn Sie Zeit und Lust haben, besuchen Sie doch einmal die Website der NOAM. Wie viele jüdische Einrichtungen funktioniert auch diese nur durch Spenden und Sponsoren. Wenn Sie etwas Geld übrig haben und nichts gegen uns Juden haben, dann spenden Sie doch. Es ist gut angelegt und die Kinder werden es Ihnen danken).

Hans machte sich Sorgen und schlug vor, dass Samuel auf ein jüdisches Internat gehen sollte. Zuerst fand ich die Idee gut, aber als wir hörten, dass es ein solches Internat nur in der Nähe von Tel Aviv gab, war ich verunsichert.

Samuel gefiel die Idee so gut, dass wir zustimmten. Ab dem Sommer besuchte er das Mosenson-Internat in Tel Aviv. Dort verbrachte er 10 Jahre bis zum Abitur. Zwischendurch kam er immer wieder nach Hause und wir haben diese Zeit sehr genossen. Wir feierten seine Geburtstage und natürlich seine Bar Mitzwa, aber auch die traurigen Anlässe mussten wir gemeinsam durchstehen.

Als mein Vater krank wurde und kurz darauf starb, brach für mich eine Welt zusammen. Samuel kam ohne Vorankündigung in die Schweiz zurück, um mir beizustehen. Er hatte bereits alle Diplome in der Tasche und konnte seine Banklehre in der Schweiz machen.

Gemeinsam flogen wir nach Berlin zur Beerdigung. Vater wurde auf dem jüdischen Friedhof in Weißensee begraben. Er hatte diesen Ort geliebt und war zuletzt oft dort gewesen. Offenbar hatte er geahnt, dass er bald sterben würde. Mutter zerbrach daran und starb wenige Monate später. Sie hatte ihn zu sehr geliebt. Es war eine schreckliche Zeit für uns alle, und wir trauerten sehr. (Ich kann das verstehen, mir ging es auch nicht besser, als Hans starb).

Adam übernahm die Wohnung, aber als die Ausländerfeindlichkeit und der Antisemitismus immer schlimmer wurden, beschlossen Adam und seine Familie, Deutschland zu verlassen. Sie begannen ein neues Leben in Tel Aviv. Er arbeitete in einer Bank, Rosa stundenweise in einer Bäckerei und zog nebenbei zwei weitere Jungen groß. Später konnte Rosa die Bäckerei übernehmen und führte sie gemeinsam mit Adam.

Ari studierte Architektur und erhielt zahlreiche Auszeichnungen. Er lebte abwechselnd in den Ländern, in denen gerade eines seiner Gebäude gebaut wurde. Lange Zeit hatte er keine Frau, damals dachte ich, er sei homosexuell. Das ist nichts Schlimmes, das gibt es auch bei uns Juden, und das ist auch gut so. Bei Aaron, meinem Enkel, habe ich so einen Verdacht, aber ich werde ihn nicht ansprechen. Er soll sich selbst offenbaren. Ich hoffe nur, dass sein Vater ihn trotzdem liebt (mit einem Augenzwinkern).

Ari fand schließlich eine wunderbare Frau, eine Christin, aber Beate wurde von uns nie dafür angefeindet. Sie bekamen zwei Töchter (Olga und Samira) und lebten später in der Schweiz. Ariel hatte sich eine Villa am Zugersee gekauft. Wir haben uns oft und gerne besucht.

Auch Samuel und Olga mochten einander. Wären sie nicht blutsverwandt gewesen, hätte er sich für sie und nicht für Rachel entschieden. Aber ich will nichts gegen Rachel sagen. Sie ist eine wunderbare Mutter und Frau. Samuel hat sie nie verdient, so wie er sie behandelt hat.

Hans merkte, dass es mir schlecht ging. Um mich aufzumuntern, beschloss er, mir eine Überraschung zu machen, denn unser Hochzeitstag stand vor der Tür. Ich war überrascht, als er mir sagte, dass wir nach Berlin fliegen würden. Ich solle nur schnell packen, dann gehe es los. Also packte ich, während Samuel arbeitete. Ich rief ihn an, um ihm zu sagen, dass wir gehen.

Als ich gepackt hatte, lud Georg alle Koffer in unser Auto und fuhr uns zum Flughafen. Wir checkten ein und flogen bald ab. Während des Fluges wollte ich wissen, warum wir nach Berlin fahren. Aber Hans konnte Geheimnisse gut für sich behalten.

Unser Flugzeug landete pünktlich, das Aussteigen ging schnell und unser Fahrer wartete vor dem Flughafen. Er brachte uns zu unserem Hotel. Während der Fahrt musste ich an Mama und Papa denken. Wie lange war ich schon nicht mehr hier in Berlin gewesen! Ich musste unbedingt zu ihrem Grab gehen.

Ich wusste nicht, ob es so einfach sein würde wie bei der Beerdigung meiner Eltern. Denn wir mussten die DDR-Grenze überqueren, um zum Friedhof zu kommen. Weißensee lag in der DDR. Aber als Westdeutsche hatte man es ja nicht so schwer, und man hatte ja auch Gründe, die man vorbringen konnte.

Hans riss mich aus meinen Gedanken. Wir waren im Hotel am Zoo angekommen. Wie hatte ich mich gefreut, in unserem Verlobungshotel aussteigen zu können! Der Wagenmeister half uns beim Aussteigen. Einer der Pagen kam, um unsere Koffer zu holen. Wir gingen hinein und Hans zur Rezeption. Wir wurden immer sehr freundlich empfangen und ich fühlte mich immer willkommen.

Wir hatten das gleiche Zimmer wie damals. Nur die Aussicht hatte sich verändert. Aus den Trümmern des Krieges war ein Wohnblock mit Ladenpassage geworden.

»Schatz, heute gehen wir essen. Wir treffen uns mit ein paar Leuten.«

»Gut. Sagst du mir auch, mit wem?« Ich war so neugierig.

»Das wirst du schon sehen!« Das war alles, was ich als Antwort bekam.

Ich sagte nicht viel und ging meine Koffer auspacken. Hans durfte seine Koffer selber auspacken. Ich war immer unzufrieden, wenn es um Überraschungen ging. Hans war es egal. Er neckte mich noch mehr.

Am Abend war es endlich soweit. Unser Fahrer holte uns ab; ich zitterte vor Aufregung.

Der Wagen hielt am Haupteingang und der Fahrer half mir beim Einsteigen.

Als wir saßen, fragte mich Hans: »Schatz, warum zitterst du so?«

»Ich bin nervös! Lass mich oder sag mir, was du vorhast!«

Hans lächelt mich an und küsst mich. »Schatz, es ist eine Überraschung und eine schöne. Also sei ganz ruhig und freu dich.«

Ich nickte und kaute an meinen Fingernägeln. Ganze 20 Minuten fuhren wir, bis wir endlich dort waren, wo die Überraschung auf uns wartete. Wir hatten sogar die Grenze zur DDR überquert. Der Grenzbeamte hatte nach den Papieren gefragt, aber der Fahrer hatte ihm nur ein einziges Dokument ausgehändigt. Der Grenzbeamte las es, gab es zurück und ließ uns weiterfahren. Das kam mir merkwürdig vor.

Ich hasste die DDR, ich hatte Angst. Aber ich erkannte die Straße und die Häuser wieder. Wir waren in unserer geliebten Levetzowstraße, da stand unser altes Haus mit Laden und Werkstatt. Mein Gesicht begann zu lächeln. Aus Trauer wurde Freude. Bei Adonai, ich war glücklich!

Der Kutscher hielt vor dem Haus. Der Laden war leer, und in meinem Kopf begannen die wildesten Spinnereien zu reifen. Wir stiegen aus, Hans nahm meine Hand, sagte leise: »Komm« und lächelte mich an.

»Was ist denn hier los?«, wollte ich wissen.

Er zog mich zum Laden. Dort ging das Licht an. Ich erschrak, sah Gestalten. Wer war das? Hans nahm die Türklinke und drückte sie nach unten, um die Tür zu öffnen. Wir traten ein und da sah ich sie. Aus den unbestimmten Gestalten wurden Eliam und Chajm. Mein Herz klopfte. Waren sie alt geworden!

Eliam lächelte mich an. Ich hob die Hände und rief ihre Namen: »Eliam! Chajm! Was macht ihr hier?«

»Hannah! Wir wollten dich überraschen. Also: Überraschung!«

Dann ergriff Hans das Wort: »Liebes, heute ist unser Hochzeitstag und ich nehme diesen Tag zum Anlass, dir dieses wunderschöne Vorderhaus zu schenken. Deine Familie hat hier im Haus und im Laden gewohnt, deshalb dachte ich, es würde dir gefallen.«

Ich konnte nichts sagen. Ich dachte immer, das Haus sei abgerissen worden. Die DDR hat es mit solchen alten Gebäuden nie so genau genommen. Denken Sie nur an unsere geliebte Levetzow-Synagoge an der Ecke Jagowstraße. Die hat die DDR 1955 abreißen lassen, obwohl sie leicht hätte saniert werden können. (Das ist einer der Gründe, warum ich die DDR nie leiden konnte. Vor allem hat das DDR-Regime das mit fast allen jüdischen Gebäuden gemacht. Sie wurden nicht restauriert, sondern verfielen oder wurden einfach abgerissen).

»Wie hast du es geschafft, das Haus zu kaufen? Das ist doch in der DDR unmöglich!«

»Ich weiß, aber es ist nicht unmöglich, meine Liebe. Beziehungen und viel Geld!«

Ich küsste Hans und sah aus dem Augenwinkel, wie ein Auto vorfuhr. Drei Männer in Lederjacken stiegen aus.

»Was wollen die von uns?«

»Keine Angst, das sind nur die Herren von der Staatssicherheit.«

»Hans, ich habe Angst!«

Zwei der Herren kamen zu uns in den Laden und begrüßten Hans. »Mein Lieber, darf ich dir die Herren Marklein und Bauchitsch vorstellen. Ihnen haben wir es zu verdanken, dass wir jetzt dieses Haus besitzen.«

Ich lächelte die beiden Herren an und bedankte mich artig. Mehr wollte ich mit der Stasi nicht zu tun haben. Die Stasi war für mich so etwas wie die SS im Nazi-Regime. (**Spitzel, Folter und Mord**!)

Später gingen wir mit Eliam und Chajm in ein schickes Restaurant in West-Berlin. Ich musste erst mal einen Schnaps trinken, das Ganze hatte mich ganz schön mitgenommen. Aber es war trotzdem ein schöner Abend mit unseren lieben Freunden. Erst Jahre später erfuhr ich, dass Hans für das Vorderhaus zwei Millionen Franken bezahlt hatte. Nur um mir eine Freude zu machen! Hätte ich das damals gewusst, hätte ich dem Kauf nie zugestimmt. (Gut, heute wirft das Haus eine schöne Rendite ab und wir können alle gut davon leben).

Eine meiner ersten Handlungen im Vorderhaus war, einer Familie zu kündigen. Sie wohnte in unserer alten Wohnung. Der Sohn Robert hatte ein Hakenkreuz an die Fassade des Nachbarhauses geschmiert. Ich meine das Hakenkreuz und nicht die Swastika (ein Kreuz mit vier etwa gleich langen, gleichmäßig abgewinkelten Armen), wie seine Mutter großspurig behauptete. Ich meldete es der Stasi, und kurz darauf war die Wohnung leer. Ich weiß, ich bin ein böses Mädchen. Die Wohnung ist bis heute leer, aber nicht unbewohnt, denn die Erinnerungen leben in ihr weiter.

(Als ich damals zum ersten Mal wieder in die leere Wohnung kam, spürte ich die Vergangenheit, als wäre sie gegenwärtig. Ich sah alles vor mir, als wäre es gerade geschehen. Ich sah die Familie, meine Familie, wie wir von den Nazis abgeholt wurden. Aber ich sah auch glückliche Dinge, wie meinen letzten Geburtstag in Friedenszeiten).

Vor der Wende stand auch der Laden leer. Ich wollte ihn um keinen Preis vermieten, schon gar nicht wegen seiner kleinen Geheimnisse im Keller. Nach der Wende habe ich ihn an einen lieben Vietnamesen vermietet. Er hatte einen kleinen Lebensmittelladen und schickte mir oft leckere Sachen. Als er wegzog, wurde alles umgebaut. Jetzt konnten Büros oder Praxen einziehen. In den letzten Jahren ist ein Zahnarzt eingezogen und um die Ecke eine Kneipe.

Da Hans so gute Beziehungen zur Stasi hatte, konnten wir auch die Stelle besichtigen, an der sich einst unser Versteck befand. Von den alten Tunneln waren noch Reste zu sehen. Eliam hatte damals ganze Arbeit geleistet. Von nun an ließ ich dort jeden Monat einen Blumenstrauß niederlegen.

Natürlich haben Hans und ich auch meine Eltern auf dem Friedhof in Weißensee besucht. Es war sehr bewegend, ich musste weinen. Hans hielt meine Hand und sagte nichts. Das Grab war ordentlich, der Gärtner hatte sehr gute Arbeit geleistet. Ich habe Blumen auf das Grab gelegt und als ich nicht mehr konnte, sind wir gegangen.

Wir blieben noch ein paar Tage in Berlin. Doch der Tag unserer Rückkehr nach Zürich endete für mich in einer Katastrophe. Samuel verkündete freudestrahlend, dass er nach Freiburg im Breisgau auswandern würde. Die dortige Gemeinde suchte einen jungen Hilfsrabbiner. Samuel erfüllte alle Voraussetzungen - abgeschlossenes Studium der Judaistik/Rabbinat, religiöse Ausbildung an einem Rabbinerseminar oder Studium an einer Talmudhochschule (Jeschiwa).

Ich fiel aus allen Wolken. In mir brach eine Welt zusammen. Hans merkte, wie sehr mich das beschäftigte. Er schlug mir vor, gemeinsam mit Samuel nach Freiburg zu gehen. Ich willigte ein, und auch Samuel hatte nichts dagegen. Aber Hans wollte außerhalb der Gemeinschaft leben. Für mich war das kein Problem. Ich konnte mich auch so in der Gemeinde engagieren. Das habe ich dann jahrelang gemacht und es hat mir immer Spaß gemacht.

Junge Gemeinde

(1976 – 2008)

BLICK AUF FREIBURG UM 1960, VOM STADTGARTEN AUS GESEHEN.
(DIE MANGOLDS ZOGEN 1976 NACH FREIBURG.)

UMZUG NACH FREIBURG

Natürlich ging so ein Umzug nicht von heute auf morgen. Hans musste erst ein neues Zuhause für uns finden, was ihm bemerkenswert schnell gelang - eine wunderschöne Villa in einem alten Stadtteil von Freiburg, teilweise auf einem Hügel gelegen, die Einfahrt mit einem schmiedeeisernen Tor gesichert. Die kleine Auffahrt zur Villa war von alten Linden gesäumt. Als Hans mir die Fotos zeigte, war ich sofort verliebt.

Auch Samuel musste sich entscheiden. Das tat er abends beim Essen. Ihm gefiel die Villa genauso gut wie uns. Jetzt mussten wir sie nur noch vor Ort besichtigen und Hans musste den Kaufvertrag unterschreiben. Wir planten die Reise für die kommende Woche. Ich freute mich, Freiburg war schon immer eine schöne Stadt gewesen.

Ich musste noch passende Kleidung kaufen. Ursula war genau die Richtige. Aber zuerst musste ich Hans überzeugen.

»Schatz, ich muss noch einkaufen gehen. Ich habe keine passende Kleidung für Freiburg.«

Er sah mich an und sagte: »Frauen und ihre Kleiderprobleme!«

»Ich muss schick aussehen und das geht nicht in alten Klamotten.«

»Mach nur, Liebes, und nimm Ursula mit.«

»Mach' ich, Liebster, ich rufe sie gleich an.«

Ich verabredete mich gleich für den nächsten Morgen mit ihr. Es gab zurzeit viele neue Boutiquen, die besucht werden wollten.

Am Abend schmiedeten Hans, Samuel und ich im kleinen Salon erste Pläne für Freiburg, und Samuel erzählte uns zum ersten Mal von Rachel. Er hatte sie in Tel Aviv kennen gelernt, sie war wie er im Internat, verließ es aber vor ihm. Ihr Vater wollte es so, wegen den Unruhen.

Wie sich später herausstellte, hatte er sich sofort in die schöne Rachel verliebt. Wir waren so stolz auf unseren Jungen.

Wir unterhielten uns noch lange und irgendwann waren wir so müde, dass wir ins Bett gingen.

Am nächsten Morgen frühstückte ich sehr früh, denn ich wollte mit Ursula durch die Geschäfte der Stadt gehen. Hans hatte mir am Abend genug Geld gegeben, um mir ein paar schöne Kleider zu kaufen.

Ich rief Ursula an und sagte ihr, dass ich sie abholen würde. Gesagt, getan! Georg fuhr mich zu Ursula. Dann sind wir direkt in die Innenstadt gefahren. Georg ließ uns aussteigen und fuhr nach Hause. Endlich wieder Zeit mit Ursula!

Nach gut fünf Stunden hatten wir alles zusammen. Wir machten die Bahnhofstrasse, den Rennweg und einige Boutiquen am Paradeplatz unsicher. Bevor wir nach Hause gingen, tranken wir noch einen Kaffee bei Sprüngli.

Danach rief Ursula ihren Chauffeur. Er brachte mich zu unserem Haus zurück. Hans war schon zu Hause und wartete in der Stube auf mich. Georg brachte alle Taschen in die Villa. Ich trug nur eine Tüte, es war ein besonderes Geschenk für Hans.

»Liebling, da bist du ja. Ich habe mir schon Sorgen gemacht!«

»Entschuldige, aber du weißt ja, wie das ist, wenn Frauen einkaufen.«

»Genau, deshalb bin ich ja nicht gekommen.«

»Ich habe ein kleines Geschenk für dich.« Ich gab es Hans, der große Augen machte, als er sah, was es war.

»Für mich? Wie nett von dir!«

Es war eine Krawattennadel mit einer Gravur auf der Rückseite, nichts Außergewöhnliches. Aber Hans liebte solche normalen Dinge. Was ihm gefiel, war die Gravur »**Für immer dein**« auf Hebräisch שלך לתמיד. Hans gab mir einen Kuss und steckte sich die Nadel in die Krawatte.

»Wollen wir zusammen Tee trinken?«

»Ja, gerne, Liebling!«

»Ich sage Marie Bescheid. Sollen wir auf die Terrasse gehen?«

»Sehr gerne!«

Ich ging schon mal vor und deckte den Tisch. Frau Krähling kam zu mir. Sie wollte mich sprechen.

»Möchten Sie mit uns Tee trinken? Dann können wir uns unterhalten.«

»Gerne, aber nur, wenn ich nicht störe.«

»Sie nicht!«

Als Hans mit Marie und dem Tee kam, setzten wir uns zusammen.

»Also, Frau Krähling, worüber wollten Sie mit mir sprechen?«

»Ich möchte hier kündigen.«

»Warum?«, fragte ich erstaunt. »Haben wir etwas getan, was Sie verärgert hat?«

»Nein, Sie drei sind mir wirklich ans Herz gewachsen. Aber ich bin nicht mehr die Jüngste und meine Kräfte lassen nach.«

»Was haben Sie denn vor?«

»Ich möchte an den Ort zurückkehren, an dem ich geboren wurde. Beuren ist wunderschön und dort möchte ich eines Tages sterben«.

»Dann ist es beschlossen. Wann wollen Sie hier weg?«

»Nächsten Monat, wenn es Ihnen recht ist.«

»Das ist es! Mein Mann und ich wollen Ihnen keine Steine in den Weg legen. Auch wenn wir es sehr bedauern.«

»Danke, und es tut mir sehr leid.«

»Schon gut, man muss tun, was man tun muss.«

Hans sagte nichts. Er war traurig über Frau Krählings Entscheidung, aber er akzeptierte sie. Sie war all die Jahre sehr zuverlässig gewesen und uns ans Herz gewachsen.

Später am Abend sprach ich das Thema noch einmal an. Aber Hans war so müde, dass er kaum antwortete. Auch ich schlief bald ein; zwischendurch wachte ich auf, als Samuel nach Hause kam.

Am nächsten Morgen saßen wir schon am Tisch und frühstückten. Samuel gesellte sich zu uns.

»Du warst letzte Nacht lange auf.«

»Willst du mich jetzt überwachen, Mama?«

»Nein, natürlich nicht, aber ich habe dich gehört.«

»Ich war mit ein paar Freunden etwas trinken.«

Ich merkte, wie Samuel ärgerlich wurde.

»Haben wir alles für die Reise?« Natürlich fragte ich nur, um die Wogen zu glätten.

»Ja, Liebes, ich glaube, wir haben alles zusammen. Schon übermorgen fahren wir nach Freiburg. Samu, hast du auch alles zusammen?«

»Natürlich, Vater! Ich muss gleich los, wir haben noch eine Besprechung in der Bank.«

»Geh nur, mein Sohn. Bist du zum Abendessen zurück?« Oh G-tt! Ich passe tatsächlich auf meinen Sohn auf.

»Ja, Mama, ich bin spätestens am Nachmittag zurück.«

»Ja, ich auch. Ich muss auch noch in die Firma. Soll ich dich mitnehmen, Sohn?«

»Gerne, Vater.«

Die Männer gingen und ich blieb zurück. Jetzt hatte ich Zeit zu packen, und ich wollte auch noch mein Büro aufräumen. Eine Nachfolgerin für Frau Krähling musste auch noch gefunden werden. Sie sollte sich auch um das Jugendhaus kümmern.

War das nicht zu viel für eine Person? Man musste sehen, vielleicht bekam die Neue ja Hilfe. Ich habe bei der Zeitung angerufen und eine Anzeige aufgegeben. Mal sehen, ob sich jemand meldet. Frau Krähling war ein Glücksfall.

Es klopfte an der Tür. Georg wollte mich sprechen. Ich hoffte, nicht aus demselben Grund wie Frau Krähling.

»Georg, kommen Sie rein. Was kann ich für Sie tun?«

»Gnädige Frau, ich muss Sie sprechen.«

Ich sah ihn fragend an: »Gut!«

»Wie Sie wissen, mag ich Frau Krähling sehr, und es würde mir leid tun, wenn sie gehen müsste.«

Oh, er sieht aus, als wolle er gehen, dachte ich, aber ich sagte zu ihm: »Ich weiß, dass Sie uns mit ihr verlassen wollen.«

»Genau, und ich hoffe, Sie und Ihre Familie sind mir nicht böse.«

»Natürlich nicht. Wir werden Sie beide sehr vermissen. Ihnen beiden alles Gute.«

»Danke, Madame, und ich habe einen Nachfolger für mich. Er ist sehr zuverlässig und diskret, genau wie ich.«

»Wirklich? Machen Sie einen Termin aus. Ich würde ihn gerne kennenlernen.«

»Sehr gerne, Madame.«

Ich war traurig, dass die beiden uns verlassen würden. Aber ich konnte es verstehen. Georg ging, ich erledigte meine Post und bald rief Marie zum Essen.

Am Nachmittag kam Samuel, leider nur kurz, wie er mir schnell mitteilte. Er müsse noch in die Synagoge, der Rabbiner habe noch einen Brief für ihn. Den müsse er dem Oberrabbiner in Freiburg geben. Samuel verabschiedete sich bis zum Abend und ich ruhte mich im Salon aus. Am nächsten Morgen hieß es packen. Ein Tag zum Packen war nicht viel. Ganze zwei Wochen wollten wir in Freiburg bleiben. Wenn ich an meine erste Reise nach Basel denke! Ich hatte nur einen Koffer, heute sind es vier.

Während ich noch döste, kam Hans von seiner Verabredung zurück.

»Liebling, bist du krank?«

»Nein. Kann ich mich nicht ausruhen, ohne schwach auszusehen?«

»Du schon, Liebes. Ich nehme einen Drink.«

»Ich muss mit dir reden.«

»Hast du etwas auf dem Herzen?«

»Nein. Georg wird uns mit Frau Krähling verlassen.«

»Heute gibt es nur schlechte Nachrichten und der Tag ist noch nicht zu Ende.«

»Aber Georg hat einen Nachfolger, den er uns vorstellen möchte.«

»Wenigstens etwas Gutes, meine Liebe. Wann kommt er?«

»Georg macht einen Termin mit ihm aus.«

»Isst Samu mit uns? Oh, ich habe ganz vergessen, dir zu sagen, dass Martin und Ursula zum Essen kommen.«

»Was?«, rief ich entsetzt. »Ich sitze hier und tue nichts, und du verschweigst mir, dass wir Besuch bekommen! Ich muss mich fertig machen!«

»Das habe ich vergessen. Wo ist meine Hannah, wie ich sie kennengelernt habe?«

»Die ist noch da, aber versteh doch: Ich will an deiner Seite glänzen und nicht nur funkeln.«

Hans lachte, als ich das sagte. Ich ging und küsste ihn, dann machte ich mich fertig. Hans sagte Frau Krähling, dass wir Gäste zum Essen erwarteten.

Nach einer Weile war ich fertig. Hans kam in unser Zimmer und bewunderte mich.

»Du bist so schön, meine liebe Hannah.«

»Danke, mein Schatz. Deine Komplimente klingen immer wie Liebeserklärungen.«

»Ja, mein Schatz. Bist du fertig? Die Gäste kommen gleich.«

»Geh schon mal vor, ich komme gleich nach.«

Hans ging, und ich machte mir noch schnell die Haare zurecht. Ursula war immer perfekt gestylt und ich wollte neben ihr nicht wie eine graue Maus aussehen.

Schließlich war ich mit meinem Aussehen zufrieden und ging nach unten. Genau in diesem Moment klingelte es an der Haustür. Die Hornmanns waren pünktlich wie immer.

»Lass mich, ich mache auf.«

»Guten Abend und herzlich willkommen!«

»Hannah, meine Liebe, danke für die Einladung. Schön, dass wir uns vor eurer Reise noch einmal sehen.«

»Kommt rein, es ist schon frisch.«

Ursula und Martin kamen und setzten sich.

»Wir haben die Stube hergerichtet, der Kamin brennt auch schon.«

»Was für ein Wetter heute, ganz schön frisch.«

»Ja, stimmt, es wird immer früher kühler.«

»Guten Abend, Hans, danke für die Einladung.«

»Guten Abend, Ursula, freut mich.«

»Setzt euch! Wer möchte zuerst etwas trinken?«

»Ich möchte einen Whisky. Und du, Liebes?«

»Nichts, wir trinken gleich Wein.«

»Gut, dann einen Whisky für Martin. Und du, Hans?«

»Ich trinke einen Gin.«

»Gut, kommt sofort.«

Zum Abendessen gab es Zürcher Geschnetzeltes (kurz gebratenes Kalbfleisch in Rahmsauce), Rösti und Salat. Jeder nahm noch ein Dessert und zum Schluss gab es Käse und Likör. Es war ein schöner Abend und es war wirklich nett, mit den beiden zusammen zu essen.

Danach sind wir noch in den kleinen Salon gegangen. Die beiden Männer rauchten. Wir Damen tranken Espresso und unterhielten uns über die Reise und Samuel. Gegen ein Uhr nachts gingen die beiden nach Hause und wir ins Bett.

Samuel kam erst im Morgengrauen nach Hause. Ich hasste es, aber ich musste es akzeptieren. Er war schon ein junger Mann und wusste genau, was er tat. Ich sollte mir weniger Sorgen machen.

In der Schweiz waren wir kaum in Gefahr. In Deutschland wäre das anders. Ist das der richtige Schritt? Sind wir damals nicht wegen der Gefahr aus Deutschland weggegangen? Ist sie denn gebannt? Aber um Samuel nahe zu sein, würde ich alles tun.

»Guten Morgen, Samuel, hast du gut geschlafen?«

»Ja! Mama, ich will jetzt nicht reden. Erst einen Kaffee, dann kannst du mich zusammenstauchen.«

Erschrocken fragte ich: »Warum?«

»Weil ich so spät nach Hause gekommen bin.«

»Ach, Samu, du bist alt genug, und ich muss das lernen. Wenigstens kommst du nach Hause.«

Samu sagte nichts. Er lächelte mich nur an und trank seinen Kaffee aus. »Ich muss noch in die Stadt. Brauchst du noch etwas für unsere Reise?«

»Nein, ich habe alles.«

»Ich bin am Nachmittag wieder da. Was gibt es heute zu essen?«

»Es sind noch Reste von gestern übrig.«

»Gut, bis später, Mama. Hab dich lieb!«

»Bis später, mein Sohn.«

Samu ging und ich wollte noch ein paar Dinge erledigen. Zwei unserer Koffer rochen nach muffigem Dachboden. Ich wollte sie draußen auf der Terrasse auswaschen. Das war schwieriger, als ich gedacht hatte. Aber als ich fertig war, rochen sie nach Rosen.

Ich rief Georg und bat ihn, die beiden Kolosse in unser Schlafzimmer zu bringen. Dort konnte ich sie einpacken. Hans hatte nur zwei Koffer. Er konnte ruhig noch ein paar Sachen mitnehmen. Dass Männer immer so spartanisch sein müssen!

Ich beschloss, noch ein paar Unterhosen und Unterhemden mitzunehmen. Ein paar Strümpfe mehr konnten auch nicht schaden. Als ich fertig war, waren die Koffer randvoll. Hans hatte alles, was er brauchte und bei mir war es ähnlich. Samu hatte seine Sachen selbst gepackt. Was er wohl sagen würde, wenn ich einfach seine Koffer packen würde!

Nur noch eine Nacht, dann geht's los!

Heute würden wir die Reste von gestern essen. Marie kam und fragte, ob wir alle zum Abendessen kommen würden, was ich bejahte. Wir würden früh schlafen gehen, da die Reise schon um fünf Uhr morgens losgehen würde.

Am Nachmittag kam Samu wie versprochen und ging packen. Ich folgte ihm, vielleicht brauchte er meine Hilfe.

»Samu, kann ich dir helfen?«

»Mama, wenn du mir helfen willst, kannst du meine Hemden zusammenlegen.«

»Gerne. Du nimmst drei Koffer mit. Mehr als dein Vater, aber du bleibst ja auch länger.«

»Ja, Mama, und ich hoffe, die Arbeit dort wird mir gefallen.«

»Das schaffst du schon, mein Sohn.«

Nachdem wir gepackt hatten, gingen wir auf die Terrasse. Samu hatte Durst. Ich könnte auch eine Limonade vertragen. Im Park hörten wir die Jugendlichen. Sie rannten durch den Park und spielten. Mittlerweile waren 25 Jugendliche hier. Ich half nur noch ab und zu im Jugendhaus. Wir hatten einen guten Ersatz für mich gefunden. Ella Stankowitz war eine begabte Frau und konnte mit ihrem starken Willen viel bewegen.

»Mama, hörst du das? Die Jungs rufen nach dir. Sollen wir zu ihnen gehen?«

»Können wir, die spielen bestimmt Verstecken.«

Samuel und ich machten mit und gesellten uns zu den Jungs. Sie rannten im Rosengarten hin und her, sehr schnell, fast zu schnell für mich. Ich rannte hinter Maurice her, er war ein begnadeter Läufer. Als er merkte, dass ich ihn nicht einholte, begann er plötzlich zu humpeln.

»Maurice, das ist unfair!«

»Warum? Mein Knie tut weh.«

»Soll ich dir helfen?«

»Schon gut! Ich will nicht angefasst werden. Hast du denn alles vergessen? Warum gehst du überhaupt weg, Hannah?« Maurice humpelte davon, er war wütend. Ich verstand nicht, warum.

»Maurice, komm zurück, sprich mit mir.«

Samuel hatte die Situation bemerkt. Er gab mir ein Zeichen und ging Maurice nach. Er fand ihn weinend hinter dem Gartenhäuschen.

»Maurice, was hast du denn?«

»Ach, Samu, ich habe es satt. Immer werde ich verlassen, und jetzt ist es noch schlimmer. Ihr geht und ich bleibe zurück.«

»Hannah und Hans gehen nur 2 Wochen weg. Dann kommen sie wieder. Das ist kurz, und du bist ein Mann und kein kleiner Junge mehr.«

»Sag Hannah nicht, dass ich geweint habe.«

»Nein, das werde ich nicht. Sei stark und freu dich auf die Zukunft.«

»Das werde ich und danke, Samu.«

»Komm, wir spielen weiter, und jetzt läufst du Mama davon.«

Mit einem Boxer in Samuels Rippen rannte Maurice an ihm vorbei.

Als die beiden wieder bei mir waren, rief Maurice mir zu: »Komm, Hannah, renn mit mir um die Wette.«

Ich genoss sein Lachen. Ich hatte nicht vergessen, warum er zu uns gekommen war. Er war einer der Jungen, die aus Bern zu uns gekommen waren. Sie waren aus dem jüdischen Knabenheim geflohen, wo man ihnen mit Gewalt den ultraorthodoxen Glauben einimpfen wollte.

Diese Art des Religionsunterrichts verurteile ich bis heute. Samu habe ich liberal erzogen. Hans und ich gaben ihm immer den Rat, sich niemals auf die strenge Lebensweise einzulassen. Man konnte und kann auch als ‹normaler› Jude existieren.

Der Ruf von Maurice riss mich wieder aus meinen Gedanken: »Hannah, was ist los?«

»Ich komme!«

Gerade als ich das Spiel genoss, hörte ich das Auto von Hans.

»Jungs, ich muss los. Habt noch viel Spaß.«

Ich rannte zu Hans und war völlig außer Atem.

»Schatz, du schnaufst ja wie eine Dampflok.«

»Hans, wir haben Räuber und Gendarm gespielt.«

»Schön, was gibt's zu essen?«

»Rosanna hat die Reste von gestern aufgewärmt.«

»Gut, komm und küss mich, Weib.«

Ich mochte seine ungehobelte Art, die er manchmal an den Tag legte. Ich ging auf ihn zu und küsste ihn. Von hinten hörte man die Buben pfeifen. Wir winkten ihnen zu und gingen ins Haus. Dort packte mich Hans und küsste mich wieder.

»Das hat dich doch erregt! Wollen wir noch ein Kind machen?«

»Ich habe nichts dagegen, aber zum Kinderkriegen gehören immer zwei.«

Frau Krähling läutete zum Essen. Ich hatte Hunger und drängte Hans und Samuel, sich zu beeilen. Eines der Mädchen brachte uns das Essen. Ich liebte den herrlichen Duft des köstlichen Zürcher Geschnetzelten.

Auch Samuel schnupperte den aufsteigenden Dampf. »Das Zürcher Geschnetzelte schmeckt so gut. Wie ich die Kochkünste von Rosanna vermissen werde.«

»Wir können sie ja mitnehmen.«

»Nicht, dass sie auch einen Georg hat.«

»Ach, Hans, du immer. Samu, kommst du noch mit ins Wohnzimmer?«

»Nein, Mama, ich will noch ein paar Dinge erledigen und dann früh zu Bett gehen.«

»Dann gute Nacht, mein Sohn.«

»Gute Nacht und ich freue mich schon auf Freiburg.«

»Wir uns auch. Nacht, Samuel!«

»Whisky oder Brandy?«

»Whisky auf Eis, Liebling.«

»Kommt sofort! Ich trinke Tee. Mir ist etwas kalt.«

»Komm zu mir, ich wärme dich.«

»Später vielleicht.«

Hans lachte. (Warum müssen Männer immer daran denken! Frauen denken nicht so oft an Sex wie Männer, oder?)

»Ich soll dich von Herschel grüßen.«

»Oh, wie nett von ihm. Er war schon lange nicht mehr hier.«

Wir redeten noch eine Weile über Herschel und Freiburg und wie lange die Fahrt dorthin dauern würde. Als ich anfing zu gähnen, fragte mich Hans, ob wir ins Bett gehen wollten. Ich wollte und wir hatten noch viel Spaß zusammen. Mir wurde schnell wieder warm.

Am nächsten Morgen wollte ich eigentlich gar nicht aufstehen, aber es war ja unser Abreisetag. Es war erst fünf Uhr morgens. Hans stand wie immer auf. Unseren Plan, schon um fünf Uhr aufzubrechen, hatten wir verworfen, denn dann hätten wir noch früher aufstehen müssen. Als auch ich zu dieser ungewohnten Zeit aufstand, war sogar Samuel schon auf. Er lief noch in Boxershorts herum.

»Samu, zieh dir was an! Du erkältest dich noch!«

»Ja, Mama, ich musste nur dringend pinkeln.« Gut, das wollte ich von meinem Sohn eigentlich nicht hören.

Georg schleppte schon die Koffer. »Guten Morgen, Frau Mangold, haben Sie gut geschlafen?«

»Guten Morgen, Georg. Ja, aber ich bin kein Morgenmensch und schon gar nicht um diese Zeit.« Er lächelte nur sanft und fuhr fort.

»Guten Morgen, Liebes, möchtest du Tee oder Kaffee?«

»Tee! Morgen, Liebster. Ich bin so müde, aber glücklich.«

»Ist es dir recht, wenn wir um sechs Uhr aufbrechen?«

»Ja, bis dahin bin ich fertig.«

Ich nahm ein Brötchen und strich Butter auf beide Hälften. Honig und Marmelade reichten mir bis später. Tee dazu und ich war glücklich. Samuel kam auch und frühstückte mit uns.

Um fünf vor sechs fragte Hans ungeduldig: »Seid ihr fertig?« Für ihn war es keine ungewöhnliche Zeit, das Haus zu verlassen.

»Ja, wir können los. Wir müssen uns noch von Frau Krähling und Georg verabschieden.«

»Machen wir, aber die bleiben noch, bis wir wiederkommen.«

»Gut, dann können wir los.«

Die Koffer waren im Auto verstaut und als wir uns setzten, konnte die Fahrt nach Freiburg beginnen. Frau Krähling lag noch im Bett und Georg verabschiedete sich von uns.

Wir fuhren stadtauswärts, Hans fragte: »Wollt ihr auf der Autobahn oder auf der Landstraße fahren?«

»Landweg!«, sagte Samu. Es klang fast so, als hätte er Angst, nach Freiburg zu fahren.

»Ist mir egal.«

»Gut, dann nehmen wir den Landweg. Der ist auch viel schöner.«

Das sollte mir recht sein. Da gab es wenigstens ein paar nette Gasthäuser. Mittags konnten wir bestimmt irgendwo einkehren und etwas Leckeres essen.

Zwei Stunden später erreichten wir nach einigen Staus Basel. In Riehen mussten wir die Grenze überqueren, aber für einen Besuch bei Hans' Vater in Basel war keine Zeit mehr. Bis Freiburg war es noch weit und wir wollten bei Tageslicht ankommen.

Wir hatten eine Suite im Schlosshotel gemietet. Samu hatte davon geschwärmt. Er war zwar selbst noch nie hier gewesen, aber seine Freundin Rachel und ihre Familie übernachteten in Freiburg immer dort. Und was für die Goldbergs gut war, war für uns gerade gut genug. (Augenzwinkern, meine Lieben!)

In einem kleinen Ort mit dem schönen Namen Auggen hielt ich es nicht mehr aus. Ich wollte etwas essen.

»Ich habe Hunger und ich muss auch auf die Toilette.«

»Ja, Schatz, wir halten an der nächsten Wirtschaft. Ich habe auch Hunger und Samu bestimmt auch.«

Als ein nettes Gasthaus kam, hielt Hans an. Wir setzten uns in den Gastgarten. Der Wirt kam gleich. Anscheinend hatte er unser Schweizer Nummernschild gesehen und war entsprechend neugierig. Er fragte freundlich, ob wir auch etwas essen wollten, und natürlich wollten wir. Ich hatte Hunger, ich hätte ein halbes Rind verdrücken können. Der Wirt nahm unsere Getränkebestellung auf und holte die Speisekarten.

Hans bekam seine Karte zuerst. »Ich nehme Rouladen mit Kartoffeln und Gemüse«, sagte Hans gelassen.

»Nee, das will ich nicht, sondern Sauerbraten mit Knödeln und Salat.«

»So, meine Männer haben etwas, und ich esse Hühnerfilet mit Reis und Salat.«

Als der Wirt kam, nahm er die Bestellung auf und servierte uns die Getränke.

»Geht ja flott.«

»Klar, weil wir Schweizer sind.«

»Nein, Mama, weil wir die einzigen Gäste sind.«

»Du schon wieder, Samu! Psst, der Wirt kommt.«

»Warum psst? Hast du Angst, dass er merkt, dass wir Juden sind?«

»Nein, aber es gehört sich nicht, über andere zu reden.«

Samu sah mich an, verkniff sich aber eine Antwort.

»Die Speisen kommen gleich. Darf ich noch etwas zu trinken bringen?«

»Ja, ein Wasser und eine Cola, bitte.«

Der Wirt nickte und ging. Nach zehn Minuten kam er mit den Geträn-
ken zurück, und eine Dame brachte das Essen.

»Guten Appetit«, sagte die Kellnerin freundlich.

Wir bedankten uns und ließen uns das Essen schmecken. Es dauerte
eine Stunde. Am Ende bezahlte Hans die Rechnung und wir machten
uns wieder auf den Weg.

»Jetzt ist es nicht mehr weit nach Freiburg«.

Auf der Fahrt kamen wir durch viele hübsche Dörfer, und in fast allen
gab es Wein. Die Gegend war und ist bekannt für ihre hervorragenden
Weine: ‹**Von der Sonne verwöhnt**›, sagte mir einmal ein Winzer.

Endlich kamen wir Freiburg näher, sahen die ersten Teile der ‹Vorstadt›, wie sie es nannten - Stadtteile, die damals noch nicht zu Freiburg gehörten. Und so näherten wir uns Meter für Meter unserem Ziel.

Endlich war es da, das wunderschöne Schlosshotel in der Rotteck-
straße, ganz in der Nähe unseres zukünftigen Domizils.

»Die Besichtigung ist morgen. Dann können wir uns noch etwas ausruhen.«

»Ja, das ist gut, Hans.«

»Ich werde heute noch einige Termine haben. Bitte plant mich nicht ein. Der Oberrabbiner wird mich sicher noch seiner Familie vorstellen.«

»Ist gut, mein Sohn.«

Hans hielt mit unserem Wagen vor dem Eingang. Ein junger Mann kam, um uns zu helfen. Es war der Wagenmeister. Er lud das Gepäck auf einen der Gepäckwagen und ließ es von einem Pagen ins Hotel bringen. Dann nahm er Hans den Schlüssel ab und fuhr mit unserem Wagen weg. Diesen Service kannte ich noch nicht, das hatte früher immer der Autobesitzer selbst gemacht. Für einen kurzen Moment dachte ich sogar, der Chauffeur wolle das Auto stehlen, aber er fuhr es nur auf den Hotelparkplatz.

»Lass uns reingehen!«

In der Eingangshalle fiel mir sofort der wunderschöne Springbrunnen in der Mitte auf. So etwas Schönes hatte ich noch nie gesehen. Ich war hin und weg.

Mit »Willkommen im Schlosshotel. Was kann ich für Sie tun?« wurden wir begrüßt.

Hans räusperte sich und sagte zu der netten jungen Frau: »Guten Tag! Mangold. Wir haben reserviert.«

»Moment, ich sehe nach. Ja, da ist es, eine Suite im obersten Stockwerk.«

»Genau, wo muss ich unterschreiben?«

»Ihre Pässe bitte. Ich muss alle Daten eintragen.«

Hans sah genauso erschrocken aus wie ich. Aber es war eine reine Formalität und hatte nichts mit der Judenverfolgung zu tun. Und doch merkte man an unseren Reaktionen, dass dieses Trauma noch tief in uns steckte. Wird diese Wunde jemals verschwinden oder werden wir sie immer in uns tragen müssen?

Brav händigten wir unsere Pässe aus und die Dame bedankte sich höflich. Nach ein paar Minuten war auch das erledigt und ein Page brachte uns in unsere Suite. Ich war schon ganz aufgeregt und staunte nicht schlecht, als der Page die Tür öffnete. *Was für ein schönes Zimmer,* dachte ich.

Aber das war nur der Empfangsraum. Links und rechts davon waren die Schlafzimmer und die Badezimmer. Alle Räume waren modern eingerichtet, mit Stuck an den Wänden und an der Decke. Jetzt wusste ich, warum die Goldbergs dieses Hotel so liebten.

Der Page brachte unser Gepäck in die Zimmer und Hans gab ihm sein Trinkgeld.

»Puh, endlich allein. Was machen wir jetzt?«

»Ich gehe gleich in unsere neue Gemeinde.«

»Gut, mein Sohn, wir machen es uns hier erst einmal gemütlich. Wollen wir heute Abend zusammen essen?«

»Ja, gerne, Vater. Es sei denn, der Rabbi hat etwas anderes vor.«

»Mach nur, du bist doch schon groß, mein Junge. Viel Spaß!«

»Danke, Mama.«

»Der Junge ist so schnell groß geworden! Gestern noch ein Junge und heute schon ein junger Mann.«

»Ja, mein Schatz, aber er wird immer dein Junge bleiben. Komm, lass uns etwas trinken.«

»Gerne, mir ist nach Champagner.«

»Wenn du magst. Ich trinke lieber Whisky auf Eis.«

Hans bestellte unsere Getränke und frische Erdbeeren dazu. Die gab es um diese Jahreszeit tatsächlich. Später erzählte uns der Page, dass sie aus Israel kämen. Da schmeckten sie uns gleich viel besser.

»Wann ist morgen die Besichtigung?«

»Der Makler hat gesagt, um elf Uhr.«

»So früh! Da müssen wir früh aufstehen.«

»Dann haben wir mehr vom Tag, mein Schatz.«

Wir genossen die gemeinsame Zeit und planten, später im Hotel gemeinsam zu Abend zu essen. Natürlich wollte ich mich vorher noch hübsch machen. Hans war im Bad und duschte.

Ich war schon lange kein scheues Reh mehr. Ich ging zu ihm und sah ihn, wie G-tt seinen Adonis schuf. Mein G-tt, er war immer noch ein knackiger Mann!

»Liebling, du wirst ja gar nicht mehr rot im Gesicht.«

»Warum sollte ich?«

»Na, wenn du so einen Prachtkerl siehst, errötest du sonst.«

»Man gewöhnt sich an alles.«

»Hey, du bist gemein.«

Ich musste lachen und küsste ihn, bevor er weinen konnte.

Ja, wir hatten es immer noch drauf, kamen nach einer Stunde gut gelaunt aus dem Bad.

»Ich liebe dich, Hannah!« (Ich höre seine Worte noch heute. Ich vermisse ihn so sehr, meinen lieben Hans).

»Ich liebe dich auch, Hans.«

Eigentlich konnte ich diesem braunen Tyrannen dankbar sein. Ohne ihn hätte ich meinen Hans nie kennen gelernt. (Also, danke!)

»Schatz, Samuel hat vorhin angerufen. Er trifft uns in der Bar.«

»Gut, das freut mich.«

»Sollen wir?«

»Ja!«

Wir gingen nach unten und trafen Samuel in der Bar.

»Wollen wir noch etwas trinken oder gleich essen gehen?«

»Ich habe Hunger, aber wenn ihr noch was trinken wollt, gerne.«

»Neben dem Hotel ist ein nettes kleines Restaurant, sollen wir da hingehen?«

»Ja!«

Wir gingen in das kleine Restaurant, das zum Hotel gehörte. Ein freundlicher Kellner führte uns zu unserem Tisch. Das kleine Restaurant war im Stil der damaligen Zeit eingerichtet und passte sehr gut zum Hotel. Der Kellner brachte die Karte, nahm die Getränkebestellung auf und ging.

»Was esst ihr?«

»Es gibt so viele leckere Sachen.«

»Ich esse Ente, Rotkohl und Knödel.«

»Klingt lecker, aber ich esse Forelle.«

Hans überlegte: »Und ich gesell mich zu Samuel«.

Als der nette Kellner die Getränke brachte, bestellten wir die Speisen und unterhielten uns ein wenig.

»Wie war's eigentlich beim Rabbi?«

»Mama, der Rabbi ist sehr nett, und mit seinem Hilfsrabbiner verstehe ich mich auch schon gut.«

»Das freut mich sehr, mein Sohn.«

»Ja, ich glaube, ich habe eine gute Wahl getroffen.«

»Das glaube ich auch. Nicht wahr, Hans?«

»Ja, mein Lieber, und es freut mich natürlich, Samuel, dass es dir so gut gefällt.«

»Danke, Papa.«

»Ah, das Essen kommt, lasst es euch schmecken.«

»Samuel, willst du unser Essen segnen?«

»Nicht hier, die Leute sehen aus, als würden sie das nicht dulden.«

»Gut, dann essen wir.«

Wir saßen noch lange zusammen und unterhielten uns über Freiburg. Samuel erzählte uns von der neuen Gemeinde. Sie hatte einen leicht ultraorthodoxen Einschlag, was mir eigentlich nicht so zusagte. Aber Samuel meinte dann, dass es dort eher orthodox zugeht. (Das ist ein tiefgreifender Unterschied unter den jüdischen Glaubensschulen, auch wenn es für Außenstehende nur ein gradueller Unterschied zu sein scheint.) Und der Glaube war immer gut, auch wenn er vielleicht einmal etwas zu streng ausgelegt wurde. Die Lehren der Heiligen Schrift gehören zu jedem guten Juden.

Als wir morgens aufstanden, freute ich mich auf den Termin in der Mozartstraße, wo unser Haus auf uns wartete. Wir frühstückten, erledigten noch ein paar Dinge und gingen dann zum Termin. Samuel war noch unterwegs, wir wollten uns dort treffen.

Wir waren pünktlich. Zuerst dachte ich, wir hätten uns in der Adresse geirrt. Die Villa war viel größer als auf dem Foto. Schon das schmiedeeiserne Tor war beeindruckend. Hans sagte nichts, aber ich konnte sehen, dass ihm das Anwesen gefiel. Er hatte es schon einmal gesehen und kannte das Maklerbüro.

Als wir den Weg zur Villa hinaufgingen, sahen wir, wie der Makler uns zuwinkte. Auch er war sicher aufgeregt. So ein Haus verkauft man nicht alle Tage. Und wie das alles durch die Schatten der Linden in Szene gesetzt wurde - wie in einem alten Hollywood-Klassiker!

Auf dem Vorplatz stand ein Springbrunnen. Der Weg führte um ihn herum, die Auffahrt bildete ein Rondell für die Autos.

Der Makler rief uns zu: »Die Mangolds, wie schön!«

»Guten Tag, Herr Lieberman! Wie geht es Ihnen?«

»Danke, sehr gut. Und Ihnen?«

»Auch gut. Wir müssen nur noch auf unseren Sohn warten.«

»Kein Problem, wir haben Zeit.«

Schon nach zehn Minuten kam Samuel den Weg hoch und gesellte sich zu uns.

»So, dann wollen wir mal. Ich würde sagen, wir fangen drinnen an und dann zeige ich Ihnen die Außenanlagen.«

Herr Lieberman öffnete die Tür und mir fielen fast die Augen aus dem Kopf.

»Was für eine Pracht«, sagte ich schockiert. (Die Eingangshalle hat mir auch später nie gefallen. Sie wurde nach meinen Wünschen umgebaut).

Wir gingen durch das Erdgeschoss. Dort gab es einen großen Salon, eine sehr große Küche, ein Büro und die Eingangshalle. Im ersten Stock gab es mehrere Zimmer und eine sehr gut ausgestattete Bibliothek.

(Später entdeckten wir dort einen kleinen Raum - versteckt hinter einem Bücherregal -, der mit einst verbotenen Schriften gefüllt war. Als wir die Villa kauften, waren sie längst nicht mehr verboten).

Im Dachgeschoss befanden sich die Diensträume des Personals. Das Haus gefiel mir immer besser, und später lernte ich es lieben.

Wir gingen durch den kleinen Park. Mir fiel ein kleines Gartenhäuschen auf. Es war so hübsch und hatte sogar einen Keller.

Die Einrichtung war alt, aber es musste sowieso alles erneuert werden. Ein idealer Platz für Kinder, um in der Sonne zu spielen.

Beeindruckend war der auf eine Wand gemalte Drache, der fast bis zur Decke reichte. (Erst später entdeckte ich die kleine Vertiefung im Kopf des Drachen. Da konnte man sicher etwas verstecken).

»So, das war's, meine Dame und Herren. Gibt es noch Fragen?«

»Eigentlich nur eine: Wann können wir den Kaufvertrag unterzeichnen?«

»Morgen in meinem Büro.«

»Gut, dann sehen wir uns morgen bei Ihnen.«

»Sehr gerne, Herr Mangold. Wollen Sie um zwei Uhr nachmittags kommen?«

»Ja, das passt, ich gehe dann gleich zur Bank und bezahle das Haus.«

»Sehr gut! Einen schönen Tag und bis morgen!«

»Ja, bis morgen, Herr Lieberman.«

Als Herr Lieberman gegangen war, fragte mich Hans, wie mir das Haus gefiele. Ich sagte ihm, dass es mir gefiel. Samuel gefiel es auch.

Da das Wetter schön war, beschloss ich, zum Hotel zurückzulaufen. Hans wollte das nicht, aber ich konnte mich durchsetzen. Es war nicht weit und wer wollte mir schon etwas tun?

Hans fuhr mit dem Auto zurück zum Hotel und schmollte. Samuel hatte noch Termine und ich machte mich auf den Weg. Ich genoss es, den Weg allein zu gehen. Ich traf zwei Frauen. Sie grüßen mich höflich und ich grüße sie auch.

Dann fiel mir der wunderschöne Garten auf. Er war riesig und es waren viele Leute dort. Ich wollte den Trubel miterleben und lief durch den Park. Ich sah viele schöne Blumenbeete, einen kleinen See und - was ich noch nie gesehen hatte - eine Seilbahn. Sie fuhr vom Park auf den Berg.

Dort war ein Hotel, das über Freiburg thronte. Ich nahm mir vor, einmal mit Hans mit der Seilbahn zu fahren.

Es gab auch einen kleinen Pavillon, in dem man gemütlich sitzen und Kaffee trinken konnte. Ich habe den Park sofort in mein Herz geschlossen. Später erfuhr ich, dass es der Stadtgarten war.

Ich lief in Richtung Stadtzentrum und merkte, dass das Hotel auf diesem Weg näher war als mit dem Auto. Autofahren war nie mein Ding, ich fuhr lieber mit öffentlichen Verkehrsmitteln oder mit dem Fahrrad.

Hans erwartete mich. Er hatte eine Überraschung für mich. Ich war gespannt. Eigentlich war ich noch sauer auf ihn. Aber als ich den großen Rosenstrauß sah, konnte ich nicht anders, als ihn zu umarmen und zu küssen. Wie schnell alles wieder gut ist, wenn man sich wirklich liebt!

Am Nachmittag gingen wir spazieren und einkaufen. Gegen Abend trafen wir Samuel zum Essen und erfuhren von ihm, dass er angenommen worden war. Er konnte seine Lehre als Bankkaufmann in Freiburg fortsetzen. Leider nicht sofort, aber wenn es ihm gut ging, ging es auch mir gut. Er bekam sogar eine kleine Stelle in der Gemeinde. (Heute ist er Oberrabbiner und nur noch genervt von diesem schweren Amt). Spät am Abend gingen wir in unsere Suite und ließen den Tag mit einem Drink ausklingen.

Der neue Tag begann trüb, es war neblig. Trotzdem war ich gut gelaunt. In Freiburg habe ich besser geschlafen, als bei uns in Zürich.

Heute war unser grosser Tag. Wir unterschrieben den Kaufvertrag für das neue Haus und Hans wollte mit mir in die Synagoge gehen. Ich freute mich sehr, ich hatte mich nicht getraut, ihn darum zu bitten. Aber Samuel wurde heute in der Synagoge begrüßt.

Da Hans noch im Bad war, nutzte ich die Gelegenheit und bestellte unser Frühstück aufs Zimmer. Gerade als er aus dem Bad kam, kam auch das Frühstück - pünktlich.

»Guten Morgen, mein Schatz, hast du gut geschlafen?«

»Guten Morgen, meine Liebe, ja, und du?«

»Gut, ich war viel wach. Wahrscheinlich, weil wir heute in die Synagoge gehen.«

»So schlimm?«

»Ja, aber für dich halte ich es aus.«

»Das ist lieb von dir.«

Nach dem Frühstück machten wir uns fertig und gingen zu unserem Termin bei Herrn Lieberman. Hans wollte unbedingt noch heute das Haus bezahlen. Das Bankhaus Mayer hatte uns einen Termin gegeben, obwohl wir noch nicht in der jüdischen Gemeinde gewesen waren. Aber sie wussten, dass Samuel unser Sohn war.

»Glaubst du, dass wir hier richtig sind?«, fragte ich etwas unsicher, als wir vor dem Maklerbüro standen.

Aber Hans antwortete nur kurz: »Da steht sein Name an der Wand«. Also gingen wir ins Haus. Ein ganzes Haus für eine Firma, da muss man ja viel verkaufen!

Am Empfang wurden wir gefragt, wohin wir wollten. Hans sagte höflich, wir hätten einen Termin bei Herrn Lieberman. Da wurde die Dame freundlicher und bat uns, noch einen Moment Platz zu nehmen. Er würde gleich kommen.

»Ah, die Mangolds«, rief er dann fröhlich. »Schön, dass Sie da sind!«

»Guten Tag, Herr Lieberman, wir freuen uns natürlich auch.«

»Kommen Sie bitte mit! Wir müssen ganz nach oben.«

»Ach, der Chef hat das beste Büro!«

»Ja, aber hier ist mein Sohn der Chef.«

»Was für eine schöne Aussicht«, sagte ich und schaute nach draußen. Man konnte das Münster sehen.

»Setzen Sie sich doch! Möchten Sie Kaffee oder etwas anderes?«

»Nein, wir wollen nur den Vertrag unterschreiben. Wann können wir in unser Haus?«

»Schon heute, der alte Besitzer ist schon ausgezogen. Sie können die Schlüssel gleich mitnehmen.«

»Ich werde das Haus heute noch komplett bezahlen.«

»Gut, das freut mich. Der Notar kommt gleich.«

Ich setzte mich in den Hintergrund und hörte den Herren zu. Nach einer Weile war der Vertrag unterschrieben und beglaubigt. Zum Abschluss gab es Sekt, keinen besonders guten, aber das ließ ich mir nicht anmerken.

»Gut, ich gehe zur Bank und überweise das Geld.«

»Tun Sie das, und hier sind die Schlüssel. Viel Glück in Ihrem neuen Zuhause.«

»Danke und auf Wiedersehen.«

Als wir wieder draußen waren, bemerkte ich: »War das anstrengend, bis ihr fertig wart!«

»Ja, mein Schatz, aber jetzt haben wir alles und am Nachmittag können wir in unser Haus gehen und uns noch ein bisschen umsehen.«

»Gerne, aber jetzt erst mal zur Bank!«, sagte ich und zog Hans mit mir.

»Liebling, du weißt doch gar nicht, wo die Bank ist.«

Ich zeigte mit dem Finger nach Norden. »Doch, da ist sie. Du hast sie mir vorhin gezeigt.«

»Stimmt, gut, dann lass uns gehen. Der Banker wird schon warten.«

Vor der Bank blieben wir stehen und bewunderten die Sandsteinfiguren an der alten Fassade. Dann gingen wir hinein und wurden schon von unserem neuen Banker, Herrn Grafeneck, begrüßt.

»Schalom, Herr Mangold, und Ihre Frau ist auch da!« Dabei zwirbelte er mit den Fingern in seinem Bart und zupfte seinen Schnurrbart. Ich fand das ekelhaft, denn ich musste seine Hand zur Begrüßung nehmen. - Schon gab er mir die Hand.

»Grüß Gott, Frau Mangold. Wie geht es Ihnen, gefällt Ihnen Freiburg?« Er sah mich fragend an und ich überlegte mir eine Antwort.

»Danke, Herr Grafeneck, es geht mir sehr gut und Freiburg gefällt mir auch sehr gut. Ist Grafeneck nicht ein Adelsname?«

Erschrocken sah er mich an und plapperte los: »Nein, nein, Frau Mangold. Das hört sich nur so an, meine Familie stammt aus dem Sudetenland, und ja, auch wir wurden von dort vertrieben.«

»Das ist ja interessant«, sagte ich beiläufig.

»Dann kommen sie doch mit in mein Büro. Möchten Sie Kaffee oder Tee?«

»Gerne Tee«, antwortete Hans.

Ich setzte mich schweigend auf einen der beiden Sessel, die Herr Grafeneck extra für uns an seinen Schreibtisch gerückt hatte. Hans nahm neben mir Platz und zog das Überweisungsformular aus seiner Aktentasche.

»Ah, Sie haben schon alles vorbereitet. Das gefällt mir, lieber Herr Mangold.«

»Ja, solche Geschäfte müssen schnell über den Tisch gehen. Wir wollen noch heute in unser neues Haus, um zu sehen, was wir ändern müssen.«

Das wollten wir zwar erst am nächsten Tag machen, aber Hans würde seine Gründe haben, so aufs Tempo zu drücken.

»Haben Sie schon einen Innenarchitekten?«

»Nein, den brauchen wir nicht. Meine Frau macht das sehr gut.«

»Wenn Sie jemanden brauchen, lassen Sie es mich wissen. Ich kenne genug gute Künstler.«

Als wir fertig waren, verabschiedeten wir uns von Herrn Grafeneck.

»Auf Wiedersehen zusammen«.

»Auf Wiedersehen, Herr Grafeneck, es hat uns gefreut.«

»Auf Wiedersehen. Ich begleite Sie zum Ausgang.«

Endlich standen wir vor der Bank. Endlich konnte ich wieder frische Luft atmen.

»Gehen wir ins Hotel? Es ist Zeit zum Mittagessen.«

»Ja, gerne, Liebling.«

Hand in Hand gingen wir zurück ins Hotel. Dort machten wir uns frisch und gingen dann in das nette kleine Restaurant, das zum Hotel gehörte. Später gesellte sich Samuel zu uns. Wir bestellten unser Essen und unterhielten uns noch ein wenig, bis das Essen kam.

Er hatte noch lange mit dem Rabbiner gesprochen. In zwei Stunden war die offizielle Begrüßung in der Synagoge. Hans hatte keine Lust, aber für seinen Sohn würde er alles tun. Ich habe mich sehr auf die Synagoge gefreut. Endlich wieder beten und singen! (Ich habe immer gerne gesungen, aber jetzt als alte Frau muss ich das niemandem mehr zumuten).

Zwei Stunden später standen wir mit Samuel vor der Neuen Synagoge und wollten gerade hineingehen, als wir von hinten gerufen wurden. Es war Herr Lieberman mit seiner Frau Henriette. Eine sehr nette Dame! Die Liebermans waren immer sehr nett. Wir haben sie oft getroffen. Manchmal kamen sie zu uns, manchmal gingen wir zu ihnen. Es war nie langweilig mit ihnen.

Samuel ging voraus. Er musste vorne sitzen. Wir saßen mit den Liebermans in der Mitte des Raumes. Die Orgel spielte und der Chor sang. (Damals kamen mir die Tränen, so gerührt war ich).

Der Oberrabbiner betrat die Bima - die Predigtkanzel - und begann ein heiliges Gebet. Danach sang der Chor wieder. Zum Schluss las ein anderer Rabbiner aus der Thora und hieß unseren Sohn in der Freiburger Gemeinde willkommen.

Hans war froh, als wir nach über zwei Stunden die Synagoge verließen. Samuel musste bleiben, er hatte noch einige Gespräche zu führen. Aber Hans und ich gingen noch mit den Liebermans essen. Es war ein sehr schöner Abend, der erst spät endete.

Der neue Morgen fing auch sehr schön an. Die Sonne lachte und ich konnte trotz der Kälte endlich draußen frühstücken. Hans gefiel das gar nicht, er dachte immer, ich könnte krank werden. (Ein Schnupfen hat mich noch nie gestört, er reinigt von innen).

Aber nachdem ich ihm ein Stück Fell als Kissen und zusätzlich eine Decke über die Knie gelegt hatte, war er zufrieden und leistete mir sogar Gesellschaft. Samuel war schon außer Haus und würde erst am Nachmittag zurückkommen.

Hans sah mich noch eine Weile an, dann fragte er: »Liebes, wollen wir gleich ins Haus gehen?«

»Ja, ich möchte mir die Küche ansehen. Vielleicht muss da nicht viel verändert werden.«

»Stimmt, das habe ich mir auch schon gedacht. Sie sieht sehr modern und ordentlich aus.«

Wir frühstückten zu Ende und machten uns fertig. Hans telefonierte noch mit Martin, der in Zürich etwas vorbereitete.

»Grüß ihn von mir«, flüsterte ich ihm zu. Hans nickte und richtete es aus. Als mir das Gespräch zu lange dauerte, küsste ich Hans in den Nacken, und schon beendete er das ‹wichtige› Gespräch. Er sah mich an und zog mich an sich.

»Ich liebe dich, mein Schatz!« Dann küsste er mich.

Nach diesem langen Kuss musste ich erst einmal Luft holen. »Ich liebe dich auch, und wenn wir hier wohnen, sind wir endlich angekommen.«

»Warst du in Zürich nicht glücklich?«

»Doch, Liebling, aber als ich dieses Haus zum ersten Mal betrat, überkam mich ein seltsames Glücksgefühl.«

Er nahm meine Hand und sagte leise: »Ich kann dich verstehen. Ich habe mich auch so gefühlt, als ich ins Haus kam.« Hans bekam ganz feuchte Augen, aber weinen konnte er nicht. (Er hatte nicht einmal geweint, als sein Vater gestorben war).

»Komm, wir gehen nach Hause. Du kannst mir den Park zeigen.«

»Gerne!«, rief ich und holte meinen Hut. »Fertig, können wir?«

»Ja, mein Schatz.« Hans nahm mich bei der Hand und gemeinsam liefen wir in die Eingangshalle, um unsere Schlüssel abzugeben.

Vor dem Eingang wollte Hans wissen, wohin wir gehen sollten. Ich zeigte nach rechts und zog ihn mit mir. Es dauerte nicht lange und wir waren im Stadtpark. Hans sah sich alles genau an. Er liebte die Pflanzen genauso wie ich. An der Seilbahn blieben wir noch länger stehen, bis er schließlich fragte, ob wir zusammen fahren wollten.

Ich sagte nein. Wir hatten andere Pläne. Aber ich versprach ihm, dass wir zusammen fahren würden, wenn wir hier wohnen würden. Er willigte ein und wir fuhren weiter.

Am Taubenschlag blieben wir wieder stehen. Hans schaute nach oben und sagte: »Ich mag Tauben, aber sie machen viel Dreck.«

»Ja, das stimmt, ich schaue ihnen nur gerne von weitem zu.«

Ein paar Meter weiter waren der kleine See und der Orchesterpavillon. Auch hier blieben wir stehen und Hans schaute sich wieder um. »Hier kann man sonntags gemütlich sitzen und dem Orchester zuhören.«

»Ja, das ist sicher schön, oder man kann ein kleines Picknick machen.«

Hans lächelte, dann gingen wir weiter. Der Ausgang der Mozartstraße lag vor uns. Nur noch wenige Meter, dann standen wir vor dem schweren Eisentor zu unserem Grundstück. Wir gingen die schmale Allee entlang. Ich bewundere die alten Linden.

»Der Brunnen müsste auch mal wieder hergerichtet werden. Der Vorbesitzer hat sich anscheinend nicht um solche Dinge gekümmert.«

(Später erfuhr ich, dass der Vorbesitzer - die Familie Weil - in der Kunst-szene sehr bekannt war.)

»Ja, Schatz, ich schreibe es auf die Liste.«

»Mach das. Komm, wir gehen rein.«

Die Küche sah viel schöner aus, als ich sie in Erinnerung hatte. Ich schaute in die Schränke, die zum Glück alle leer waren. Nur ein biss-chen putzen und umräumen, mehr nicht. Die anderen Zimmer dage-gen mussten alle renoviert werden. Im Keller war es besonders schlimm, vor allem die alte Kohlenluke! Die musste richtig verschlos-sen werden. Schließlich war man nicht mehr in der sicheren Schweiz.

»Schatz, ich mache für morgen einen Termin mit einer Baufirma aus. Die wissen am besten, was zu tun ist.«

»Gerne, aber ich möchte dabei sein. Du weißt ja, dass wir Frauen ein besonderes Händchen für ein gemütliches Zuhause haben.« Aber mehr als ein Lachen war nicht zu hören.

»Schatz, wollen wir uns noch ein bisschen im Garten umsehen?«

»Ja, gerne, vielleicht können wir uns das Gartenhaus ansehen. Gestern hatten wir nicht so viel Zeit.«

Hans nahm mich an der Hand und wir gingen in den Garten. Der hat mir schon immer gefallen. Das kleine Gartenhaus haben wir zweimal umgestaltet. Das erste Mal, als wir eingezogen sind, und das letzte Mal, als unsere Enkelkinder darin gespielt haben. Der Baum, an dem die große Schaukel hing, steht schon seit dem Bau des Hauses dort.

Im kleinen Gartenhäuschen habe ich alles selbst entworfen, und als Aaron geboren wurde, habe ich den Drachen geschmückt. In der Ver-tiefung an seinem Kopf werde ich eines Tages einen Schlüssel für ihn verstecken. Er wird ihn zu einer Truhe führen, in der sich Dinge befinden, die mir sehr wichtig sind.

»Hans, lass uns diesen Teil des Gartens ein wenig geheimnisvoll gestalten. In dem Häuschen sollen später einmal Samuels Kinder spielen.«

Hans überlegte nicht lange, nickte mir zu und wir umarmten uns. »Wir könnten noch ein paar schnell wachsende Sträucher pflanzen. Und wenn Samuel dann Kinder hat, ist es hier geheimnisvoll.«

Ich stimmte Hans zu und bewunderte die schönen Skulpturen, die den hinteren Teil unseres Gartens schmückten. (Als ich herausfand, dass diese Skulpturen von Hitlers Lieblingsbildhauer stammten, zerschlug ich sie eigenhändig und ließ sie abtransportieren. Nazidreck hatte und hat keinen Platz in unserem Leben. Hans war zwar dagegen, aber das war mir egal. Sogar Samuel feierte mich damals, als ich mit dem Hammer in der Hand zuschlug).

Hans und ich hatten alles vorbereitet. Wir hatten alles auf einer Liste notiert und schon am nächsten Tag einen Termin bei einer Baufirma. Viel Zeit blieb uns nicht, denn schon am Sonntag würden wir wieder nach Zürich fahren.

Samuel würde hier bleiben und alles überwachen. Er konnte unser Auto gut gebrauchen. Wir würden den Zug nehmen. Die Verbindungen waren jetzt schneller. Wenn die Villa fertig war, würden wir mit Sack und Pack umziehen, aber unsere Villa in Zürich nicht verkaufen, weil wir dort das Jugendhaus hatten und es nach unserem Auszug ausbauen wollten.

Wir beschlossen, zu Fuß zurück zum Hotel zu gehen, diesmal über die Mozartstraße und mit einem Abstecher in die Altstadt.

»Das sind schöne Häuser hier in der Straße. Schau mal, unsere Nachbarn.« Ich schaute auf das Namensschild und las laut den Namen.

»Glauenstein, komischer Name. Na ja, Mangold ist auch nicht gerade gewöhnlich.«

Hans musste lachen. »Schatz, was du immer hast. Wenn wir hier wohnen, machen wir ein Fest und laden alle Nachbarn ein.«

»Ja, darauf freue ich mich schon. Was machen wir eigentlich hier in der Altstadt?«

»Ich wollte mir nur was anschauen. Da gibt es ein neues Gebäude, in dem man Büros mieten kann.«

»Nur mieten, nicht kaufen?«

»Nein, wir haben eine Villa gekauft und die Büros werden angemietet.«

Wir gingen an einem malerischen Kanal entlang, der fast wie der Landwehrkanal in Berlin aussah.

Ich sah ein Schild und las laut vor: »Das heißt hier Gerberau, ist schön hier«.

Hans lehnte sich an das Geländer des Kanals und schaute in das blau schimmernde Wasser. »Ja, finde ich auch. Manchmal denke ich, man sollte einfach alles hinter sich lassen und irgendwo neu anfangen.«

»Schatz, das machen wir und du wirst sehen, es wird wunderschön.«

Hans gab mir einen Kuss und nahm meine Hand. Gemeinsam gingen wir weiter und genossen die Sonnenstrahlen.

»Freust du dich schon auf Zürich?«, fragte ich. Ich wollte Hans aufmuntern. Er war etwas still geworden, seit ich ihm von dem Neuanfang erzählt hatte.

»Na gut, ich bleibe lieber hier und baue mit dir die Villa um. Schau, das ist der Neubau. Hier möchte ich mit Martin die obere Etage mieten.«

»Schön, sieht aber sehr teuer aus.«

Für damalige Verhältnisse fand ich die Preise in der Tat sehr hoch, aber Hans hielt sie für normal. Das Haus lag am Augustinerplatz, einem sehr alten und später sehr teuren Platz. Er notierte sich die Daten und wir gingen weiter. Hans wollte einen Termin für den nächsten Tag vereinbaren. Damals gab es noch keine Handys. Man musste zu einer Telefonzelle gehen oder später vom Hotel aus anrufen. (Hans wollte vom Hotel aus anrufen. Er hatte es nicht eilig.)

Wenn man so durch die kleinen Gassen der Altstadt ging, konnte man viel Neues entdecken. Es gab kleine Läden und auch die berühmten Bächle. (Ich habe im Sommer oft meine Füße in solche Bächle gehalten. Manche Freiburger fanden das komisch, aber mir war das egal).

Als wir wieder im Hotel waren, ging Hans telefonieren und ich ließ es mir an der Bar gut gehen. Ich trank Eistee, frisch aufgebrüht und mit Eiswürfeln gekühlt. Der Barkeeper musste jedes Mal extra Tee für mich machen. Anscheinend war ich die Einzige, die zu dieser Jahreszeit Eistee trank.

Nach dem Telefonat kam Hans auf einen Drink zu mir.

»Hat es geklappt?«, fragte ich ihn. Er wirkte etwas abwesend.

»Ja, Schatz, aber sie wollen nicht an uns vermieten. Martin wird sich jetzt nach einem anderen Objekt umsehen.«

»Liegt es daran, dass wir Juden sind?«

»Nein, sie haben Angst, dass wir zu viel Publikumsverkehr haben. Sie sind ein ruhiges Haus, da wollen sie keine Menschenmassen.«

»Na, dann sind sie selbst schuld und wir kriegen bestimmt was Besseres. Ruf doch mal Herrn Lieberman an, der kann dir sicher helfen.«

Hans hob den Kopf und blinzelte mich an. »Daran habe ich auch schon gedacht. Aber er ist verreist und kommt erst am Sonntagabend zurück.«

»Ja, da sind wir schon auf dem Heimweg.«

»Samuel hat eine Nachricht an der Rezeption hinterlassen. Wir sind heute Abend zum Essen beim Oberrabbiner eingeladen.«

»Oh, hat er dir damit einen Gefallen getan?«

»Ich bin krank. Du kannst alleine gehen.«

»Das ist inakzeptabel. Es ist unser Junge und wir tun es für ihn.«

»Aber wenn der Rabbi anfängt, alles Mögliche zu segnen, stehe ich auf und gehe.«

»Liebling, Vater hat es auch nicht anders gemacht.«

»Da wollte ich dich auch heiraten!« Hans schaute wie ein bockiges Kind.

Ich versuchte ihn zu beruhigen: »Lass uns in unsere Suite gehen und uns für den Abend umziehen.«

»Ich brauche nur einen Pyjama.«

»Das reicht, Hans!«, sagte ich mit fester Stimme und Hans merkte es. Er wusste, wenn ich Hans sagte, wurde ich wütend.

»Gut, Schatz, du hast gewonnen. Aber nur zwei Stunden.«

»Geh schon, Schatz!«

»Peter, setz die Getränke auf unsere Rechnung.«

»Natürlich, Herr Mangold.«

Wir gingen in unsere Suite und überprüften unsere Garderobe.

»Ich ziehe meinen schwarzen Anzug an.«

»Ja, gut, und ich das schwarze Kleid mit den langen Ärmeln.«

»Ich lege mich noch etwas hin. Es war ein anstrengender Tag.«

»Nur zu. Ich geh' noch ein bisschen auf die Dachterrasse und schau' mir die Gegend an.«

Als ich draußen auf der Terrasse stand und über den Abend nachdachte, machte ich mir Sorgen. Hans war so negativ gegenüber unserer Religion. Was, wenn der Rabbi uns segnen will, was, wenn er unser neues Haus segnen will? Lassen wir es auf uns zukommen! Ich muss nur aufpassen, dass Hans keinen Streit anfängt.

»Schatz, wir müssen uns fertig machen. Samu kommt gleich.«

»Ja, geh schon mal ins Bad, ich komme nach.«

Ich ging vor, duschte kurz und trocknete mich ab. Da kam Hans und sah mich an: »Du bist so schön, ich hab' dich so lieb.«

»Danke, Schatz, ich hab dich auch lieb. Du kannst duschen, ich bin fertig.«

Während Hans sich auszog, zog ich meinen Bademantel an. Mein Kleid lag auf dem Bett im Schlafzimmer.

»Schatz, gibst du mir noch eine Unterhose?«

»Warte, ich hole sie.«

Also holte ich Hans eine frische Unterhose. Slip konnte man das nicht nennen. Er trug immer die mit dem halben Bein, heute waren es Boxershorts.

»Danke, Schatz«, rief er aus der Dusche. Vor lauter Dampf konnte man ihn kaum sehen.

Ich zog mich an, züchtig, wie der Oberrabbiner es mochte. Ich schminkte mich dezent. Ob es ihm gefiel oder nicht, war mir in diesem Fall egal. Ohne gepflegtes Äußeres ging ich selten aus dem Haus.

Hans war auch fertig. Er lächelte und pfiff sogar. Er zog seinen Anzug an. Den hatte er schon bei unserer Hochzeit und bei der Beerdigung von Mutter und Vater getragen. Er sah immer noch wie neu aus. Hans trug seinen Anzug immer sehr lange.

»Du hast aber gute Laune.«

»Warum?«

»Weil du die ganze Zeit pfeifst.«

»Ich mache das Beste aus der Situation, mein Schatz.«

»Aha, das wird aber keine Beerdigung.«

»Nein, und ich werde die zwei Stunden überleben.«

Zum Glück, dachte ich, als es an unserer Tür klingelte. Samu wollte uns abholen.

»Schalom, Mama, Papa. Ihr seht gut aus - und so passend.«

»Samu, wir wollen einen guten Eindruck bei deinem Rabbi machen.«

»Das werdet ihr. Er mag euch jetzt schon. Dich, Mama, Papa kennt er noch nicht so gut.«

»Ja, und das könnte auch so bleiben.«

»Hans, bitte!«

»Der Fahrer von Rabbi Stein wartet auf uns.«

»Was, der hat einen eigenen Fahrer?«

»Ja, warum nicht?«

»Den müssen doch die Gemeindemitglieder bezahlen.«

»Vater, schau dir doch erst einmal seine Haushaltsführung an, dann kannst du kritisieren oder loben.«

»Samuel, du klingst schon wie einer von denen.«

»Komm!«

Wir gingen zu Rabbi Steins Auto. Der Fahrer öffnete uns die Türen und wir setzten uns in das schöne Auto, es war ein neuer Mercedes.

»So, Sie sind also der Fahrer von Rabbi Stein.«

»Ja, das bin ich, Herr Mangold.«

»Na, ich hoffe, Sie bekommen genug Lohn. Oder müssen Sie alles dem Rabbi geben?«

»Nein, Herr Mangold, das ist eine normale Anstellung.«

Samuel beugte sich zu Hans hinüber und sagte leise zu ihm: »Vater, kannst du dich bitte benehmen, oder willst du, dass man mich gleich wieder rausschmeißt?«

»Nein, bitte verzeih mir. Es tut mir leid, Herr Fahrer.«

»Ich heiße Ben und es gibt nichts zu verzeihen.«

Ben konnte mit Hans umgehen. Samuel war froh. Sein Vater hatte sich gefügt und schwieg. Es dauerte keine zehn Minuten, bis wir das Haus der Steins erreichten.

»Schöne Hütte!«, fing Hans an, aber Samuel stoppte ihn sofort.

»Hör auf zu meckern, Vater!«

Ich blieb ruhig. Ein bisschen pompös war das Haus schon. Aber war unseres nicht pompöser? Wer im Glashaus sitzt, sollte nicht mit Steinen werfen. Hans sah mich irritiert an. Ich nahm seine Hand und gemeinsam gingen wir zum Eingang. Dort wartete schon ein Herr auf uns. *Oh, die haben auch einen Butler,* dachte ich.

»Herr und Frau Mangold, ich grüße sie. Shalom und herzlich willkommen in unserem Haus.«

»Vater, Mutter, darf ich euch Rabbi Stein vorstellen?«

Ich war ganz hingerissen von ihm, einem kleinen Mann um die 60 mit schwarzer Kippa. Er lächelte uns an: »Treten Sie ein, gesegnet sein se, unsere liebe Gäste.«

Oh, er tut es, dachte ich. Er segnete uns, und Hans' Blick wurde noch grimmiger, als er ohnehin schon war. Der Rabbi führte uns in einen Vorraum, wo wir unsere Mäntel ausziehen konnten. Wir hörten eine Frau, die wohl seine Frau war.

»Liebes, die Mangolds sind schon da. Komm und begrüße sie.« Ein hübsches Mädchen kam und begrüßte uns.

Sie gab uns freundlich die Hand und sagte freundlich: »Guten Abend, ich freue mich sehr, dass Sie gekommen sind.«

»Liebes, ist alles bereit?«

»Ja, Vater, wir können in den Salon gehen.«

Als Hans neben mir stand, nahm er meine Hand und drückte sie.

Leise flüsterte er mir ins Ohr: »Das ist seine Tochter. Hat er keine Frau?«

Wir gingen in den Salon und ich sah mich um. Keine Diener, keine Frau, nichts. Was war los?

»Setzen se sich, das Essen wird gleich serviert.« Wir setzten uns einander gegenüber, Samu der jungen Frau gegenüber und Rabbi Stein am Kopfende des Tisches.

Aha, also doch Diener, dachte ich, und schon ging die Tür auf, und drei Herren traten ein, die etwas Köstliches in den Raum brachten.

Als das Essen vor uns auf dem Tisch stand, wollte Hans anfangen, aber der Rabbi hatte andere Pläne. Voller Freude bat er Hans, das Essen zu segnen.

Hans sprang auf und wollte losschreien, aber Samu hatte seinen Vater im Griff. »Rabbi, soll nicht ich das Essen segnen?«

»Ist es nicht unhöflich deinem Vater gegenüber, ihm diese Gelegenheit zu verwehren?«

»Nein, nein, lieber Rabbi. Lassen Sie ihn den Segen sprechen, ich höre lieber meinem Sohn zu.«

Puh, dachte ich. Die Kurve war sehr scharf und schrammte nur knapp an einer Katastrophe vorbei. Samu stand auf und nahm ein Stück Brot in die Hand. Dann begann er den Kiddusch: »Gesegnet seist du, G-tt, unser G-tt, König des Universums, der das Brot aus der Erde hervorbringt.«

Dann setzte er sich wieder. Es war ein kurzer Segen, es war ja kein Feiertag. Das Essen war sehr gut, es gab Entenbrust. Dazu gab es Kartoffeln und Möhren. Ich liebte dieses Gemüse.

Als wir fertig waren, wollte der Rabbi mit uns in seinem kleinen Salon etwas trinken. Es gab auch Zigarren, und Hans nahm natürlich eine.

»Rabbi Stein, darf ich fragen, ob Ihre Frau unpässlich ist?«

»Mein liebes Kind, meine Frau ist vor einem halben Jahr plötzlich von uns gegangen. Jetzt habe ich nur noch unsere Tochter Liesel.«

»Das ist schrecklich, verzeihen Sie meine Neugierde.«

»Is' nix zu verzeihen, Frau Mangold. Adonai hatte einfach Besseres mit ihr vor.« Aber in Wirklichkeit sah er traurig aus, als er das sagte.

Sogar Hans hatte Mitleid mit ihm und versuchte ihn aufzumuntern: »Rabbi, lassen Sie uns zusammen eine Zigarre rauchen und vielleicht noch einen Whisky trinken. Das entspannt die Nerven.«

»Ja, gerne, Herr Mangold.«

Liesel schenkte den beiden ein. Für mich gab es Eistee und für Samu Tafelwasser. Später setzte sie sich zu ihm und unterhielt sich mit ihm über die Ausbildung.

Hans und Rabbi Stein verstanden sich erstaunlich gut, sie lachten oft, schlugen sich ab und zu auf die Schenkel. Sie waren sogar plötzlich per du! Ich hörte nicht zu, ich träumte von unserer Villa. Als mir schließlich langweilig wurde, fragte ich Hans, ob er gehen wolle.

Aber er wollte nicht! Wir waren gut fünf Stunden bei den Steins, und der, der gar nicht kommen wollte, blieb am längsten. Erst nach Mitternacht brachte uns der Fahrer von Rabbi Stein ins Hotel zurück.

Als wir schon im Bett lagen, fragte mich Hans plötzlich: »Liebling, bist du böse?«

»Nein! Warum denn?«

»Na, weil wir erst gerade zurückgekommen sind.«

»Es war schön, und dafür, dass wir nur zwei Stunden bleiben wollten, war es gut.«

»Ich liebe dich.« Hans küsste mich und drehte sich um.

»Ich liebe dich auch, Schatz.« Ich kuschelte mich an ihn und schlief schnell ein.

Am nächsten Tag war Sonntag, unser Abreisetag. Hans hatte noch einen Termin bei der Baufirma. Er war froh, am Sonntag Zeit gefunden zu haben. Wir haben gefrühstückt und uns fertig gemacht. Dann nahmen wir unsere Mäntel und gingen los. Ich begleitete ihn, weil ich auch etwas zu sagen hatte. Wir standen schon vor dem Haupteingang der Villa, als der Wagen mit den beiden Herren von der Baufirma vorfuhr. Sie stiegen aus und begrüßten uns.

»Guten Tag, darf ich Ihnen meinen Sohn Fritz vorstellen? Er wird demnächst die Firma übernehmen.«

»Guten Tag zusammen. Sie haben ein schönes Haus«, sagte Fritz freundlich.

Recht hatte er, und so bestätigte ich gerne: »Danke, ja, es wird wunderschön.«

»Komm, wir besprechen das im Haus.« Dort zeigte Hans den Herren, was wir ändern wollten. Das dauerte über zwei Stunden. Erst dann waren wir durch und standen wieder vor der Eingangstür.

»Ich mache alles fertig und schicke es Ihnen. Ihr Sohn kann die Verträge unterschreiben, Herr Mangold«.

»Ja, das würde ich auch sagen, ich freue mich, dass alles so prima geklappt hat.«

»Auf Wiedersehen, meine Herren«, sagte ich höflich.

»Auf Wiedersehen, Frau Mangold, Herr Mangold.«

Als sie weg waren, sagte ich zu Hans: »Nette Leute! Die werden das toll machen.«

»Ja, das glaube ich auch. Lass uns zurück ins Hotel gehen, wir müssen noch packen.«

Ich hakte mich bei Hans ein und wir gingen gemeinsam zum Hotel zurück. Hans ging zur Rezeption, ich nach oben.

Als er reinkam, packte ich schon. »Hast du schon angefangen?«, fragte er mich.

»Ja, ich bin fast fertig. Hast du die Informationen?«

»Ja, Schatz, alles ist gebucht und Samuel bringt uns zum Bahnhof.«

»Gut, ich dachte schon, er hätte keine Zeit.«

»Rabbi Stein wollte es so. Er hält sehr viel von unserem Sohn.«

»Ich bin froh, dass es so gekommen ist. Nicht auszudenken, wenn er hier unglücklich wäre.«

Es klingelte an der Zimmertür. »Mach auf, das muss Samuel sein. Ich muss noch die Sachen aus dem Bad holen.«

Hans öffnete und ich verschwand im Bad. Als ich zurückkam, trugen ein Page und Samu die Koffer aus der Suite. Ich verstaute die Sachen aus dem Bad in einer der Taschen und nahm eine. Hans trug den Rest in die Halle. Er bezahlte die Rechnung und ich ging zum Auto.

»Oh Ben, was machen Sie denn hier und wo ist unser Auto?«

»Rabbi Stein wollte, dass ich Sie fahre.«

»Mutter, du bist schon da, ich habe dich gesucht. Ich wollte es dir sagen und Papa hatte nichts dagegen.«

»Ich auch nicht, aber es ist auch ein schönes Auto.«

Schnell stieg ich ein. Hans kam und stieg auch ein.

»Gehen wir?«

»Ja, Schatz!«

»Ben, gib Gas!«, scherzte Hans.

Zum Bahnhof waren es nur zehn Minuten zu Fuß. Mit dem Auto ging es schnell. Kaum genossen wir den Luxus, war es auch schon wieder vorbei.

»Geht ihr schon mal vor, Ben und ich bringen die Koffer zum Bahnsteig.«

»Wo müssen wir denn hin?«, fragte ich etwas irritiert.

»Gleis 3, da kommt der Schnellzug an. Mit dem könnt ihr bis Zürich fahren.«

»Gut, Schatz, gehen wir. Die beiden machen das schon.«

Der Schnellzug stand schon auf Gleis 3. Ich dachte schon, er würde ohne uns abfahren, aber er hatte seine festen Wartezeiten.

»Ah, der Zug ist da, wir müssen in Wagen 2. Da haben wir ein Abteil reserviert.«

Ben und Samu fuhren mit diesen modernen Kofferwagen zum zweiten Wagen und hievten unser Gepäck hinein. Hans und ich hatten nichts zu tun, er suchte das Abteil. Ich blieb bei unserem Gepäck. Samu half uns, alles ins Abteil zu tragen. Hans gab Ben ein Trinkgeld, das er zuerst ablehnte, dann aber doch annahm. Zum Schluss schüttelten sie sich die Hände und Hans stieg ein.

»Junge, bitte pass auf dich auf, ich bin es nicht gewohnt, ohne dich zu sein.«

»Ist schon gut, Mama. Ich habe hier Leute, die auf mich aufpassen. Mach' dir bitte keine Sorgen und wir können auch telefonieren.«

Samu wischte meine Tränen weg. Wie allen Müttern fiel es mir schwer, loszulassen.

»Papa, mach's gut und danke, dass du dich so gut benommen hast. Das bedeutet mir sehr viel.«

»Schon gut, Samuel, ich habe mich mit dem Rabbi geirrt.«

»Ich melde mich wegen der Renovierung.«

»Ja, mach das, wir sind erreichbar. Ich liebe dich, mein Sohn.«

»Ich dich auch, Papa, und dich natürlich auch, Mama.«

Zum Schluss drückte er uns und ging. Ich ging sofort in unser Abteil und öffnete das Fenster. Ben schüttelte mir die Hand und Samu winkte uns noch einmal zu. Der Schaffner pfiff und der Zug fuhr los. Ich schloss das Fenster erst, als die beiden nur noch kleine Punkte am Horizont waren. Ich setzte mich und nahm mein Buch zur Hand.

Hans las Zeitung und fragte: »Was liest du, Schatz?«

»Ein Buch von Thomas Mann.«

»Aha, soll ich dir daraus vorlesen?«

»Nein, ich lese lieber selbst, lies du deine Zeitung.«

Hans' Kopf verschwand wieder hinter der Zeitung. Der Zug fuhr gerade an einem kleinen Dorf vorbei. Es war schon eine tolle Errungenschaft der Technik, so einen Schnellzug zu haben. Er hielt nur in den großen Städten, und schon bald waren wir in Basel.

Ich öffnete das Fenster und sah hinaus. Auf dem Bahnsteig wuselten Menschen hin und her. Ein paar Kofferträger rannten von unserem Zug zu dem auf der anderen Seite. Ein kleines Mädchen lächelt mich an und ich winke ihr zu. Vorne an der Lokomotive ertönte ein Pfiff, ein Schaffner hob seine Kelle und pfiff zweimal hintereinander. Dann setzte sich der Zug mit einem Ruck in Bewegung.

»Schatz, wir gehen wieder.«

»Ja, das habe ich gemerkt. Bald sind wir wieder zu Hause.«

Hans kratzte sich am Kopf. »Ich hoffe, Georg holt uns vom Bahnhof ab.«

»Hast du ihm Bescheid gesagt?«

»Ja, mein Schatz, natürlich.«

Ich nickte ihm nur zu und las in meinem Buch weiter. Es war schon gut, was dieser Mann in seinen Romanen schrieb. Hans langweilte sich offensichtlich.

»Musst du auf die Toilette?«

»Nein, Schatz, warum?«

»Na, du rutscht auf deinem Sitz hin und her. Man könnte meinen, du musst zur Toilette.«

»Nein, mein Steiß tut weh und ich bin froh, wenn wir endlich aussteigen können.«

»Ja, ich auch, aber da ist noch etwas Zeit.«

Hans nahm seine Aktentasche und stellte sie auf seinen Schoß. Dann holte er ein weißes Blatt Papier und einen Stift hervor.

»Willst du mir einen Liebesbrief schreiben?«

»Das könnte ich, aber da muss ich dich leider enttäuschen, meine Liebe. Ich schreibe gerade auf, was ich in der nächsten Woche zu tun habe.«

»Schade, aber das ist auch wichtig.«

Hans machte sich an seine Liste und ich schaute aus dem Fenster. Endlich fuhren wir an Altstetten vorbei. Bald waren wir da. Ich genoss den Anblick der kleinen, schlichten Häuschen. Sie standen in der Vorstadt, sie hatten alle einen kleinen Garten und oft spielten Kinder im Garten oder auf der Straße. Ah, die Durchsage des Schaffners, dass wir gleich in Zürich Hauptbahnhof ankommen!

»Schatz, die Koffer! Wir sind gleich da!«

»Ja, Schatz, ich kümmere mich darum.«

Ich steckte mein Buch in die Tasche und Hans packte die Koffer. Es musste schnell gehen, denn der Zug fuhr gleich weiter nach Interlaken.

An der Unruhe im Zug merkte man, dass der Bahnhof nicht mehr weit war. Hans stand schon bereit, um die Koffer zu schleppen. Ich dagegen trug wie immer nur die Taschen.

Der Zug fuhr in den Bahnhof ein, Hans brachte die Koffer zum Ausstieg. Ich ging ihm nach, um ihm zu helfen. Zum Glück stand Georg auf dem Bahnsteig und sah uns.

»Hallo zusammen«, sagte er fast außer Atem. »Ich wäre fast zu spät gekommen!«

»Hallo Georg, aber Sie haben es geschafft.«

»Komm, Schatz, gib mir die Taschen.«

Ich gab Hans meine Taschen und er half mir aus dem Zug. Ich seufzte und war froh, endlich angekommen zu sein.

»Das Auto steht am Nebeneingang. Vorne durfte ich nicht parken.«

»Umbauarbeiten?«, fragte Hans ruhig.

»Ja, Herr Mangold.«

Am Wagen packte Georg alle Koffer in den Kofferraum und wir setzten uns hinein.

»Können wir?«

»Ja, Georg!«

Georg fuhr zu unserem Grundstück. Ich freute mich, die Jugendlichen und Frau Krähling zu sehen.

Es war schon später Nachmittag, als wir zu Hause ankamen. Ich hatte Hunger und Hans bestimmt auch.

»Schatz, ich habe Hunger, du auch?«

»Ja, Schatz, frag doch mal Frau Krähling, was es gibt.«

Ich ging und fragte. Es gab nichts Besonderes. Also fragte ich nach Shakshuka. Es war zwar eher ein Frühstück, aber das esse ich auch, wenn ich keinen großen Hunger habe. Bald saßen wir im Wohnzimmer und aßen unser leckeres Shakshuka.

(Shakshuka ist eine Spezialität der arabischen und israelischen Küche und bedeutet aus dem Arabischen übersetzt etwa ‹Mischung›. Das Gericht besteht aus pochierten Eiern in einer Soße aus Tomaten, Chili und Zwiebeln).

»Liebling, ich gehe heute früh ins Bett. Lass uns noch etwas trinken und dann ins Bett gehen«.

»Ja, Schatz, du hast recht. Ich bin auch sehr müde.«

Wir genossen unsere Getränke, Hans rauchte noch eine Zigarette und dann gingen wir schlafen.

Ich habe lange geschlafen, bin erst gegen zehn Uhr aufgestanden. Mein Rücken tat weh, man war ja keine 20 mehr. Hans war schon im Büro, hatte viel zu tun. Er wollte sich auch noch mit Martin treffen, der die Büros mieten musste.

Ich genoss den schönen Morgen. Es war ein sonniger und für diese Jahreszeit angenehm warmer Tag. Frau Krähling kam und leistete mir Gesellschaft. Ich lud sie auf einen Tee ein. Wir sprachen über ihre bevorstehende Abreise. Ich konnte mich noch nicht daran gewöhnen, dass sie und Georg bald weg sein würden.

In den nächsten Tagen sollte sich ein neuer Butler vorstellen. Ob er Georg ersetzen kann? Ich glaube nicht. Außerdem müsste er mit uns nach Freiburg gehen. Alle anderen würden bleiben und für das Jugendhaus arbeiten.

»Gnädige Frau, ein Lastwagen ist vorgefahren.«

»Schon gut, Marie, das sind die Umzugskisten.«

»Soll ich gehen?«

»Nein, lass, ich gehe. Bitte doch Georg, mich zu begleiten.«

»Mach' ich, gnädige Frau.« Marie ging, und ich sah nach, was der Lastwagen an Kisten brachte.

Der Fahrer hielt an und stieg aus. »Guten Tag, bin ich bei den Mangolds richtig?«, fragte er.

»Ja, wenn Sie die Kisten bringen.«

»Ja, das mache ich, und die sind groß und schwer.«

»Unser Butler wird Ihnen dabei helfen. Er kommt gleich.«

»Ja, keine Eile, ich habe Zeit.«

Der Fahrer stieg auf die Ladefläche und löste die Kisten. Als Georg kam, war es so weit. Die beiden luden alle Kisten ab, dann bekam der Fahrer einen Kaffee und ein gutes Trinkgeld.

»Das sind aber viele Kisten! Danke, Georg.«

»Gern geschehen, aber jetzt tut mir der Rücken weh.«

»Nehmen Sie sich frei und nehmen Sie ein heißes Bad.«

»Werde ich machen.«

Georg humpelte davon, und ich schaute, welche Kiste ich zuerst nehmen konnte. Als Maurice und Tom um die Ecke kamen, ließ ich sie Kisten schleppen. Tom war genervt, Maurice genoss die Chefrolle und scheuchte Tom herum. Nach fünf Kisten konnte und wollte Tom nicht mehr. Maurice riss die Arme hoch und triumphierte. Dann gingen beide zum Mittagessen und ich schaute, wohin wir die Kisten bringen konnten.

Gegen Abend kam Hans nach Hause und staunte nicht schlecht, als er sah, wie weit wir schon gekommen waren. Maurice wollte mir noch helfen, aber ich sagte ihm, er könne gehen. Er war noch ein Junge und sollte auch etwas Spaß haben, und den hatte er mit Tom. Sie rauften oft und gern miteinander. Dann rannten sie durch den Park und am Ende waren sie ganz kaputt.

»Schatz, lass uns morgen die restlichen Kisten in die Zimmer bringen. Heute machen wir nichts und genießen den Abend. Sollen wir zu den Jugendlichen gehen?«

»Wenn du willst! Die spielen bestimmt was zusammen.«

Also gingen wir gemeinsam rüber zum Jugendhaus und genossen die Zeit mit den Jungs und Mädels. Wir spielten "Fang den Hut", "Schwarzer Peter" und "Memory". Ich war glücklich und vergaß die Sehnsucht nach Samuel. Hans verlor ständig und war genervt. Ich machte mir einen Spaß daraus und hänselte ihn.

Als wir genug gespielt hatten und die Kinder ins Bett mussten, machten wir uns auf den Heimweg. Hans wollte noch etwas trinken und rauchen, ich trank Tee. Wir waren müde und gingen zusammen ins Bett, aber nicht ohne uns noch zu unterhalten. Ich unterhielt mich gern mit Hans im Bett. Er nickte meistens ein und sagte nur ‹ja›. Wenn er einnickte, stupste ich ihn an.

Am nächsten Morgen regnete es, es war neblig und kühl. Ich musste niesen. Oh G-tt, hatte ich etwa eine Grippe? *Nicht jetzt*, dachte ich und putzte mir die Nase. Ich ging in die Küche und ließ mir einen Tee machen. Der würde mir jetzt gut tun.

Ich nahm ihn und ging in mein Arbeitszimmer. Dort wollte ich den halben Tag verbringen und ein paar Kisten packen. Samuel hatte am Abend vorher angerufen und Hans mitgeteilt, dass die Baufirma schon mit dem Umbau begonnen hatte. Ich freute mich. Bald würden wir umziehen.

Hans schleppte mit Maurice und Georg Kisten. Jetzt stand in fast jedem Zimmer eine große Kiste und im ganzen Haus standen unzählige Kartons herum. Ich ging nachsehen, was die Männer für einen Lärm machten. Hans und Maurice schleppten eine Kiste, und Georg, der noch verletzt war, trug einen Karton. Ich wollte mir gar nicht vorstellen, wie sie die Kisten wieder runter bekamen, aber das war die Aufgabe der Umzugsfirma.

»Schatz, willst du nicht mal eine Pause machen? Schau dir Georg an. Er kann kaum noch aufrecht gehen.«

»Ja, Schatz, wir wollten nur noch diese eine Kiste in Samus Zimmer bringen. Jetzt ist alles fertig und wir können langsam anfangen zu packen.«

»Wenn ich daran denke, dass wir in drei Monaten umziehen. Ich freue mich so!«

Hans sah mich nur an. Dann ging er mit Maurice und Georg etwas trinken. Ich ging in mein Arbeitszimmer und machte weiter.

Das Telefon klingelt. Es war Ursula. »Ursula, wie schön! ... Ja, ich bin zu Hause, ja, können wir machen. ... Dann erwarte ich dich hier. ... Kommt Martin auch? ... Ah gut, dann nur wir. ... Bis gleich, Ursula«. Sie wollte vorbeikommen und etwas mitbringen. Wer weiß, was sie wieder hat.

Als Ursula dann kam, war ich natürlich neugierig, was sie wohl mitgebracht hatte. Sie wurde von ihrem Chauffeur gebracht, aber das Geschenk war, wie sie sagte, im Kofferraum.

»Gehen wir rein, möchtest du Kaffee oder Tee?«

»Tee, bitte, und Julius, bring bitte das Geschenk in den Salon.«

Julius, ihr Fahrer, nickte und Georg kam, um ihm zu helfen. Wir gingen hinein und genossen den heißen Tee.

»So, ich glaube, euer Geschenk ist schon im Salon. Komm, ich zeige es dir.«

Noch bevor ich etwas sagen konnte, zog mich Ursula mit sich. Erst im Salon blieb sie stehen, und ich sah es, offenbar eine Bronzefigur. Ich spürte, wie meine Augen glänzten.

»Oh Ursula, was ist das?«, fragte ich sie erstaunt.

»Nimm das Tuch weg und sieh sie dir an.«

Ich zupfte an dem Seidentuch und sah diese wunderbare Bronzeskulptur. So einmalig schön und elegant! Sie war gut 70 cm hoch und schwer; ich wollte sie anheben, aber sie war ungewöhnlich schwer.

»Wer ist das?«, fragte ich Ursula.

»Erkennst du sie nicht?«

»Nein!«

»Das bin ich, ein Entwurf für die große Marmorstatue in unserem Garten.«

»Ja, ich erinnere mich gut daran. Warum schenkst du uns diese wertvolle Bronze?«

»Weil ich möchte, dass du mich in Freiburg nicht vergisst!«

Ich war so gerührt, dass ich Ursula unbedingt umarmen und drücken wollte.

»Ich werde dich nie vergessen, und Telefon haben wir ja auch noch.«

Mit Tränen in den Augen sagte sie: »Ich werde dich sehr vermissen«.

»Es tut mir so leid. Aber ich habe keine so schöne Skulptur, die ich dir schenken könnte.«

»Das macht nichts, meine Liebe.«

Wir gingen Tee trinken. Als Hans mit Maurice und Georg kam, ging Ursula. Hans fand die kleine Bronze sehr schön.

Sollte ich eifersüchtig sein? Hans lachte nur und gab mir einen Kuss. Maurice bekam große Augen, immerhin war die Skulptur halbnackt.

»Lass uns packen gehen.«

»Aber nur für eine Stunde, wir wollen noch mit Samuel telefonieren.«

»Ist gut, Schatz.«

Drei Monate später war es so weit. Frau Krähling und Georg verließen uns und wir standen kurz vor dem Umzug. Der Abschied der beiden war herzzerreißend, alle weinten, aber die beiden Männer waren die Harten und versuchten, sich nichts anmerken zu lassen.

»Soll ich euch zum Bahnhof fahren?«, fragte Hans Frau Krähling und Georg.

Aber die beiden wollten lieber ein Taxi nehmen. Sie wollten keinen großen Abschied. Frau Krähling versprach uns zu schreiben. So würden wir in Kontakt bleiben. (Wir schrieben eine Weile, aber irgendwann kam keine Antwort mehr aus Beuren. Vielleicht hätte man nachschauen sollen, aber oft tut man Dinge, die man viel besser anders machen würde).

Der Butler, den Georg uns empfohlen hatte, war nichts für uns. Er war eine Katastrophe und wollte sich auch nicht von mir herumkommandieren lassen. Trotzdem gab ich ihm eine Chance und er durfte mit nach Freiburg.

Wir hatten drei Transporter beladen und waren in Freiburg angekommen. Sie standen vor dem Tor und warteten darauf, dass Hans sie einließ.

»Hoffentlich passen die Lastwagen durchs Tor.«

Der Fahrer nickte nur. Er war Engstellen gewohnt und steuerte seinen Transporter gekonnt durch das Tor. Keiner der Fahrer hatte einen Kratzer. (Als ich gerade meinen Führerschein gemacht hatte, fuhr ich einen Kratzer in Hans' neuen Mercedes. Ich fand das lustig, Hans war sauer. Männer und ihre Spielzeuge!)

Vor unserem Haus wurde es ziemlich eng. Hans parkte seinen Mercedes in der Mozartstraße. Als er zurückkam, waren wir schon dabei, unsere Möbel auszuladen. Ich stand in der Diele und dirigierte die Möbelpacker. Zum Glück waren wir nach gut fünf Stunden mit allem fertig.

Zwar standen noch nicht alle Möbel an ihrem Platz, aber das störte mich nicht. Wir hatten ja genug Zeit.

Wichtiger war es, neues Personal einzustellen. Der Ersatz für Georg hat auch in Freiburg nicht gut funktioniert. Wir beschlossen, ihn zu entlassen und einen neuen Butler zu suchen. Irgendetwas fehlte bei ihm. War Georg überhaupt zu ersetzen? Schwierig! Es musste Liebe auf den ersten Blick sein, wenn es überhaupt klappen sollte.

Damals gab es noch Agenturen, über die man Hauspersonal einstellen konnte. Ich hatte mich dort gemeldet und bekam auch einige sehr gute Hausmädchen vermittelt. Nur einen zweiten Georg haben wir nicht gefunden. (Erst ein gutes Jahr später trafen wir François. Es war fast Liebe auf den ersten Blick. Was er alles konnte, übertraf die Künste von Georg. Eine neue Frau Krähling brauchten wir nicht, auch diese Aufgaben erfüllte François).

Endlich hatten wir unseren Haushalt nach unseren Wünschen eingerichtet. Bald gaben wir ein Einweihungsfest, ließen unser Haus weihen und hofften, noch viele Jahre sehr glücklich hier zu sein.

Ich habe Einladungen machen lassen. Darauf war unser neues Haus zu sehen und das Datum und die Uhrzeit des Festes. Als es dann soweit war und fast alle kamen, war ich sehr aufgeregt. Es war fast wie an meinem ersten Schultag in Berlin.

Es kamen viele aus unserer neuen Gemeinde, auch fast alle Nachbarn, nur die Familie vom Nachbargrundstück nicht. Sie waren dem letzten Reich angetan. Sie grüßten, blieben aber unter sich.

Rabbi Stein segnete unser Haus, wir aßen und waren alle fröhlich. Das Fest dauerte bis spät in die Nacht, und als unsere Gäste gingen, hatten wir viele neue Freunde gewonnen.

Hans konnte endlich die Büros mieten, die er sich gewünscht hatte. Irgendwann waren sie aber zu klein und wir kauften ein Haus in der Bertholdstraße. Im Erdgeschoss befanden sich kleine Gewerbeeinheiten (ein Bioladen und eine Apotheke), darüber die Büros. Das Dachgeschoss bauten wir zu einem Penthouse aus - als Rückzugsort, wenn wir die Villa an Samuel übergeben würden.

Aber so weit war es noch nicht. Es gab noch andere Herausforderungen. Eine davon war für Hans fast zu groß. Samuel wollte, dass unser Haushalt nach den Regeln der Kaschrut geführt wird, den jüdischen Speisevorschriften, die festlegen, was man essen darf und was nicht - kein Schweinefleisch, Milch und Fleisch trennen und dafür getrenntes

Besteck, Geschirr und Töpfe verwenden. Dafür wollte er sogar einen neuen Koch einstellen.

Es gab großen Ärger. Hans sagte: »Wenn du nicht aufhörst, ziehen wir in die Bertholdstraße. Dann kannst du hier wie ein ultraorthodoxer Jude leben.« (Ich höre ihn noch genau).

Samuel sprach mehrere Tage kein Wort mit Hans. Irgendwann wurde es Samuel zu lächerlich und er bat seinen Vater um Verzeihung.

Er ging in sein Arbeitszimmer, wo er wie so oft über Büchern und Papieren saß.

»Vater, kann ich dich sprechen?«, fragte Samu vorsichtig.

Hans antwortete wie so oft verständnisvoll: »Natürlich, mein Sohn. Was möchtest du?«

»Vater, es ist lächerlich, wie wir uns benehmen. Ich habe Dinge getan, ohne darüber nachzudenken, was ich damit anrichte. Ich bin Gast in eurem Haus, lebe mit Rachel unter eurem Dach. Ich habe jetzt mit ihr gesprochen, und wir werden uns hier in Freiburg ein eigenes Haus suchen.«

Aber das kam für Hans überhaupt nicht in Frage. »Du bist meschugge, mein Sohn«, erwiderte er. »Wir haben diese Villa auch für dich gekauft, den Garten für deine Kinder geplant. Du und Rachel gehören zur Familie, also überlassen wir euch die Villa und ziehen in unsere Wohnung.«

»Nein, Vater! Können wir nicht einen Kompromiss schließen?«

»Gut! Sprich, mein Sohn.«

»Ich habe noch viel vor in meinem Leben, ich will eines Tages diese Gemeinde übernehmen. Da muss ich mich an alle Regeln halten und ein Vorbild sein. Wie wäre es, wenn ich das koschere Essen kommen lasse und getrennt von euch im kleinen Salon esse?«

»Das könnte funktionieren. Versuchen wir es! Du weißt, ich war immer stolz auf dich und bin es immer noch.«

»Natürlich, Vater! Komm und lass dich umarmen. Ich liebe dich, Tate!«

Hans stand auf und umarmte seinen Sohn. Dabei sagte er leise: »Ich hab dich auch lieb, mein Sohn«.

So stimmte Hans dem Kompromissvorschlag zu. Samu konnte die Kaschrut einhalten und aß getrennt von uns: wir im großen Salon, Samu im kleinen Salon. Eine bessere Lösung fiel uns nicht ein.

Aber es ging nicht lange gut. Hans wurde unruhig. Er vermisste seine Familie am Tisch. Aber Samu wollte nicht an den gemeinsamen Tisch zurück, er forderte sein Recht ein, sie hatten doch eine Vereinbarung getroffen. Er wurde sogar jähzornig, wollte gehen. Rachel sagte nichts dazu. Sie tat immer, was Samu wollte.

Samu sagte damals einen Satz, der mich sehr beunruhigte: »Die Frauen in unserer Gemeinschaft sind nur dazu da, Kinder zu gebären und groß-zuziehen. Sie müssen ihrem Mann dienen, so wie Adonai.«

War Samu noch mein Sohn, musste ich mich ernsthaft fragen. So hatte ich ihn nicht erzogen, ihn immer ermahnt, gütig zu sein und andere Menschen zu respektieren. Bald merkte ich, dass der Umzug nach Frei-burg unser größter Fehler gewesen war. Unsere Familie wurde ausei-nandergerissen.

Samu blieb nun oft länger im Büro und mied seinen Vater. Einige Zeit später bot er uns an, mit seiner Frau in die Dachgeschosswohnung zu ziehen und uns die Villa zu überlassen. Schließlich wollten er und Ra-chel bald heiraten.

Wir fühlten uns überrumpelt. Samu wollte heiraten und wir wussten nichts davon! Unser Sohn hat sich später entschuldigt, aber diese Wunde ist bei uns nie richtig verheilt.

Vor allem Hans steigerte sich in die Sache hinein, wurde krank und erlitt einen leichten Herzinfarkt.

Völlig aufgelöst rief ich unseren Arzt an. Dr. Schmitt eilte sofort herbei und untersuchte Hans. Zum Glück fand er nichts Schlimmeres. Dr. Schmitt wollte aber kein Risiko eingehen und verbot Hans das Fliegen. Aber unser Sohn wollte Rachel in Tel Aviv heiraten. Das tat er auch bald, denn damals hatte er noch Respekt vor Rachels Eltern. Leider änderte sich das bald und er sprach nur noch mit Hass von Rachels Vater, Lior.

So blieben wir Eltern zu Hause. Immerhin waren Ari und Adam mit ihren Familien bei der Zeremonie und machten Videos und Fotos. (Was für ein schönes Brautpaar waren Rachel und Samuel!)

Samuel und Rachel blieben 14 Tage und reisten in ihren Flitterwochen durch Israel. Hans sprach nicht viel. Ob er verärgert war oder ob es ihm gesundheitlich nicht gut ging, konnte ich nicht herausfinden. Ich schlug ihm vor, in die Bertholdstraße zu ziehen und Samuel mit Rachel die Villa zu überlassen. Um des Friedens willen willigte Hans ein.

Wir brauchten nicht viel mitzunehmen. Nur die persönlichen Sachen, Kleidung und ein Dienstmädchen. Aber wenn ich gewusst hätte, dass dies der Anfang von Hans' Tod war, hätte ich von nun an jede Sekunde mit ihm verbracht.

Als Samuel und Rachel zurückkamen, baten wir sie um ein Gespräch. Wir wollten die Wunden nicht heilen. Dafür war es zu spät. Wir mussten mit diesem Lebensabschnitt abschließen. Hans konnte nicht mehr richtig am normalen Leben teilnehmen.

Wir luden Samu und Rachel zum Essen ein. Ich hatte vier Plätze in dem netten Restaurant neben dem Hotel reserviert. Samu und Rachel sagten zu, aber erst nach dem Gebet, denn er konnte dort nicht beten. Kein Problem! Wir aßen kurz nach 19:00 Uhr. Hans ging schon am Stock und es wurde von Tag zu Tag schlimmer.

Wir nahmen ein Taxi zum Lokal. Ich traute mich nicht zu fahren und Hans konnte nicht mehr. Samu und Rachel waren schon da.

»Hallo Kinder, schön, dass ihr gekommen seid«, sagte ich glücklich. Ich war froh, dass wir endlich wieder miteinander reden konnten. Hans sagte nicht viel. Nach seinem Herzinfarkt sprach er nicht mehr viel.

Samu stand auf und nahm seine Hand. »Vater, ich bin froh, dass wir endlich über alles reden können. Mama, danke das du dich um alles gekümmert hast.«

Als Samu das sagte, sah Hans mich scharf an. Ich hatte eine kleine Notlüge benutzt, die nun aufflog. Trotzdem blieb ich ruhig und lächelte ihn unbeirrt an.

»Also, Vater, worüber wollt ihr reden?«, fragte Samu.

Hans räusperte sich. »Wir ziehen um. Ich lasse morgen die Dachgeschosswohnung umbauen. Ihr bekommt die Villa und wir ziehen uns zurück.«

Samu reagierte gereizt. Er hatte gedacht, alles sei in Ordnung. Aber jetzt das!

»Was habe ich jetzt wieder angestellt?«, fragte er nur.

»Nichts!«, antwortete Hans matt. »Aber überlegt doch mal: Ihr habt jetzt euer eigenes Leben, und da haben wir keinen Platz mehr.«

Nun wagte auch Rachel, ganz gegen ihre Gewohnheit, das Wort zu ergreifen: »Ihr könnt nicht gehen! Ich kann noch nicht allein den Haushalt führen. Bitte!«

Aber Hans hatte sich entschieden und wollte nicht von seiner Meinung abrücken. Brüsk erklärte er: »Dann stellt Personal ein, oder wir lassen unsers hier. Wir brauchen nur ein Dienstmädchen.«

Jetzt schaltete auch Samu auf stur. Er erwiderte: »Dann ist ja alles gesagt. Ihr könnt hier bleiben, wir gehen! Mama, ich rufe dich an!«

Ich musste weinen und Samu sah es. Ich machte mir Sorgen. Rachel war zauberhaft. Sie wollte wirklich, dass wir in der Villa bleiben, nur um ihr zu helfen. Aber Hans lehnte ab. Er wollte seine Ruhe haben, und ich wurde nicht gefragt.

Samu und Rachel gingen. Wir blieben sitzen. Hans wollte zu Ende essen. Es war beschlossene Sache: Wir würden umziehen.

Hätte es sich gelohnt, in Freiburg noch einmal von vorne anzufangen? Wenn wir schon allein waren, hätten wir auch in Zürich bleiben können. (Tatsächlich dachte ich einen Moment lang daran, zurückzugehen, denn dort waren wir glücklich gewesen). Aber Hans wollte nicht zurück. Er rief den Baufachmann seines Vertrauens an und bat ihn, die Penthouse-Wohnung noch etwas umzubauen. Zum Glück hat es etwas gedauert.

Mit Rachel habe ich mich angefreundet. Sie war immer nett und ich mochte sie sehr. Ich bin oft mit ihr Kaffee trinken gegangen. Am Platz der Alten Synagoge gab es ein kleines Café, wo wir uns heimlich trafen - ja, heimlich.

Ich habe nie herausgefunden, warum Samu sich so verändert hat. Er war jetzt oft gereizt, ja jähzornig und hatte auch Probleme in der

Gemeinde, nicht nur mit uns. Und je höher er in der Hierarchie kam, desto mehr war er nicht mehr er selbst.

Er reiste oft nach Israel, traf dort wichtige Leute, kam mit viel Geld zurück. Ob das der Grund für seinen Wechsel war? Er erzählte mir damals, dass es ehemalige Internatsfreunde waren, die nun in Deutschland investieren wollten. Der damalige Oberrabbiner war froh über solche Kontakte, denn so konnte er die Neue Synagoge bauen. Dieses Projekt - und seine Förderer - stießen beim Rabbinat natürlich auf Wohlwollen, und so stieg Samu in seinem Amt stetig auf.

Seine eigene Familie hatte er längst hinter sich gelassen. Als sich ein Besuch von Rachels Eltern ankündigte, wurde er richtig wütend. Dabei hatte Rachel ganz harmlos erklärt: »Samu, Mame und Tate kommen aus Israel. Tate geht es nicht so gut und er möchte hier einen Arzt aufsuchen.«

Das weiß ich, denn ich war dabei. Aber Samu war sofort empört: »Jetzt! Ich habe keine Zeit für deine Eltern. Sollen sie doch im Hotel absteigen! Unser Haus war ihnen sowieso nie gut genug!«, schrie er Rachel an.

»Aber!«, sagte sie leise und begann schon zu zittern.

»Was, aber? Ich will meine Ruhe haben. Geh und mach deine Arbeit!«

Samu stand ihr gegenüber und hob die Hand. Ich konnte es gerade noch verhindern, warnte sie: »Samu! Mach das nicht! Wenn du das tust, verlierst du meinen Respekt.«

Ich wusste nicht, warum er plötzlich so reagierte. Als Rachels Eltern ankamen, war er unterwegs, musste angeblich für den Oberrabbiner etwas in Goslar abholen - unaufschiebbar. Hatte er ein schlechtes Gewissen oder etwas vor Rachels Vater zu verbergen? Nein, es war nur, weil Lior ihn immer von oben herab behandelt hatte.

Den Goldbergs war das egal. Rachels Vater Lior konnte Samu nie leiden. Esther hat es mir einmal erzählt, als wir zusammen in München waren. Lior wollte einen Anwalt als Schwiegersohn, keinen Bankier - und schon gar keinen Rabbineranwärter. Er hatte nichts für Religion übrig und hielt sich oft die Ohren zu, wenn Samu zu predigen begann. Ich fand das lustig, weil es Samu sehr ärgerte.

Esther Goldberg wurde nach und nach eine gute Freundin, die mir in dieser schwierigen Übergangszeit zur Seite stand. Ihr Mann dagegen war eher zurückhaltend, aber er war sowieso nicht oft in Deutschland. Die Goldbergs hatten eine Wohnung in München, lebten aber in Israel und waren dort reich und mächtig.

Doch Lior starb bald, zwei Jahre vor Hans. Er erlitt einen Schlaganfall und starb auf dem Weg ins Krankenhaus. Seitdem lebte Esther in München und besuchte oft Rachel und Samuel. Merkwürdig: Samuel mochte Esther. Er wollte sogar, dass sie bei ihnen einzieht. Aber Esther lehnte dankend ab. Sie kam lieber zu Besuch, und wenn sie da war, trafen wir uns zum Essen und tranken oft zusammen Kaffee.

Hans verließ unterdessen immer seltener das Haus. Ich machte mir Sorgen. Ich rief unseren Arzt an und bat ihn, mit Hans zu sprechen. Hans war ja nicht dem Tode geweiht, er war alt, aber nicht tot, auch nicht todkrank.

Der Arzt verordnete ihm erst einmal eine Kur, damit er wieder klar denken könne. Doch statt zur Kur zu fahren, wollte Hans noch einmal nach Ascona und den Lago Maggiore erleben. Er blühte wieder auf, ging ohne Stock und wollte wieder am Leben teilnehmen. Wir blieben drei Wochen im Tessin und genossen das mediterrane Leben. Wir sprachen viel über Freiburg und Hans erwähnte zum ersten Mal, dass er unsere Firma abgeben würde. Ich war irgendwie froh darüber und dachte an Herschel.

Als wir zurückkamen, lud Hans Samu und mich zu einem Gespräch ein. Ich war überrascht: Er war so förmlich, fast distanziert. Ich machte mir wieder Sorgen. Ich rief Samu an, er solle kommen und mit Hans reden. Samu kam, wir setzten uns mit Hans zusammen und am Ende war alles geregelt. Das Geschäft war schon eine Weile liegen geblieben, und jetzt bot Samu an, seinem Vater sofort zu helfen. Hans sagte zu.

Samuel war sogar richtig gut im Geschäft. Er gründete eine jüdische Privatbank und übernahm unsere Firma. Martin bekam den Auftrag, die Übernahme zu organisieren und rechtlich zu begleiten, und er half Samuel bei allem. Er setzte die Verträge auf, die auch unsere Altersvorsorge regelten. Wir behielten die Penthouse-Wohnung und bekamen von Samu monatlich einen festen Betrag.

Martin und Herschel überbrachten uns die Verträge persönlich. Was für eine Freude! Sogar Hans erwachte aus seiner Starre, so sehr freute er sich, dass Herschel da war. Er bat Herschel um ein persönliches Gespräch. Er gab ihm einen Brief. Er solle ihn erst nach seinem Tod öffnen. Herschel schwor und hielt sich daran. Das war das letzte Mal, dass sie sich sahen. (Mir kommen die Tränen.)

Die Verträge waren unterschrieben und vom Notar beglaubigt. Samuel war nun der rechtmäßige Besitzer unserer Firma und Direktor der Bank. Ich war so stolz auf ihn und auf das, was er erreicht hatte. Einige Tage später wurde er auch zum Oberrabbiner der Gemeinde gewählt und wickelte von nun an auch die Bankgeschäfte der Gemeinde über seine Bank ab.

Das war natürlich ein Grund zum Feiern. Samuel lud alle ein, er wollte jeden, der Rang und Namen hatte, bei der Feier dabei haben. Sogar Hans wollte kommen, aber er saß im Rollstuhl. Er war schon sehr schwach und erleichtert, dass Samuel die Geschäfte übernahm und er sich zurückziehen konnte.

Wieder kamen die vermeintlichen Investoren aus Israel. Samu versuchte immer, es ihnen recht zu machen. Sie benahmen sich, als wären sie Könige. Samu schwitzte in ihrer Nähe. Ich habe nie herausgefunden, was sie gegen ihn in der Hand hatten. Ich konnte mir nicht vorstellen, was dahinter steckte. Es ging mich nichts an.

Ich hatte noch ein paar schöne Jahre mit Hans. 1995 wurde unser erster Enkel Elias geboren. Aber dann hatte er wieder einen Herzinfarkt. Ich bereitete mich auf seinen Tod vor, aber er wollte noch nicht sterben. Der Arzt, der Hans seit Jahren beriet, schlug vor, dass er von nun an in einem Pflegeheim leben sollte. Ich war dagegen und ließ unsere Wohnung noch einmal umbauen, damit er weiterhin dort leben konnte. Er hatte zwei Pfleger, die rund um die Uhr für ihn da waren. Ich zog bei Samuel ein, war aber jeden Tag bei Hans und wich kaum von seiner Seite.

Schließlich bat mich Hans, Samuel zu holen. Ich rief Samuel in seinem Büro an. Als er kam, war Hans schon sehr schwach. Aber er wollte noch einmal mit seinem Sohn sprechen. Ich verließ den Raum und überließ Hans Samu. Als Samu eine halbe Stunde später aus dem Zimmer kam, in dem Hans lag, war er völlig aufgelöst, hatte Tränen in den Augen und einen Umschlag in der Hand. Ich wollte mit ihm reden, aber er schüttelte nur den Kopf und verließ unsere Wohnung.

Ich ging zu Hans. Er starrte an die Decke.

»Schatz, ist alles in Ordnung?«, fragte ich ihn.

Er schaute mich an und sagte leise: »Jetzt ja! Ich habe erledigt, was zu erledigen war. Jetzt kann ich gehen«.

Einen Monate später starb Hans an einer Lungenembolie. Ein Blutgerinnsel in der Beckenvene hatte sich gelöst und war in die Lunge geschwemmt worden. Seine Organe waren nun einfach zu schwach und wollten nicht mehr arbeiten. Ich hielt seine Hand, bis er seine Augen für immer schloss. Ich erinnere mich noch genau an die Zeit. Es war 4 Uhr 37. (An diesem Tag wollte ich sterben!) Als ich fast trocken geweint hatte, ging ich nach Hause und verhängte jeden Spiegel mit einem schwarzen Tuch. Bei uns Juden ist das ein Zeichen der Trauer.

(Es ist ein alter jüdischer Brauch, die Spiegel im Trauerhaus zu verhängen. Die Trauernden verlassen das Haus bis zur Beerdigung nicht. Danach sitzen sie eine Woche lang zu Hause auf niedrigen Stühlen, rasieren sich einen Monat lang nicht, schneiden sich die Haare nicht und wechseln ihre Kleidung nicht. In der ersten Woche brauchen sie auch nicht zu kochen. Das übernehmen andere Verwandte oder enge Freunde. So wird es jedenfalls gelehrt).

Das Begräbnis war schlicht, so wie Hans es sich gewünscht hatte. Er wollte eingeäschert werden. Samuel sagte - ich erinnere mich genau, dass das gegen den jüdischen Glauben sei, weil es die biblische Vorstellung gibt, dass alle Toten am Tag des Jüngsten Gerichts auferstehen. Deshalb müsse der Leichnam unversehrt bestattet werden. Da Hans aber nie wirklich gläubig war, wollte er Adonai bei seinem letzten Gang noch ein wenig ärgern.

Samuel hielt trotzdem die Grabrede, und zwar sehr lange. Danach trafen wir uns im jüdischen Zentrum neben dem Friedhof. Dort fand ein Leichenschmaus statt. Samuel wollte das, weil er so noch einmal zeigen konnte, wie großzügig er angeblich war. Aber das war er schon lange nicht mehr. Es war nur eine Inszenierung für die Öffentlichkeit.

Immerhin traf ich Freunde wieder, die ich lange nicht gesehen hatte. Unter ihnen waren Herschel und seine Frau und einer seiner Söhne, Jonas.

Ich durchlebte drei der vier Phasen der Trauer um Hans.

Phase 1 Aninut zwischen Tod und Beerdigung; diese erste Trauerphase ist die intensivste. In dieser Zeit ist die Familie von religiösen Pflichten entbunden.

Phase 2 Schiwa in der ersten Woche nach dem Begräbnis: Die Trauernden verlassen das Haus nicht, gehen nicht zur Arbeit, vermeiden Vergnügungen aller Art. Nachbarn und Bekannte sorgen für das Essen, Gottesdienste werden im Trauerhaus abgehalten. Es ist Tradition, die Spiegel im Haus zu verhängen. Keine neue Kleidung zu kaufen oder zu tragen, die Haare nicht zu schneiden und sich nicht zu rasieren, gehören zu den traditionellen Pflichten während der Trauerzeit.

Phase 3, Schloschim, 30 Tage nach dem Begräbnis: Der Trauernde kehrt in den Alltag zurück, aber einige Einschränkungen (Verbot von Musik, freudigen Festen wie Hochzeiten, Haareschneiden, Kaufen und Tragen neuer Kleidung) bleiben bestehen.

Phase 4, das Trauerjahr, galt für mich nicht, da Hans mein Mann war. Wenn ein Elternteil stirbt, werden die Praktiken des Schloschim ein Jahr lang fortgesetzt. Nach dreißig Tagen ist das Haareschneiden jedoch wieder erlaubt, wenn von außen Kritik kommt. Die Prozedur ist je nach Glaubensrichtung sehr unterschiedlich. Ich habe mich für die obige entschieden. (Samuel musste das ganze Repertoire durchmachen, weil er seinen Vater verloren hatte).

Viele Freunde standen mir in dieser Zeit bei. Ich wurde mit allerlei leckerem Essen verwöhnt, auch die Kinder waren oft bei mir und haben mich getröstet. Esther kam extra aus München, um mir beizustehen. Am siebten Tag nahm sie alle Tücher von den Spiegeln und zog mich an die frische Luft. Wir gingen zusammen in die Synagoge und beteten das Kaddisch. (»Erhaben über alles Loben und Singen, Preisen und Trösten, das in der Welt gesprochen wird, sprecht: Amen«).

Ich habe lange gebraucht, um mich an die Zeit ohne Hans zu gewöhnen. Wir hatten eine so schöne und lange Zeit, auch wenn es schlechte Zeiten gab. Aber die guten Zeiten überwogen die schlechten. Ich erinnere mich, dass ich mich in den ersten Wochen nach Hans' Tod dabei ertappte, wie ich mit ihm redete. Ich sprach gerne mit ihm und besuchte ihn fast täglich auf dem jüdischen Friedhof. Als Zeichen des Friedens lege ich dann eine weiße Rose auf sein Grab.

Hans und ich haben das Grab vor einigen Jahren gekauft, und eines Tages werde auch ich dort liegen. Es ist schön zu wissen, wo man eines Tages seine Ruhe finden wird. (Ich hoffe, dass Samuel ausführt, was mein Testament bestimmt).

Der Tag der Testamentsvollstreckung kam. Es war nichts Besonderes, ich war ja Alleinerbin. Samuel und Herschel erbten auch einen Teil - dafür hatten sie die Briefe von Hans bekommen -, darunter das Jugendhaus und die Weinberge auf den Golanhöhen. Mehr gab es nicht, was Samuel sicher ärgerte. Was wollte er mit Weinbergen und dann auch noch auf den Golanhöhen, wo es immer kalt war?

Da war Herschel mit dem Jugendhaus besser bedient. Aber er durfte es nie verkaufen. Bei Herschel war ich mir sicher, dass er dieses Erbe immer gut pflegen würde. Er baute das System weiter aus, verbesserte die Organisation, erweiterte es um Jugendhäuser, die unserem ähnlich waren, aber in der Erziehung etwas anders.

(VILLA IN MANGOLD IN ZÜRICH IN DEN 1950ER JAHREN)

FAMILIE, ENKEL: ELIAS, AARON UND LEAH

Nach der Trauer beschloss ich zu reisen. Ich reiste gerne, ging nach Afrika, lernte dort viele Menschen, ihre Sitten und Gebräuche kennen. Ich lechzte nach Neuem, versuchte zu vergessen und mich selbst zu finden. Ich befand mich in einem leeren Raum, umgeben von hohen Mauern, hörte meine eigenen Schreie, ertrank fast in meinem Tränenmeer.

Ich verbrachte ein Jahr in Israel und genoss es, traf meine Familie, fand neue Freunde und lernte Esthers Vergangenheit besser kennen. Sie hatte dort ein anderes Leben, eine schöne Villa mit Weinbergen, Dattel- und Olivenhainen, die von vielen Angestellten bewirtschaftet wurden. Damals wollte ich dieses kleine Paradies gar nicht mehr verlassen. Man muss sich das einmal vorstellen: Eine Anwaltsgattin lebte auf dem Land zwischen Weinbergen und Olivenhainen!

Wir zwei Witwen beschlossen, gemeinsam etwas zu unternehmen. Sie wollte in München eine Galerie eröffnen und ich sollte ihr dabei helfen. Das tat ich gerne und vermittelte ihr viele hochkarätige Kontakte. Schließlich kannte ich durch Hans und Martin einige wohlhabende Leute. Mit anderen Worten: Sie machte das große Geld und ich die Arbeit.

Ich will mich nicht beschweren, aber so war Esther Goldberg immer. Mir war es egal, aber irgendwann hatte ich die Nase voll und ging zurück zu Samuel und seiner Familie. Samuel und Rachel mit ihren Söhnen Elias und Aaron, beide bildhübsch. Echte Mangolds oder zum Teil auch echte Epsteins.

Ich habe oft auf sie aufgepasst. Sie waren lieb, Samuel war in dem Alter nicht so ruhig wie die beiden. Sie spielten oft bei dem kleinen Gartenhäuschen. Dort hing eine Schaukel an einer alten Eiche und daneben war ein Sandkasten. Dort saßen sie und buken Sandkuchen oder bewarfen sich mit dem feuchten Sand.

Ich erinnere mich, wie Elias mich mit Sand bewarf und dann behauptete, es sei Aaron gewesen. Aber Aaron weinte und Elias nahm die Schuld auf sich. Ich habe ihnen gesagt, dass wir nur spielen, da kann schon mal etwas daneben gehen. Bald darauf ging Elias in den jüdischen Kindergarten und war fast den ganzen Tag weg. Ich spielte dann mit Aaron und ging oft mit ihm in die Eisdiele in der Altstadt.

Damals habe ich angefangen, meine Erlebnisse aufzuschreiben. Es gab viel über unser Heim zu erzählen. Aber ich habe das Buch nie veröffentlicht. Ich schrieb es auf und legte es weg. Ich setzte meine Hoffnung in Aaron. Ich hoffte, er würde es veröffentlichen. Ich hoffe es immer noch, denn im Moment liegt es in der Kiste, in der ich Schätze und Kostbarkeiten sammle, um sie ihm zu vererben.

Als auch Aaron in den Kindergarten kam, hatte ich nichts mehr zu tun. Ich suchte mir ein neues Hobby, aber Malen war nichts für mich. Ursula hatte mir einmal geraten, mir einen jungen Mann zu suchen und mit ihm durchzubrennen. Aber das tat ich natürlich nicht, denn ich wollte nie einen anderen Mann, als meinen einzigen Ehemann.

Eines Tages platzte ich versehentlich in eine scheinbar geheime Besprechung mit Samuel. Er saß mit drei Männern im Salon. Sie sahen so ultraorthodox aus, dass ich mich schon beim bloßen Anblick ekelte. Sie saßen da mit ihren großen, grimmigen Gesichtern und sahen mich an, als hätte ich sie erwischt.

Samuel schrie mich an, ich solle verschwinden. Nun, das letzte Wort war noch nicht gesprochen, aber für den Moment zog ich mich zurück. Die Männer aus Israel fingen an zu lachen, und ich hatte keine Lust auf eine Konfrontation.

Aber danach wurde Samuel immer mehr zum Tyrannen. Ich dachte jetzt oft: Jedes Mal, wenn er mächtiger wurde, wurde er auch grimmiger. Was nützen also Geld und Macht? Gar nichts! Gesundheit und eine glückliche Familie dagegen sind unbezahlbar.

Über eine Woche trug ich das mit mir herum. Als ich Samu eines Tages in seinem Arbeitszimmer antraf, wagte ich es, ihn anzusprechen: »Samu, ich muss mit dir reden.«

»Mutter, wenn du dich wegen neulich entschuldigen willst, es ist alles in Ordnung.«

»Nein! Ich möchte mich nicht entschuldigen. Ich will, dass du dich entschuldigst! Es ist nicht in Ordnung, dass du mich so unhöflich behandelst. So habe ich dich nie erzogen. Was ist los mit dir?«

»Ich weiß nicht, was du willst, Mutter. Ich hatte ein Treffen mit Vertretern einer anderen Gemeinde, und du bist einfach hereingeplatzt. Eigentlich solltest du dich entschuldigen.«

Ich verstand. Um die Sache nicht unnötig auf die Spitze zu treiben, gab ich nach.

»Schon gut, entschuldige!«

Ich ging und ließ ihn sitzen. Er machte keine Anstalten, mich zu bitten, zu bleiben. Ich war traurig. Was war nur aus meinem lieben Samuel geworden?

Ich zog mich zurück und blieb eine Weile auf Distanz. Rachel gefiel das nicht. Ich sagte ihr den Grund. Rachel war traurig, sie hatte Angst um die Kinder und um sich selbst. Aber ich glaubte, dass Samuel seiner Familie nie etwas antun könnte.

Irgendwann kam Samuel zu mir und bat mich um Verzeihung. Ich wusste nicht so recht, ob ich ihm glauben konnte. Er verhielt sich merkwürdig, als ob er mich loswerden wollte. Er fragte mich sogar, ob ich nicht für einige Zeit nach Tel Aviv gehen wolle. Ich lehnte dankend ab. Samuel ging.

Später erfuhr ich den Grund. Wieder kam eine seltsame Delegation aus Israel, und wieder verkaufte sich Samuel. Er nahm viel Geld von ihnen, denn er wollte die Neue Synagoge ohne Kredite bauen. Ich musste mich wieder im Hintergrund halten. Die Rabbiner mochten mich nicht, sagte Samuel.

Also zog ich mich ins Privatleben zurück. Esther kam ab und zu nach Freiburg und nahm dann die Jungs mit in die Ferien. Sie mochten es, und ich mochte es auch ab und zu. Entweder fuhr ich selbst mit, oder ich genoss einfach meine Freizeit ohne Enkel.

Manchmal traf ich mich auch mit Ursula in Zürich. Ich besuchte das Jugendhaus und wohnte bei Ursula. Martin starb einige Jahre nach Hans. Herschel und Viktor Hornmann - der zweite Sohn neben Ruben Hornmann - übernahmen die Kanzlei.

Als ich erfuhr, dass Rachel ein weiteres Kind erwartete, dachte ich zunächst, dass alles besser werden würde. Samuel war viel unterwegs, sein Zorn richtete sich nicht gegen das Haus. Die älteren Kinder gingen in den Cheder, eine Art Grundschule ab drei Jahren. Rachel hatte endlich ihre Ruhe.

Da ich im Moment nichts zu tun hatte, kehrte ich nach Israel zurück. Tel Aviv war und ist eine der schönsten Städte der Welt. Ich war gerne und oft dort. Mein Bruder Adam hatte mich eingeladen. Die Bäckerei, die Rosa einst übernommen hatte, lief gut, seine Kinder hatten sie gerade übernommen. Sie hatten auch schon Enkel, alles Buben. Sie verbrachten viel Zeit mit mir, und ich liebte die Zeit mit ihnen.

Adam fragte mich damals, ob ich nicht bleiben wolle. In seinem Haus war genug Platz und man konnte den Blick aufs Meer genießen. Ich habe seine freundliche Einladung abgelehnt. Hans hätte es nicht gewollt, wenn er noch an meiner Seite gewesen wäre. Aber ich genoss die Wochen dort, machte Spaziergänge am Hafen von Jaffa, ging auch zum Beten in die Synagoge.

Dort traf ich einen jungen Rabbiner. Er kam mir bekannt vor, und er erkannte mich auch.

»Schalom, Frau Mangold.«

»Schalom, Rabbi? Verzeihung, ich weiß Ihren Namen nicht.«

»Weinstein, Rabbi Weinstein. Ja, wir werden uns bald öfter sehen. Ihr Sohn hat mich nach Freiburg bestellt.«

»Wie schön! Ich muss gehen, Rabbi.«

Der Rabbiner nickte höflich und ich ging. Ich fragte mich, was er vorhatte. Sein überhebliches Grinsen ging mir nicht aus dem Kopf. Ich beschloss, nach Freiburg zurückzukehren, ich wollte mit Samuel sprechen. Adam hatte mir nichts Gutes über Rabbi Weinstein erzählt. Und ich kannte Samuels Kreise gut genug.

Ich kam zurück, als Leah, seine jüngste Tochter, geboren wurde. Endlich ein Mädchen, und so schön! Was war das für eine Freude, und sie schrie mehr als die beiden Jungen vor ihr! Endlich hatte ich wieder eine Aufgabe, die ich gerne übernahm. Wenn man gebraucht wird, bleibt man jung.

Mit Leahs Geburt verwarf ich auch meinen Plan, mit Samuel zu sprechen. Erst später erinnerte ich mich, warum ich eigentlich nach Deutschland zurückgekehrt war, und nahm mir vor, Samuel nach Rabbi Weinstein zu fragen.

Ich ging zu Samuel. Er war in der Synagoge und hing über seinen Büchern. Leise klopfte ich an die Tür und Samu bat mich herein.

»Samu, kann ich dich sprechen?«, fragte ich leise. Nicht, dass er gleich wieder ausflippen würde.

Aber diesmal war er die Ruhe selbst. »Natürlich, Mutter, du immer! Was hast du auf dem Herzen?«

»Es geht um Rabbi Weinstein. Kennst du ihn aus Israel?«

»Ja! Er war ein Kommilitone und wurde Assistenzrabbiner an der Großen Synagoge in Tel Aviv. Hat er etwas angestellt?«

»Nein. Ich habe ihn dort getroffen und mich gewundert, dass er mich kennt. Dann erzählte er mir, dass er bald nach Freiburg kommen würde.«

»Ja, das stimmt. Er war damals bei uns zu Besuch und hat dich gesehen, als du in den Salon gekommen bist. An diesem Abend habe ich ihn gefragt, ob er nicht unserer Gemeinschaft beitreten möchte. Er hat mein Angebot angenommen und ist seit gestern in Freiburg. Er wird sich vor allem um die Jugendarbeit kümmern. Der letzte Rabbiner hat sie schleifen lassen«.

»Dann ist es gut, mein Sohn. Ich muss wieder los, Rachel will mit Leah und mir in den Stadtpark gehen.«

»Viel Spaß!«

Ich sagte nichts mehr, verließ das Zimmer und schloss die Tür hinter mir. Ich hatte mich lange nicht an diesen unglücklichen Abend erinnert und wollte mich auch jetzt nicht daran erinnern. Ich machte mich auf den Weg zu Rachel. Das brachte mich auf andere Gedanken.

Leah hat sich sehr gut entwickelt und ich habe meinen Teil dazu beige-tragen. Rachel war froh darüber. Sie hätte es auch alleine geschafft. Schließlich sind Elias und Aaron auch ohne meine Hilfe wunderbare Jungs geworden. Aber sie hat meine Hilfe gerne angenommen.

Elias kam nun in das Alter seiner Bar-Mizwa. Er ging fast jeden Tag zum Religionsunterricht, war eifrig und wissbegierig. Am Tag seiner Bar Mitzwa war er so aufgeregt! Er konnte die Nacht davor nicht schlafen, so aufgeregt war er. Am Schabbat saßen wir dann alle in der Synagoge und feierten den Gottesdienst für die Bar-Mizwa-Jungen.

Rabbi Weinstein rief vier Namen auf, und vier Jungen traten auf die Bima. Jeder der vier war in seinen Tallith, den Gebetsmantel, gehüllt.

Abwechselnd zeigte der Rabbiner mit dem silbernen Thorafinger auf einen Abschnitt der Thora. Dann berührte das Kind diese Stelle mit den Fransen seines Gebetsschals, küsste ihn und begann mit klarer Stimme vor allen zu lesen. Zwei sangen sogar mit. Elias rezitierte nur. Dann sprach der Rabbi die Segenssprüche für die vier Jungen.

Samuel gab ein Fest für alle vier Jungen. Viele Gäste kamen, und an diesem Tag hatte Elias auch einen Termin bei Rabbi Weinstein. Er wollte mit Elias über einen Platz an der Jeschiwa sprechen, einer jüdi-schen Hochschule, an der sich vor allem männliche Studenten dem Studium der Thora, insbesondere dem Talmud, widmen. Das war im-mer Elias' Ziel gewesen; er wollte nebenbei studieren. (Jetzt studiert er Kunst.)

Ein hoher Rabbiner aus Israel war eigens angereist, Rabbi Weizmann. Er sei ein merkwürdiger Zeitgenosse gewesen, erzählte Esther. Sie kannte ihn durch ihren Mann.

Elias war so glücklich, als er mir erzählte, dass er einen Platz in der Je-schiwa bekommen hatte! Er ging oft und gern zu Rabbi Weinstein.

Aber eines Tages, als er nach Hause kam, bemerkte ich, dass seine Augen verweint waren. Ich fragte ihn, was los sei. Er sagte nur, dass er Probleme mit seiner Freundin habe.

Am nächsten Tag wollte er nicht zu Rabbi Weinstein gehen, er weigerte sich, das Haus zu verlassen. Ich machte mir große Sorgen, ob er mir nicht etwas verheimlicht. Aber ein paar Tage später ging er wieder zu ihm. Er sagte damals, er sei einfach überfordert gewesen.

Ein Jahr später hatte Aaron seine Bar-Mitzwa und war genauso aufgeregt wie Elias. Wieder saßen wir am Sabbat in der Synagoge und Rabbi Weinstein rief seinen Namen auf. Aaron war der einzige, der an diesem Tag seine Bar-Mitzwa hatte. Er ging auf die Bima, umhüllte sich mit seinem Tallith, und Rabbi Weinstein zeigte mit dem silbernen Thorafinger auf eine Stelle in der Thora.

Aaron berührte die Stelle mit den Fransen seines Gebetsschals, küsste ihn und begann mit klarer Stimme vor allen zu lesen: »Gesegnet seist du, G-tt, unser G-tt, König der Welt, / der du uns die Lehre der Wahrheit gegeben / und das ewige Leben in unsere Mitte gepflanzt hast, / gesegnet seist du, G-tt, Geber der Lehre.«

Rachel und ich waren so gerührt! Ich weinte. Samuel saß wie immer abseits der Familie neben der Bima und starrte wie versteinert vor sich hin. In welcher Welt lebte er? Was war mit ihm geschehen und wann?

Als Aaron fertig war, sprach Rabbi Weinstein noch den Schlusssegen für Aaron und entließ ihn dann in die Obhut der Familie. Danach gab es einen Imbiss, den Samuel und Rachel spendiert hatten.

Am nächsten Tag gab Samuel zu Ehren Aarons ein großes Festmahl mit Hunderten von Gästen. Es wurde gefeiert, gegessen und gebetet. Samuel las aus der Thora und segnete wie am Fließband. Eigentlich war es ein sehr schönes Fest, und ich ertappte mich damals bei dem

Gedanken, dass Samuel sich vielleicht doch geändert hatte. (Hatte er nicht!)

Sein Vater versprach Aaron, dass er ein Bankkonto mit Geld bekommen würde, von dem er später sein Studium finanzieren könnte. Aaron wollte nach dem Abitur Architektur studieren, aber gleichzeitig half er seinem Vater in der Synagoge. Er wollte alles über die Thora und den Talmud lernen. Aber er war nicht enttäuscht, als Rabbi Weinstein ihm mitteilte, dass er nicht in die Jeschiwa aufgenommen würde. Er war nie so gläubig wie Elias oder Samuel.

Leah war nun in einem Alter, in dem sie in die Cheder musste. Am Anfang war es schwer für sie. Sie war sensibel und ängstlich, aber mit der Zeit ging sie gerne hin. Meistens brachte ich sie hin und holte sie auch wieder ab, obwohl die Cheder einen eigenen Fahrdienst hatte. Sie genoss es und ich auch, weil wir oft einen Abstecher zu unserer Lieblingseisdiele in der Innenstadt machten.

Natürlich gab es auch schlechte Tage. Eines Tages kam Aaron zu mir. Er hampelte herum und ich fragte ihn, was los sei. Da fragte er mich, ob Juden in die Hölle kommen, wenn sie das eigene Geschlecht begehren. Ich fragte ihn, warum er das wissen wolle. Er sagte nur, dass er das in der Schule gelernt habe.

Ich hätte nie gedacht, dass mein kleiner Aaron sein eigenes Geschlecht dem weiblichen vorzieht. Erst zwei Jahre später erfuhr ich von ihm, dass er einen Jungen liebte und nicht wusste, was er tun sollte. Da ich liberal eingestellt bin, sagte ich ihm, er solle sich gut überlegen, wem er sich offenbare und wem nicht. Ich schlug ihm vor, mit Rabbi Weinstein zu sprechen. Dieser war Aaron immer freundlich gesinnt gewesen, und auch Aaron mochte ihn.

Aber Aaron wurde immer stiller und nachdenklicher. Ich sah ihn weinen und ich sah die blauen Flecken. Als ich ihn darauf ansprach, sagte er, er sei gefallen und dürfe niemandem davon erzählen. Rabbi Weinstein habe ihm verboten, darüber zu sprechen, dass er schwul sei. Ich schlug ihm vor, sein Leben nach seinen eigenen Vorstellungen zu gestalten und nicht auf einen Rabbi zu hören. Ich dachte, das würde ihn zufrieden stellen. (Aber ...)

Zu diesem Zeitpunkt stand ich längst am Rande des Geschehens, nicht mehr im Mittelpunkt. Anfang 2009 hatte ich meinen ersten Herzanfall. Ich bekam Medikamente und musste kürzer treten. (Bis dahin war ich immer gesund gewesen.) Im Krankenhaus habe ich viel nachgedacht: Werde ich Hans wiedersehen, ist Sterben schmerzhaft, wache ich in einer anderen Welt oder auf einer anderen Ebene auf? Ich las auch viel über diese Themen, kam aber zu keinem Ergebnis, musste im Ungewissen weiterleben.

Als ich aus dem Krankenhaus entlassen wurde, änderte ich mein Leben. Ich ernährte mich gesund, trank keinen Alkohol mehr und dachte nur noch koscher. Ich ordnete mein Leben und die Dinge, die noch offen waren, machte mein Testament und überschrieb Aaron mein Vorderhaus in der Levetzowstraße und mein Vermögen. Er sollte es an seinem 21. Geburtstag bekommen. Aktien und Geschäftsanteile gingen je zur Hälfte an Elias und Leah. Samuel und Rachel sollten nur die Dachgeschosswohnung bekommen, weil sie schon genug hatten.

Ein guter Freund hat mir gesagt, dass ich ein Buch schreiben könnte, weil ich so viel erlebt habe. (Das habe ich getan. Sie lesen es gerade, liebe Leserinnen und Leser.) Doch diese Geschichte ist nicht zu Ende. Sie beginnt immer wieder neu.

Aaron ist verschwunden! Niemand weiß, wo er ist. Seinem Vater scheint es egal zu sein, und meiner Schwiegertochter muss es auch egal sein, denn sonst wäre ihr Mann böse auf sie. Ich scheine die Einzige zu sein, die sich um den Jungen sorgt.

Natürlich fragte ich Rabbi Weinstein, ob er etwas wisse. Er antwortete: »Zur Hölle mit diesem schwulen Bastard! Er bringt nur Schande über unsere Gemeinde und über euch Mangolds.«

Ich war außer mir vor Wut und beschimpfte ihn als langhaarigen Schmock, der Golem solle ihn holen. (Mein Blut kocht, wenn ich nur daran denke).

Wo war Aaron? Wurde ihm etwas angetan? Ich musste Esther fragen. Sie war die Einzige, die ihm wohlgesonnen war.

Aber langsam schwand mein Lebenswille. Ich war Ende siebzig und hatte den Tod verdient. (Was macht ein Mensch, der sterben will, aber nicht kann, weil sein Gehirn nein sagt? Denken Sie einmal darüber nach! Wenn Sie eine Antwort haben, schreiben Sie sie auf und verbrennen Sie den Zettel. Ich werde ihn im Himmel lesen. Aber erwarten Sie keine Antwort von mir).

Dann rief mich Esther an und sagte, Aaron sei bei ihr, es gehe ihm gut. Er käme nicht mehr nach Freiburg zurück. Es seien Dinge passiert, die eine Rückkehr unmöglich machten. Ich musste versprechen, nichts über seinen Aufenthaltsort zu sagen, und daran habe ich mich gehalten. Ich habe auch niemandem erzählt, dass Aaron dem männlichen Geschlecht näher steht als dem weiblichen.

Bis Samuel mir erzählte, dass Aaron in Berlin studieren würde. Er werde sich dort der liberalen Gemeinde anschließen, Samuel werde ihm eine monatliche Unterstützung zukommen lassen. Die Familie habe eine Wohnung in Berlin, die er nutzen könne.

Ich war erleichtert. Ich wusste, dass es Aaron dort viel leichter haben würde als in Freiburg. Freiburg hat ihm nie gefallen. München oder Berlin waren seine Traumstädte. Da ich Aaron immer sehr mochte, habe ich ihm sofort einen Account zur Verfügung gestellt. Ich gab ihm den Zugang und schon hatte er mehr Freiheiten. So hat diese Geschichte ein Happy End und ich kann in Frieden sterben.

Wir schreiben das Jahr 2017. In der Familie läuft alles gut. Samuel hat oft geschäftliche Termine in Berlin. Manchmal glaube ich, er schiebt sie nur vor. In Wirklichkeit will er seinem Sohn nahe sein, trifft sich dann mit ihm zum Kaffee oder sie gehen gemeinsam im Feinsberg essen. Was für ein wunderbares Restaurant, leckeres Essen und tolle Weine! Einmal war ich dort mit Esther und Aaron zu seinem 19.

Einer meiner letzten großen Wünsche war, dass Samu und Aaron sich wieder annähern. Ich versuchte immer und überall zu vermitteln, egal in welcher Situation oder zu welcher Zeit. Ich war immer für alle da und bereit zu helfen.

Meine inneren Werte gaben mir das vor; Güte und Menschlichkeit machten mich stark - neben meinem Stolz. Meine liebe Mutter hat mir das in die Wiege gelegt. Von meinem Vater habe ich den Überlebenswillen geerbt und er war es auch, der sagte: »*Jeder Tunnel hat am Ende ein Licht, das für dich leuchtet, damit du deinen Weg findest*«.

Heute war ich bei Hans am Grab, Elias hat mich hingebracht. Mit 85 Jahren bin ich nicht mehr so schnell. Elias ist geduldig, er redet nicht viel. Wir verstehen uns auch ohne viele Worte. Er lebt zurückgezogen, vielleicht wegen seines Studiums. Er studiert moderne Kunst an der Uni hier in Freiburg. Er hat eine tolle Freundin, sie heißt Katja. Ich mag sie und hoffe, dass sie ihren Weg gemeinsam gehen.

Ich habe heute eine Gärtnerei beauftragt, das Grab ab nächsten Monat zu pflegen. Rachel hat zwar gesagt, dass sie sich darum kümmern wird, aber ich möchte nicht, dass sie daran gebunden ist. Ich habe auch meine Beerdigung vorbereitet und in meinem Testament geregelt.

Ich fühle mich schwach und bin bereit für meine letzte Reise. Ich bin gespannt, ob Hans noch auf der Brücke steht und auf mich wartet.

Eine Kleinigkeit möchte ich Euch noch mit auf den Weg geben: *»Schwimmt nie mit dem Strom, schwimmt gegen den Strom und lasst Euch nicht von Euren Träumen abbringen! Nur wer träumt, kann Großes erreichen. Jede große Tat begann mit einem kleinen Traum«.*

In Liebe, eure Hannah Adriana Mangold (geb. Epstein), geboren am 27.04.1932 in Berlin, gestorben am 19.10.2017 in Freiburg im Breisgau.

Für meinen Hans habe ich immer weitergelebt und möchte mich an dieser Stelle noch einmal bei ihm bedanken. Danke mein Liebster, danke für all die liebevollen Jahre, die ich mit dir erleben durfte. Ich freue mich auf unser Wiedersehen. - Natürlich auf dieser Brücke!

Hans ein paar Jahre vor seinem Tod

NACHWORT

Damit ist das Kapitel Hannah und Hans Mangold abgeschlossen. Nun wird ein neues Kapitel mit dem Namen Samuel aufgeschlagen. Ein ganzes Buch über den Sohn von Hannah und Hans wird entstehen und ist bereits in Arbeit. Wer schon jetzt wissen möchte, wo Hannah herkommt, kann es schon jetzt in der Buchreihe „EPSTEIN: FAMILIEN-SAGA: Band 1: Zuflucht - Tunnelportal" lesen. Band 1 ist im Oktober bei Amazon erschienen.

ENDE

„Teile dieser Geschichte sowie einzelne Personen wurden teilweise verändert, um deren Schutz zu gewährleisten."

Der Brunnen vor der Synagoge in Freiburg

Epstein   Mangold

Die Familien Epstein und Mangold